SÉPULCRE

OUVRAGES DE LA COLLECTION « TERREUR »

Iain Banks
Le seigneur des guêpes

Clive Barker
Secret Show
Le royaume des devins

William P. Blatty
L'Exorciste : la suite

Robert Bloch
L'écharpe
Lori
Psychose
Psychose 2
Psychose 13
Contes de terreur

Randall Boyll
Froid devant
Monsssstre
Territoires du crépuscule

Marion Zimner Bradley
Sara

Ramsey Campbell
Envoûtement
La secte sans nom
Soleil de minuit

Matthew J. Costello
Cauchemars d'une nuit d'été
La chose des profondeurs

Martin Cruz-Smith
Le vol noir

Thomas Disch
Le caducée maléfique

Katherine Dunn
Un amour de monstres

John Farris
L'ange des ténèbres
Le fils de la nuit éternelle

Raymond Feist
Faërie

Chris Fowler
Le diable aux trousses

Ray Garton
Crucifax
Extase sanglante

Linda C. Gray
Médium

William Hallahan
Les renaissances de Joseph Tully

Barbara Hambey
Le sang de l'immortalité

Thomas Harris
Dragon rouge
Le silence des agneaux

James Herbert
Dis-moi qui tu hantes
Fluke
Fog
La lance
Les rats
Le repaire des rats
L'empire des rats
Le survivant
Sanctuaire

Shirley Jackson
Maison hantée
La loterie

Stephen King
La part des ténèbres
Salem

Andrew Klavan
Il y aura toujours quelqu'un derrière vous

Dean R. Koontz
Le masque de l'oubli
Miroirs de sang
La mort à la traîne
La nuit des cafards
La nuit du forain
La peste grise
Une porte sur l'hiver
La voix des ténèbres
Les yeux des ténèbres
La maison interdite

Steven Laws
Train fantôme

Tanith Lee
La danse des ombres

Charles de Lint
Mulengro
Symphonie macabre
Les murmures de la nuit

Charles McLean
Le guetteur

Robert Marasco
Votre vénérée chérie

Graham Masterton
Démences
Le démon des morts
Le djinn
Le jour « J » du jugement
Manitou
Le miroir de Satan
La nuit des salamandres
Le portrait du mal
Les puits de l'enfer
Rituels de chair
Transe de mort
La vengeance de Manitou
Le trône de Satan
Apparition
La maison de chair

Robert McCammon
L'heure du loup
La malédiction de Bethany
Scorpion

Michael McDowell
Les brumes de Babylone
Cauchemars de sable

Andrew Neiderman
L'avocat du diable

Garfield Reeves-Stevens
Contrat sur un vampire
La danse du scalpel

Anne Rice
Lestat le vampire
Entretien avec un vampire
La reine des damnés
La momie
Le lien maléfique

Anne Rivers Siddons
La maison d'à côté

Fred Saberhagen
Un vieil ami de la famille
Le dossier Holmes-Dracula

John Saul
Cassie
Hantises
Créature

Peter Straub
Ghost Story
Julia
Koko
Mystery
Sans portes, ni fenêtres

Michael Talbot
La tourbière du diable

Sheri S. Tepper
Ossements

Thomas Tessier
L'antre du cauchemar

Thomas Tryon
L'autre
La fête du maïs

Jack Vance
Méchant garçon

Lawrence Watt-Evans
La horde du cauchemar

Chet Williamson
La forêt maudite

Paul F. Wilson
La forteresse noire

Douglas E. Winter
13 histoires diaboliques

Bari Wood
Amy girl

Bari Wood/Jack Geasland
Faux-semblants

T. M. Wright
L'antichambre
Manhattan Ghost Story
L'autre pays

ŒUVRES DU MÊME AUTEUR
CHEZ POCKET

Dis-moi qui tu hantes
L'empire des rats
Fluke
Fog
La lance
Les rats
Le repaire des rats
Sanctuaire
Le survivant

COLLECTION TERREUR

dirigée par Patrice Duvic

JAMES HERBERT

SÉPULCRE

POCKET

Titre original de l'ouvrage
SEPULCHRE

Traduit de l'anglais
par Anne Crichton

ISBN 2-266-06225-5

Il n'y a pas d'absolu...

« Alors le Seigneur Dieu dit au serpent : "Parce que tu as fait cela, maudit sois-tu entre tous les bestiaux et toutes les bêtes de la terre. Tu marcheras sur ton ventre et tu mangeras de la poussière tous les jours de ta vie." »

Livre de la Genèse, III-14.

LES SUMÉRIENS

Trois mille ans avant Jésus-Christ, le premier élan véritable de civilisation apparut au sud de la Mésopotamie, quelque part entre les basses vallées du Tigre et de l'Euphrate. Les habitants de cette région située entre deux fleuves — *Sumer* — s'appelaient les Sumériens.

Leurs origines ethniques restent encore à ce jour un mystère.

Ils apportèrent au progrès de l'humanité trois contributions majeures — quatre même si l'on y ajoute l'instauration de communautés ayant un gouvernement fort. D'abord, la mesure du temps au moyen des heures, des jours et des mois ; puis l'étude de l'influence des astres, l'astrologie, qui donnera naissance à la science de l'astronomie.

Mais la troisième contribution était plus importante encore. Les grands prêtres sumériens avaient découvert le moyen de rendre l'homme immortel, non pas en enchaînant son âme à sa forme terrestre, mais en perpétuant son savoir. Les grands prêtres avaient imaginé l'écriture ; rien de ce que l'on a inventé depuis n'a eu un effet plus déterminant sur l'avancée de l'espèce humaine.

Paradoxalement, on sait fort peu de chose sur ces Sumériens.

Vers l'an 2400 avant Jésus-Christ, ils furent absorbés par les tribus de leurs voisins moins éclairés qu'eux-mêmes, qui assimilèrent leur culture et la propagèrent en d'autres contrées, en d'autres nations.

Mais si leurs réalisations survécurent, leur histoire en

revanche disparut. C'est que leurs rois, leurs princes et leurs grands prêtres avaient détruit ou dissimulé la totalité des documents s'y rapportant.

Sans doute avaient-ils de bonnes raisons de le faire.

I

TÂCHE MATINALE

L'homme souriait. Pourquoi ? Logiquement, Halloran n'aurait pas dû avoir le sourire.

Il aurait dû avoir une peur terrible, de celles que l'on ne domine pas. Mais ce n'était apparemment pas le cas. Halloran avait l'air... presque amusé, oui, et arborait un calme anormal pour un homme jouissant de toute sa raison. Comme si les deux fusils-mitrailleurs et le revolver braqués sur sa poitrine ne le concernaient absolument pas.

Quoi qu'il en soit, ce mince sourire sur ses joues mal rasées allait s'évanouir avant longtemps. L'heure de faire les comptes arrivait, et elle promettait d'être douloureuse, ô combien.

McGuillig indiqua de son Webley .38 la camionnette garée sous le couvert des arbres, à quelques mètres du bas-côté.

« Votre homme est à l'intérieur. »

Son ton cassant signifiait assez qu'il supportait mal l'attitude de Halloran.

« Votre argent est là-dedans », répliqua ce dernier en touchant du pied la valise de cuir bourrée posée sur le sol.

McGuillig dévisagea l'agent sans aménité. Au téléphone, il avait cru déceler une trace d'accent irlandais dans sa voix, une très légère intonation qui revenait de temps à autre. Il s'était trompé, c'était clair à présent : Halloran était un Anglais pur jus, cela ne faisait aucun doute.

« Très bien, on va prendre livraison de ce fric », dit enfin McGuillig.

Juste à ce moment perça le premier rayon du soleil, qui

dissipa en partie la grisaille de ce paysage de collines. L'eau tombait goutte à goutte des branches environnantes. La dernière pluie avait ployé les hautes herbes. Mais l'air vif avait déjà retrouvé toute sa pureté, tellement différent, selon McGuillig, de l'air pollué qu'on respirait au Nord. L'air de la liberté, que ne souillaient ni les Anglais ni les assimilés. Quelques kilomètres plus loin, après la frontière, la terre était contaminée par le cancer. L'Irlandais considérait l'arme qu'il portait comme le scalpel du chirurgien.

Tandis que l'observait McGuillig, commandant de brigade de la compagnie D appartenant au second bataillon des Provisionals de l'IRA, Halloran lui rendit son regard inquisiteur. Aucun des deux hommes n'esquissa un geste.

Ce fut Halloran qui rompit le silence. « Auparavant, nous voulons voir notre client. »

McGuillig marqua un temps d'arrêt avant de faire un signe de tête à l'un de ses compagnons, une jeune recrue qui n'avait pas encore dix-neuf ans et avait déjà tué deux fois au nom de l'Irlande libre. L'arme en équilibre contre sa hanche, canon menaçant le ciel, le garçon se dirigea sans hâte vers la camionnette. Il dut peser fortement sur la poignée pour que la porte arrière consente à s'ouvrir.

« Aide-le, ordonna McGuillig à l'autre activiste qui se tenait à sa gauche. Ne t'inquiète pas, ces deux-là ne bougeront pas », ajouta-t-il en armant son revolver. Le déclic du cran de sécurité résonna comme un avertissement dans le silence.

Plus âgé et moins hardi que l'autre, le second compagnon garda tout de même son fusil pointé sur les deux Anglais tandis qu'il marchait vers la camionnette.

« Il a fallu endormir un peu votre homme, expliqua McGuillig à Halloran, histoire de le faire tenir tranquille. Demain il n'y paraîtra plus. »

Halloran ne fit aucun commentaire.

La portière arrière était maintenant grande ouverte. On devinait une silhouette prostrée à l'intérieur. Le plus vieux des deux activistes mit sans enthousiasme son fusil en bandoulière et imita son compagnon qui se penchait dans le véhicule. Ils tirèrent à eux la personne qui s'y trouvait puis la soulevèrent pour l'en extraire.

« Amenez-le jusqu'ici, les gars, commanda le chef,

posez-le par-terre derrière moi. (Puis, à l'intention de Halloran :) Je crois que j'aimerais voir cet argent. »

Halloran acquiesça d'un hochement de tête.

« J'aimerais examiner mon client.

— C'est raisonnable, concéda McGuillig. Venez. »

D'un geste désinvolte du bout des doigts, Halloran fit signe à l'homme massif appuyé contre leur voiture de location, à vingt mètres de là. L'homme décroisa les bras et s'approcha. Pas un seul instant, Halloran n'avait quitté des yeux le commandant de l'IRA.

L'homme massif dépassa Halloran, puis McGuillig. Il s'agenouilla aux côtés du personnage affalé sur le sol, imité par le jeune Irlandais qui s'accroupit avec lui.

Il ne fit aucun geste, ne donna aucune indication.

« L'argent », rappela McGuillig.

Halloran plia les genoux lentement, et tendit les deux mains vers la valise posée devant lui. Il actionna les deux fermoirs.

Son homme se retourna vers lui. Aucun signal ne fut échangé, aucune indication.

Halloran sourit, et McGuillig comprit brusquement que c'était lui-même qui se trouvait en danger de mort. En entendant Halloran prononcer très bas — *soupirer* presque — « Sainte Vierge Marie... », McGuillig crut encore reconnaître certaine intonation de sa voix.

Halloran avait plongé ses mains dans la valise.

Quand elles réapparurent un instant plus tard, elles tenaient une mitraillette au canon relevé.

McGuillig n'eut pas le temps de presser la détente de son pistolet .38 que la première balle de l'engin lui arrachait les ailes du nez pour se loger à la base de son crâne. Le second activiste n'avait pas esquissé le geste de se lever qu'un flot de sang lui inondait la gorge et jaillissait du trou perforé par la deuxième balle. Quant au jeune Irlandais, il était encore accroupi sans méfiance quand la troisième balle qui pénétra dans sa tempe droite fit exploser sa tête.

En se redressant, Halloran mit la mitraillette en fonction automatique. Il était presque sûr que personne d'autre ne se dissimulait dans les arbres, mais dans sa prudence extrême, il ne laissait jamais rien au hasard.

Il laissa passer un instant encore avant de se relâcher. Son compagnon, qui s'était jeté à terre au moment où il l'avait vu sourire, n'attendit que quelques secondes de plus.

II

LE BOUCLIER D'ACHILLE

L'enseigne du Bouclier d'Achille était aussi discrète que son commerce : une plaque de cuivre brillant fixée sur le mur de briques d'une entrée, et qui ne devait pas mesurer beaucoup plus de vingt centimètres sur dix. A son extrémité figurait le logo de la Société, un petit triangle rectangle. Celui-ci représentait le bouclier dont le héros grec Achille, s'il avait été plus avisé, se serait protégé le talon, seul point vulnérable de sa personne, en lançant sa monture dans la bataille. Ce nom, avec le symbole simple qu'il exprimait, était bien la seule fantaisie de l'organisation.

A l'est du prospère St Katharine's Dock, avec son bassin de plaisance et ses hôtels, le Bouclier d'Achille avait son siège dans l'un de ces anciens entrepôts abandonnés qu'on avait désossés pour les remettre à neuf et susciter l'installation anachronique de boutiques à la mode, de bureaux et de pubs à l'ancienne à l'ombre gothique de Tower Bridge. La plaque de la société n'était pas facile à repérer. Pour y parvenir, il fallait savoir où elle se trouvait. Et pour le savoir, il fallait y être invité.

Les deux messieurs présentement assis dans le bureau du troisième étage — vaste local, parce que l'espace n'était pas compté dans ces entrepôts reconvertis — l'avaient été, et même à de nombreuses reprises depuis six ans pour l'un des deux.

Il se nommait Alexander Buchanan, nom assez sérieux pour un assureur dont le cabinet avait une « boîte » au même étage que la Lloyd's et ses bureaux près de Fenchurch Street. Acorn Buchanan Limited avait pour spécialité l'assurance dite K & R, pour kidnapping et rançon.

La personne qui l'accompagnait était son client, Henry Quinn-Reece, directeur général et vice-président de la société Magma. Il semblait mal à l'aise, bien qu'assis sur un canapé de cuir conçu pour offrir un confort maximum. Peut-être n'appréciait-il pas l'examen dont il était l'objet.

Car ils étaient trois à l'examiner, les trois directeurs du Bouclier d'Achille. Aucun ne faisait ni ne disait quoi que ce soit pour mettre à l'aise leur client en puissance. A la vérité, c'était même le dernier de leurs souhaits, car ils aimaient que leurs interlocuteurs se sentent sur le gril, ce qui leur aiguisait l'esprit.

Derrière le grand bureau à dessus de cuir se tenait le meneur de jeu de cette réunion, Gerald Snaith, directeur général du Bouclier, officiellement appelé le Contrôleur. Quarante-neuf ans, ex-commandant des Forces Aériennes Spéciales, il avait entraîné des soldats de toutes nationalités dans le monde entier. Ses actions de service les plus marquantes avaient eu lieu au sultanat d'Oman ; il y avait accompli des exploits que le grand public ignorait, pour la bonne raison que ce conflit particulier, ou plus précisément l'intervention de l'armée britannique dans ce conflit, n'avait jamais eu de reconnaissance officielle. Petit mais râblé, les cheveux roux à peine teintés de gris, Snaith exprimait par tous ses pores le tempérament du lutteur qu'il n'avait effectivement pas cessé d'être.

Devant le petit côté du bureau s'était assis sur une chaise droite Charles Mather, qui portait le titre honorifique de membre de l'ordre de l'Empire britannique. A soixante-deux ans, il avait l'œil aigu où passait souvent une lueur d'amusement secret, comme s'il lui était impossible de prendre la vie trop au sérieux en permanence, malgré la nature peu réjouissante des affaires qu'il traitait. Il était souvent présenté à la clientèle comme le Concepteur de la maison, et parfois l'homme des propositions, mais l'équipe interne préférait l'appeler « l'Incubateur ». Grand et maigre, assez raide, il devait se servir d'une canne pour marcher à cause d'une grave blessure reçue à la jambe à Aden, lors des derniers épisodes d'une campagne « douce ». La jeep à bord de laquelle il circulait avait sauté sur une mine enfouie sous la route. A force de courage et grâce à son passé militaire déjà exemplaire, il avait pu réintégrer sa chère armée, en dissimulant ses cicatrices et un claudiquement plutôt héroïque ;

par malchance, la balle d'un tireur isolé avait déchiré les tendons de cette même jambe bien des années après, alors que devenu général, il dirigeait les opérations en Ulster — d'où cette canne et une retraite anticipée de l'armée britannique.

Le seul patronyme non anglais en cette assemblée si anglaise appartenait à Dieter Stuhr, assis aux côtés de Snaith. Cet Allemand avait fait partie du *Bundeskriminalamt*, section de la police allemande chargée par le gouvernement fédéral de la surveillance des groupes terroristes et anarchistes. Stuhr était divorcé depuis quatre ans. Plus jeune que ses deux collègues, il n'avait pourtant pas leur sveltesse : son estomac qui pointait commençait à fatiguer outre mesure les derniers boutons de sa chemise. Et son crâne s'était dégarni bien au-delà du point de non-retour. Perfectionniste, anxieux à l'excès, il n'avait cependant pas d'égal pour définir le financement, les besoins en armes, les déplacements et l'horaire d'une opération donnée, quelles que soient les difficultés, et même s'il fallait négocier avec des autorités étrangères, par exemple certains préfets de police et officiels de haut rang que ne rebutait pas la connivence avec les ravisseurs et les terroristes. Il savait aussi régler le mode de vie d'une « cible » sous contrat selon le minimum de risques. Au sein de la société, il était connu à juste titre comme « l'Organisateur ».

Il portait au visage une cicatrice impressionnante. Résultat d'un coup d'épée, de ces blessures qu'arboraient fièrement, en signe de leur bravoure, les étudiants d'Heidelberg qui se battaient en duel, avant et pendant l'escalade de Hitler dans l'infamie ? Non, Stuhr n'était pas de cette époque, et sa mutilation n'avait rien à voir avec la naïveté d'une telle bravade. Ce n'était qu'une profonde entaille en forme d'arc-de-cercle qu'il s'était faite à la suite d'une chute de bicyclette dans la campagne de Siegen, sa ville natale. La pente était trop raide, l'écolier, alors âgé de onze ans, la dévalait en roue libre ; le chauffeur du camion qui roulait devant lui avait prudemment ralenti, comme il se doit, avant l'intersection au bas de la descente ; mais le jeune garçon n'avait consenti à serrer ses freins qu'au tout dernier moment. La bicyclette avait disparu sous le camion, tandis que le garçon allait de son côté se jeter contre le coin du hayon, et s'ouvrir ainsi la figure.

La cicatrice descendait de sa tempe droite et s'arrondissait jusqu'au coin de la bouche, dessinant un motif semblable à une crosse de hockey, qui lui retroussait la lèvre quand il souriait. Il s'efforçait de ne pas sourire trop largement.

Gerald Snaith disait : « Comprenez-le, il nous faut un dossier complet sur votre homme, son environnement, ses habitudes de vie. »

Quinn-Reece acquiesça.

« Nous vous fournirons ce que nous pourrons.

— Nous devrons aussi savoir exactement ce qu'il vaut pour votre société.

— Il nous est indispensable, répliqua aussitôt le vice-président.

— Voilà qui est inhabituel, intervint Charles Mather qui se grattait la cheville du bout de son stick. Inestimable, je le conçois, mais indispensable ? Je ne m'étais pas aperçu qu'un tel phénomène existait dans le monde du commerce aujourd'hui. »

Assis près de son client sur le canapé de cuir, Alexander Buchanan avança : « La hauteur du contrat d'assurance vous indiquera à quel point notre "cible" est jugée indispensable.

— Verriez-vous un inconvénient à en révéler le chiffre exact à ce stade de la réunion ? »

La question était posée sans insistance aucune, mais l'assureur ne douta pas un instant qu'elle n'exige une réponse précise. Il consulta ostensiblement Quinn-Reece du regard ; ce dernier s'inclina en signe d'assentiment.

« Notre homme est assuré pour cinquante millions de livres », répondit Buchanan.

Dieter Stuhr en laissa tomber son stylo à terre. Bien qu'également surpris, Snaith et Mather n'échangèrent qu'un coup d'œil.

« C'est une somme, vous en conviendrez certainement, crut nécessaire d'ajouter Buchanan après un silence.

— Je n'ose imaginer le montant de la prime, risqua Mather.

— Il est bien entendu proportionnel au montant de l'assurance, répliqua l'assureur. Je dois d'ailleurs vous informer qu'en conséquence, si vous acceptez cette mission, la remise sur la prime sera faible : dix pour cent au lieu des vingt pour cent habituels.

— J'imagine qu'en l'occurrence, Mr. Quinn-Reece, dit

Mather, c'est de la sécurité de votre président que nous débattons ?

— Eh bien... en réalité, non. La personne que nous désirons assurer ne possède à vrai dire aucun titre dans la société.

— Nous pouvons cependant présumer avec quelque raison qu'elle n'y sert pas le thé, rétorqua Mather d'un ton pince-sans-rire. Mr. Buchanan a dû vous informer déjà, j'en suis certain, que le nom d'une "cible" n'apparaît jamais sur aucun document ou contrat s'appliquant à une telle police, même si les documents en question sont conservés en différents coffres. Nous exigeons le secret absolu pour des raisons de sécurité, comprenez-vous. Mais ne pourriez-vous au moins nous dire quel rôle joue votre homme au sein de la société ? Nous aborderons plus tard la question de son identité, si nous trouvons un accord, et seulement à ce moment-là. »

Quinn-Reece remua sur son siège, comme si son malaise augmentait.

« Je crains de ne pas pouvoir vous l'apprendre non plus, pas à ce stade en tout cas. Une fois le contrat établi, Magma vous fournira toutes les informations nécessaires — dans la limite de ce que vous devrez absolument savoir, bien entendu.

— Nous sommes accoutumés à une telle discrétion, affirma Snaith. Je dirais même que nous l'encourageons, pourvu que vous compreniez que vous ne devrez rien — strictement rien — nous dissimuler si nous décidons de faire affaire avec vous.

— Je comprends parfaitement », répliqua le vice-président, qui hochait la tête avec gravité.

Est-ce bien sûr ? songeait Snaith. A-t-il compris que la vie de la « cible » sera passée au crible dans tous ses aspects, la personnalité de sa femme, sa famille, ses amis, ses habitudes, ses loisirs ? On cherchera s'il a une maîtresse, ou plusieurs, question essentielle, car c'est toujours là que le bât blesse dans une opération de ce genre : la cible en personne essaie presque toujours de cacher ce côté particulier de ses activités, et fait l'impossible pour dissimuler à ceux qui la protègent ses rendez-vous d'amour secrets. Il faudra aussi savoir comment son entourage voit cet homme ; le trouve-t-on entêté ou souple, compétent ou incompétent, affectueux ou dur, conformiste ou tolérant, et aïnsi de suite? (L'intelligence allait de soi, s'il valait une assurance pareille.) S'il était marié et avait des enfants, quel mari était-il, et quel père? Snaith et ses détectives devaient connaître le détail de ses faits et gestes à chaque heure, chaque minute du jour et de la nuit. Est-ce que ces faits et gestes faisaient l'objet d'un rapport régulier, à l'intérieur et à l'extérieur de sa société? Les médias en étaient-ils parfois informés à l'avance? Il savait à quel prix Magma estimait les services de cet homme — 50 millions de livres, chiffre incroyable! —, mais quelles étaient la nature et la valeur de sa fonction? Toutes ces questions, et beaucoup d'autres, devraient trouver une réponse. C'est à cette condition que le Bouclier pourrait commencer à élaborer une couverture sur mesure à cet homme. Au demeurant, aucun système de protection ne serait jamais totalement infaillible là où étaient impliqués des terroristes. Une question en tout cas devait être élucidée d'entrée.

Snaith se pencha en avant, doigts croisés, pouces joints. « Pourquoi maintenant, monsieur? demanda-t-il. Pour quelle raison estimez-vous que ce membre de votre compagnie a besoin d'être protégé à ce moment précis?

— Parce qu'il nous l'a dit », répondit fort affablement Quinn-Reece.

Cette fois, Snaith et Mather se regardèrent ostensiblement.

« Votre homme a reçu un avertissement, une menace? s'enquit Mather.

— Pas exactement. »

Dieter Stuhr, qui griffonnait des notes sans suite depuis le début de la discussion, posa son stylo. « Magma est-il impliqué dans une entreprise qui pourrait faire courir un risque à votre employé?

— Pas pour le moment.

— Cela a-t-il été le cas par le passé? » insista Stuhr.

Buchanan prit vivement la parole. « Messieurs, je suis certain que vous n'ignorez rien de la position prééminente qu'occupe la société Magma dans le monde du commerce. Dans les secteurs de l'extraction minière, de l'industrie et de l'énergie, elle a développé des intérêts à l'échelle internationale, avec un actif d'environ six mille millions de livres pour un chiffre d'affaires qui tourne autour de quarante-cinq mille millions. Il vous faudrait une journée entière pour étudier la liste de ses filiales.

— Merci pour cette information, Alexander, mais dites-moi un peu ce qu'elle a à voir avec le sujet qui nous occupe? questionna abruptement Snaith.

— Je tenais simplement à vous rassurer : Magma n'est compromis dans aucune entreprise qu'on pourrait considérer, disons...

— Louche? » proposa obligeamment Mather.

Le sourire de Stuhr releva son sourcil gauche.

« Douteuse, concéda Buchanan.

— Pardonnez-moi, reprit Stuhr qui souriait encore, je ne voulais pas du tout insinuer que...

— Je vous en prie, monsieur, c'est très compréhensible, dit Quinn-Reece. Il est nécessaire que vous soyez mis au fait de la situation. A ce propos, je puis vous dire ceci : l'homme dont nous parlons possède certaines... capacités... (il appuya sur le mot) que pourraient bien envier d'autres sociétés aux activités similaires à la nôtre. A cet égard, il pourrait être exposé à un risque permanent, dans la mesure où ces compagnies rivales en concevraient... une trop forte jalousie, dirais-je.

— Vous voulez dire qu'elles pourraient rétribuer ses services mieux que vous ne le faites? suggéra Mather que ce client éventuel commençait singulièrement à intriguer.

— Encore faudrait-il, répondit Quinn-Reece avec une pointe de sournoiserie, qu'elles aient connaissance de son existence. » Il sourit aux trois hommes qui lui faisaient face, content de les voir suspendus à ses lèvres. « Je vous parais bien mystérieux et je m'en excuse; voyez-vous, notre homme possède un talent unique, virtuellement impossible à égaler. Que je sache, nos concurrents n'en ont jamais eu connaissance, puisqu'il est tenu secret au sein même de notre propre société. »

Mather posa les deux mains sur la poignée de sa canne. A travers l'immense baie vitrée de la pièce, une mouette qui plongeait en piqué et dont les ailes étincelaient de blancheur dans le soleil froid capta un instant son regard. « Oui, cela semble... intéressant, prononça-t-il en revenant au vice-président. Ouiii... intéressant, en effet. Mais voulez-vous vous expliquer davantage? »

Quinn-Reece leva les mains. « Malheureusement non, pas

plus que tout à l'heure. En tout cas pas avant que vous n'ayez donné votre accord à cette proposition. Je sais que cela vous met dans une position délicate, mais nous avons nous aussi des impératifs de sécurité. D'autre part, il existe encore un élément qui risque d'ajouter à votre mécontentement. »

Une fois de plus, le stylo de Stuhr resta suspendu.

« L'homme dont nous parlons, poursuivit Quinn-Reece, maintient déjà autour de sa personne une importante unité de protection.

— Ah, dit Mather.

— Des gardes du corps ? » s'enquit Stuhr.

Quinn-Reece acquiesça.

« Sont-ils bien entraînés ? demanda Snaith.

— Suffisamment, je crois, répondit Quinn-Reece.

— Dans ce cas, pour quelle raison Magma requiert-il nos services ? »

Le vice-président se tourna vers Buchanan.

« C'est la condition qu'a posée Acorn Buchanan préalablement à toute prise de risque, expliqua l'assureur. Je ne mets pas en doute la compétence des gardes du corps en question, mais ma société se sentira plus à l'aise si c'est le Bouclier d'Achille qui prend les choses en main.

— Il n'y a pas de problème, observa Stuhr. Je peux mettre au point une opération efficace dans laquelle ces hommes seraient englobés. Mais avant toute chose, il nous faudrait connaître exactement leur degré de compétence et de fiabilité. Et il leur faudrait reconnaître implicitement notre autorité.

— Cela va de soi, approuva Quinn-Reece. La direction de l'opération reviendrait entièrement à votre compagnie.

— Alors, c'est parfait », conclut Snaith, qui le croyait de bonne foi.

Buchanan s'éclaircit la gorge. « Il y a autre chose, Gerald. » Son intonation laissait soupçonner que Snaith et ses collègues n'allaient pas beaucoup apprécier ce qu'il avait à dire. « J'ai déjà expliqué à Mr. Quinn-Reece et à son président, reprit l'assureur, que le Bouclier d'Achille avait pour habitude de maintenir au moins trois agents en contact direct avec la cible, pour éviter que ne se développent des liens trop amicaux entre le protecteur et celui qu'il protège.

— En effet, Mr. Quinn-Reece, commenta Snaith. De

cette façon, nous sommes certains que si nos précautions échouent, en cas d'enlèvement de notre client par exemple, les négociations entre les ravisseurs et notre agent ne seront pas rendues plus difficiles par des implications personnelles.

— Je comprends le bien-fondé de cette mesure, répondit le vice-président.

— Mais malheureusement, poursuivit Buchanan, la société Magma n'autorisera qu'un seul de vos hommes à rester en contact avec la cible pour une protection rapprochée.

— Seigneur ! » murmura Mather, en même temps que Stuhr marmonnait à part lui : « *Verflucht !* »

« C'est impossible, s'écria vivement Snaith.

— S'il vous plaît, messieurs, comprenez que cette condition ne s'applique qu'à la sécurité intérieure, insista Quinn-Reece avec quelque anxiété. Les dispositions que vous voudrez prendre à l'extérieur restent entièrement à votre discrétion. Nous traitons ici d'une affaire hautement confidentielle, voyez-vous, à savoir la nature du rôle joué par notre homme dans la société. Moins il y aura de personnes informées de ce rôle, mieux ce sera pour la maison.

— Je peux vous garantir une confidentialité absolue, affirma Snaith.

— Je n'ai aucun doute à ce sujet. Mais cette personne est en partie à l'origine du succès de Magma dans le monde entier. En d'autres termes, c'est notre arme secrète. Nous ne tenons nullement à ce que ce secret sorte du cadre des principaux responsables pour se répandre dans la société — d'ailleurs nous ne souhaitons même pas qu'on sache que nous en avons un. Si vous devez assumer cette tâche, votre homme sera tenu au même secret.

— Vous voulez dire que même les personnes ici présentes seraient exclues de la confidence ? s'étonna Stuhr.

— Exactement.

— C'est complètement irrégulier », s'offusqua l'Allemand. Quinn-Reece se sentait maintenant beaucoup plus à l'aise. Il avait même eu plaisir à énoncer cette dernière condition, parce qu'elle lui rappelait sa position en même temps que la puissance de sa société. Imposer les termes de Magma faisait partie de ses attributions, il était là sur son terrain. Il n'éprouvait plus la même timidité face aux trois directeurs du Bouclier, le jeu commençait à l'amuser. Et puis, en fin connaisseur très entraîné à évaluer une atmosphère, il savait qu'ils avaient déjà mordu à l'hameçon. Peut-être à cause de cette notion de « secret » qui devait toucher en eux la fibre clandestine. Sans doute aussi par l'incitation irrésistible de l'aspect financier, puisque leurs honoraires seraient en proportion de la prime versée.

« J'admets que c'est irrégulier, dit-il, mais dans l'esprit du président comme dans le mien, c'est un principe fondamental. »

Un silence suivit. Le Contrôleur, le Concepteur et l'Organisateur examinaient les implications d'une telle condition.

« Pour quel laps de temps est souscrite l'assurance ? demanda enfin Mather.

— Pour quelques semaines tout au plus, s'empressa de répondre Buchanan.

— Il y a une raison à cela ? » s'enquit Snaith.

Buchanan regarda Quinn-Reece, qui répliqua : « Notre homme a le sentiment qu'il ne courra plus de risque passé cette période.

— On peut dire qu'il est remarquable, dit Snaith.

— Oh ! oui, on peut le dire. Êtes-vous intéressés par cette proposition, messieurs ? questionna Quinn-Reece en cherchant le regard de chacun.

— Vous nous rendez la tâche très difficile, expliqua Snaith. Pourtant oui, il semble que ce travail puisse être intéressant. Trouver le bon agent sera assez ardu, toutefois. Nos hommes ont l'habitude de travailler en équipe.

— Non, non, intervint avec douceur Mather, je ne pense pas que nous aurons le moindre problème de ce côté, Gerald. Au contraire, je pense que nous avons exactement le gars qu'il nous faut. Pas vous ? »

Un instant, Snaith fixa sur lui un regard qui ne comprenait pas. Puis ses yeux s'éclairèrent. Il fit mine de parler, mais son interlocuteur hocha la tête avant qu'il ait émis une syllabe.

« Oui, dit Mather. Oui, je crois que ce sera l'idéal. »

Snaith n'eut plus qu'à approuver, avec un rien de réticence.

III

MAGMA

Halloran s'arrêta un instant pour examiner l'immeuble qui comptait vingt-quatre étages. Il le trouvait impressionnant, ce bâtiment qui s'élevait entre les mornes constructions grises de la Cité comme une immense sculpture de verre et de bronze aux vitres teintées d'un noir impénétrable ; sa structure métallique reflétant le soleil du matin brillait de toutes ses facettes comme un or bruni. Ses ascenseurs extérieurs montaient et descendaient sans effort le long de ses parois lisses, et l'on y voyait les taches pâles des visages, regardant fixement l'humanité d'en bas depuis les cabines. Toutes les arêtes — très nombreuses — du bâtiment s'incurvaient avec grâce ; les contreforts posés à ses extrémités ajoutaient encore à l'impression de forteresse que donnait l'architecture, confirmée par les différents niveaux du corps central, certains en retrait, d'autres en saillie. Impressionnant, oui.

Le siège de Magma ne devait pas être facile à prendre d'assaut, songea Halloran amusé. Mais en dépit de ce déploiement de grandeur saisissante, qu'accentuait la laideur décourageante généralisée dans ce quartier financier de Londres, l'édifice avait quelque chose... quelque chose de sinistre. Il étincelait d'un éclat métallique qui semblait presque exagéré, trop intense dans cet environnement.

Il s'attarda quelques minutes à le contempler dans la cohue des employés de bureau qui se hâtaient autour de lui, avant de traverser la rue et d'y pénétrer. La fraîcheur piquante du matin en ce début de printemps fit place à la fraîcheur artificielle du système à air conditionné.

Mather l'attendait déjà, assis au centre d'une rangée de fauteuils beiges, face à un immense bureau d'accueil circulaire. Des hommes en chemise bleu clair à épaulettes s'affairaient dans l'espace du cercle ; derrière eux, un mur d'écrans de télévision en noir et blanc montraient des couloirs et des bureaux. D'autres écrans étaient encastrés dans des piliers carrés tout autour du vaste hall ; ils donnaient à quiconque passait une foule d'informations sur les taux de change, les tendances générales du marché, les nouvelles des entreprises, les actions majoritaires et à participation, les options commerciales, les indices et même les gros titres d'information de la BBC.

L'endroit était très animé. Des escalators emmenaient leur cargaison de visiteurs mêlés au personnel à l'étage et les en descendaient, des ascenseurs disposés tout autour des parois vitrées emportaient leurs passagers vers les hauteurs. Des téléphones à touches installés sur des tables basses face aux rangées de fauteuils d'attente étaient mis à la disposition des hommes d'affaires qui patientaient. On s'était efforcé de rendre le hall moins formel en mariant des plantes vertes et autres palmiers luxuriants à des sculptures cinétiques élaborées dans le même matériau que les parois extérieures, sans y parvenir tout à fait. De longues vitrines de verre renfermaient des exemples de strates rocheuses, échantillons de minerais variés, de cristaux et même de pierres semi-précieuses, exposition destinée à montrer la contribution de la Terre à l'empire de Magma.

Halloran remarqua que plusieurs réunions informelles se tenaient sur place à voix basse. Les discussions ajoutaient leurs tonalités en sourdine au bourdonnement complexe qui s'élevait en ce lieu. Qui peut avoir besoin d'un bureau pareil ? se demanda-t-il. Peut-être le service de sécurité qui faisait sa ronde de façon très visible avait-il également pour fonction de décourager de telles pratiques chez les personnes extérieures à la société ?

Cette immense aire d'accueil se terminait par un mur habillé de marbre dont les larges dalles rectangulaires ne requéraient pas d'autre décoration que leur texture aux tons subtils. Dans ce mur s'ouvraient plusieurs portes ainsi qu'un système central d'ascenseurs, à l'usage évidemment de ceux dont le vertige gâchait la joie de contempler de haut le panorama.

Mather l'avait vu, il se levait de son fauteuil en s'appuyant sur sa canne. Halloran s'avança à sa rencontre.

« Superbe, hein ? lança l'officier.

— Encore mieux que l'aéroport de Shanghai ! répondit Halloran en lui serrant la main.

— Je suis content de te voir, Liam. Crois bien que je suis désolé en ce qui concerne l'opération irlandaise. »

Halloran acquiesça sans répondre.

« Présentons-nous à la réception pour recevoir nos instructions », dit Mather qui claudiqua vers le bureau circulaire. Halloran le suivit sans cesser d'enregistrer ce qui se passait autour d'eux.

Un préposé à l'accueil les regardait s'approcher. Quand ils furent devant lui, il demanda sur un ton dénué de toute curiosité : « Que puis-je pour vous ?

— Mather et Halloran. Nous venons voir Sir Victor Penlock, nous avons rendez-vous à dix heures. »

S'il fut impressionné par ce rendez-vous avec le président, le réceptionniste en uniforme n'en montra rien. « Quelle est votre société ? s'enquit-il.

— Vous constaterez que la précision n'est pas nécessaire, je crois », répondit Mather.

Le réceptionniste, un homme assez jeune affligé de lunettes et d'un manque de charme très marqué, s'assit à son bureau pour taper quelque chose sur son ordinateur. Des lignes de texte en lettres vertes se reflétèrent dans ses lunettes et il parut bientôt satisfait, même si rien dans son attitude ne changea de manière notable.

« Il va vous falloir des badges d'identification », expliqua-t-il aux visiteurs avant de taper énergiquement sur les touches d'une machine dissimulée à la vue par le comptoir. Sa main réapparut avec deux bandes jaunes comportant les noms de Mather et Halloran dactylographiés en capitales. Il les glissa dans des broches en plastique et les leur tendit.

« Attachez-les à votre revers, s'il vous plaît. Vous devez aller au huitième étage. Vous avez le choix : soit prendre le trajet panoramique jusqu'au douzième puis redescendre par un autre ascenseur intérieur, soit prendre le trajet intérieur express qui vous mène droit au huitième. Si vous préférez cette solution les ascenseurs sont au fond, derrière la réception.

— Je m'offrirais bien le trajet panoramique, s'écria Mather avec entrain. Qu'en penses-tu, Liam ? »

Halloran sourit en épinglant son étiquette.

« C'est parfait pour moi. »

Ils traversèrent le hall en effervescence en direction de l'un des ascenseurs-capsules. Mather bavardait à la façon d'un enfant qui attend impatiemment son tour de fête foraine. L'un des ascenseurs se vidait de sa charge ; ils se dirigèrent de ce côté et dès qu'ils furent entrés, Mather s'empressa d'appuyer sur le bouton désiré pour qu'ils y restent seuls.

L'appareil s'éleva au-dessus des rues. Tout en cherchant des points de repère familiers, l'officier abandonna son humeur mutine pour questionner : « Qu'est-ce qui a mal tourné, Liam ? »

Halloran contemplait aussi les rues qui s'étrécissaient, la vue qui s'élargissait.

« J'ai le sentiment que notre client est mort au moment de son enlèvement, ou juste après. Nous savions par le rapport médical de sa société qu'il était cardiaque. Il avait eu une crise sans gravité il y a deux ans.

— Mais avant d'arriver avec l'argent, tu ne savais pas qu'il était déjà mort. »

Halloran secoua la tête. La Tamise était maintenant visible, tout argentée sous le soleil. Saint-Paul apparut à l'est, la Tour de Londres à l'ouest ; d'autres monuments commençaient à se dessiner dans les lointains gris.

« Je ne le savais pas, c'est vrai, mais j'en avais l'intuition. On ne m'avait jamais permis de lui parler au téléphone, ils disaient que je n'avais qu'à m'en remettre à leur parole qu'il était en bonne santé. Cela laissait peu de choix.

— Des brutes, articula Mather. Des brutes et des voyous, ces assassins de l'IRA.

— Ils se considèrent en guerre.

— L'enlèvement, l'assassinat ? Les bombes qui frappent au hasard ? C'est une bien étrange guerre.

— Il n'y en a jamais eu de normales. »

Le plus âgé des deux jeta un coup d'œil à son collaborateur. « Je te connais trop bien, Halloran, pour imaginer que tu aies une quelconque relation avec l'IRA. »

Halloran contemplait un hélicoptère qui suivait au ralenti le cours du fleuve sans dévier d'un pouce de sa route :

c'était là qu'un accident causerait le moins de dégâts. L'appareil se dirigeait vers l'héliport de Battersea.

« J'ai lu ton rapport, dit Mather pour rompre le silence. Pourquoi une Heckler et Koch ? L'Ingram est plus compact, plus facile à dissimuler.

— L'homme qui m'accompagnait devait examiner le client, il me fallait donc de la précision pour ne pas le toucher. En plus j'ignorais combien d'hommes j'aurais contre moi ; je devais avoir la possibilité de passer en fonctionnement automatique. Dommage pour eux que leur victime n'ait pas été en bonne santé — leur organisation aurait pu s'enrichir considérablement.

— Dommage aussi que sa société n'ait pas fait appel à nous avant le stade de la négociation. Sous notre protection, il n'aurait peut-être pas été enlevé », observa Mather d'un air navré. Après une pause, il ajouta : « Au moins, nous aurons évité la publicité. »

Halloran eut un sourire amer. Ce que le Bouclier d'Achille voulait éviter à tout prix, c'était d'attirer l'attention des médias. Il préférait dans tous les cas que son nom n'apparaisse pas, que son rôle même reste invisible. Trop de membres du Parlement s'évertuaient à introduire un projet de loi interdisant ce type d'organismes, qu'ils estimaient inciter à l'enlèvement plutôt que le décourager. Halloran avait dû transporter le corps de leur client loin de la scène du massacre et l'abandonner à proximité de la route dans un autre comté, où d'autres personnes le découvriraient. De cette façon les deux événements ne seraient pas reliés — du moins dans l'esprit du public. De chaque côté de la frontière, les autorités qui avaient déjà coopéré avec le Bouclier lors d'affaires similaires détourneraient les yeux — même si la police irlandaise n'appréciait guère les tueries perpétrées sur son territoire.

« Nous voici arrivés », constata Mather comme l'ascenseur s'immobilisait en douceur. Les portes s'ouvrirent dans un souffle.

Les deux hommes se trouvaient à présent dans un autre hall d'accueil, beaucoup moins spectaculaire que celui du rez-de-chaussée, et bien plus calme. Au-delà des baies vitrées s'ouvrait une vaste terrasse découverte autour de laquelle étaient disposées des tables et des chaises, toutes blanches. A cet endroit le renfoncement de l'immeuble lui-même offrait une vue impressionnante sur la moitié sud de Londres. Pour l'heure la terrasse était vide, le soleil étant trop timide pour dominer la fraîcheur de la brise à cette altitude.

Quelques personnes attendaient à l'intérieur, installées dans les fauteuils beiges. Des membres du personnel circulaient continuellement, transportant des documents, venant chercher des visiteurs qu'ils conduisaient vers d'autres ascenseurs ou précédaient dans des couloirs aboutissant à ce vestibule.

A cet étage, le bureau était placé contre un mur. Seuls deux hommes en uniforme bleu y étaient postés, dont l'un parlait avec une jeune fille debout devant le comptoir. En voyant Mather et Halloran sortir de l'ascenseur, cette dernière interrompit sa conversation pour se hâter à leur rencontre.

« Monsieur Charles Mather ? » questionna-t-elle avec un sourire engageant.

L'aîné des deux hommes leva la main. « C'est moi. Je vous présente Mr. Halloran, dit-il.

— Je suis Cora Redmile. Sir Victor m'a envoyée vous chercher », précisa-t-elle en serrant la main des deux visiteurs.

Mince, les cheveux sombres, les yeux d'un brun opaque piqueté de vert, elle pouvait avoir de vingt-cinq à trente ans, estima Halloran. Le sourire de la jeune personne se teinta de malice quand elle posa le regard sur lui.

« J'espère que votre ascension vous a plu, lui dit-elle. Certains visiteurs arrivent fort dérangés au douzième étage. »

Pour toute réponse, Halloran lui rendit son sourire. Une lueur d'incertitude passa fugitivement dans ses yeux.

« C'était absolument superbe, chère mademoiselle, répondit Mather. Et quelle merveilleuse lumière pour contempler ce paysage ! Vous devriez vendre des tickets pour le voyage. »

La jeune fille eut un petit rire. « Avec les compliments de Magma. Si vous voulez bien me suivre, je vous emmène au huitième étage. Mr. Quinn-Reece vous y attend avec Sir Victor.

— Droit au repaire de l'aigle, alors. Formidable. »

Toujours souriante, la jeune fille les précéda vers les ascenseurs intérieurs.

« Vous devez être la secrétaire particulière de Sir Victor, je suppose, lui dit Mather en chemin.

— Non, pas celle de Sir Victor, répondit-elle sans autre précision.

— Ah », murmura Mather comme s'il était renseigné.

Légèrement étourdi par la vitesse de la cabine, Halloran s'appuya contre la paroi. Il surprit le regard de la jeune fille fixé sur lui ; elle détourna aussitôt les yeux.

« Ma parole, fit Mather, cela remue joliment, non ?

— Je peux ralentir notre vitesse de descente, si vous préférez, s'inquiéta Cora qui tendit la main vers un bouton.

— Non non, n'en faites rien. L'expérience ne me déplaît pas. »

Elle sourit à la gaieté de Mather, et sa main retomba. Et une fois encore, son regard dévia vers Halloran. Avec sa veste de tweed foncé aux coudes renforcés de cuir et sa chemise à carreaux nouée d'une cravate en tricot, il aurait pu ressembler à quelque notable campagnard... mais ce n'était pas le cas, pas du tout. Dans ses yeux passait une lueur qui donnait à penser qu'il pouvait se montrer... cruel. Pourtant il émanait également de lui une douceur tranquille, pensait Cora perplexe. Cet homme l'intéressait.

« Quel est l'effectif de sécurité de cet immeuble ? »

La question posée par Halloran la prit au dépourvu. Sa voix aussi avait une certaine douceur, la trace infime d'un très léger accent. Un accent de l'Ouest, d'Irlande probablement. Oui, avec un nom comme le sien, ce devait être un accent irlandais.

La jeune fille s'aperçut qu'elle rêvait depuis un instant. « Oh ! je pense que Sir Victor tient tous ces détails à votre disposition », se reprit-elle vivement.

Halloran la regarda droit dans les yeux. « Vous savez pourquoi nous sommes ici ? »

Avait-elle vraiment perçu un accent chez lui ? Elle s'interrogeait à présent. « Oui, je le sais, répondit-elle. Et je vais vous assister. »

Mather leva un sourcil étonné à l'intention de Halloran.

L'appareil s'arrêta dans un petit déclic. La porte s'ouvrit comme un rideau de théâtre sur un vestibule somptueux au tapis épais d'un mauve profond, aux murs tendus de tissu du vert jade le plus subtil. Au plafond l'éclairage était orienté de façon à porter une lumière très douce sur les couloirs divergeant de cet espace ouvert. Des lampes et des projecteurs placés de manière stratégique compensaient le manque de lumière naturelle. Un large bureau tout en verre et chrome faisait face aux ascenseurs. L'hôtesse qui y était assise se leva si vite que ses pieds s'enfoncèrent dans l'épaisseur de la magnifique moquette.

« Bonjour, messieurs. Sir Victor est prêt à vous rencontrer. Puis-je vous proposer du thé, ou du café ?

— Du thé me conviendrait parfaitement, répondit Mather.

— Avez-vous une préférence ?

— Je laisse cela à votre appréciation, chère mademoiselle, bien que j'aie un penchant pour l'Earl Grey.

— Alors de l'Earl Grey. Et pour vous, monsieur ?

— Café noir, s'il vous plaît, indiqua Halloran, peu importe lequel.

— Si vous voulez bien me suivre », dit Cora.

Le couloir dans lequel ils s'engagèrent ne comportait aucune porte. Il était tapissé de chaque côté de vitrines présentant les activités minières et industrielles de la société dans le monde entier, sous forme de photos ou de maquettes : une vaste mine de borate à ciel ouvert dans le désert de Mojave, une usine d'acide fluorhydrique au Royaume-Uni, une mine de pyrite en Espagne ; des mines d'or, d'argent et d'émeraudes au Zimbabwe, de cuivre à ciel ouvert en Afrique du Sud ; des puits de pétrole et de gaz, au Royaume-Uni et un peu partout. Toutes sortes de mines encore, de l'étain à l'uranium, des diamants au charbon et aux minerais de catégorie inférieure, des métaux de base aux métaux précieux comme le molybdène, un argent blanc dont les deux hommes ignoraient l'existence. Vers la fin du couloir était encastrée une carte du monde éclairée par-derrière, où des cercles vermillon indiquaient les zones d'exploration minière ; les cercles rouges y figuraient fort nombreux.

Ce fut avec quelque soulagement qu'ils parvinrent en un vaste espace inondé de lumière du jour, car les deux hommes avaient le sentiment d'avoir fait un passage initiatique en un musée géologique. S'il s'agissait d'impressionner les visiteurs du président avant qu'ils n'atteignent son bureau, ou même de les intimider outre mesure, le stratagème était efficace.

« Rien de tel que la parade, fit remarquer à mi-voix Mather à son compagnon.

— Magma est très fier des nombreux intérêts de la société, expliqua Cora sur un ton dénué de reproche.

— C'est ce que nous avons cru comprendre », répliqua suavement Mather.

A droite et à gauche s'étendaient des corridors plus larges de part et d'autre desquels s'ouvraient des pièces aux parois de verre munies de stores verticaux. Par les portes généralement ouvertes parvenaient le bourdonnement de conversations étouffées, la sonnerie des téléphones, le cliquetis des machines à écrire. Cora n'emprunta aucun de ces couloirs mais traversa le hall en direction d'une double porte d'aspect si massif que Halloran se demanda si elle aurait la force de la pousser.

La porte s'ouvrit très facilement. La jeune fille s'effaça pour les laisser entrer.

Ils se trouvaient dans un bureau que partageaient deux secrétaires : l'une aurait pu poser pour *Vogue*, alors que l'autre, avec ses grosses lunettes et ses cheveux frisottés, aurait fait bonne figure sur la couverture de *Science d'aujourd'hui*. Toutes deux étaient absorbées par leur traitement de texte, et c'est à peine si elles levèrent les yeux.

En face s'ouvrait une autre porte monumentale. Cora alla y frapper un coup, et entra. Une brève annonce, et elle se retourna vers les deux visiteurs, les invitant d'un geste à la franchir.

IV

L'OBSESSION DU SECRET

Le domaine du président était haut de plafond, et ouvrait sur l'extérieur par une paroi presque entièrement vitrée de verre teinté qu'il semblait dérisoirement facile d'enjamber. Le bureau de chêne du président couvrait pratiquement la largeur de la pièce, dont il constituait le seul meuble traditionnel ; le reste consistait en cuir noir et en chrome, et en cendriers disposés le long des murs. Quant au président, il en imposait autant que le siège tout entier de Magma.

Sir Victor Penlock était grand et svelte, arborait une abondante chevelure gris argent et ne donnait aucun signe de relâchement au niveau des muscles de l'estomac. Il portait un costume croisé gris, coupé dans un tissu au chatoiement imperceptible. Le visage était anguleux, le regard bleu clair pénétrant. Il salua ses visiteurs d'une poignée de main ferme, Mather d'abord, puis Halloran, en étudiant leur physionomie.

« Je crois savoir que vous ne connaissez pas encore Quinn-Reece », dit-il à Halloran en le soumettant à un second examen, plus appuyé que le premier.

Le vice-président s'avança. « On m'a dit que vous étiez particulièrement apte à assurer ce genre de protection. Vous préférez travailler selon le principe du tête-à-tête. »

La poignée de main moite de Quinn-Reece déplut à Halloran. « Nous verrons, répondit-il simplement.

— Je vous demande pardon ?

— Nous verrons si je suis apte, après que j'aurai eu un entretien avec la cible. Il apparaît que nous ne savons pratiquement rien d'elle.

— En effet, et je m'en excuse, intervint Sir Victor. Il y a des raisons à cela. » Il désigna les sièges. « Mais veuillez vous asseoir, messieurs. Nous allons peut-être réussir à vous mettre pleinement au fait de la situation. »

Le président prit place derrière son bureau, les autres s'installèrent à leur guise. Cora, Halloran le remarqua, choisit une chaise contre le mur, en observatrice plus qu'en participante.

« Généralement les visiteurs qui viennent ici pour la première fois, commença Sir Victor, ne parviennent pas jusqu'à mon bureau sans avoir mesuré l'abondance de nos activités à travers le monde. Aussi n'est-il sans doute pas nécessaire que je vous fasse une conférence sur le volume de nos affaires et leur importance. Qu'il me suffise de dire que nous sommes reconnus comme une puissance de premier ordre dans les secteurs miniers, industriels et énergétiques. Vous avez assurément pris note de la variété des sociétés qui composent notre groupe ; si elles possèdent leur identité propre, c'est que depuis vingt ans nous avons appliqué un système de gestion décentralisée qui encourage le développement des bénéfices de chaque société dans sa spécificité et sur son site industriel. L'ensemble de ces sociétés met à jour, transforme et usine la plupart des métaux de base qui vont de a à z, de l'aluminium au zinc, mais aussi fabrique quantité de produits industriels manufacturés, de construction ou d'équipement, ou relevant de la chimie ; elles peuvent également fournir les matières premières nécessaires à l'énergie, essentiellement le charbon, le pétrole, le gaz et l'uranium. »

Il marqua une pause. « Je vous ai annoncé que je ne vous ferais pas de conférence, me direz-vous. Ne vous en plaignez pas, car mon exposé vous conduit à un point important. Donc, vous avez maintenant une idée des secteurs d'activité du groupe Magma. Nous employons plus de quatre-vingt mille personnes dans le monde, dont vingt mille au Royaume-Uni. »

On frappa un coup léger à la porte et une femme en uniforme — chemisier bleu pâle et jupe bleu marine — entra avec un plateau. Sir Victor attendit qu'elle eût distribué le café et le thé pour continuer.

« Du fait de nos activités, nous sommes confrontés à d'énormes investissements proches et lointains, qui nous posent deux problèmes considérables. Le premier est lié aux importantes fluctuations des taux de change monétaire qui nous rendent extrêmement difficile la projection économique d'un environnement où des décisions d'investissement à long terme viendront à maturité. »

Halloran surprit le regard perdu dans le vague de Mather et cacha son sourire derrière sa tasse de café. La diction de Sir Victor était d'une précision parfaite, mais ses propos avaient irrésistiblement sur le cerveau un effet lénifiant.

« Malheureusement, le délai d'exécution interminable qui s'écoule entre une étude de faisabilité et une opération commerciale signifie qu'il faut prendre aujourd'hui même des décisions qui concernent la prochaine génération de programmes d'extraction minière. En d'autres termes, il nous faut décider maintenant de ce qui sera le plus bénéfique pour Magma dans, disons, sept à dix ans d'ici. Vous apprécierez le degré de difficulté de la chose.

— En effet, en effet, apprécia Mather, j'oserais dire qu'il vous faudrait une cartomancienne ! »

Le sourire réjoui de Mather ne dérida point Sir Victor ni son second, qui le dévisageaient d'un air très sérieux.

« Vous êtes plus près de la vérité que vous ne sauriez l'imaginer », dit le président.

Avec une mimique d'étonnement, Mather lança un regard à Halloran.

Sir Victor s'appuya au dossier de son fauteuil qu'il fit pivoter d'un quart de tour, amenant ainsi son regard à contempler la vue extérieure. Ce geste un peu étrange signifiait-il qu'il répugnait soudainement à faire face à ses interlocuteurs ? Il prononça enfin, sur un ton intransigeant : « Ce que je vais vous dire, messieurs, ne doit pas sortir de ces murs. » Il se retourna vers les deux visiteurs, le regard rivé au leur. « Je veux avoir votre promesse solennelle sur ce point. »

Mather réagit promptement. « Ma société vous a déjà donné des assurances formelles concernant la confidentialité.

— Je ne fais pas allusion au Bouclier d'Achille. Je parle ici de Mr. Halloran et de vous-même. Vous devrez garder le silence sur cette affaire, même avec vos collaborateurs. Ai-je votre parole ?

— Ce serait totalement irrégulier. Si notre mission doit rester secrète, il nous faut l'entière coopération de...

— Vous l'aurez. Mais certains détails non essentiels à votre organisation ne doivent pas devenir publics... » Le président leva une main pour prévenir la protestation de Mather « ... même dans un cercle restreint. En fait, seules quelques personnes sont dans le secret, ici chez Magma. En revanche, je m'y engage, les mesures de sécurité que vous prendrez n'en seront pas affectées de manière significative.

— Je dois en conférer avec mes associés, annonça Mather d'un ton dubitatif.

— Donnons-leur notre accord. »

Tous les regards se tournèrent vers Halloran qui venait de parler.

« Nous ne risquons rien à accepter. » Il posa sa tasse vide sur une petite table placée près de lui. « Mais nous y mettrons quelques conditions. D'abord, que ce travail ne comporte rien d'illégal. Ensuite, que vous nous disiez absolument tout, sans omettre le moindre détail. S'il y a dans tout cela des éléments qui ne nous plaisent pas, nous nous retirerons. C'est clair. »

Quinn-Reece parut sur le point de s'étrangler de colère, mais le président sourit.

« Cela semble assez raisonnable, observa-t-il. Merci d'être aussi direct, Mr. Halloran ; cela nous fait gagner du temps. Êtes-vous d'accord avec ce point de vue, Mr. Mather ? »

Mather sourit lui aussi. Il était accoutumé au franc-parler de Halloran. « Je pense que je n'ai pas d'objections, répondit-il de façon moins affirmative qu'interrogative.

— Très bien. » Le président sembla se détendre quelque peu. « Il y a quelques instants, vous avez suggéré que nous aurions bien besoin d'un tireur de cartes qui prédise les investissements sûrs pour la rentabilité future de la maison...

— Plaisanterie innocente, commenta Mather, qui ne vous a pas fait rire...

— Non, en effet. Seriez-vous surpris si je vous révélais qu'en dépit des méthodes d'investigation les plus sophistiquées, de nos statistiques à grande échelle sur la prospective, des explorations de terrains vierges, des survols par satellites utilisant les rayons infrarouges et ultraviolets et les microondes, des analyses structurelles et des calculs poussés réalisés par ordinateur — et plus encore — qu'en dépit de toute cette technique, donc, notre nouvelle poussée de croissance dépend presque essentiellement du talent très particulier d'une seule personne ?

— Je serais très surpris, sans aucun doute, répondit Mather.

— Nos concurrents seraient très surpris aussi s'ils le savaient. Tout comme la presse, et nos actionnaires, naturellement. Oui, je suppose qu'une telle révélation divertirait beaucoup certains milieux. Et ferait courir de grands risques à notre homme.

— De la part de vos rivaux ? Vous le pensez vraiment ?

— Quand les enjeux sont aussi élevés, et que la découverte de matières premières se fait de plus en plus rare parce qu'il est de plus en plus difficile et coûteux d'accéder à de nouveaux gisements, se développe avec les années une situation de compétition à couteaux tirés — littéralement parlant.

— Est-ce pour ce motif que vous avez voulu assurer votre homme pour une aussi grosse somme ? »

Sir Victor acquiesça de la tête.

« Il a déjà reçu des menaces ?

— Pas exactement.

— Écoutez, intervint Mather, ne pouvons-nous ralentir le mouvement un instant ? Je n'ai pas saisi clairement ce que cet employé que vous avez fait pour Magma. C'est une sorte de magicien de l'exploration, d'après ce que vous disiez ? Le moment n'est-il pas venu de nous apprendre son nom ? J'avoue que l'ignorance de son identité ne fait que m'embrouiller l'esprit. »

Halloran savait l'esprit de son aîné bien trop acéré pour se laisser embrumer par quelque propos que ce soit. Ce n'était chez lui qu'une tactique pour soutirer à ses clients virtuels les informations élémentaires qu'ils répugnaient si fréquemment à donner.

« "Magicien de l'exploration", le terme n'est pas entièrement juste, encore que "magicien" s'adapte assez bien à certains aspects de sa personne », concéda Sir Victor qui alla jusqu'à échanger un petit rire avec son vice-président. Une fois de plus, Halloran surprit le regard de la jeune fille qui l'observait attentivement.

« Messieurs, conclut Sir Victor qui avait repris tout son sérieux, il est temps de vous présenter votre — comment dites-vous ? votre *cible* ? Oui, il est temps que vous fassiez connaissance avec votre cible. Je pense que cette rencontre rendra la situation tout à fait claire. J'espère du moins que ce sera le cas. »

Sur ces dernières paroles, le président se leva en désignant une porte donnant sur son bureau. Mather et Halloran l'imitèrent, tous deux fortement intrigués.

V

LA PIÈCE BLANCHE

Il était fatigué. Il avait dû quitter l'Irlande discrètement, gagner le Sud par la route jusqu'à Wexford, puis louer un bateau pour faire la traversée qui l'avait mené dans le pays de Galles, près de Newport, au plus noir de la nuit. La mer était forte, mais cela ne l'ennuyait pas outre mesure. C'était la déception qui le déprimait et le vidait de ses forces.

Il avait horreur de perdre un homme. Les négociations avec les ravisseurs duraient depuis des semaines, au cours desquelles il avait utilisé toutes les techniques apprises pendant les années passées à traiter avec des terroristes du même acabit : il savait à quel moment jouer la dureté, l'apaisement ou l'esquive, à quel moment affecter l'innocence et la confusion. Tout pour gagner du temps et récolter des informations. La priorité absolue était de récupérer le client en bonne santé — en aussi bonne santé que possible —, la capture des ravisseurs passant au second plan des préoccupations. Si toutefois on n'avait pu le retrouver vivant, il était essentiel que les ravisseurs ne mettent pas la main sur l'argent de la rançon, ce qui les conduirait à traiter trop légèrement la vie de leurs victimes lors de futurs enlèvements, et bouleverserait ceux qui avaient payé.

Les terroristes, à la différence des criminels normaux — mais y en avait-il ? — n'étaient jamais d'un commerce facile, parce qu'invariablement névrosés, imprévisibles, portés à des accès de violence envers leurs captifs et souvent aussi envers ceux qui négociaient leur libération. Avec les membres de l'IRA, c'était un peu différent. Bien sûr, ils avaient tous leurs failles, celles-là et d'autres, mais ils pouvaient également se montrer froids et calculateurs, et n'en étaient parfois que plus cruels. Ils n'avaient aucune confiance, et on ne pouvait pas leur faire confiance. Ils formaient un groupe dénué de conscience, dangereux à l'extrême.

C'est pourquoi Halloran était si souvent choisi pour traiter avec eux.

Pour l'heure, cette mission auprès de Magma le laissait très perplexe. Il s'interrogeait, non pas sur la raison qui l'avait fait désigner pour ce travail — il fonctionnait mieux seul, quand il ne pouvait compter que sur lui-même — mais sur la raison qu'avait la société de n'autoriser qu'un seul agent à effectuer une protection rapprochée. Étant donné le montant incroyable de l'assurance souscrite pour sa vie, l'homme aurait dû avoir une petite armée autour de lui, outre ses quatre gardes du corps personnels. Était-il donc si capital que sa fonction chez Magma reste secrète ? Apparemment oui.

Ils se trouvaient dans un autre ascenseur, accessible par une petite antichambre à la porte voisine de celle du président. On montait au vingt-deuxième étage. Quinn-Reece s'était excusé, une autre réunion l'appelait ailleurs.

« Il n'y a que deux boutons d'étage, observa Mather.

— C'est un ascenseur privé, expliqua Sir Victor, il ne fonctionne qu'entre le huitième et le vingt-deuxième étage. Très peu d'employés sont autorisés à l'utiliser.

— Et les vingt-troisième et vingt-quatrième étages ?

— Ce sont des logements et des locaux de machinerie installés sous les toits. »

Un appartement dans le ciel, au cœur de la Cité ? Un tel endroit n'avait pas de prix, songeait Halloran. L'appartement de qui, au fait ? Du président ? Ou de cet homme mystérieux, puisqu'il semblait être si précieux aux yeux de la société ? Beaucoup de questions restaient en suspens.

Les parois de l'ascenseur, d'un noir lustré, renvoyaient le reflet fantomatique de leurs silhouettes. Et comme le plafonnier était voilé, ils pouvaient aisément imaginer que leur trajet les menait sous terre plutôt qu'en altitude.

Le mouvement cessa, sensation indéfinissable, les portes s'ouvrirent, révélant un corridor aussi lugubre que la cabine.

Dans le couloir, contre le mur, se tenait un homme massif, qui paraissait guetter leur arrivée. A l'apparition du président, ses bras croisés sur sa large poitrine retombèrent à ses côtés en un semblant de garde-à-vous.

« Il est prêt à nous recevoir ? » questionna Sir Victor qui sortit le premier de l'ascenseur sans se soucier de galanterie envers Cora ni de courtoisie envers ses hôtes.

L'homme fit un signe de tête affirmatif. « Il vous attend. » L'accent était américain, l'intonation à peine polie.

A en juger par sa stature épaisse et la gaucherie de son maintien dans son costume de travail, Mather et Halloran n'eurent aucun mal à deviner qu'il s'agissait de l'un des gardes du corps. Il portait les cheveux longs, noués en une queue de cheval incongrue sur son costume guindé. Ses yeux méfiants dans une face lunaire scrutèrent rapidement les visiteurs. Halloran lui trouva le teint anormalement congestionné, avant de s'apercevoir en approchant qu'un réseau de fines cicatrices livides lui quadrillait entièrement les joues. Sans ajouter une syllabe, le garde du corps leur ouvrit la voie le long du couloir, en gardant une avance de deux mètres environ. Halloran passa les doigts sur l'un des murs nus et sombres ; ils étaient recouverts d'une toile au toucher rugueux, du jute noir. Il faisait étrangement froid dans ce couloir, malgré l'impression d'étouffement que finissait par donner la pénombre.

Ils tournèrent à droite. Face à eux, une double porte très large au revêtement noir et brillant, comme dans l'ascenseur. Un bref instant, Halloran éprouva l'impression frappante que des apparitions venaient à leur rencontre. Le garde du corps se pencha vers la porte, mains tendues pour saisir les poignées, et son reflet à l'allure de spectre se pencha vers lui, comme pour le capturer. L'homme écarta les deux côtés de la porte, puis s'effaça pour laisser le groupe entrer.

La pièce était immense, et d'une blancheur presque aveuglante.

« Bienvenue dans les limbes », prononça une voix.

VI

FELIX KLINE

L'homme qui venait de parler ne correspondait aucunement à ce qu'attendaient Mather ou Halloran.

Il n'avait pas l'air de valoir cinquante millions de livres. Il n'avait pas l'allure d'un personnage dont dépendrait le sort d'une multinationale de cette importance. Il n'avait rien d'un génie, et rien d'un magicien.

Cet homme était franchement décevant.

D'abord éblouis par ce flot de lumière inattendue, et le contraste avec la pénombre qui l'avait précédé, les yeux s'adaptaient à l'agression ; peu à peu, les visiteurs pouvaient prendre connaissance de ce qui les entourait. L'endroit ne comportait ni fenêtres ni meubles, à l'exception d'une estrade moyenne de faible hauteur, placée au centre du plancher d'un blanc lumineux. La pièce avait-elle d'autres portes ? Impossible de les discerner dans la blancheur des murs, aussi longtemps que les yeux ne seraient pas habitués à leur éclat. Même le plafond, très haut, était de lumière blanche. L'ensemble produisait l'effet d'un espace immense et vide, qui rendait la silhouette assise sur le bord de l'estrade encore plus insignifiante.

Il portait un jean et un sweat-shirt bleu dont les manches étaient coupées au coude. Penché en arrière, il s'appuyait des deux mains sur la plate-forme, jambes étendues, chevilles croisées, et considérait avec un large sourire le groupe qui venait d'entrer.

« Le contraste brutal nettoie l'esprit, vous ne trouvez pas ? s'écria-t-il, et il partit d'un rire très curieux, une sorte de gloussement haut perché. C'est voulu, remarquez. Un esprit vide, c'est une ardoise vierge, une page blanche en attente d'images. Je peux vous faire tout en noir si vous préférez? proposa-t-il, le regard pétillant d'impatience.

— Pas maintenant, Felix, si vous voulez bien, répondit vivement Sir Victor. Je voudrais vous présenter Mr. Mather et Mr. Halloran. Ces messieurs sont du Bouclier d'Achille, la maison dont je vous ai parlé. »

Felix se leva et marcha vers eux sans se presser, les mains dans les poches arrière de son jean. Il avait une taille bien au-dessous de la moyenne, qui ne devait pas dépasser le mètre soixante, des épaules légèrement arrondies qui lui donnaient l'air voûté. Les cheveux noirs bouclés tout ébouriffés, le teint bistre, presque jaunâtre, le nez busqué, il pouvait avoir entre vingt-cinq et trente-cinq ans. Ses yeux, très grands, d'un noir d'ébène, luisaient d'un éclat profond, comme deux flaques d'huile.

« Voyons, laissez-moi deviner », fit-il, la mine réjouie de nouveau, en fixant un point au-dessus de leurs têtes.

Ses yeux avaient quelque chose d'étrange que Halloran ne parvenait pas à définir.

Il fit un pas vers eux, abaissa son regard. « Vous, dit-il le doigt pointé, vous êtes Mather. C'est vous l'Organisateur — mais non, le *Concepteur*, c'est ainsi qu'on vous appelle, non? Je me trompe? Bien sûr que non, je ne me trompe pas. Et vous... » Il se tourna vers Halloran.

Son sourire s'évanouit un instant, puis réapparut, mais l'humour en était absent. « Vous, vous êtes Halloran, prononça-t-il plus lentement, avec moins d'animation. Le Muscle. Enfin pas uniquement, avec un petit quelque chose en plus. Dites donc, vous êtes un drôle de dur, vous. »

Halloran dévisagea le petit homme comme il le dévisageait et comprit ce qui le gênait dans ses yeux. Ses pupilles étaient anormalement dilatées. Avec cette débauche de lumière éblouissante, elles auraient dû se contracter pratiquement jusqu'à la taille d'une pointe d'épingle. Héroïne? Ce n'était pas exclu. L'homme avait l'air drogué.

« Voici Felix Kline, s'interposa Sir Victor. C'est pour sa protection que vous avez été engagés. »

Si Mather fut surpris, il n'en montra rien. « Je suis enchanté de faire votre connaissance, Mr. Kline.

— Eh bien tant mieux! s'écria Kline. Et vous, Halloran? Vous êtes enchanté de faire ma connaissance?

— Je m'y ferai peut-être », rétorqua Halloran.

La jeune fille intervint prestement. « Il y a une foule de dispositions à prendre, Felix. Ces messieurs doivent connaître votre emploi du temps jour après jour, ainsi que vos projets, de façon à ce que leurs hommes puissent vous protéger efficacement vingt-quatre heures sur vingt-quatre.

— Comment, leurs hommes ? aboya Kline. Nous n'en avons accepté qu'un seul, Halloran ici présent.

— Il aura besoin d'un soutien à l'arrière, expliqua Mather que ce jeune homme lunatique commençait à agacer. Il ne peut pas vous tenir à l'œil à chaque instant du jour et de la nuit. Il vous faudra une protection extérieure.

— Bon, dit Kline sans cesser d'examiner Halloran. Vous vous en occupez, Cora — vous connaissez mon emploi du temps mieux que moi. Vous en donnerez le détail à Mather, c'est lui le cerveau. Je voudrais rester seul un instant avec Halloran. S'il doit m'accompagner constamment, il vaut mieux que nous fassions un peu connaissance. Qu'en dites-vous, Halloran ? Vous avez un prénom ?

— Liam.

— Sans blague ? Bon, je vous appellerai Halloran. Mais vous pouvez m'appeler Felix. » Il sourit, et eut tout à coup l'air d'un enfant candide. Puis il se tourna vers le président de Magma. « Victor, il faudra que je vous parle ensuite de Bougainville.

— Du cuivre ? demanda Sir Victor.

— Peut-être bien. Une source encore inexploitée.

— C'est une bonne nouvelle, si toutefois vous êtes sûr.

— Je ne peux pas être *sûr* ! glapit Kline. Vous savez très bien que ce n'est pas possible !

— Oui, oui, naturellement, excusez-moi. Nous en reparlerons tout à l'heure, quand vous serez disposé à le faire.

— D'accord, d'accord. Maintenant laissez-moi seul avec Halloran. Nous avons à discuter. Revenez quand vous aurez terminé, Cora. »

Tout le monde sortit, excepté le garde du corps qui s'attardait à la porte. Kline claqua des doigts puis indiqua la sortie. Le lourdaud suivit les autres, et ferma les doubles portes derrière lui.

« Perplexe, hein, Halloran ? » s'écria Kline en reculant vers l'estrade placée au centre de la pièce. Ses tennis blancs crissaient sur le sol brillant. « Ouais, vous êtes perplexe, je le parierais. Comment un petit bonhomme comme moi peut-il dire à une pointure comme Sir Victor ce qu'il doit faire ou ne pas faire ? » Il sauta sur la plate-forme et s'y campa jambes écartées, bras grêles croisés sur la poitrine.

« Ça, j'aimerais bien le savoir ! » répliqua Halloran sans bouger. Sa voix résonnait dans l'espace vide qui les séparait.

« Et puis quoi encore ? Moi, j'aimerais bien en savoir plus sur vous. Vous me dérangez, Halloran, et je n'aime pas ça. »

Halloran haussa les épaules. « Vous pouvez toujours demander quelqu'un d'autre. Il ne manque pas de bons agents au Bouclier pour me remplacer. Mais d'un autre côté, si je vous dérange, vous serez peut-être plus enclin à faire ce que je vous dis. C'est votre vie que je dois protéger, ne l'oubliez pas.

— Comment pourrais-je l'oublier ? » Il se laissa tomber à terre et s'assit au bord de l'estrade, le dos rond, les bras autour des genoux remontés. « Vous avez des questions à me poser ? »

Halloran vint s'asseoir sur l'estrade. « Expliquez-moi exactement ce que vous faites pour Magma. Ce sera utile pour commencer. »

Kline eut un rire pour le moins explosif. « Quoi, le vieux ne vous l'a pas dit ? Il voulait sans doute vous y amener progressivement. Très bien, Halloran, asseyez-vous et écoutez, vous allez apprendre quelque chose. »

De nouveau il était debout, et arpentait l'espace en sautillant devant son unique auditeur.

« Je vous ai souhaité la bienvenue dans les limbes, vous vous souvenez ? C'est ce que représente cette pièce. Le vide, le rien. Rien qui puisse distraire, ou intéresser. Jusqu'à ce que je fasse ça ! »

Il s'élança vers l'estrade, prit quelque chose derrière Halloran. Un objet plat et rectangulaire, un boîtier blanc de commande à distance où les boutons sans couleur ni relief étaient quasiment invisibles de l'endroit où se trouvait l'agent. Kline le dirigea vers une cellule photo-électrique en pressant un bouton.

Instantanément, la pièce fut plongée dans une obscurité totale.

Halloran se mit d'instinct en mouvement ; il changea de position pour opérer un glissement vers sa gauche. Un gloussement pointu résonna quelque part dans le noir absolu, une sorte de raclement sinistre qui fit se contracter les muscles de son dos.

« L'impression de vide est différente, non ? »

A la voix de Kline, Halloran se tordit le cou en tous sens, cherchant vainement à localiser l'endroit d'où venait le son.

« Un vide peuplé d'un tas de choses, poursuivit la voix qui semblait cette fois provenir de plus près, presque de derrière son épaule.

— De mauvaises choses », chuchota Kline à son oreille.

Halloran se leva, étendit les mains, et ne rencontra rien.

« Et maintenant ceci », fit la voix.

Halloran serra fortement ses paupières. L'un des murs venait de s'illuminer. Il les rouvrit prudemment, pour laisser à ses pupilles le temps de s'accoutumer. Et il vit briller une carte en relief de l'Amérique du Sud, dénuée de légendes.

Kline se tenait à deux mètres de lui, sur sa droite. Bras tendu, il pointait le boîtier vers la carte. Il déplaça sa main.

« Et maintenant celle-ci », dit-il. Un déclic, et une autre carte apparut à côté de la première. L'Amérique du Nord.

« Celle-ci, celle-ci, et celle-là. » De la même manière, en tournant lentement sur lui-même, Kline fit apparaître tout autour de la pièce des cartes alignées dans la moitié supérieure des murs. L'Inde, l'Afrique, l'Espagne, l'Australie, l'Indonésie, l'Alaska, et bien d'autres, plus des sections de territoires ou des îles qu'il n'identifiait pas immédiatement. Leurs projections illuminaient la pièce des verts et des bruns de leurs détails, et du bleu un peu trop bleu de leurs mers.

Kline riait en le regardant, le visage et le corps entièrement coloriés de reflets mouvants aux tons pastel.

« Ce sont des photographies prises par satellite, expliqua-t-il. Nous contemplons la Terre Mère du haut de l'espace. Regardez. »

Négligemment, il dirigea la commande vers l'une des cartes en relief. Un déclic, et la carte se changea en une étude plane d'une incroyable précision, à l'échelle exacte de celle qu'elle recouvrait, mais avec l'indication des moindres villes, villages, cours d'eau et montagnes. « Vous voulez passer à autre chose, Halloran ? Je sens que vous êtes impressionné. »

Autre déclic, les projections disparurent des murs à l'exception d'une seule. Une île.

« Vous connaissez cet endroit, Halloran ? C'est la Nouvelle-Guinée. » Le relief se modifia, la partie droite de l'image grossit, puis s'immobilisa. « Voici la Papouasie, un horrible trou dans un bain de vapeur, mais qui a certaines richesses. »

Halloran observa Kline qui revenait vers l'estrade, petite silhouette mal éclairée par-derrière, mais dont il émanait une énergie électrisante. Le petit homme s'accroupit au centre de la plate-forme dans la position du lotus, et se pencha vers l'écran.

« En premier lieu, le cuivre », poursuivit-il en fixant intensément l'image. Sa voix se faisait plus sourde à mesure qu'il se concentrait. « Mon exploit du jour, en ce qui concerne Magma. Le groupe possède déjà une mine de cuivre là-bas, mais elle s'épuise. Savez-vous que la demande en cuivre a augmenté de dix pour cent après cette longue période de récession ? J'imagine que non, bien sûr. Pourquoi le sauriez-vous ? Moi-même, je m'en fiche comme d'une guigne. Mais pas ce bon vieux Sir Vic, ni ses copains. Ça fait beaucoup d'argent pour eux, pas vrai. Là-dessus, on dirait que je leur ai trouvé un nouveau filon, très loin de la mine existante. Ce matin, Halloran, juste avant votre arrivée. »

Halloran le contemplait fixement. « Vous avez trouvé du cuivre ? Je ne comprends pas. »

Kline rit de bon cœur, en martelant de sa main libre la plate-forme derrière lui. « Vous ne comprenez pas ? C'est normal, mon vieux, vous êtes comme tous les autres, vous n'avez aucune notion du pouvoir réel de l'esprit. La raison est la maladie de l'humanité, vous ne le savez pas ? La décrépitude des sens. Mais qu'est-ce que cela peut vous faire ? Vous n'êtes qu'un garde du corps obtus, et rien d'autre.

— Alors apprenez-m'en un peu plus. »

Un déclic. De nouveau l'obscurité totale.

Halloran se déplaça souplement. La voix désincarnée de Kline lui parvint. « Vous avez peur du noir, Halloran ? »

Il ne répondit pas.

« Vous vous demandez ce qu'il cache ? Vous savez que vous êtes dans une pièce vide, vous l'avez vu quand les lumières étaient allumées. Mais maintenant vous n'en êtes plus si sûr. C'est que vous ne pouvez pas y distinguer quoi que ce soit. Alors votre esprit se met à inventer pour vous. »

Gloussement dans le noir.

« Comme vous m'entendez, vous savez où je suis, hein, Halloran ? A trois mètres de vous à peu près, hein ? Mais si je vous touche... »

Un doigt glacé frôla la joue de Halloran.

« ... alors vous avez peur, parce que votre raison vous dit que ce n'est pas logique. »

Instinctivement, Halloran s'était accroupi en boule. Il changea à nouveau de position, et entendit ses pieds racler le sol.

« Vous avez une trouille bleue, hein ? »

Un doigt se planta dans son dos.

Halloran se déplaça d'un mouvement continu, cherchant un mur, un élément solide où s'appuyer. Ses doigts tendus touchèrent un visage.

La lumière éblouissante l'obligea alors à fermer les yeux.

« Vous étiez perdu. Je vous ai flanqué la frousse. »

Ils se trouvaient sur l'estrade, comme tout à l'heure. Halloran obligeait au calme ses nerfs ébranlés, tandis que Kline assis près de lui l'observait, hilare, de ses yeux huileux. Il transpirait, Halloran sentait son odeur, voyait les taches humides sous ses aisselles.

« Oui, j'ai eu la frousse, reconnut-il. Mais pourquoi exactement ?

— Petite leçon sur l'irréalité de la réalité. C'est vous qui m'avez demandé de vous en apprendre un peu plus.

— Ce n'était pas cela que j'avais en tête. »

Kline gloussa. « J'ai introduit en vous la peur. Et vous avez réellement ressenti cette peur.

— Peut-être.

— Pourtant vous saviez qu'il n'y avait que vous et moi dans cette pièce. Un petit bonhomme comme moi contre un gars aussi entraîné que vous, vous vous rendez compte ! Pas très raisonnable, non ? L'obscurité a dominé votre raison, vous comprenez ? Elle vous a rendu vulnérable.

— J'ai été désorienté, je le reconnais.

— C'est peu dire, je crois.

— L'expérience ne m'a pas aidé à comprendre quoi que ce soit. Je ne vois pas le rapport avec le fait de trouver du cuivre sur une carte.

— Peut-être l'expérience était-elle aussi une démonstration. » Toute trace de vulgarité avait quitté la voix de Kline. Son attitude s'était subtilement modifiée, passant de la plaisanterie à l'ironie imperturbable. « Petit jeu un peu simpliste, j'en conviens, mais je voulais jauger votre capacité de réagir à un sentiment de désorientation, comme vous l'avez dit vous-même. Il semble bien que ma vie soit entre vos mains, après tout.

— Nous y viendrons tout à l'heure. Parlez-moi plutôt du cuivre en Nouvelle-Guinée. Comment avez-vous localisé ce nouveau gisement ?

— Je me suis servi de mon esprit, naturellement. Intuition, seconde vue, sixième sens, perception extrasensorielle, appelez cela comme vous voudrez. Je regarde une carte, et je perçois les gisements qui s'y cachent. Les minéraux et même les réserves brutes d'énergie. Je peux dire où on les trouvera sous la croûte terrestre. Et je ne fanfaronne pas, croyez-le, car il m'arrive de me tromper — dans vingt-cinq pour cent des cas environ, mais Magma y trouve largement son compte. Plus que largement même, selon Sir Victor Penlock et son aréopage de directeurs. »

Halloran secouait lentement la tête. « C'est... vous dites que vous trouvez ces gisements avec votre esprit ? De la même façon qu'un radiesthésiste repère les sources souterraines ?

— Peuh ! rien n'est plus facile que de trouver de l'eau dans le sol. Même *vous* en seriez capable. Dans mon cas, c'est un peu plus compliqué. Disons que certaines études géologiques, certaines estimations soigneusement calculées me mettent sur la voie. On me donne un secteur à examiner — qui peut s'étendre sur des milliers de kilomètres carrés — et j'élimine totalement de mes pensées tout ce qui ne s'y rapporte pas. Cette pièce m'y aide : son espace vide me nettoie l'esprit », expliqua-t-il avec un geste circulaire.

Par pressions successives sur sa commande à distance, il avait diminué considérablement l'intensité de l'éclairage, jusqu'à donner aux murs et au sol une tonalité d'un gris pâle, assez éteint. Halloran distinguait à présent des lignes presque invisibles là où les écrans étaient encastrés. Il remarqua aussi les relais minuscules placés de façon stratégique et discrète pour recevoir les impulsions de la commande que tenait négligemment son interlocuteur. La structure de cette pièce était conçue de manière fort ingénieuse.

Les yeux rivés au sol, Kline se massait les tempes du bout des doigts raidis, comme pour soulager une migraine. « Comprenez-vous maintenant pourquoi j'ai tant de prix pour la société Magma ? s'écria-t-il. Avez-vous une idée de la vitesse avec laquelle les pays développés épuisent nos ressources, aussi bien les combustibles fossiles que les métaux, les minéraux, le bois, et même les sols ? Nous en venons rapidement à bout. C'est le monde entier que nous explorons et que nous fouillons. Nous le consommons avec une voracité de rapaces. Les grandes sociétés ne croient pas à la restriction, elles ont toujours fait le maximum pour fournir la demande, sans aucune précaution, aucun avertissement, rien qui soit de nature à ralentir le flot d'argent dans leurs poches doublées de soie. »

Il releva la tête, et Halloran crut déceler dans son sourire une ombre d'espièglerie.

« Et maintenant ils prennent peur. Plus il devient difficile de trouver de nouvelles sources de matières premières, plus ils se tourmentent. Plus il devient cher de les extraire du sol, plus ils s'affolent. C'est ce qui fait de ma présence le meilleur atout de Magma, et leur rend si précieuse ma collaboration. Ces cinquante millions de livres suffiraient à peine à compenser ma mort. »

Halloran se leva et fit quelques pas, mains dans les poches, tête courbée, plongé dans ses réflexions. Puis il se retourna et, considérant le petit homme : « C'est un conte que vous me demandez d'avaler là », dit-il.

L'éclat de rire de Kline emplit la pièce de son gloussement. « Vous ne me croyez pas ! Vous ne me croyez pas capable de faire ce que je vous dis ! Après tout ce que je vous ai montré, vous croyez encore qu'il s'agit d'un jeu ! Alors ça, c'est merveilleux ! » De joie, il tapait des pieds sur le sol blanc.

« J'ai dit que c'était difficile à croire », précisa Halloran sans s'émouvoir.

Kline se calma. « Vous vous imaginez que j'attache la moindre importance à ce que vous croyez ? Je m'en fiche ! Tout ce qu'on vous demande, c'est de me protéger, un point c'est tout. D'ailleurs il est peut-être temps de voir si vous êtes aussi compétent que vous le dites. »

Il pressa de nouveau sa commande, et un signal dut alerter l'homme de faction derrière la porte ; l'un des panneaux s'ouvrit et le garde du corps apparut.

« Halloran ici présent n'est pas persuadé de tes talents, Monk, dit Kline. Tu peux lui donner une petite séance d'entraînement, histoire de faire les présentations ? »

Monk s'approcha sans sourire.

Halloran se tourna vers Kline. « Je ne fais pas passer d'auditions, dit-il.

— Dans ce cas, Monk est susceptible de vous casser les deux bras. »

Avec un soupir, Halloran se décida à faire face à celui qui marchait vers lui d'un pas tranquille, comme s'il ne voulait que lui serrer la main. Mais dans les yeux de Monk brillait certaine lueur qui ne trompait pas.

Brusquement, le garde du corps se ramassa sur lui-même et franchit d'un élan les deux derniers mètres.

Il s'aperçut alors que son adversaire était soudain passé derrière lui.

Souplement, d'un coup de pied bien placé dans l'arrière-train de Monk, Halloran l'envoya plonger violemment tête la première. Incapable de garder l'équilibre, le garde du corps s'affala sur les genoux. Il tâtonna piteusement à quatre pattes avant de se redresser et de s'accroupir.

« Salaud ! proféra-t-il dans un cri haut perché, une sorte de glapissement aigu, comme si sa voix s'était étranglée trop bas dans sa gorge.

— Incroyable, il parle ! » railla Halloran.

Le garde du corps se rua vers lui.

« Felix, rappelez-le ! »

C'était la voix de Cora, mais Halloran se garda bien de regarder de son côté. S'il ne voulait aucun mal à cette brute qui avançait lourdement sur lui, il ne voulait pas non plus se prêter à ces bêtises. Il esquiva encore la charge puis releva le genou dans les dernières côtes de l'homme, avec juste assez de force pour gêner un moment la respiration de son adversaire.

Bouche grande ouverte, Monk se plia en deux en crachotant, tandis que l'air s'échappait de sa poitrine dans un sifflement. Il eut néanmoins le mérite de vouloir se redresser aussitôt, la figure rouge et l'air mauvais. Résigné, Halloran se prépara à frapper d'un coup sec le point de compression de la jugulaire, ce qui mettrait promptement fin au combat avec le minimum de dégâts.

Mais Cora s'avança vivement entre eux pour affronter

Kline. « Faites-les arrêter, Felix, ordonna-t-elle. Tout de suite. »

Le regard du petit homme s'illumina très brièvement d'un éclair de fureur qui n'échappa pas à Halloran. Puis le visage de Kline s'épanouit en un sourire candide.

« Ce n'est qu'un test, Cora, personne n'est blessé. Je devais savoir jusqu'à quel point ce type est compétent, voilà tout.

— On ne nous l'aurait pas recommandé s'il était incompétent, répliqua-t-elle d'un ton plus amène. Elle se tourna vers Halloran. Je suis navrée de cet incident qui n'aurait jamais dû se produire. »

La main pressée sur ses côtes endolories, les yeux allant de Kline à Halloran, Monk attendait les instructions.

« Attends dehors », commanda sèchement Kline, visiblement mécontent de la performance de son homme de main. Celui-ci quitta la pièce avec moins d'aisance qu'il n'y était entré. « Vous vous déplacez drôlement vite, Halloran, reconnut ensuite le petit homme.

— Si c'est votre meilleur élément, vous allez avoir des problèmes, répondit Halloran.

— Ce n'est pas mon meilleur élément, c'est le plus puissant. »

Avec la rapidité d'un félin, Kline se leva de l'estrade. Ses yeux qui paraissaient encore plus sombres qu'auparavant brillaient d'une pensée secrète. « Concernant ma sécurité à venir, il y a sûrement des tas de choses dont vous devez discuter avec Cora. Elle est ma secrétaire particulière — et bien plus encore —, vous pouvez vous fier à elle en toute liberté, et sans restriction. Moi, il faut que j'aille prendre une douche, je commence à empester.

— Mais nous avons encore beaucoup de choses à régler, protesta Halloran.

— Voyez cela avec elle. Je dois me reposer », trancha Kline sur un ton sans appel.

La jeune fille vit le mécontentement de Halloran, et lui toucha légèrement le bras. Il abaissa les yeux vers elle tandis que Kline s'en allait vers le fond de la pièce. Il actionna sa commande, et une porte invisible jusque-là s'ouvrit dans le mur.

« Felix a réellement besoin de se reposer, expliqua Cora une fois Kline sorti. Le don particulier qu'il possède le laisse souvent complètement épuisé. »

Halloran avait remarqué les auréoles de transpiration sous les aisselles de son interlocuteur, et au bas de son dos. L'homme l'étonnait de plus en plus. Il faisait frais dans la pièce, presque trop frais d'ailleurs. Et quand il l'avait touchée dans le noir, la peau de Kline était froide.

Il se rappela ce moment, et le frisson qui l'avait traversé. Car dans cette obscurité totale, ses doigts avaient rencontré un visage plissé, crevassé, une peau sèche et ridée qui ne pouvait vraiment pas appartenir à un homme relativement jeune.

Sa raison lui avait dit qu'il devait se tromper, que cette illusion était un effet du choc qu'il avait ressenti. La lumière soudain revenue avait aussitôt effacé l'image de son esprit.

Et voici que cette pensée — cette sensation plutôt — revenait le hanter. Kline lui-même ne l'avait-il pas mis en garde contre la raison ?

VII

LA PRÉMONITION DE KLINE

Cora picorait distraitement sa salade, beaucoup plus intéressée par Halloran que par son repas. La terrasse du bord de l'eau commençait à se remplir d'employés de bureau venant déjeuner, attirés par le retour du beau temps après un hiver particulièrement lugubre. Un bateau de plaisance bourré de touristes aux visages roses naviguait sur la Tamise dont les flots tristement grisâtres depuis des mois offraient ce jour-là des eaux bleu ardoise. Sur l'autre rive, les immeubles neufs côtoyaient les anciens entrepôts en ruine. Il flottait encore dans l'air une fraîcheur qui rendait plus présente la saison nouvelle, une petite brise décapante qui balayait les derniers relents de l'hiver.

Halloran se frayait un chemin au milieu des tables rondes, un verre dans chaque main, qu'il tenait à hauteur de poitrine pour éviter les têtes et les épaules des autres consommateurs.

Elle observait cet homme qui l'effrayait un tout petit peu. La désinvolture dont il avait fait preuve devant l'agression de Monk l'incitait à se demander à quel point il serait meurtrier en cas de situation désespérée. Au premier coup d'œil pourtant, il n'avait rien d'un homme violent. Il était grand mais non massif, svelte sans avoir des muscles d'hercule. Il s'habillait de façon décontractée, sans agressivité ni timidité.

Voilà ce que révélait le premier regard. A l'examiner plus attentivement, on remarquait l'expression chaleureuse de ses yeux bleu pâle, qui pouvait se changer instantanément en une froideur glaciale. Elle avait observé ce phénomène quand on l'avait présenté à Felix. D'ailleurs Felix s'en était parfaitement rendu compte aussi.

Elle s'inquiétait de cette antipathie mutuelle si spontanée, car en dépit de cela Felix pourrait avoir besoin de cet homme énigmatique. Il y avait chez Halloran une force tranquille totalement rassurante : on se sentait en sécurité avec ce genre d'homme — à moins qu'on ne soit son ennemi.

Il posa devant elle le gin blanc ; elle le remercia d'un sourire mais prit soin de ne pas y toucher tout de suite — elle avait bu son premier verre trop vite, à la surprise amusée de son invité. Il avait pris un whisky avec de la glace qu'il plaça de côté pour attaquer sa salade au jambon. Elle essaya encore sans conviction de faire honneur à son plat, et y renonça après quelques bouchées.

« Je crois que je n'ai pas très faim aujourd'hui », dit-elle en se demandant pourquoi ces paroles avaient un air d'excuse. Elle leva son verre et but. Le gin lui parut plus nourrissant que le concombre et la laitue.

Il hocha la tête et prit une gorgée de whisky pour lui tenir compagnie, puis lui sourit gentiment.

Sous l'effet de ce second verre, Cora ressentit une chaleur qui la détendit quelque peu. « Dans quelle partie de l'Irlande êtes-vous né, Mr. Halloran ? s'enhardit-elle à questionner.

— Appelez-moi Liam, dit-il. Je ne suis pas né en Irlande. Mes parents étaient irlandais, mais je suis né ici, à Londres, même si j'ai grandi à Kilkenny. Mon père était capitaine de l'armée britannique ; il partait très souvent au loin, et pendant ce temps ma mère et moi habitions la ferme de mon grand-père.

— Et en définitive, vous avez intégré l'armée ?

— C'était une voie assez naturelle. » Il posa son couteau, coupa du bord de sa fourchette de petits morceaux de fromage. « Il faut que je sache une foule de choses sur votre employeur, Miss Redmile, concernant sa vie privée aussi bien que ses affaires.

— Je m'appelle Cora.

— Cora, d'accord. Parlez-moi de lui. Depuis combien de temps est-il votre patron ?

— Je suis entrée chez Magma il y a cinq ou six ans, mais je n'ai pas travaillé tout de suite pour Felix. »

Il l'encouragea à poursuivre d'un signe de la tête.

« Felix m'a prise comme secrétaire particulière il y a trois ans. Je ne sais pas pourquoi. Il m'a vue un jour dans le bureau de Sir Victor. Je lui apportais des documents de mon service, au sixième étage. Comme c'était urgent, j'ai interrompu leur réunion. Apparemment Felix a posé des questions sur moi et j'ai su très vite qu'il avait demandé l'autorisation de me prendre comme assistante. A l'époque je ne savais même pas exactement qui il était, je n'avais entendu que des rumeurs.

— Des rumeurs ? Lesquelles ?

— Oh ! simples bavardages de bureau. La présence de Felix Kline chez Magma n'a jamais été officielle ; vous ne trouverez mention de son nom sur aucun papier ni aucune fiche de paie.

— N'est-ce pas illégal ?

— Non, dans la mesure où il n'a jamais été salarié par la société. Pour le monde extérieur, il suffit qu'il paie un loyer pour l'appartement.

— Mais quelque chose me dit que cela non plus n'est pas notoire, suggéra Halloran.

— Officiellement, c'est Sir Victor lui-même qui occupe la suite.

— Le rôle de Kline ici est donc entouré d'un tel secret ? Votre conseil d'administration a peur que la concurrence ne mette le doigt sur lui ?

— C'est pire que cela. Magma a plus de cent mille actionnaires, dont la plupart au Royaume-Uni. Imaginez leur réaction s'ils découvraient que leur groupe est guidé par un mystique.

— Ah ! je suis soulagé de vous l'entendre dire. Je commençais à me demander si j'étais le seul à avoir perdu le contact avec les pratiques du monde moderne des affaires. »

Le rire de Cora fit plaisir à Halloran. Elle s'était montrée tendue depuis qu'ils avaient quitté la pièce blanche, comme si l'échauffourée mineure entre lui-même et le gorille dont elle avait été témoin l'avait bouleversée. A la lumière du jour, il avait ensuite remarqué les cernes légers de ses yeux, semblables à des taches d'ombre sous la peau. Elle avait la mine de quelqu'un qui n'avait pas eu le sommeil facile ces derniers temps. Inquiétude pour son employeur, que Magma estimait courir un danger justifiant la protection d'une agence comme la sienne, malgré la présence de ses gardes du corps personnels ?

« J'imagine — cela peut sans doute paraître naïf étant donné tout ce que j'ai appris aujourd'hui — que Kline a obtenu des résultats exceptionnels pour Magma ? »

Cora lui sourit. « C'est peu dire, en effet.

— A quel moment la société a-t-elle découvert ses

talents ? » demanda Halloran qui se pencha en avant, bras croisés sur le bord de la table. « Je veux dire, qui a approché qui ? »

Elle évita son regard. « Je n'ai pas le droit de vous le dire, je m'en excuse, Liam. J'ai reçu pour instructions de vous fournir les informations directement utiles à votre plan de protection, mais pas davantage.

— Y a-t-il une raison à cela ?

— La même raison qui exige qu'une seule personne — vous — soit autorisée à rester en contact rapproché avec Felix. Secret, discrétion, appelez cela comme vous voudrez. Moins il y aura de gens informés au sujet de Felix Kline, mieux se porteront Sir Victor et les autres. » Elle manifesta soudain une vive anxiété. « Je ne m'avance pas trop, j'espère ? Vous avez accepté ce travail ?

— Oui, oui, répondit-il avec douceur, et une lueur déconcertante éclaira encore ses yeux. Mais sur certaines règles de base, il faudra que nous soyons d'accord. » Il glissa la main dans la poche intérieure de sa veste et en sortit une feuille de papier pliée. « Simple liste de choses à faire et à ne pas faire, expliqua-t-il en la tendant à Cora. Que Kline en prenne connaissance aujourd'hui même. S'il est disposé à en tenir compte, appelez le Bouclier dans l'après-midi, demandez Mather.

— Et si Felix n'est pas disposé ?

— Alors nous allons au-devant des problèmes. Vraisemblablement, le Bouclier refusera le travail.

— Puis-je voir cette liste ?

— Mais bien sûr. Vous ferez partie du dispositif. »

Cora déplia la feuille et parcourut des yeux les lignes dactylographiées. Elle acquiesça de la tête. « Cela me paraît tout à fait correct. »

Halloran tendit le bras et donna une chiquenaude au coin de la page. « Regardez le troisièmement. Est-ce que Kline a un chauffeur ?

— Oui, un de ses gardes du corps, Janusz Palusinski.

— Palusinski est-il familiarisé avec les techniques de conduite anti-enlèvement ?

— Je... je ne sais pas.

— C'est important.

— Je m'excuse, je n'en ai vraiment aucune idée. Palusinski est avec Felix depuis bien plus longtemps que moi.

— Bon. Si ce n'est pas le cas, il devra passer à peu près une journée avec l'un des chauffeurs du Bouclier. Il faut qu'il apprenne le virage au frein à main, le virage en marche arrière, le franchissement d'une route bloquée, ce genre de choses. Aucune de ces manœuvres n'est vraiment difficile à maîtriser pour un conducteur expérimenté. D'ici là, je ferai le chauffeur pour Kline. »

Cora reprit sa lecture. « Un code de signaux ? C'est-à-dire ?

— Nous allons instaurer un système d'identification mutuelle à base de mots codés, pour les conversations téléphoniques, le fait de s'annoncer à la porte, etc. Nous conviendrons aussi de signaux non verbaux pour les cas d'urgence, quand les mots ne sont d'aucune aide et font même courir des risques. Rien de recherché, des signes très simples. Également certains mots clés à utiliser dans une situation d'enlèvement, qui nous feront savoir si Kline est blessé, le nombre de ses ravisseurs, et éventuellement donneront des indications sur l'endroit où il se trouve, à condition qu'il en ait lui-même une idée. Mais s'il se tient strictement aux règles, on ne devrait pas avoir besoin de ces mots clés. »

Un souffle d'air frais caressa le fleuve. Cora frissonna.

« Tout cela est effrayant, dit-elle.

— Eh oui, mais il faut que ce soit ainsi — juste assez effrayant pour que vous restiez vigilants tous les deux.

— Vous ne me rassurez pas beaucoup.

— Vous faites appel à ma société pour assurer la protection de Kline, pas pour vous apporter un réconfort illusoire. Je vais être franc avec vous, Cora : si une organisation, terroriste ou criminelle, a décidé d'enlever quelqu'un, il est virtuellement impossible de l'en empêcher, ou de l'empêcher d'essayer en tout cas — et c'est habituellement en ces circonstances que la personne est blessée. Nous, nous ne pouvons que faire le maximum pour minimiser les risques. Mais si c'est une consolation, sachez qu'il est bien plus facile d'assassiner quelqu'un que de l'enlever. »

Cora pâlit visiblement.

Halloran se pencha vers elle et lui saisit l'avant-bras. « Je ne voulais pas vous alarmer. Nous ne faisons ici qu'*évoquer* une situation d'enlèvement, n'est-ce pas ? Personne n'a menacé sa vie ? »

Cora secoua lentement la tête. Halloran retira sa main.

« Qu'y a-t-il, Cora ? Qu'est-ce qui vous bouleverse ? Si j'ai bien compris, toute l'affaire est partie du "sentiment" qu'a eu Kline qu'il courait une sorte de danger, en l'absence de toute preuve disant que c'est réellement le cas.

— Vous ne connaissez pas Felix, vous ne pouvez pas soupçonner ce qu'il peut faire avec son psychisme. Il a des pouvoirs qui... » La voix de Cora s'étrangla.

« Oui, oui, je sais — des pouvoirs qui relèvent du secret. » Halloran détourna les yeux pour contempler le fleuve. « Enfin, cela regarde Kline et Magma. La seule chose qui m'intéresse, moi, c'est la protection d'un homme de chair et de sang, aussi vulnérable que le commun des hommes. Mais s'il sait quelque chose à propos de cette difficulté particulière où il se trouve — où il croit se trouver — il ferait mieux de me le dire. Qu'est-ce qui l'effraie à ce point, Cora ? »

Elle demeura tête courbée un moment. Elle serrait la base de son verre, vide à présent, et le faisait tourner entre ses doigts crispés. Un rayon de soleil jouait sur le bord du verre. Le groupe attablé à côté d'eux rit en chœur à une bonne plaisanterie. La brise apporta sur la terrasse la voix d'un guide parlant dans un micro à bord d'un bateau de plaisance. Les mains de Cora s'immobilisèrent.

« La semaine dernière, commença-t-elle en hésitant, à voix basse à cause des voisins, Felix a été perturbé par une sorte de prémonition. Une impression immatérielle, indéfinissable. Un rêve, un cauchemar plutôt, de ceux qu'il ne parvient jamais à se rappeler une fois éveillé. Mais il a la certitude que c'est un avertissement qui lui est donné, une espèce de prescience d'un destin qui ne lui sera pas entièrement révélé. Il en a été affolé — et le mot est trop faible. En réalité, Felix est terrifié.

— Je n'ai pas eu cette impression, objecta Halloran.

— C'est qu'il ne voudrait jamais le laisser voir à un étranger. Felix est un homme extrêmement secret.

— Vous êtes en train de m'expliquer qu'il a eu une prémonition de sa propre mort ? »

Elle eut un geste de dénégation. « Non, c'est plus grave encore. »

L'ombre qui envahit la table les fit sursauter tous les deux. Un serveur ramassait les verres vides pour les rassembler sur un plateau.

« Belle journée », dit l'homme avant de s'en aller sans attendre de réponse.

La jeune fille regarda Halloran. Elle n'ajouta pas un seul mot.

VIII

LES GARDES DU CORPS

Snaith avait l'air mécontent.

« Vous voulez dire que Magma se met dans tous ses états parce que ce garçon, ce Kline, a eu une espèce de prémonition ? » Il fixa sur Halloran un œil furibond, comme s'il l'en rendait responsable.

L'expression préoccupée, Halloran se gratta le maxillaire. « C'est tout à fait ça », répondit-il.

Snaith s'appuya à son dossier, les doigts d'une main tambourinant le bureau. « Ridicule ! proféra-t-il.

— Pas aux yeux de la société, dit Mather assis dans un fauteuil face à Halloran, sa mauvaise jambe allongée — à plusieurs reprises durant la réunion, il devait se frictionner la rotule d'un air absent, comme pour soulager la douleur de la vieille blessure. Ils ont grande confiance dans les capacités de cet homme ; je ne crois pas qu'ils attendent de nous que nous prenions ce pressentiment à la légère. »

Dieter Stuhr, qui avait pris place sur le petit côté du bureau du Contrôleur, tapotait son bloc-notes du bout de son stylo. « Personnellement, je ne vois pas en quoi cela nous concerne. Les rapports qu'entretiennent Kline et le groupe Magma sont leur problème. Nous, nous devons traiter ce travail comme n'importe quel autre.

— Vous avez raison, bien entendu, approuva Snaith, mais cette affaire ne me plaît pas. Tout cela n'est pas... » Il secoua la tête, frustré de ne pas trouver le mot qu'il cherchait — « ... pas logique, voilà. Quel genre d'homme est-il, Liam ?

— Changeant, répondit Halloran après un temps de

réflexion. Je dirais qu'il est instable au plus haut point — névrosé, en fait. Il va nous donner du mal.

— Je vois, dit Snaith d'un air sombre. Enfin, nous avons déjà eu affaire à ce genre de diva. Et ses gardes du corps personnels ? Que valent-ils, d'après vous ?

— On ne m'en a présenté qu'un seul. Pas très efficace, le gaillard. »

Aucun des assistants ne lui demanda comment il avait abouti à cette conclusion ; ils le croyaient sur parole.

Mather consulta un carnet de notes. « J'ai ici les noms des trois autres. Voyons... Janusz Palusinski, le chauffeur, puis Asil Khayed et Youssef Daoud, définis comme "intendants personnels", ce qui peut recouvrir n'importe quoi, je suppose.

— Seigneur ! s'exclama Snaith. Des Arabes ?

— Des Jordaniens.

— Et le premier ? Tchèque ? Polonais ?

— Janusz Palusinski — Polonais.

— Et celui que vous avez rencontré, Liam ?

— Monk. Il n'a pas dit grand-chose.

— Theodore Albert Monk, précisa Mather toujours plongé dans son carnet de notes. D'après les dossiers de Magma, il est américain.

— Drôle de mélange, commenta Snaith.

— Apparemment Felix Kline les a ramassés au cours de ses voyages. Ils sont tous avec lui depuis des années.

— Le chauffeur aurait sans doute besoin d'un peu d'entraînement, suggéra Halloran.

— On s'en occupe, l'informa Snaith. La secrétaire particulière de Kline, Miss, heu... Redmile, m'a appelé en début d'après-midi pour arranger cela. Dieter ?

— J'ai pris rendez-vous pour lui demain. Nous allons louer à Magma l'un de nos véhicules spécialement équipés, sur lequel s'entraînera Palusinski avant de l'utiliser. La voiture de Kline n'offre pas suffisamment de protection ; la carrosserie et les vitres sont blindées, mais c'est tout. J'ai l'intention de garder Palusinski au moins deux jours, Liam. Je veux être sûr qu'il soit parfaitement au point quand il nous quittera. Cela signifie que vous servirez de chauffeur à Kline en attendant.

— Entendu. »

Snaith reprit la parole. « D'autre part Miss Redmile

confirme que son patron accepte la liste des contraintes concernant sa façon de vivre des prochaines semaines. J'ai cru comprendre que vous aviez déjeuné avec elle aujourd'hui, Liam ? » Il posa son regard sur Halloran. « En dehors de leur relation professionnelle, qu'est-ce qu'elle est pour Kline ? Sa maîtresse ? »

Halloran prit le temps de considérer la question avant de répondre : « Ce n'est pas à exclure.

— C'est une fille de ce genre ?

— Quel genre ?

— Le genre qui couche avec son patron.

— Je ne saurais pas dire.

— Mais c'est une jolie fille. »

Halloran acquiesça d'un signe de la tête.

« Alors présumons que c'est le cas. »

Mather remarqua l'étincelle de colère qui brilla un instant dans les yeux de Halloran et il s'en étonna. Ordinairement, Liam maîtrisait parfaitement toutes ses émotions. « Je ne suis pas entièrement convaincu que cela entre en ligne de compte, Gerald, intervint-il. Après tout, Kline n'est pas marié, et le dossier de Magma ne fait mention d'aucune petite amie — ni d'aucun petit ami, d'ailleurs.

— On peut supposer qu'elle représente un point faible, répliqua Snaith, et qu'il s'exposerait à un risque s'il la savait en danger. On a des informations sur elle ?

— J'ai ici son dossier, dit Stuhr. Charles me l'a rapporté tout à l'heure de chez Magma, aussi je n'ai eu le temps que d'y jeter un coup d'œil. Cette fille me semble assez solide. Élevée dans le Hampshire, enfant unique, père assistant à l'université, mère médecin généraliste, tous deux décédés. École privée jusqu'à dix-huit ans, brillante — trois premiers prix et sept accessits — mais n'est jamais allée à l'université. Loue un appartement à Pimlico, a un compte bancaire bien garni — somme restante après vente de la maison de ses parents plus quelques économies personnelles. Magma est son premier et seul emploi en dehors de quelques travaux intérimaires d'été quand elle était encore étudiante ; à force de travail elle a fait son chemin dans la maison. Moi je la trouve sensationnelle. » Il prit dans le dossier une photo en noir et blanc et la brandit de façon à ce que les autres puissent la voir.

Snaith ne sourit pas. « Bon, creusez encore ces prochains

jours. Trouvez qui elle fréquente, petits amis, amants. Voyez ses idées politiques, sa religion, enfin vous connaissez le truc. Elle est très proche de la cible, nous ne pouvons rien laisser au hasard. »

Snaith passa la main dans sa courte chevelure rousse virant au gris, le temps d'une pause.

« Bon, reprit-il avec un coup d'œil circulaire, passons à notre ami Kline. Que savons-nous exactement de lui, en fin de compte ?

— Pas grand-chose, répondit Stuhr. Il m'a fallu en tout trente secondes pour parcourir son dossier.

— Aïe, c'est bien ce que je craignais. Cette manie du secret fait des ravages !

— Là, je ne crois pas qu'il faille incriminer Magma, dit Mather. La conversation que j'ai eue ce matin avec le président m'a révélé que la société ne sait pratiquement rien du contexte de Felix Kline. J'ai eu l'impression que cela ne les tracassait guère, aussi longtemps que l'homme continuait à rapporter beaucoup d'argent.

— Est-ce que quelqu'un serait assez aimable pour me dire simplement ce qu'il *fait* pour Magma ? se plaignit Stuhr.

— Désolé, Dieter, répondit Snaith, il n'est pas nécessaire que vous le sachiez. Ne le prenez pas mal, ce sont leurs propres termes, hélas. Alors, que nous dit ce dossier ? »

Stuhr prit un air pincé, mais ne discuta pas. « Comme je le disais donc, il contient peu de chose. Kline est né en Israël, arrivé en Angleterre il y a onze ans, et a commencé à travailler pour Magma presque immédiatement.

— Un Juif qui s'entoure de deux Arabes ? interrompit Snaith.

— Ils ne sont pas tous des ennemis jurés. Il a emménagé dans la suite de luxe qu'il occupe quand le siège de Magma a été terminé, il y a environ cinq ans. Il possède aussi une maison de campagne dans le Surrey, proche d'un lac, avec mille hectares de prés et de bois. Ai-je besoin de souligner à quel point c'est considérable dans cette région proche de Londres. C'est de toute évidence un homme très riche. Célibataire, ne conduit pas, ne fume pas, boit très modérément, ne consomme pas de drogues — mais le fait serait-il mentionné ? — ne joue pas. C'est tout.

— Quoi ? s'étonna Snaith. Il doit y avoir autre chose ! »

Stuhr sortit le dossier placé sous celui de Cora Redmile. Il l'ouvrit et montra l'unique page qu'il comportait. « Je vous ai prévenus, il n'y a pas grand-chose à lire.

— Qu'on nous donne au moins sa date de naissance, l'endroit où il a été élevé, le travail qu'il faisait avant d'entrer chez Magma ! Et on n'a rien sur ses activités sociales ? Il est essentiel que nous en ayons une petite idée.

— S'il faut en croire ce document, il semble qu'il n'en ait aucune.

— Votre avis, Charles ? »

Mather eut un geste d'impuissance. « Telle est la situation, je le crains. Mon entretien avec le président ne m'a rien appris de plus. Je l'ai sondé, bien entendu, mais sans résultat. Je vous le disais, eux-mêmes ne paraissent pas savoir grand-chose de lui. Selon moi, il s'agit d'un choix de la part de Kline : le secret absolu sur ses affaires personnelles faisait peut-être partie du contrat qu'il a passé avec Magma. S'il avait déjà fait la démonstration de ses talents, je suppose que ses employeurs n'y ont pas vu d'objection.

— Très bien. Je ne suis pas satisfait, mais acceptons la situation telle qu'elle est. Encore une chose : je suppose que son salaire n'est indiqué nulle part ? » questionna Snaith avec une lueur d'espoir.

Stuhr lui adressa un large sourire. « Pas la moindre allusion à un salaire éventuel.

— Nous pourrions le découvrir en utilisant d'autres sources, mais ne perdons pas notre temps. En fait nous pourrions trouver pas mal d'autres informations si nous en prenions la peine, mais nous allons prendre cette mission au pied de la lettre. La rédaction du contrat avance à grands pas, il va se signer en fin de journée. Liam, vous accompagnerez constamment Kline à partir de demain matin huit heures. Dieter, je veux un rapport complet sur les activités terroristes et les enlèvements durant l'année passée. Il va sans dire que tout ce qui concerne Magma ou ses filiales nous intéresse. »

Stuhr fit une note. Après la réunion il avait l'intention de consacrer un moment à l'ordinateur ; un code d'accès spécial le relierait à une autre entreprise qui avait pour spécialité l'inventaire et la mise à jour sur ordinateur des organismes terroristes et de leurs activités dans le monde entier.

« Je ferai aussi quelques vérifications sur les concurrents de Magma, annonça l'Allemand, pour voir s'il est des secteurs où la compétition devient par trop acharnée.

— Parfait. Nous recherchons l'ennemi, dans le monde professionnel ou ailleurs. Mais si Kline est aussi névrosé que le dit Liam, toute cette affaire peut se révéler une perte de temps et d'énergie. L'homme présente peut-être un cas sévère de paranoïa. » Le Contrôleur grimaça un sourire sans joie. « Enfin, c'est son problème et celui de Magma — le Bouclier d'Achille sera payé de sa peine de toute façon. Autre chose, Charles ? »

Mather cessa de se frictionner le genou. « Tout est assez simple, en fait. Nous allons recruter pour ce laps de temps quatre agents pour travailler avec Liam, qui opérera de l'intérieur. Ils procéderont par équipes de deux, qui se relaieront toutes les six heures. Nous aurons également ici une équipe de réserve toujours prête à intervenir. Tu as une préférence quant au choix de tes collaborateurs, Liam ? »

Halloran secoua négativement la tête.

« Très bien. A la requête de Magma, nos équipes se tiendront à une certaine distance. Elles patrouilleront constamment aux limites de la propriété du Surrey. Comme d'habitude, nous informerons la police locale pour leur éviter une scène de panique.

— Nos hommes seront-ils armés ? » s'enquit Stuhr.

Il y eut un silence. Snaith préférait voir ses agents « équipés » contre une manifestation de « grave hostilité », mais en Angleterre le port d'armes était illégal pour les gardes du corps privés — loi bafouée en permanence, par les visiteurs étrangers en particulier. Après réflexion, le Contrôleur annonça : « Liam emportera dans la propriété tout le matériel qu'il jugera nécessaire. Je répugne à autoriser une mesure qui puisse nuire aux relations privilégiées que nous entretenons avec la police et le ministère de l'Intérieur, c'est pourquoi nos patrouilles seront désarmées durant le temps de l'opération. Cependant, en cas de manœuvres caractérisées contre notre client, nous reconsidérerons la question. Pour la surveillance intérieure, même si nous devons nous en remettre à Liam et aux gardes du corps de Kline, nous aurons besoin d'un rapport détaillé sur le système de sécurité de l'endroit... »

Stuhr fit une autre note.

« ... ainsi que de l'immeuble de Magma. Cette bâtisse m'inquiète énormément. Trop de gens y vont et viennent toute la journée. Évidemment nous pouvons poster deux équipes de plus dans les halls du rez-de-chaussée et du douzième étage; il faudra prévenir le service de sécurité de Magma de leur présence. La nuit nous aurons une équipe de surveillance à l'extérieur, en façade comme à l'arrière, quand Kline sera à demeure.

— L'immeuble m'inquiète, moi aussi, dit alors Halloran, et tous les regards se tournèrent vers lui. C'est une forteresse de métal et de verre, mais elle est vulnérable.

— Espérons que personne n'essaiera d'atteindre la cible avant que nous ne soyons opérationnels, commenta Mather. Encore que ce pourrait être amusant. »

Snaith ne parut pas trouver l'idée amusante, vraiment pas du tout.

IX

SÉDUCTION

Ah ! il se décide enfin à approcher le garçon.

Le garçon est nerveux, mais il fait le brave. Il est pâle, le garçon, et on dirait qu'il ne s'est pas lavé ; à coup sûr, le sac de plastique froissé qu'il transporte contient tout ce qu'il possède au monde. Il peut avoir seize ans, ou dix-sept. Les Anglais croient que c'est trop jeune pour être sans famille, sans toit ; s'ils savaient combien d'orphelins vagabondent en liberté dans les rues et les marchés de Damas ! Des garçons qui errent seuls, d'autres qui rôdent en bandes, qui volent et qui mendient, et rejoignent les causes perdues parce qu'on leur fournira un fusil. Peuh ! Les Anglais, si suffisants, ne savent rien de ces choses-là.

Le garçon sourit. Un sourire incertain, inquiet. Il est perdu dans cette immense gare avec ses hordes d'étrangers aux yeux hagards. Dehors, dans la ville, il sera encore plus perdu s'il s'avise de sortir. Il s'imagine qu'il a trouvé un ami. Si seulement il savait... Ha ! si seulement le garçon comprenait !

Ajel, presse-toi, Youssef, ne t'attarde pas sur cette dalle au milieu des voyageurs qui traînent les pieds et des mendiants. La police patrouille, elle recherche les fugitifs comme lui.

Il hésite maintenant. Le garçon a des doutes. C'est peut-être la peau sombre qui ne lui inspire pas confiance. Les Anglais nourrissent de telles intolérances, ils les inculquent à leur jeunesse.

Parle-lui doucement, Youssef, mon ami. Youssef regarde autour de lui, mine de rien, comme s'il jetait un simple coup d'œil aux heures d'arrivée et de départ qui s'affichent là-haut et changent sans cesse, mais en réalité il cherche à voir si on les observe, le garçon et lui. Personne ne t'observe, mon ami ; moi, Asil, j'ai déjà regardé pour toi. Je suis le seul que cette scène intéresse. Tu sais, un homme qui aborde ce genre de garçon, c'est très ordinaire dans ce genre d'endroit. Tout le monde s'en moque. La vie est trop personnelle.

Youssef pose une main rassurante sur l'épaule du fugitif et le garçon ne bronche pas. Il est peut-être question d'argent. Ah, je vois que le garçon hoche la tête. Il a l'audace et la stupidité de ceux qui ont perdu pied.

Mon ami quitte l'endroit et le garçon l'imite. Ils marchent côte à côte, non pas très près, comme des amants, mais comme des associés dans le péché. Dans tes yeux, Youssef, je vois briller la flamme de ton âme noire ; je le vois, même si tu es calme en apparence. Le garçon plastronne, ou plutôt fait semblant, avec l'arrogance des timides.

Vite, il faut que j'aille à la voiture. Il faut que je sois prêt, dans l'obscurité de la banquette arrière. Le garçon sentira à peine l'aiguille le piquer ; il ne sentira ma présence que lorsqu'il sera trop tard.

Et puis il dormira. Il dormira d'un long et profond sommeil.

Et quand il s'éveillera — notre plaisir et la subsistance du maître.

Presse-toi, Youssef, *ajel*. Je devine que la même flamme brille aussi dans mes yeux maintenant. Mon corps brûle déjà.

X

INTRUSION

Monk était très surpris. On n'attendait personne à cette heure de la nuit. En tout cas, on ne l'avait pas averti.

Pourtant il entendait le bourdonnement d'un ascenseur. Faiblement, mais l'appareil montait bel et bien. On aurait dit celui qui venait de la suite du président. Ce ne pouvait pas être celui de Felix, le seul qui allait jusqu'en bas sans interruption. Celui-là, personne n'en possédait le code. Même la donzelle, Cora, devait attendre qu'on le lui envoie.

Monk eut un moment de distraction dû à l'image de Cora. Une image dévêtue de la taille aux pieds.

Le bruit s'arrêta. L'ascenseur n'avait couvert que quatre étages. Depuis le palace de Sir Vic, c'était bien ça. Mais qui diable... ?

Monk entendit les portes s'ouvrir.

Mais personne ne les franchit.

Laissant tomber son magazine, le garde du corps se leva de la chaise qu'il occupait au bout du couloir. Il desserra la boucle de l'étui de revolver qu'il portait en bandoulière, mais ne bougea pas. Il attendait les événements.

Pas la peine de le chercher ce soir, il n'était pas d'humeur, se dit-il. Il avait eu son compte pour aujourd'hui. Ce matin on l'avait fait passer pour un crétin, un empoté et un propre à rien, alors ce soir, il ne fallait pas lui faire de surprises. Même si c'était un corniaud qui montait par erreur au vingt-deuxième. Montre-toi un peu, qu'on voie la couleur de tes dents.

Toujours personne. Pourtant les portes ne se refermaient pas. Ça, ce n'était pas normal.

La main sur la crosse de son pistolet, Monk commença à descendre le couloir très prudemment, à pas de loup malgré sa corpulence, et s'approcha de l'ascenseur sans faire de bruit, aidé en cela par l'épaisseur du tapis. Le couloir était plongé dans la pénombre, comme le voulait Felix. De l'ouverture de l'ascenseur tombait une tache de lumière douce sur le sol et le mur d'en face.

La porte aurait dû se refermer à présent. A moins que quelqu'un n'ait mis sa patte sur le bouton d'ouverture.

Monk sortit son Smith et Wesson, et s'arrêta.

Il se trouvait à moins d'un mètre de l'ouverture. Aucune ombre n'apparaissait dans la tache de lumière qui en provenait.

Il rassembla ses forces. Placé de côté comme il l'était, il allait bondir face à l'ouverture, arme pointée. Ou plutôt... Il imagina une meilleure tactique. Monk n'était pas stupide. Il savait que son embonpoint ferait une trop bonne cible.

Il se baissa alors à quatre pattes et continua d'avancer en rampant, canon du pistolet à hauteur du nez, coudes enfoncés dans l'épaisse moquette. Qui pouvait s'attendre à voir une tête apparaître à ras de terre ?

Il était arrivé juste au bord de la paroi de métal brillant, et centimètre par centimètre, il commença à risquer sa tête massive au-delà de l'arête, le canon du pistolet le précédant à peine. L'intérieur de la cabine lui apparaissait peu à peu.

Il n'y avait personne là-dedans. Non, finalement il n'y avait per...

Une main lui agrippa les cheveux et l'attira brutalement à l'intérieur en le traînant sur le ventre. Une jambe passa par-dessus sa tête, un pied écrasa son revolver sur le tapis. La poigne d'acier enfoncée dans sa chevelure faisait hurler la racine de ses cheveux. Quelque chose claqua sèchement sur son cou, et ses pensées glissèrent vers un rêve tourmenté.

Assis dans la cuisine au comptoir des petits déjeuners, Janusz Palusinski beurrait grossièrement son pain à l'aide d'un couteau à découper dont la lame avait au moins vingt centimètres. A côté de son assiette était posé un gobelet de vodka à moitié plein.

Il vérifia l'heure à sa montre, dont le large bracelet laissait voir une partie des chiffres tatoués, avant de découper d'épaisses tranches de rosbif. La viande était à peine cuite, pratiquement crue. Ce faisant il se demandait si Felix — *mój Pan*, ajouta-t-il mentalement, non sans une bonne dose de cynisme — hurlerait cette nuit dans son sommeil. Il poussait des cris terrifiants, à glacer le sang de n'importe qui. De quoi rêvait-il donc ? Quelle peur s'emparait de lui quand il dormait ? Quelle folie absolue frôlait-il ? Assez ! Janusz ne devait même pas avoir une *pensée* négative envers son maître. Felix le saurait, il le sentirait.

Felix, Felix, Felix. Ce nom suffisait à lui donner la migraine.

Le Polonais s'essuya le front du revers du poignet, et le couteau qu'il tenait toujours étincela soudain en renvoyant la lumière du plafond. Normalement les lumières de la cuisine, comme toutes celles de l'appartement, devaient être réglées au minimum d'intensité à l'aide des variateurs, mais comme Felix dormait, il ne le saurait pas. Encore que... Parfois, il le savait quand même. Parfois il les accusait d'une foule de choses qu'il n'aurait pas dû savoir, et ils auraient voulu rentrer sous terre tellement ils se sentaient petits et poltrons devant lui. Et Felix — leur seigneur et maître, et leur oppresseur — en profitait pour les faire souffrir. Les punitions qu'il leur infligeait pouvaient être cruelles, ou se limiter à quelques heures de malaise. Palusinski avait souvent pressenti que les deux Arabes se complaisaient à cet aspect de leur servitude. Quant à Monk le balafré, il avait le cerveau trop engourdi pour imaginer une autre vie.

Mais lui, il était différent, se répétait Janusz. Lui, il avait conscience de certaines choses, alors que les autres étaient des imbéciles. Enfin non, les Arabes n'étaient pas des imbéciles. Ils avaient la foi...

Palusinski but une rasade de vodka pure, puis dévissa le couvercle du pot de moutarde. Il y trempa de dix centimètres la lame du couteau à découper, avant d'étaler la moutarde sur sa tranche de viande, et couronna le tout d'une seconde tartine, épaisse et grassement beurrée qu'il aplatit en y pressant la paume. La crème jaune suppura de chaque côté.

Il avait encore vingt minutes avant d'aller relever le gorille. Il porta à sa bouche le sandwich surchargé et en enfourna une partie. Monk, c'est presque le mot anglais pour dire singe, ha ha ! Un nom parfait pour un animal comme lui. Rester assis des heures à surveiller un couloir vide, voilà un travail tout à fait adapté à un abruti pareil. Tandis que pour lui, Janusz, cela représentait cinq heures de supplice à endurer, une vraie torture, une de plus parmi celles qu'imposait Felix. Il préférait encore la douleur à l'ennui.

Qu'est-ce qui avait donc rendu Felix si nerveux? L'homme était fou, cela ne faisait aucun doute. Mais il était génial aussi, aucun doute là-dessus non plus. *Gówno!* pas l'ombre d'un doute. Mais pourquoi avoir si peur maintenant, *mój szef*? Vous qui vivez dans l'ombre, qui vous méfiez de la lumière si elle ne sert pas vos volontés, quelle peur nouvelle vient vous hanter, homme de toutes les terreurs?

Palusinski se mit à mastiquer le pain avec la viande, les lèvres luisantes du surplus de beurre. Il s'arrêta de mâcher un instant et engloutit une gorgée de vodka, pour corser d'un trait de feu l'aliment réduit en bouillie. Derrière ses lunettes cerclées de métal ses yeux étaient petits, avec des paupières toujours à demi baissées, comme des stores à moitié tirés en une chambre recelant des secrets. Ces yeux étaient fixés sur le bord du pot de moutarde ouvert, à l'exclusion de tout le reste qui se perdait dans une vision très floue; pourtant ces yeux ne voyaient pas le bord du bocal qui renvoyait la lumière. Palusinski était rentré en lui-même. Peut-être contemplait-il ces secrets enfermés dans la chambre de son esprit? Assis, immobile, il mâchait lentement, dans une sorte d'hypnose.

Mais quelque chose vint l'arracher à son introspection. Quelque chose qu'il ne put définir.

Un bruit, un mouvement? Palusinski n'aurait su le dire. Il était particulièrement sensible à l'intrusion. Ses mois de vie rude passés à dormir dans les fossés, à se nourrir de légumes crus arrachés de la terre, l'œil toujours en alerte dans la peur d'être vu, dans la peur de ce qui lui arriverait s'ils le retrouvaient, tout cela avait aiguisé sa perception des plus légers changements d'atmosphère, même si bien des années avaient passé depuis.

Son poing se crispa sur le manche du couteau. Quelqu'un était entré dans la pièce, là-bas.

Monk? Non, il ne transgresserait jamais l'ordre de Felix de surveiller le couloir à l'étage en dessous, jusqu'à ce que Palusinski prenne la relève. Il était donc peu probable qu'il ait déserté son poste. Youssef et Asil? Non, il n'était pas prévu qu'ils reviennent cette nuit, ils devaient préparer la maison de campagne pour la visite de leur précieux seigneur et maître. Alors qui?

Palusinski se laissa glisser de son tabouret de bar et mit la main dans la poche intérieure de sa veste, posée sur le dossier d'une chaise. Il en sortit une grosse barre cylindrique de métal, aussi longue que la lame du couteau qu'il serrait dans son autre poing. Il alla furtivement jusqu'à la commande électrique qu'il fit tourner du bout des doigts dans le sens inverse des aiguilles d'une montre. L'éclairage de la cuisine baissa.

D'où il était, le Polonais voyait une grande partie du salon. Si seulement la pièce n'avait pas été si obscure, avec ses meubles sombres et ses murs noirs! Il pouvait choisir d'attendre, ou de se risquer. La patience ne lui manquait pas — sa vie clandestine de vagabond au pays lui avait appris la patience — mais il avait aussi un devoir envers Felix. En *aucun* cas il ne devait faillir à ce devoir.

Retenant sa respiration, une arme dans chaque main, il s'avança vers la porte ouverte.

Le danger — si danger il y avait — se tiendrait probablement d'un côté ou de l'autre du seuil, là où quelqu'un pouvait se tapir sans être vu. Mais de quel côté, c'était toute la question. De quel côté jaillirait l'agresseur? En admettant qu'un agresseur se cache là, bien sûr...

Comptant sur l'effet de surprise, il se ramassa sur lui-même et franchit la porte en courant, le couteau pointé en avant à hauteur de hanche, prêt à plonger à toute volée. Aussitôt passé il se retourna, tout le poids du corps porté en arrière sur une jambe, à la fois pour garder l'équilibre et faire levier, de façon à pouvoir bondir devant lui ou au contraire reculer sous un assaut.

Précaution inutile, car personne ne se dissimulait derrière la porte de la cuisine, ni d'un côté ni de l'autre.

En revanche, il y avait quelqu'un derrière le long canapé noir tout proche. Mais Palusinski, pourtant si sensible à l'intrusion, ne vit pas plus qu'il ne *sentit* l'ombre qui se dressait derrière le canapé.

S'il sentit la main qui lui pencha la tête d'un côté pour mieux exposer certains nerfs du cou, Palusinski ne s'en souvint pas par la suite. Mais il est certain qu'il ne sentit nullement le tranchant de la main qui s'abattit sans bruit pour endormir ces mêmes nerfs. Pas plus qu'il ne perçut l'onde de choc circulant depuis leurs racines jusqu'à certains terminaux à l'intérieur de son cerveau. La vitesse de cette onde était bien trop rapide pour cela.

Kline était à l'intérieur de son propre corps.

Il nageait dans des vaisseaux sanguins parmi des cellules qui variaient du rouge à l'écarlate, empruntait d'étroits passages qui débouchaient dans des cavernes circulaires balayées par un flux bouillonnant qui ne cessait jamais ; il nageait vers une source qui n'était qu'un écho régulier mais lointain situé quelque part dans ce labyrinthe fourmillant, et se laisser guider à toute vitesse par ce bruit lui procurait une sensation aussi exaltante que terrifiante.

D'autres objets l'accompagnaient dans sa course, qui n'avaient rien à faire en ces passages, noirs et difformes, qui n'apportaient que la maladie et la destruction ; ces parasites étaient eux-mêmes détruits méthodiquement par l'action de globules qui les absorbaient, les avalaient et les digéraient. Mais voici que les défenseurs décidaient que lui aussi était un étranger, un intrus qui n'avait pas sa place parmi les corpuscules en bonne santé, un danger. C'était pourtant dans son propre corps qu'il voyageait !

Il hurlait aux géants de s'en aller, de le laisser en paix, qu'il ne leur voulait aucun mal. Peine perdue, ils n'avaient pas d'intelligence propre, ils étaient programmés pour combattre jusqu'à la mort tout ce qui n'était pas conforme au système. Deux d'entre eux s'attachèrent à lui alors qu'il s'engouffrait dans un tunnel plus large ; il sentit sur son dos et son bras la brûlure de l'acide qui s'infiltrait en lui.

Mais il était si près maintenant, il avançait encore plus vite au rythme de contractions, et ce battement régulier résonnait plus fort, de plus en plus fort, devenait un bruit de tonnerre, le bruit des rapides se précipitant vers la chute, la chute toute-puissante et qui dévore tout. Tel était son désir, un désir si ardent qu'il n'en avait plus d'autre : il voulait être consumé par ce gigantesque cœur.

Au lieu de cela ces créatures aveugles et ignorantes, ces organismes qui ne savaient rien des autres étaient occupés à le manger. Et son corps se décomposait sous l'action de leurs sécrétions chimiques.

Presque, il y était presque. Il entendait l'hystérie de son propre rire. Presque. Le bruit là-bas l'assourdissait, l'épouvantait. Et le remplissait d'allégresse.

Presque, il était presque avalé. Il n'était pas trop tard. Il y parviendrait. Absorbé dans le cœur. Le bruit, le bruit.

Là, il y était... ! Non, il n'y était pas.

Il reculait à la dérive, il s'éloignait, porté par une conscience. Il flottait très haut, se retirait doucement...

Réveil brutal. Il y avait quelqu'un dans la chambre. Kline voulut appeler, mais quelque chose se plaqua sur sa bouche. Une main, forte, menaçante. Il sentit un poids sur le lit. Quelqu'un, une ombre parmi les ombres, s'était agenouillé sur lui.

Une autre main se ferma sur sa gorge.

« Un autre que moi, et vous seriez déjà mort », chuchota Halloran à son oreille.

XI

UNE DANGEREUSE RENCONTRE

Halloran jeta un coup d'œil dans le rétroviseur.

La Peugeot bleue était toujours là, à la même distance; cinq ou six voitures au moins la séparaient de la Mercedes sur mesure que conduisait Halloran. Le véhicule où avait pris place son équipe de réserve, une Ford Granada, se trouvait juste derrière lui.

Il tendit la main vers la radio placée sous le tableau de bord, mit le contact.

« Hector-un, annonça-t-il calmement dans le micro.

— Hector-deux, je vous entends. Nous voyons le suiveur. »

Sur la banquette arrière, Kline se pencha jusqu'à approcher son visage de l'épaule du conducteur. Ses yeux brillaient d'excitation.

« Nous allons tourner, dit Halloran. Jusque-là restez derrière. Terminé. » Il replaça l'instrument.

« Nous sommes suivis ? » demanda Kline, dont l'excitation se teintait de nervosité.

Assise près de lui à l'arrière, Cora se raidit. Monk, qui occupait le siège avant du passager, déplaça sa volumineuse carrure en se retournant, vers son maître d'abord, puis vers la vitre teintée. Par réflexe, sa main s'était posée sur le revolver qu'il portait à la ceinture.

« Ce n'est pas la peine, l'avertit Halloran. Et pour les repérer, utilisez plutôt le rétroviseur latéral.

— Mais on ne peut pas nous voir ! protesta Monk, d'humeur d'autant plus irascible qu'il avait été ridiculisé par deux fois la veille.

— On voit bouger les ombres à travers les vitres. Restez face à la route et ôtez votre main de cette arme.

— Obéis, ordonna sèchement Kline, avant de demander à Halloran : De quelle voiture s'agit-il ?

— La Peugeot bleu clair, quelques voitures plus loin. Elle est sur nos talons depuis la sortie de Londres. A mon avis elle a pris le relais d'une autre voiture qui nous attendait dans la Cité, sans doute près de Magma. » En fait, Halloran se sentait déjà inquiet bien avant d'arriver chez Magma tôt le matin, pour emmener Kline passer le week-end dans sa maison du Surrey. Pourtant il n'avait pas pu repérer le suiveur tout de suite, pas avant qu'ils n'atteignent la banlieue.

« Vous êtes sûr ? insista Cora, qui résistait à l'envie pressante d'observer le flot des voitures par-dessus son épaule. Cette route est un des grands axes vers le sud ; la plupart de ces voitures nous accompagnent peut-être depuis des kilomètres.

— Cora, intervint Kline, s'il dit que nous sommes suivis, c'est vrai. Moi je le crois. » La facilité avec laquelle Halloran avait forcé la veille le système de sécurité de Magma avait impressionné Kline. Revêtu d'une tenue qui ressemblait — ressemblait seulement — à l'uniforme des agents de sécurité, Halloran avait flâné dans le parc de stationnement souterrain, en se cachant jusqu'à l'heure de sortie du personnel de jour, puis avait profité de la bousculade de cette sortie pour gagner les étages supérieurs — simple promenade à contre-courant. Il s'était ensuite dissimulé jusqu'à la nuit dans une pièce vide, réduit à balais ou toilettes — il n'avait pas précisé ce point — avant de se frayer un chemin jusqu'à la suite du président. Les portes fermées ne l'avaient pas arrêté, tout au plus l'avaient-elles ralenti. Et les caméras d'observation ? Aucun problème de ce côté-là non plus. A cette heure tardive, seuls certains couloirs et vestibules étaient sous surveillance ; à un moment convenu, le Bouclier avait créé une diversion mineure. Laquelle ? Très simple. Un coursier à moto frappe à la porte de verre de l'entrée principale pour attirer l'attention des deux gardes à leur pupitre de surveillance. Le coursier brandit un paquet, et l'un des deux gardes va à la porte tandis que son collègue regarde du bureau, le doigt sur le bouton d'alarme qui va alerter les deux autres gardiens qui patrouillent dans l'immeuble ainsi que le commissariat du quartier s'il se produit un incident fâcheux. C'est pourquoi l'homme ne quitte pas des yeux son collègue et le coursier dehors qui ne prétend laisser son paquet qu'en échange d'un formulaire dûment rempli et signé — et oublie de regarder les écrans derrière lui. La ruse avait permis à Halloran de franchir les secteurs les plus exposés sans être vu. Ce faisant il courait naturellement un risque, mais au vu de la moyenne des réactions humaines, c'était un risque insignifiant. Le reste du trajet avait été fort simple (pour quelqu'un de sa trempe, bien entendu) : ascenseur privé, neutralisation de Monk et Palusinski, entrée dans la chambre de Kline, pas de quoi en faire une histoire. (Mais ce matin les spécialistes du Bouclier revoyaient le dispositif de sécurité de Magma, et les têtes tombaient déjà au sein de la société.)

Un autre que moi, et vous seriez déjà mort. Kline n'avait pas oublié ces paroles. Ce n'est pas si simple, Halloran, se dit-il. Oh ! non, ce n'est pas tout à fait aussi simple.

Il sourit, et Cora s'étonna de voir soudain flamboyer son regard.

La Mercedes ralentissait, clignotant à gauche. Halloran tourna puis reprit de la vitesse. Hors de la grand-route, ils se trouvèrent rapidement dans un paysage de bocage émaillé de quelques maisons.

Cora remarqua les coups d'œil réguliers du conducteur vers le rétroviseur. Mais ses yeux n'exprimaient strictement rien ; et comme il avait interdit à Monk de regarder en arrière, elle aussi suivait la consigne. La voiture roulait à une allure constante ; impossible de deviner d'après l'attitude du chauffeur s'ils étaient encore suivis ou non.

Quelques minutes passèrent avant qu'il reprenne son émetteur.

« Hector-un.

— Hector-deux, j'écoute.

— Ils sont toujours là, ils gardent la distance.

— Exact. Nous discernons trois occupants. Est-ce qu'il faut les bloquer ?

— Non. Pas d'offensive avant d'être sûrs. Il y a un village devant. Arrêtez-vous quelque part et laissez-les passer. Suivez à distance et rappliquez vite s'ils tentent quelque chose. Terminé.

— Compris. Terminé. »

Les maisons se dessinèrent au loin avant qu'ils n'abordent

le village, un hameau en réalité, qui ne comportait que quelques habitations de chaque côté de la rue. A la vue d'une très petite station-service, Halloran sut où allait se ranger son arrière-garde — et de fait, la Granada ralentit en s'engageant dans la cour. La Peugeot bleue arriva bientôt en vue ; il appuya un peu sur la pédale pour lui donner une raison d'accélérer.

Bien qu'il n'ait pas emprunté l'itinéraire direct, ils ne devaient pas être à plus d'un quart d'heure de leur destination maintenant. Si ces gens étaient hostiles, il voulait les obliger à dévoiler leur jeu sans tarder, avant qu'ils soient trop près de la maison. Il préférait que les ennuis ne se produisent pas dans son voisinage.

Il leva le pied, incitant ainsi à se découvrir ses poursuivants éventuels. La Peugeot se rapprocha très vite et son image commença à envahir le rétroviseur.

Halloran avait toute confiance dans le véhicule « renforcé » qu'il conduisait. Ses portières, son capot, son toit et sa malle avaient un blindage à base de Kevlar, fait de plaques de céramique en oxyde d'aluminium balistique, bien plus léger que le traditionnel revêtement d'acier qui avait tendance à rendre peu maniable le véhicule et donc à le handicaper dans ses performances. Ses vitres de verre feuilleté étaient à l'épreuve des balles et de l'explosion, ses pneus auto-adhésifs avaient une structure compartimentée, ce qui évitait une déperdition de vitesse en cas de perforation par balles. Même les deux réservoirs à essence, le principal et celui de réserve, se composaient d'éléments séparés qui limiteraient le risque d'incendie s'ils étaient percés.

La voiture française était à présent juste derrière eux, à un mètre du pare-chocs renforcé de la Mercedes.

« Asseyez-vous au fond, dit Halloran à Kline, ce dernier ayant le visage tout proche de l'épaule du conducteur. Et restez le plus bas possible, jambes allongées, comme si vous vous reposiez. Cora, ils vont passer de votre côté, tenez-vous prête. Tout ira bien, n'ayez pas peur — il leur faudrait un bazooka pour entamer cette tôle.

— Vite, vite, le pressa Kline, ne les laissez pas nous rattraper.

— Restez bas sur le siège, répéta calmement Halloran. Il est possible qu'ils ne nous veuillent aucun mal.

— Pourquoi courir le risque ? Je n'aime pas ça du tout, Halloran !

— Faites-moi confiance. »

Cora eut un doute. Halloran se moquait-il ou non ?

Monk avait sorti son revolver de son étui. Sans même lui jeter un coup d'œil, Halloran dit : « Gardez ce fichu truc sur vos genoux, et ne vous avisez surtout pas de l'utiliser si je ne vous ai pas dit de le faire. »

Ils abordaient un virage. La Peugeot roulait au centre de la route, comme si elle s'apprêtait à dépasser.

« Posez le coude sur l'appui, poursuivit Halloran à l'intention du garde du corps, et gardez la main gauche en vue. Vous savez prendre l'air nonchalant ? »

L'Américain grogna quelque chose.

« Bon, dit Halloran, les voilà. Vous voyez ce clocher là-bas ? Je veux que tout le monde le fixe. Pas question de regarder nos amis en Peugeot. »

Le virage passé, la route filait en ligne droite sur presque un kilomètre. La Peugeot arrivait au niveau de leur roue arrière. Halloran regarda ostensiblement par-dessus son épaule et toucha son frein, geste de courtoisie permettant à l'autre véhicule de doubler. Alors que la Peugeot entamait sa manœuvre de dépassement, il serra plus fort le volant qu'il maintint d'une main plus ferme. Il sentit sur lui le regard des passagers inconnus et ses sens s'aiguisèrent à tel point que toutes vitres fermées, il perçut la senteur de l'herbe fraîchement coupée sous les vapeurs d'essence, entendit le roulement des pneus de la Mercedes sur la chaussée rugueuse, le feulement du moteur sous le capot. C'était la prescience du danger qui lui donnait toutes ces sensations.

Halloran sourit à l'autre conducteur et pointa le menton vers l'étendue déserte de la route, lui indiquant de la sorte qu'il lui laissait le champ libre.

La Peugeot accéléra brusquement. Elle les dépassa et s'éloigna rapidement.

« Cochonnerie, grommela Monk.

— Vous nous avez effrayés pour rien, Halloran, gémit Kline. Espèce de salaud, vous nous avez effrayés pour...

— Baissez-vous », l'avertit Halloran.

Un autre virage s'annonçait, où avait disparu la voiture bleue.

Kline eut une moue déconfite et se renversa prestement dans son fauteuil. « Vous aviez raison, ils sont là. »

La Peugeot était arrêtée en travers de la route, qu'elle bloquait complètement. D'un côté se dressait une clôture, de l'autre une rangée d'arbres. Les occupants de la voiture étaient dehors, accroupis derrière la carrosserie.

Halloran écrasa ses freins. La voiture s'arrêta dans un crissement strident, en brûlant la gomme de ses pneus sur l'asphalte où elle laissa de grandes lignes noires. Immédiatement, il passa en marche arrière et appuya brutalement sur l'accélérateur. Les passagers se trouvèrent précipités en avant puis rejetés en arrière au fond de leurs sièges.

Le revolver de Monk avait glissé sur le plancher tandis qu'il se pliait en deux, retenu par sa ceinture de sécurité. Ses mains épaisses grattèrent le sol à la recherche de son arme. L'inversion du sens de la marche jeta de nouveau Cora en avant ; quant à Kline, il avait déjà atterri entre les deux rangées de sièges.

Les deux mains sur le volant, à demi retourné pour scruter la route par la vitre arrière, Halloran accéléra. Le virage se rapprochait vite. Il s'y engagea pratiquement sans ralentir, ce qui projeta ses passagers sur le côté. Après le tournant, ils se trouveraient hors de vue de leurs assaillants. Le virage passé, il redressa la voiture, et prit de la vitesse.

Soudain Halloran enfonça son frein tout en tournant son volant très rapidement de manière à braquer au maximum. La Mercedes répondit magnifiquement : elle effectua un demi-tour à 180 degrés qui la remit face à la route. Maintenant, il fallait s'éloigner. Halloran fila à un train d'enfer, en utilisant toute la largeur de la chaussée.

Un véhicule arrivait en face à toute vitesse. La Ford Granada. Halloran fit une embardée sur la gauche, et les deux voitures parvinrent à s'arrêter côte à côte dans le hurlement de leurs freins. Sa vitre n'était pas encore baissée que Halloran lançait déjà ses ordres.

« Ils sont dans le virage. Empêchez-les de nous suivre.

— Vous voulez un engagement ? hurla l'autre conducteur.

— Pas si vous pouvez l'éviter. J'ai vu qu'ils étaient armés. Je prendrai une autre route pour arriver à la maison. »

Les voitures repartirent exactement au même instant. L'échange n'avait duré que quelques secondes.

« Je suis hors de danger ? fit la voix plaintive de Kline à l'arrière.

— Pas encore », répondit Halloran qui regarda son rétroviseur juste à temps pour voir la Granada disparaître dans le virage. Puis il reporta son attention sur la route. L'ennemi avait peut-être du renfort... Un van approchait, suivi de deux voitures. Il pressa un bouton pour relever sa vitre, prêt à accélérer ou à freiner brutalement, selon le type d'action qui s'avérerait nécessaire. La file de véhicules passa sans incident. Il jeta encore un coup d'œil au rétroviseur. Toujours rien de l'arrière, le van et les voitures continuaient à s'éloigner. La tension qui l'habitait se relâcha un peu.

Kline était revenu derrière son épaule. « Pourquoi n'avez-vous pas dit à vos gars de tirer sur ces salopards ? demanda-t-il agressivement.

— Parce que nous sommes dans le Surrey, pas dans le Middle-East. Les armes de guerre sont mal vues par ici. D'ailleurs mes hommes ne sont pas armés — jusqu'à présent en tout cas, car c'est une clause qu'il va falloir modifier, je pense.

— Écoutez-moi bien, Halloran..., commença Kline.

— Hector-deux », interrompit la radio.

Halloran prit le micro. « Hector-un. Quelles sont les nouvelles ?

— Ils s'étaient envolés quand nous avons pris le virage. Plus loin sur la route, il y a une intersection — ils ont pu prendre n'importe quelle direction. Ils avaient dû nous repérer avant, c'est pourquoi ils n'ont pas traîné ni essayé de vous suivre quand vous avez pris la fuite.

— Vous avez relevé le numéro ?

— Bien sûr, quand ils sont passés devant le garage. »

Halloran l'avait relevé aussi. De tels détails allaient de soi avec des agents aussi bien entraînés que les siens. « Appelez la base. Qu'ils obtiennent de la police une vérification.

— Entendu. Comme c'était une Peugeot, on peut penser qu'elle a été volée plutôt que louée.

— Oui, mais vérifiez. Restez un moment à explorer le secteur, puis dirigez-vous vers la maison. Terminé.

— A plus tard. Terminé. »

Halloran poursuivit sa route à vive allure sans toutefois dépasser les vitesses autorisées, en exploitant toute la chaussée chaque fois qu'il le pouvait. Toujours sur ses gardes, il restait attentif aux routes latérales comme aux virages, même si son instinct lui disait qu'ils ne couraient plus de danger à présent.

« Qui étaient-ils, Felix ? entendit-il Cora demander d'une voix encore très anxieuse.

— Est-ce que je sais, moi ? Des gangsters, ou des fous !

— Calmez-vous, intervint Halloran. Dans peu de temps nous serons chez vous.

— Ah oui ? s'exclama Kline en regardant à la vitre. On n'en prend sacrément pas le chemin, je peux vous dire !

— Non, mais on va y arriver tout de même. J'ai inventorié les différents itinéraires ce matin avant de venir vous chercher. Mon équipe nous rejoindra par une autre route. Monk, vous pouvez ranger votre pistolet, vous n'en aurez plus besoin. »

Le gorille à queue de cheval obéit à contrecœur.

« Je vous l'ai dit, Cora, reprit Kline dont le débit était précipité, la respiration haletante. Je vous l'ai dit que j'étais en danger, bon Dieu ! » Il était redevenu le personnage de la première rencontre avec Halloran, nerveux, arrogant, à l'élocution beaucoup trop rapide. « J'ai senti le danger, je le savais nom de Dieu que je ne me trompais pas ! Bande de salauds ! Halloran, trouvez-moi des hommes, j'ai besoin de monde pour me protéger ! J'aurais très bien pu être blessé !

— Mais c'est sur votre idée que nous avons restreint notre équipe !

— Ah ! oui, oui, c'est vrai. Vous vous en sortirez. Vous nous avez tirés d'une sale affaire. On n'a pas besoin d'autres hommes, d'accord. Oh là là, je ne me sens pas très bien. »

Cora l'entoura immédiatement.

« Laissez-moi, vous ! aboya Kline en se laissant retomber au fond de la banquette. Je suis fatigué, j'ai besoin de repos. Vous me demandez trop, tous, vous attendez trop de moi. Laissez-moi me reposer ! »

Halloran entendit le claquement d'une boîte qu'on ouvrait, le tintement de pilules s'entrechoquant.

« Felix, dit Cora, prenez-en, cela va vous calmer.

— Vous croyez que je vais prendre des drogues à un moment pareil ? Vous voulez m'enlever mes forces ? »

Le bruit d'une tape, et toutes les pilules jaillirent en s'éparpillant sous le siège et sur le plancher.

« Triple buse ! J'ai intérêt à rester bien éveillé, figurez-vous ! Ces salopards cherchent à m'atteindre et vous, vous essayez de me droguer !

— Ce n'est que du Valium, Felix. Vous avez besoin de vous calmer. »

Le fauteuil de Monk tressauta sous le coup de pied de Kline. Le garde du corps continua à regarder le paysage comme s'il n'avait rien remarqué.

« Vous savez ce que je devrais faire de vous, Cora ? cria Kline d'une voix suraiguë, vous le savez ? Je devrais vous laisser tomber là tout de suite, hop ! sur la route, et vous y laisser. Vous trouveriez la chose à votre goût, hein, Cora ? Je serais curieux de voir comment vous vous en sortiriez ! Parce que vous me servez à quoi, d'après vous ?

— Ne dites pas cela, Felix, implora la jeune fille avec des accents de détresse et de sourde terreur. Vous avez eu une peur affreuse, vous ne pensez pas ce que vous dites.

— Ah non ? Vous croyez que je ne le pense pas ? Vous croyez que vous valez un clou pour moi ? »

Halloran entendit la gifle claquer, et le petit cri de saisissement de la jeune fille. Il arrêta en douceur la Mercedes sur le bas-côté puis se retourna vers Kline, en laissant son coude négligemment appuyé au dossier de son fauteuil. Cora avait posé son front contre la vitre. Entre ses paupières closes, la ligne de ses cils se mouillait peu à peu ; des marques rouges étaient visibles sur sa joue.

« Kline, dit-il sans émotion apparente, vous commencez à m'agacer. Je ne peux pas faire mon travail correctement dans ces conditions. Je veux que vous vous teniez tranquille, de façon à ce que je puisse observer, réfléchir, et vous amener sain et sauf à destination. Et si, d'ici notre arrivée, vous ne pouvez plus me voir non plus, vous pouvez téléphoner pour demander qu'on me remplace. Cela ne me contrariera pas du tout, vous voyez ce que je veux dire ? C'est ce qui était convenu, non ? »

Kline en demeura bouche bée d'étonnement. Dans le regard fixe de ses yeux liquides, l'espace infime d'un instant, Halloran vit passer une expression qu'il ne sut pas identifier. Il avait affronté dans sa vie des tueurs et des fanatiques, et tous avaient au fond des yeux une lueur particulière, qui les distinguait des autres hommes et les faisait se ressembler entre eux ; il avait observé des ravisseurs, des terroristes, des tortionnaires, et même des assassins d'enfants : tous avaient en commun une certaine manière d'être qui les mettait à part dans la race humaine. Mais cette fois, il émanait très profondément du regard de l'homme qu'il avait devant lui une étincelle qui ne s'apparentait à rien de ce qu'il connaissait déjà. Le regard fixe de Kline avait quelque chose d'hypnotique.

Mais la force de ce regard s'atténua, ou du moins se voila d'un semblant de normalité. Kline rit, d'un rire chaud et profond, très différent de son gloussement habituel.

« Causez toujours, Halloran, s'esclaffa-t-il, oui, causez toujours. »

Halloran passa en première et la Mercedes repartit par les petites routes sinueuses de campagne. Durant cette dernière partie du trajet, il vérifia fréquemment son rétroviseur. Mais désormais c'était surtout pour étudier l'homme qui se reposait, les yeux fermés, sur la banquette arrière.

Pendant ce temps-là Monk, du coin de l'œil, observait Halloran.

MONK

LE VOYAGE D'UN PÈLERIN

Avec un nom aussi nul, de toute façon... Pourtant les autres gamins n'avaient jamais ajouté le e et le y qui faisaient MONKEY — le singe. Trop facile. Ils se contentaient de l'appeler le Gorille. Jusqu'à ses quatorze ans. C'est à ce moment-là que le gorille s'était tiré de sa cage.

Il n'avait jamais été bien courageux, Theo, ou encore Theodore Albert, comme l'appelait toujours sa mère — « Tu as été baptisé Theodore Albert, mon cher enfant, tu seras donc appelé Theodore Albert ». Elle partageait ses cheveux par une raie au milieu avant d'en lisser chaque moitié de sa paume humide de salive, tous ces maudits matins d'autrefois où elle le poussait hors de la maison puis dans l'allée au bout de laquelle son bon Oncle Mort l'attendait dans la camionnette (« Tu pourrais avoir beaucoup de charme, mon garçon, observait souvent Oncle Mort, si seulement tu n'étais pas aussi joufflu ») pour le conduire au collège de la ville. Celui où les copains pliaient les genoux derrière son dos et raclaient les phalanges par terre, et marchaient pesamment en se dandinant d'un pied sur l'autre comme le singe, et imitaient sa voix haut perchée d'asthmatique — encore une calamité dont il se serait bien passé — jusqu'à ce qu'il explose et se retourne et les *aplatisse* tous ; enfin non, il aurait bien voulu, mais il pleurait seulement, il pleurait toujours comme un veau parce qu'il était un garçon à sa maman, il le savait et eux aussi et tout le monde le savait qu'il ne lèverait jamais son poing d'obèse, il était trop froussard pour rendre les coups, mais... mais il n'avait pas été si froussard quelques années après, quand il avait mis le feu à la salle des fêtes le matin de la remise des prix (il n'y avait pas de prix pour lui, de toute façon), où tous ces connards étaient là à se pousser du coude et à chuchoter et à pouffer de rire ; et bientôt ils devaient pleurnicher et pousser des cris et se battre à coups de poing en tombant les uns sur les autres pour essayer de s'échapper de l'enfer de la salle des fêtes. Trois seulement avaient réellement grillé, mais quinze (rien que des élèves, ce qui avait provoqué la haine des parents envers les professeurs) avaient été liquidés à la suite d'asphyxie ou de piétinement.

Ce jour-là avait marqué un tournant dans la vie de Theodore Albert Monk — le jour où il s'était sauvé de sa cage. Il avait découvert ce jour-là que tout le monde possède un pouvoir, que n'importe qui — grand ou petit, gros ou maigre — pouvait décider pour un autre du moment où il passerait à la caisse. Pas la peine d'être Einstein (ni même ce crétin de Charlie Brown) pour choisir le jour à sa place. Il suffisait de pointer un index boudiné et de lever un pouce charnu en guise de chien de pistolet, et ça y était. Gagné. Oh ! pas dans la minute, bien sûr. Mais le moment de la décision, c'était le meilleur. Après il faut attendre le bon moment. Ça peut prendre des jours, des semaines, parfois des mois. Mais le moment vient toujours. Et ils se font avoir quand ils ne s'y attendent pas, quand personne ne s'y attend. Quand on est soi-même en sécurité.

Il avait d'abord fait la démonstration de son pouvoir à des insectes, puis à des animaux de grandeur croissante : des souris, des grenouilles (on les coupe en tranches, puis en dés), le vieux chat bigleux de la mère Kaley (désherbant dans son bol de lait), un corniaud errant (attiré par une moitié de sandwich au salami dans un congélateur rouillé qui pourrissait sur la décharge municipale — quand il l'avait rouvert deux semaines plus tard, la puanteur l'avait fait vomir). Puis il était passé aux choses sérieuses.

Il en avait supprimé quatre (il aimait bien le mot *supprimer*), deux garçons, deux nanas. Et personne n'avait rien compris.

Quand il était allé s'installer à Philly, il y en avait eu deux de plus — et même trois s'il se souvenait bien. Et à Los Angeles, presque — *presque* — une de plus. (La pute s'était défendue comme une tigresse quand sur un simple coup de tête — peut-être seulement pour pouvoir s'exciter — il avait décidé d'annuler sa souscription; le talon aiguille dont elle le piquait pour lui faire plaisir avait failli lui arracher l'œil gauche, le blessant si cruellement qu'il avait dû abandonner sur place la fille qui braillait et geignait comme il ne l'aurait jamais cru possible avec un cou cassé et un ventre en compote.)

Après ça les choses étaient devenues un tantinet plus compliquées. Les flics avaient une description, ils savaient qui ils recherchaient. L'ennui, c'était que la pute l'avait déjà vu auparavant traîner en compagnie de Spangler Œil-de-verre (un centimètre plus à gauche avec ce fameux talon aiguille, et on l'aurait appelé Œil-de-verre, lui aussi). Et ce brave Spangler connaissait le nom de son copain de beuverie, et d'où il venait. Et là-bas, à Coatesville, il y avait une petite affaire de crime inexpliqué et de délinquant en fuite... Non non, pas les deux garçons, deux nanas — une noyade, un incendie de voiture (le chiffon enflammé collé dans le réservoir avait soufflé le moteur juste en dessous de la banquette arrière, qui à ce moment précis servait de pieu improvisé au garçon et à la fille) et pour finir un viol avec strangulation au dessert (ou alors en plat principal, pas facile de se rappeler tout ça maintenant) —, enfin non, pas ceux-là. Il y avait le petit mystère de Maman et Oncle Mort, le frère et la sœur, trouvés ensemble dans un lit, joints par les reins en fait, au milieu d'un festival de bestioles et d'asticots divers qui avaient mené une java terrible depuis une semaine; et le fils de Rosie Monk qui avait seize ans, celui qu'on croyait à moitié débile parce qu'il parlait rarement et marchait comme... comme... *dis-le donc...* comme un de ces foutus grands singes, avec autant d'élégance, il était parti, disparu. Cela faisait de lui le suspect numéro un, car qui aurait été assez fou pour vouloir une seconde enlever cette grande barrique? C'est qu'il avait pris des muscles sous sa graisse depuis deux ans, Theodore Albert dit le Gorille, depuis le temps des passages à la caisse, avant de défoncer Maman et ce vieux tripoteur d'Oncle Mort à coups de sa vieille batte de base-ball, dans le lit où ils grognaient et haletaient en faisant chanter les ressorts!

Si bien que des années après, les flics étaient sur ses traces, et que ça sentait le roussi pour lui. Et peut-être bien qu'ils avaient enfin compris que le grand lourdaud avait quelque chose à voir avec les autres crimes restés inexpliqués ? Et s'ils n'avaient pas fait le rapprochement, qu'est-ce qui les empêchait de le faire maintenant ? Plus quelques dossiers classés qu'ils pourraient mettre sur le dos de Monk. Mais oui, allons-y, on va l'avoir le matricide qui a écrabouillé son oncle, on va lui présenter l'addition. Personne ici n'aimait ce gros lard, de toute façon.

Fuir. Fuir à Las Vegas. Quelques affaires en route, qu'il avait tendance à confondre maintenant. En ville il avait fait équipe avec Slimeball et Rivas : ils s'en prenaient au porte-monnaie des soûlards et des prostituées la nuit, le jour ils vendaient du crack, et tout allait bien. Jusqu'au jour où les souteneurs s'étaient organisés en bande (un véritable banc de maquereaux), fortement contrariés que leur marge ait baissé parce que trois sous-fifres venus d'ailleurs n'avaient pas encore appris à se tenir à leur place dans cette société parallèle. C'est ce qu'avait entrepris d'expliquer à Monk, une nuit, un grand mâle qui avait des lames de rasoir fixées entre les doigts d'une main ; de sorte que quand il vous donnait des claques (de la paume ou du revers indifféremment, les lames dépassaient de chaque côté), des lignes rouges bien nettes vous habillaient les joues d'un quadrillage de plus en plus serré, qui finissait par devenir une seule blessure ouverte de belle dimension. Pendant ce temps, cinq autres truands écrasaient les doigts et les orteils de Slimeball et Rivas avant de leur couper à chacun une oreille et de la leur faire mastiquer (chacun mâchant l'oreille de l'autre, pour être plus précis). Lui, ils lui réservaient un autre traitement, parce qu'il était le muscle et qu'il avait méchamment défiguré l'une des filles deux mois auparavant, perte sèche pour eux maintenant qu'elle n'était plus bonne à rien.

Mais ce que l'homme au rasoir n'avait pas prévu — il avait un sourire de dingue, qui allait bien avec ses yeux de dingue — c'est que Monk n'avait jamais été très sensible à la douleur (à l'époque déjà, il lui fallait une souffrance extrême et prolongée pour éprouver le moindre plaisir) ; les lames d'acier auraient pu découper du fromage qu'il n'en aurait pas été plus affecté. Et Monk se livra à ce qui était devenu sa spécialité. L'heure de passer à la caisse était arrivée pour le nègre. Elle se matérialisa par un crachat que Monk lui envoya dans les yeux après s'être raclé la gorge de ses glaires (le bon Oncle Mort, entre deux séances de pelotage, avait appris au jeune Theodore Albert comment procéder ainsi avec les chiens depuis les vitres de la camionnette), suivi d'une action du genou de Monk entre les jambes qui lui broya les parties. Monk acheva le travail en tranchant la jugulaire du Noir avec ses propres lames de rasoir.

C'en était trop pour l'escouade de légitime défense déjà bien assez ulcérée par ses déboires financiers ; on décida que ce qu'on avait en tête pour ce voyou marchant comme un gorille (les descriptions des filles coïncidaient parfaitement) n'était peut-être pas tout à fait assez corsé. Ce drôle de type requérait un traitement plus radicalement permanent.

Ils s'approchèrent avec leurs couteaux à cran d'arrêt et leurs bistouris (l'arme à la mode alors). S'il ne s'était pas servi du Noir encore gargouillant comme d'un bélier, Monk aurait sans doute fini en tranches de gorille.

Il s'en était tiré c'est vrai, mais non sans avoir subi quelques dégâts (moins cependant que les deux morts qu'il avait laissés derrière lui). Un couteau bien planté dans l'omoplate peut se révéler aussi gênant qu'une vilaine physionomie pour arpenter les rues. Heureusement, il fournissait de la camelote à un client qui habitait à quelques rues de là ; il courut chez lui et le gars lui rendit le service d'extraire le couteau à petits coups, à grand renfort d'exclamations, de gloussements et de trémoussements. Une partie de plaisir que le toxico avait payée d'un bel aplatissement de la trachée-artère, tel qu'il parlerait comme Popeye le reste de sa courte vie.

Une fois de plus, Monk se retrouvait sur pied, mais cette fois il avait à ses trousses non seulement les flics mais aussi le Milieu. Il dévalisa un drugstore pour se procurer l'argent du voyage (pas besoin d'arme à feu pour un costaud comme Monk), laissant le pharmacien en sang au milieu de ses potions et pilules.

La vieille Dodge qu'il avait empruntée l'emmena jusqu'aux faubourgs de la ville avant de cracher son huile et de rendre le dernier soupir.

Avec son épaule brûlante qui commençait déjà à suppurer dans la chaleur et ses joues déchirées qui suintaient comme un appât pour les mouches, Monk partit à pied sur la nationale, sans plus trop savoir ce qu'il faisait. Il levait son gros pouce (le poing fermé, rien à voir aujourd'hui avec le signe du passage à la caisse) chaque fois qu'il entendait un bruit de moteur derrière lui, mais qui songerait à prendre un auto-stoppeur qui a une grande tache sombre faisant des bulles dans le dos et la figure barbouillée de sauce tomate ? Personne. Personne de normal, en tout cas.

Il se trouva pourtant une voiture pour s'arrêter.

Une voiture noire aux vitres mystérieusement teintées, qui sans bruit vint faire halte à côté de lui, en un mouvement aussi souple que celui du vautour atterrissant sur une carcasse.

Monk se tourna lourdement pour faire face à la voiture silencieuse, dans un geste absolument dénué de grâce. La douleur et la fatigue le submergeaient à présent — il avait abandonné la Dodge à huit kilomètres au moins —, il avait les cheveux, les vêtements recouverts de poussière, le visage aux joues écarlates creusé d'un masque de souffrance. Un moment il se demanda s'il n'avait pas affaire à ces gros truands qui abattent les petits — pour continuer à faire la loi il faut maintenir une certaine loi — et attendit qu'un canon se pointe par l'ouverture d'une vitre, comme une vipère noire qui glisse hors de son trou.

Aucune vitre ne s'abaissa, aucun canon ne fut pointé vers lui. La portière arrière s'ouvrit toute grande.

Il plongea son regard à l'intérieur du véhicule. Le vaste habitacle était fort obscur, et il put à peine distinguer la forme sombre assise au milieu des ombres.

Une voix s'éleva alors, qui questionna d'un ton persuasif : « On t'emmène quelque part, Theo ? »

Ce fut la première et unique occasion où Kline l'appela par son prénom.

XII

NEATH

« Moins vite, Liam, dit Cora, penchée légèrement en avant. Regardez, voici les grilles, un peu plus loin sur votre gauche. »

A côté d'elle, Kline ouvrit les yeux, et durant un moment qui parut interminable, Halloran et lui se fixèrent dans le rétroviseur. Ce fut Halloran qui détourna le regard le premier, et il fut surpris de l'effort que cela lui demanda.

De chaque côté de la route s'étendaient d'épais sous-bois couronnés d'arbres; au-delà la végétation semblait encore plus dense, avec quelques trouées où la verdure prenait des teintes presque souterraines dans la pénombre. Dans cette forêt régnait un crépuscule perpétuel. Le haut mur de vieilles pierres qui apparut à gauche avait de quoi surprendre : il paraissait aussi solidement enraciné que s'il avait grandi avec les arbres mêmes, comme s'il faisait partie de la forêt, envahi de vie organique jusqu'à la moindre pierre, la plus petite craquelure. Des branches d'arbres s'étiraient par-dessus en se contorsionnant, certaines courbées vers le sol comme des tentacules prêts à se saisir de quelque promeneur imprudent.

Halloran remarqua l'ouverture pratiquée un peu plus loin; là, la forêt reculait, concédant la plus petite portion possible de son territoire. Halloran ralentit pour s'engager dans l'allée. Ici, la chaussée était fissurée, inégale. Les grilles rouillées qui se dressaient devant eux paraissaient imprenables, comme la forêt elle-même. On y lisait en lettres de fer forgé : NEATH.

« Attendez un instant », lui recommanda Kline.

Halloran attendit, et observa le décor.

De hautes colonnes entrelacées encadraient les grilles ; à leur sommet, des animaux de pierre (des griffons ? se demanda Halloran sans pouvoir en décider, les sculptures étant trop abîmées) aux yeux aveugles contemplant fixement la voiture, dont la gueule mangée de lichen s'ouvrait sur des grondements muets. Les grilles étaient faciles à escalader, nota-t-il, comme les murs de chaque côté. Pas de fils barbelés et, dans la mesure où il pouvait le dire, pas de système d'alarme électronique. Et pour d'éventuels intrus, tout le couvert souhaitable entre le mur et la route. La sécurité n'allait pas être une mince affaire.

Il remarqua alors, au-delà des grilles, la maison du gardien.

Un bâtiment de deux étages, aux pierres aussi anciennes que les murs, aux fenêtres aussi noires que l'âme du Diable.

Ces mots qui avaient jailli en lui le firent tressaillir.

... *aussi noir que l'âme du Diable.*

Ces mots lui venaient de ses jeunes années en Irlande. C'était le père O'Connell qui les avait prononcés alors qu'il le battait. Il battait Liam à cause de l'odieuse méchanceté dans laquelle il avait entraîné les frères Scalley (le plus jeune s'était confessé, terrifié du péril mortel où se trouvait son âme sous la domination de Halloran). Il le battait à cause du sacrilège commis contre Saint-Joseph, où ils étaient entrés par effraction dans le silence de la nuit avant de déposer le chat mort — les garçons l'avaient trouvé écrasé sur le bord de la route — dans le saint tabernacle. Les entrailles de l'animal avaient souillé la douce soie blanche tapissant l'habitacle sacré ; les yeux luisaient encore faiblement quand le père O'Connell l'avait ouvert pour prendre le calice, le lendemain matin. « Ton âme est au-delà de la rédemption ! » proclamait le prêtre en accentuant chaque mot d'une fessée bien sentie de son immense main fort peu ecclésiastique, « au-delà du salut, ton esprit est aussi dépourvu de grâce, *aussi noir que l'âme du Diable !* Une créature engendrée par l'Enfer, voilà ce que tu es, tu y trouverais sans peine ton chemin ; et le trouble où nous jettent tes œuvres sera... »

Halloran cilla, et le souvenir s'enfuit. Mais l'inquiétude demeura. Pourquoi évoquer maintenant cette iniquité de son enfance ? Il trouverait des péchés plus graves à se rappeler.

« Les grilles sont fermées à clef ? » demanda-t-il. Ce

soupçon d'accent irlandais... Sa rêverie inattendue colorait son discours.

« D'une certaine façon », répondit Kline.

Halloran jeta un coup d'œil par-dessus son épaule. L'homme souriait. « Attendez », répéta-t-il.

Halloran revint au pavillon du gardien. Rien ne s'y manifestait, personne ne faisait mine d'en sortir pour venir jusqu'à l'entrée. Ses paupières se plissèrent; il vit — ou il *crut* voir — une ombre bouger au cœur de l'ombre, dans l'une des pièces du premier étage. Mais malgré ses efforts, il ne put rien détecter de plus.

« Ouvre, Monk », ordonna Kline.

Avec un grognement sourd, l'Américain poussa sa portière et se hissa dehors. Il marcha vers la grille, leva mollement la main pour en ouvrir un battant. Le bas de la grille raclait le sol inégal tandis qu'il l'accompagnait jusqu'à ce que le feuillage dépasse des barreaux. Il fit de même pour l'autre battant, puis se mit de côté, image d'un garde qui serait débraillé, le temps que la voiture franchisse l'entrée. Il referma les grilles comme la Mercedes s'arrêtait un peu plus loin.

Halloran s'irritait de ce qu'une procédure aussi simple soit dramatisée jusqu'au rituel. Il présumait que le mécanisme électronique de la serrure avait été actionné depuis le pavillon par il ne savait qui ; en passant la grille pourtant, il n'avait remarqué aucun dispositif de cet ordre.

« Je suppose qu'il y a quelqu'un à l'intérieur... (Il fit un geste du menton vers la maison) — qui est en mesure d'intercepter tout visiteur indésirable ? »

Pour toute réponse, Kline sourit largement.

Halloran s'apprêtait à répéter sa question, d'une manière plus insistante cette fois, quand il entendit un véhicule freiner brutalement sur la route. Il se retourna vivement pour voir la seconde voiture du Bouclier faire demi-tour et s'engager vers l'entrée.

« Dites à Monk de rouvrir les grilles, dit-il.

— Je crains que ce ne soit pas possible, répondit Kline. Vous connaissez les règles, Halloran. » Il avait un ton joyeux, comme s'il prenait plaisir au jeu maintenant qu'il était sain et sauf à la maison.

« Comme vous voudrez. » Halloran sortit de la Mercedes et se dirigea vers la grille, que Monk consentit de mauvaise grâce à entrouvrir pour le laisser passer. Les deux agents l'attendaient près de la Granada.

« Failli manquer l'endroit, dit l'un d'eux.

— Ce n'est pas grave. Et la Peugeot, Eddy ?

— Disparue sans laisser de traces.

— Cela ne me surprend pas. Que dit la base ?

— C'est ce que nous pensions. La voiture a été volée à Heathrow, sur le parking de courte durée, la nuit dernière. Comme d'habitude, son propriétaire avait laissé son ticket de sortie à l'intérieur.

— Faut-il informer la police ? demanda l'autre agent, qui ne quittait pas la route du regard.

— C'est à Snaith de décider, mais je ne crois pas que notre client souhaite l'intervention de la police à ce stade. Si la situation devient sérieuse, il faudra que nous insistions. »

Les deux agents dissimulèrent leur envie de sourire. Ils savaient qu'il en faudrait beaucoup pour rendre une situation « sérieuse » aux yeux de Halloran.

« Vous voulez que nous explorions le terrain ? » questionna Eddy en désignant la grille.

Halloran secoua la tête. « Terrain interdit à vous deux. Patrouillez sur les routes avoisinantes et continuez à chercher cette Peugeot. On ne sait jamais, il se pourrait qu'ils tentent leur chance un peu plus tard. Je garde en permanence ma radio sur moi, vous pouvez m'avertir si vous repérez quoi que ce soit de suspect. D'après ce que j'en ai vu, l'endroit est à haut risque, aussi restez sur le qui-vive. Soyez ici près de la grille dans trois heures, que la prochaine équipe puisse prendre la relève.

— C'est maigre comme couverture, non ? remarqua le second agent sans relâcher un instant sa surveillance de la route, surtout maintenant que nous savons que le contrat est utile.

— Nous n'avons pas le choix, c'est ce qu'exige notre cible. Snaith et Mather le convaincront peut-être par l'intermédiaire des assureurs de modifier son point de vue, mais jusque-là nous nous conformons à ce qui est prévu. Je reviendrai pour le changement d'équipe, nous pourrons comparer ce que nous aurons noté. »

Il les quitta sur ces mots et les deux agents échangèrent une mimique fataliste. Halloran n'était pas du genre à communiquer un luxe de détails, mais ils faisaient aveuglément confiance à son jugement ; s'il voulait que l'opération se déroule ainsi, ils ne discuteraient pas. Ils remontèrent en voiture et firent marche arrière.

Dès qu'il l'eut franchie, la grille se referma sur Halloran avec un bruit sinistre qui le laissa sur l'impression absurde que la propriété était scellée pour toujours. Monk lui lança au passage un regard chargé de rancœur. Leur relation promettait d'être problématique, il s'en rendait compte à regret : si des personnes extérieures devaient prendre part à une opération, il préférait qu'au moins elles soient fiables. Ignorant l'obèse, il alla à la Mercedes et démarra aussitôt monté. Monk accéléra son pas traînant quand il comprit qu'on pourrait bien partir sans lui.

« Le mur enclot quel périmètre ? » demanda Halloran au garde du corps qui s'installait lourdement à ses côtés.

Ce fut Cora qui répondit : « Au nord, la plus grande partie de la propriété. Les autres orientations sont protégées par des clôtures métalliques ou des haies vives. »

C'est-à-dire rien d'adéquat, songea Halloran qui n'ajouta pourtant rien. Avant de s'éloigner, il se pencha pour revoir le pavillon d'entrée, curieux d'apercevoir la mystérieuse personne qui surveillait la grille. On aurait pu croire les fenêtres peintes en noir, tant elles étaient opaques.

La voiture s'ébranla en faisant crisser des gravillons sous ses pneus, et s'engagea à vitesse réduite sur la route sinueuse qui s'enfonçait dans la forêt. Halloran regarda le pavillon s'éloigner jusqu'à ce que des branches le fassent disparaître à sa vue. C'est seulement alors qu'il put se concentrer sur la route, sans jeter des regards constants sur le rétroviseur.

Il pressa un bouton pour abaisser sa vitre. Une odeur d'arbres lui parvint, qu'il inspira profondément. A savourer cet air vif, il mesurait par contraste combien l'atmosphère de la voiture s'était viciée d'odeurs indéfinissables, résultat de la peur et de l'énervement, qui n'étaient guère plaisantes. La forêt qu'ils traversaient offrait un fouillis de chênes, saules, hêtres et épicéas, sans espèce prédominante. A certains endroits, elle formait au-dessus de la route un dais qui la cernait d'obscurité, tunnel où l'air était plus frais, et presque humide. De part et d'autre de l'allée s'agitaient des fougères que leur passage dérangeait.

Un éclat de couleur brusquement jailli d'entre les arbres

devant eux le surprit. Cela ne dura qu'une fraction de seconde, l'angle de vision s'étant déplacé avec la voiture. Et de nouveau, un éclair rouge au milieu des ombres verdoyantes. La route s'incurvait doucement en descendant au creux d'une vallée peu profonde, et bientôt la maison apparut à l'arrière-plan d'une vaste étendue d'herbe et d'un paisible lac bleu. Elle était entourée de coteaux boisés qui n'étaient pas du goût de Halloran : il était facile à des visiteurs indésirables de se glisser sans être vus à travers les arbres, jusqu'aux abords de la maison.

Mais son attention revint irrésistiblement à la demeure elle-même, qui formait un curieux assemblage d'éléments de construction hétéroclites. Principalement d'époque Tudor, elle avait reçu des ajouts divers au cours de son histoire, sans trop d'égards pour la symétrie, apparemment. Elle avait deux pignons de hauteur et de pente inégales, des cheminées éparpillées presque au petit bonheur sur des toits très variés, des tourelles placées à différents niveaux et, jouxtant la partie la plus éloignée, une aile plus élevée que le reste des bâtiments. L'ensemble pourtant offrait une image assez séduisante, dont l'attrait tenait essentiellement aux couleurs magnifiques de la brique ; le soleil faisait chatoyer les tons fondus de la vieille pierre où dominait un rouge chaleureux, le même que celui des tuiles du toit ; le colombage des pignons et le gris des tourelles servait de contrepoint à la teinte chaude des murs. Même si les différents éléments de la bâtisse formaient un tout compact, la demeure était fort imposante. Son emplacement seul, entre lac et collines, aurait suffi à lui donner un caractère grandiose. Halloran se prit à reconsidérer le personnage de Kline en termes de fortune personnelle.

Ils roulaient de nouveau sur un terrain plat, en longeant l'eau. Au-delà du lac, Halloran voyait les lointaines collines du Surrey. Il vint s'arrêter juste derrière une Rover blanche, à côté du porche d'entrée en saillie pavé de larges pierres bosselées. Deux silhouettes revêtues de robes en sortirent ensemble. A toute vitesse, têtes courbées, elles se dirigèrent vers la porte arrière de la Mercedes, que l'une ouvrit avec empressement.

Kline apparut, et les deux Arabes s'inclinèrent encore plus bas. « *Marhaba, Mouallem* », prononcèrent-ils ensemble.

En sortant de voiture, Halloran entendit l'un des deux hommes marmonner quelque chose à Kline qui sourit. Ses yeux sombres brillèrent d'une lueur de satisfaction sans aucune chaleur.

« *Youssef meeneeh* », dit-il à mi-voix.

Monk attendait près du coffre. Halloran lui lança les clefs avant d'ouvrir l'autre portière arrière pour Cora. Le garde du corps se mit en devoir de sortir les bagages. Cora semblait mal assurée sur ses jambes ; Halloran lui saisit le bras.

« Vous vous sentez bien, Cora ? » s'inquiéta-t-il. Il crut voir de l'appréhension dans le regard qu'elle posa sur la maison, mais il ne s'agissait peut-être que de nervosité, réaction différée à l'épisode de tout à l'heure, sans doute.

« Moi ? Oh ! oui, oui, tout va bien. » Elle se raidit, parut retrouver ses forces. Halloran lui lâcha le bras. « Merci pour ce que vous avez fait tout à l'heure, lui dit-elle. Vous avez agi vite.

— Nous en parlerons à l'intérieur. Vous avez la mine de quelqu'un qui a besoin d'un remontant. »

Kline les observait de l'autre côté de la voiture. « Cora n'a pas besoin d'excuse de ce genre, Halloran. Et je parie que vous-même ne refuserez pas un verre après cette vilaine petite affaire », ajouta-t-il tout enjoué, ayant visiblement oublié la panique qui l'avait saisi sur la route.

« Rentrons aussi vite que possible, dit Halloran en scrutant les environs et la route d'où ils étaient venus.

— Pas la peine de s'inquiéter, lui assura Kline. Pas ici, dans la propriété.

— Je n'en suis pas si sûr.

— Oh ! moi si. Absolument sûr. Personne ne peut m'atteindre ici.

— Alors ménagez-moi. Entrons. »

Les Arabes et Monk suivirent avec les bagages — mais Halloran portait lui-même son sac noir. Ils passèrent sous le porche au pavement irrégulier et pénétrèrent dans la maison. Ils se trouvaient dans une vaste entrée où une sensation de fraîcheur assaillit littéralement Halloran. Face à la porte d'entrée, un panneau lambrissé surmonté d'une tribune de musiciens, dans les murs de solides poutres de chêne montant jusqu'au plafond en profond berceau. Un large escalier desservait l'étage, où des fenêtres à carreaux en pointe de diamant fournissaient une lumière insuffisante.

« Des rafraîchissements au salon, Asil », ordonna Kline. Sa voix sonnait creux entre ce sol et ces murs de pierre. « Mais pas pour moi, j'ai des choses à faire. Cora, occupez-vous de notre invité, faites-lui visiter l'endroit.

— Il faut que nous ayons une conversation, Kline, dit vivement Halloran.

— Plus tard. Toutes les conversations que vous voudrez, mais plus tard. » Il s'élança dans l'escalier, presque sans bruit à cause de ses tennis. En haut, il se tourna vers eux et lança, penché à la balustrade : « Vous ne sentez pas l'accueil de Neath, Halloran ? La maison vous flaire, vous ne le sentez pas ? Et elle est désorientée. Elle ne sait pas si vous êtes un ami ou un ennemi. Mais vous ne le savez pas encore très bien vous-même, non ? » Il pouffa de rire. « Le temps le dira, Halloran. Vous le découvrirez bien assez vite. »

Et Kline poursuivit son ascension sous le regard fixe de Halloran.

XIII

CONVERSATION AVEC CORA

Vu d'ici, Neath ressemblait à un petit monastère, songea Halloran. A ceci près que l'endroit n'évoquait rien de religieux. Le ciel s'était couvert, des nuages bas et noirs roulaient sur les collines du Surrey ; l'éclat rougeoyant de la demeure s'était comme éteint, sa tonalité avait foncé jusqu'à prendre une teinte qui ressemblait à... — l'idée lui fut désagréable — à la couleur terne du sang séché, oui. La maison *avait l'air* aussi silencieuse que si l'on n'y avait jamais entendu de voix, de pas, de vie. Elle pouvait évoquer un monastère, mais il était difficile d'imaginer que s'élevaient des prières entre ces murs.

Cora et lui étaient montés sur l'un des coteaux dominant la demeure de Kline. Cette brève reconnaissance des lieux avait confirmé les doutes de Halloran concernant leur sécurité. Les mille hectares de la propriété étaient suffisamment bien clôturés pour que les promeneurs égarés ne s'y risquent pas, mais non pour dissuader n'importe quel intrus animé de mauvaises intentions. La confiance que manifestait Kline à cet égard était bien surprenante, à tout le moins.

A leurs pieds s'étendait ce qui avait dû être autrefois un splendide jardin de topiaires. Tout s'était défait à présent, les haies et les arbustes avaient perdu leurs formes taillées ; les sculptures végétales d'animaux, de cônes et de sphères n'étaient plus que protubérances et déformations qui n'avaient plus rien de concerté, mais rien de naturel non plus. L'abandon avait abouti à une végétation torturée et bizarre. Ces difformités verdoyantes ne servaient plus qu'à dresser un écran hasardeux devant quiconque approchait de la maison.

« Ne pouvons-nous nous asseoir un instant ? » demanda Cora.

Halloran la regarda, et l'anxiété qu'il lut dans son regard l'étonna. Elle avait enfilé un ensemble en jean pour l'emmener faire ce périple, et le passage de l'élégance urbaine à la simplicité de la campagne lui allait bien. Mais l'ombre légère qui cernait ses yeux paraissait s'être accentuée, ce qui lui enlevait un tout petit peu de sa fraîcheur.

« Nous avons couvert une bonne distance en peu de temps, répondit-il. Je suis un peu essoufflé moi aussi.

— Ce n'est pas la raison. Simplement... c'est si paisible ici. »

Il remarqua son hésitation et se demanda ce qui la motivait. Le regard qu'elle avait lancé vers la maison ne lui avait pas échappé non plus. Elle se laissa tomber sur les genoux ; il s'étendit, appuyé sur le coude pour examiner le terrain. Le lac avait pris un reflet gris plombé, que ne mouchetait aucune tache de soleil. Aucune brise n'en venait rider la surface.

« Parlez-moi de lui, Cora. »

Elle parut saisie. « De Felix ?

— Oui. Est-il aussi mystérieux qu'il joue à l'être ? Et aussi grossier ? Je veux bien admettre qu'il réussisse ces exploits pour Magma — sinon, pourquoi assureraient-ils sa vie pour une telle fortune ? — mais quel est exactement son pouvoir, et d'où lui vient-il ? »

Elle eut un rire crispé. « Il est possible qu'il ne connaisse pas lui-même la réponse à cette dernière question.

— Pourquoi avez-vous peur de lui ? »

Elle parut vivement irritée, mais elle répondit : « Felix impose le respect.

— Le respect et la peur sont deux choses différentes. Vous n'êtes pas obligée de me répondre, mais représente-t-il pour vous beaucoup plus qu'un employeur ?

— Comme vous l'avez dit, je n'ai pas à vous répondre. »

Quelque chose bougeait entre les arbres, sur la pente la plus éloignée de la maison. Halloran guetta sans alerter la jeune fille.

Elle se méprit sur son silence. « Je m'excuse, dit-elle. Vous ne faites que votre travail, je le comprends. Je suppose qu'il est important pour vous de rassembler le plus d'informations possible sur Felix. »

La forme s'était éloignée furtivement entre les arbres. Trop petite et basse pour être un daim. Trop grosse et sombre pour être un renard. Pourquoi n'avait-on pas dit qu'il y avait un chien sur la propriété ? C'était peut-être un chien errant.

« Ce n'est quand même pas aussi important, Cora, dit-il. Si j'ai posé la question, je pense que c'est parce que je voulais en savoir plus sur vous, et non sur Kline. »

A un certain éclat de ses pupilles, Halloran sut que ses paroles avaient éveillé une émotion en elle. Mais les deux taches noires dans l'iris brun se rétractèrent rapidement. « Je suppose que cela fait partie de votre travail aussi. Vous pensez évidemment que je pourrais mettre Felix en danger d'une certaine façon.

— C'est possible, mais ce n'est pas ce qui m'intéresse. »

Elle parut désarçonnée. « Alors pourquoi... ? »

Il haussa les épaules. « Je me le demande moi aussi. Disons que j'ai le sentiment que nous ne sommes pas des étrangers. »

Cora le dévisagea fixement. Il ne souriait pas, mais il y avait de l'humour dans ses yeux. Elle crut qu'il se moquait d'elle jusqu'à ce qu'un vrai sourire vienne l'envelopper de sa chaleur. Une chaleur qui se répandait en elle, qui s'insinuait dans son corps comme pour en chasser la froideur. Et pourtant elle sentait chez cet homme un danger qui la glaçait, elle avait peur qu'il ne découvre trop de choses sur elle, sur Kline — sur Neath même — au cours de cette affaire. Elle avait perçu la fascination qu'avait éprouvée Kline pour ce nouveau protecteur lors de leur première rencontre, et cela l'avait effrayée. Elle craignait les moments d'inattention possible qu'ils regretteraient tous. Elle devinait chez Halloran une intuition, une *connaissance* instinctive des êtres qui l'intimidait autant qu'elle la rassurait. Il portait en lui cette dichotomie qui était peut-être une partie de sa séduction.

« Je... je crois que nous devrions rentrer » fut tout ce qu'elle trouva à dire.

Il lui prit le poignet comme elle faisait mine de se lever ; le contact la fit tressaillir. « Je suis ici pour veiller à ce qu'aucun mal ne vous arrive, dit-il.

— N'arrive à Felix, vous voulez dire », corrigea-t-elle.

Il retira sa main. Elle ne se leva pas.

« Pour moi c'est un tout, Cora. Votre sécurité m'importe autant que celle de Kline.

— Ce n'est pas l'avis de Magma, sourit-elle bravement.

— C'est un tout, vous en faites partie », insista-t-il, et Cora se demanda quel sens donner à ces paroles. « Vous n'avez répondu à aucune de mes questions, Cora.

— Je ne suis pas sûre de pouvoir le faire. Je ne suis pas sûre de savoir. »

Il observa son trouble et comprit qu'il avait commis une erreur en la brusquant. Cora ne pouvait pas l'accepter aussi vite : son instinct lui disait qu'elle détenait des secrets qui la liaient à Kline d'une façon ou d'une autre.

« D'accord, dit-il. Pour l'instant. »

Il se releva, et lui tendit la main pour l'aider.

Cora crut d'abord qu'il était fâché, tant sa poigne était énergique; mais il la retint sur sa poitrine un peu plus longtemps qu'il n'était nécessaire, en plongeant dans ses yeux un regard calme mais intense.

« Liam... » Il s'était déjà détourné. Elle le regarda prendre de l'avance avant de le rattraper, d'un pas mal assuré, prête à glisser. Quand elle fut à sa hauteur, Halloran remarqua sa maladresse; il lui prit le bras avec douceur cette fois sans vraiment la soutenir, simplement pour l'aider à marcher d'un pas plus ferme. Cora respirait trop vite, nerveusement. Elle sentait que quelque chose l'avait abandonnée : non pas sa force, ni sa résolution — Felix Kline avait jugulé ces deux-là depuis longtemps — mais peut-être la crainte que lui inspirait Halloran.

« Qui êtes-vous? put-elle seulement chuchoter.

— Je ne suis que ce que vous voyez », répondit-il.

Elle avait le sentiment que ce n'était pas toute la vérité.

XIV

SALLES ET CORRIDORS

Neath avait ses zones d'ombre, niches et recoins que le soleil n'atteignait jamais, pièces plongées dans une obscurité permanente, corridors où la poussière semblait imprégner l'air, vestibules vides où les pas résonnaient. Elle avait aussi ses zones de lumière, là où le soleil transperçait les petits carreaux de ses fenêtres, avec une force que redoublait l'épaisseur du verre ; en ces endroits-là le corps pouvait se nettoyer du froid humide de Neath, brièvement, avant d'entrer dans d'autres salles et d'autres corridors en laissant derrière lui la clarté, comme un secret bien gardé.

Dans son exploration, Halloran avait trouvé beaucoup de portes fermées à clef.

Des tapisseries ornaient les couloirs, des portraits les salles principales et les escaliers, tableaux sans signification pour toute autre personne que les descendants des sujets représentés. Des meubles en bois doré très travaillé étaient disposés de telle façon qu'il était exclu de s'en servir pour son confort. Ornements et sculptures s'exposaient dans toute la maison comme des pièces de musée, choisis pour qu'on les admire mais peut-être pas par amour — c'est du moins l'impression qu'ils donnèrent à Halloran. La maison n'était qu'une vitrine regorgeant d'histoire, mais étrangement dénuée d'âme ; les efforts de Kline (présumait-il) pour mettre en scène ses aspirations esthétiques ne faisaient que révéler son indifférence en la matière (ou ses prétentions, à tout le moins). C'était perceptible au manque de rapport des objets entre eux, chaque meuble, chaque sculpture, chaque peinture n'étant qu'une pièce isolée, pièce de collection parmi d'autres pièces de collection. L'idéal pour un musée, mais pas pour une maison.

Disséminés parmi ces objets, comme au hasard, on trouvait des bibelots provenant d'une tout autre culture, infiniment plus ancienne : un collier enchâssé orné de pendentifs d'or finement martelé en forme de feuilles de saule ou de hêtre ; des statuettes de pierre représentant un homme barbu et une femme, les mains croisées sur la poitrine dans une attitude de prière, les yeux agrandis par l'adoration ; une sorte de jeu de société dont les angles étaient incrustés d'écaille et de ce qui semblait être de l'os, avec deux séries de jetons de pierre de couleur différente posées sur le côté ; une coupe d'argent portant en relief une silhouette vêtue d'une robe. C'étaient peut-être ces objets et d'autres similaires, se dit Halloran, qui indiquaient où se situait l'intérêt véritable de Kline en matière d'art, parce qu'ils offraient une continuité, un lien tangible qui manquait précisément aux autres collections d'époque plus récente. Il semblait que son client eût un penchant pour les civilisations les plus anciennes.

La chambre dévolue à Halloran était en façade, avec vue sur les pelouses et le lac. Elle était meublée de façon plus fonctionnelle que réellement agréable à l'œil : armoire, commode, meuble de chevet étaient strictement utilitaires et ne se prévalaient d'aucun héritage. Le lit large, recouvert d'une couette matelassée multicolore, paraissait plutôt confortable ; il avait à chaque coin des colonnes un peu plus hautes que sa tête et son pied, le tout en bois de chêne foncé. Il avait défait sa valise avant d'explorer le reste de la maison, et placé certain sac noir sur une planche de l'armoire.

Son inspection l'avait conduit à visiter l'ensemble des lieux — sauf les pièces fermées à clef —, même les différentes tourelles d'où il avait examiné les buttes environnantes avec beaucoup d'inquiétude. Le devant de la maison, avec ses pelouses et son lac, offrait le seul vrai point de vue sur l'extérieur ; l'arrière et les côtés ne présentaient qu'une défense incertaine. Pire encore, Neath ne comportait aucun système d'alarme. Comment un homme qui craignait si visiblement pour sa sécurité n'avait-il pas songé à prémunir sa maison contre l'intrusion, alors que la suite qu'il occupait chez Magma était une forteresse, même imparfaite ? Il s'agirait de rectifier au plus vite les dispositions de cette demeure. Halloran s'était promené partout en étudiant fenêtres et serrures, et en avait au moins tiré la conclusion satisfaisante qu'un indésirable n'entrerait pas si facilement.

Autre surprise, Neath avait été construite autour d'une cour au centre de laquelle se trouvait une fontaine abandonnée, dont la pierre couverte de lichen était en bien mauvais état.

Halloran avait découvert cette cour en s'engageant dans un couloir du premier étage. La maison était silencieuse, et il s'aperçut qu'il n'avait pas vu Cora ni aucun des autres depuis au moins une heure. Il trouva une porte de sortie et prit pied dans la cour. Ses dalles protégées de tous côtés du vent froid renvoyaient la chaleur accumulée. Des coulées brunâtres marquaient la pierre détériorée et mangée de moisissures de la fontaine désormais inutile ; elle semblait fossilisée, reliquat archaïque, reste décomposé de ce qui avait jadis connu la vie, de ce qui se mouvait autrefois de lente et tortueuse façon, et qui avait poussé peut-être sur ce sol, sous les dalles. Halloran marcha jusqu'au centre de la cour et fit le tour de la fontaine, mais dans l'immédiat, elle avait cessé de l'intéresser. Son regard se porta vers les étages, sur les fenêtres qui l'entouraient.

Il s'était senti observé, sensation instinctive qu'il avait appris à prendre en considération au même titre que la vue ou l'ouïe. De quelle fenêtre ? Impossible à dire, elles étaient toutes vides à présent. La personne qui l'épiait avait dû reculer pour se mettre hors de vue. Halloran renonça.

Plusieurs portes ouvraient sur la cour, outre celle qu'il venait d'utiliser. Mais celles-là ne présentaient aucun risque, puisqu'il n'y avait pas d'entrée directe faisant communiquer la cour avec l'extérieur.

Il traversa l'espace clos et essaya une autre porte. Elle menait à une cuisine, une vaste pièce carrelée où il était entré, tout à l'heure. Il referma la porte, se dirigea vers la suivante, regardant par les fenêtres au passage. On aurait cru la maison vide, aucune activité ne s'y manifestait. La seconde porte ouvrait sur un couloir — Neath, il l'avait découvert, était un labyrinthe de couloirs — fermé au bout par une autre porte.

Il constituait un passage qu'il n'avait pas remarqué lors de sa première exploration ; curieux, il s'y engagea. Un escalier montait à sa gauche ; il ne se rappelait pas l'avoir rencontré en faisant le tour du premier étage. Sans doute menait-il à l'une des pièces où il n'avait pas pu entrer. Il décida d'y aller voir après avoir essayé la porte au bout du couloir.

Il marcha donc vers cette porte qui paraissait plus imposante que toutes les autres portes intérieures de la maison. Elle avait une grosse serrure de métal noir, sans clef. Il tendit la main vers la poignée.

Mais il se retourna vivement. Derrière lui, sur le palier, quelque chose avait craqué.

L'un des deux Arabes lui souriait. Mais juste avant le sourire, Halloran avait entrevu une autre expression sur les traits de l'homme en tunique.

Une expression où entrait la colère. Et l'appréhension.

XV

UN FLÂNEUR

L'homme marchait le long du trottoir, le visage sans expression, le regard ne fixant rien en particulier. Vêtu d'un costume sobre, aussi neutre que sa physionomie, il avait le haut du crâne qui se dégarnissait, avec quelques longues mèches effilées qui indiquaient un état transitoire. Il marchait une main dans la poche, l'autre tenant un journal plié.

De temps en temps il jetait un coup d'œil rapide en passant devant une porte d'entrée, simple précaution peut-être pour éviter de heurter qui en sortirait. Mais il n'eut pas à ralentir encore son pas tranquille, et il continua à descendre la rue à la même allure de flânerie. Un employé de bureau peut-être, qui rentrait chez lui après sa journée de travail? A en juger par son apparence, il devait habiter l'une des maisons anciennes qui n'avaient pas encore succombé à l'engouement des promoteurs pour cette partie des quais.

Après être passé devant certain portail, il glissa négligemment le journal sous son bras gauche, sans aucunement presser le pas, et poursuivit son chemin.

Dans une voiture garée à quelques mètres derrière lui, deux hommes échangèrent un bref regard, et l'un des deux hocha sèchement la tête. Le chauffeur démarra et fit descendre sans à-coups la voiture du trottoir. Le véhicule ne parcourut qu'une centaine de mètres dans la rue, et vint s'arrêter de nouveau.

Les deux hommes se réinstallèrent pour reprendre leur surveillance.

XVI

UN AUTRE KLINE

Dîner n'intéressait visiblement pas beaucoup Kline ce soir-là. Halloran le trouva fatigué, sans ressort. Il avait le teint cireux, les joues creuses, la peau tendue à l'excès sur les pommettes. Ses yeux sombres avaient perdu beaucoup de leur éclat, et il plaisantait avec beaucoup moins de conviction que d'habitude, comme si ses pensées étaient ailleurs. Sa jeunesse avait disparu comme par magie, c'était du moins l'impression qu'avait Halloran : l'homme qui se trouvait devant lui paraissait au moins dix ans de plus que celui qui lui avait été présenté chez Magma.

L'incident de la matinée avait-il ébranlé Kline plus qu'il ne le pensait ? Halloran avait maintes fois été le témoin de réactions à retardement, il avait même été personnellement victime de ce phénomène, prise de conscience brutale de ce qui aurait pu se produire, fléchissement de l'esprit, brusque évaporation d'énergie inévitablement suivie d'apathie plus profonde. De fait, son client était imprévisible, mais ce changement radical le surprenait tout de même beaucoup.

Ils n'étaient que trois à table, Cora, Kline et lui. Les deux Jordaniens faisaient le service, Monk devait monter la garde quelque part, ou plus probablement lire ses bandes dessinées. Kline avait à peine touché aux plats, de solide tradition anglaise qui ne devait rien aux mets exotiques qu'on pouvait attendre, comme Halloran, de la part des deux Arabes. Car Khayed et Daoud tenaient la cuisine comme le reste de la propriété, dont Monk et le Polonais partageaient l'entretien, aussi bien intérieur qu'extérieur. Apparemment, personne d'autre n'était admis à travailler à Neath.

A la longue table de chêne brut où douze convives auraient tenu à l'aise, Cora s'était assise face à lui. Elle essayait consciencieusement d'engager Kline et Halloran dans une conversation, mais détournait souvent les yeux quand Halloran s'adressait directement à elle. Cette conduite le déconcertait, comme bien d'autres aspects de cette opération.

« Vous ne m'avez toujours pas expliqué pourquoi la maison ne comporte pas de système d'alarme, dit-il à Kline, laissant Cora de côté pour le moment. On a peine à comprendre une telle absence sur la propriété, et encore plus dans la maison. »

Kline but une gorgée de vin avant de répondre d'un ton morne : « J'ai des serrures, j'ai des gardes du corps. Pourquoi aurais-je besoin d'autre chose ? »

Une fois de plus, le changement du discours frappa Halloran : l'intonation était d'un homme plus âgé, les paroles plus réfléchies.

« Je crois, répliqua-t-il, que la présence d'un système d'alarme adéquat devra constituer une clause du contrat. »

Chez Kline, la léthargie fit place à l'irritabilité. « Le contrat a déjà été agréé et signé. Vous n'avez qu'à me croire quand je vous dis que je suis parfaitement en sécurité ici. Rien ne peut m'atteindre à l'intérieur de ces murs, absolument rien.

— Ce n'est pas très sensé.

— Alors considérez-moi comme un imbécile. Mais n'oubliez pas qui commande ici. »

Halloran secoua la tête. « Nous procédons toujours ainsi quand nous proposons nos services. J'aimerais que vous compreniez que cet endroit est trop vulnérable. »

Kline eut un rire caustique. « Je vais passer un marché avec vous, Halloran. Si à la fin du week-end vous êtes toujours dans le même état d'esprit vis-à-vis de Neath, nous reparlerons de vos propositions. Vous réussirez peut-être à me persuader alors. »

Halloran s'appuya au dossier de sa chaise. Fallait-il mettre sur le compte de la seule raison l'arrogance exagérée que manifestait Kline ? Il soupçonnait que non. Il chercha un soutien du côté de Cora, qui une fois de plus baissa les yeux sur son assiette en affectant de s'intéresser à son contenu.

« Je pense qu'il nous faudra des renforts pour patrouiller dans le périmètre, dit-il enfin.

— Cela ne tient qu'à vous, répliqua Kline. Pourvu que vos hommes ne s'aventurent pas sur mes terres. L'expérience pourrait se révéler fort désagréable pour eux.

— Vous ne m'aviez pas signalé la présence de chiens qui rôdent sur la propriété. »

Cora et Kline parurent l'un et l'autre surpris.

« J'ai vu l'un de ces chiens tout à l'heure, poursuivit Halloran.

— Combien sont-ils à errer en liberté par ici ?

— Suffisamment pour damer le pion aux intrus, rétorqua Kline, le sourire un peu égaré.

— J'espère que vous ne vous trompez pas. Venons-en à ces gens qui ont essayé de nous arrêter aujourd'hui. Vous devez avoir une idée de leur identité ?

— Le sujet a déjà été abordé. Des concurrents jaloux de Magma, ou des truands qui veulent tirer de moi une rançon.

— Vous vous saviez en danger, c'est pour cette raison que Magma a demandé les services de mon entreprise. Cela veut forcément dire que vous savez d'où vient le danger. »

Kline secoua la tête avec lassitude. « Si seulement c'était vrai. Je sens la menace, mais c'est tout. Je sens beaucoup de choses, Halloran, mais sentir n'est pas savoir.

— Pourtant vous êtes d'une grande précision quand vous localisez vos minéraux.

— C'est complètement différent. On ne peut en aucun cas comparer une matière inerte à la complexité de l'esprit humain.

— Mais il existe des types de pensée faciles à relever pour quelqu'un comme vous ?

— Peut-être, mais difficiles à déchiffrer. Prenons les ondes de votre esprit, Halloran. Que voulez-vous que j'en déduise ? »

Kline s'était penché vers son interlocuteur. Pour la première fois de la soirée, la conversation suscitait son intérêt.

Halloran vida son verre. L'un des Arabes s'avança aussitôt pour le remplir.

« Je regarde Cora, poursuivit Kline sans quitter Halloran des yeux, et je perçois ses émotions, je sens sa peur. »

La jeune fille émit un faible son qui était peut-être une protestation.

« Sa peur ? questionna Halloran.

— Sa peur de moi, oui. Et aussi de vous.

— Elle n'a rien à craindre de moi.
— C'est ce que vous dites.
— Et pourquoi devrait-elle avoir peur de vous ?
— Parce que je suis... son patron.
— C'est une raison suffisante ?
— Demandez-le-lui.
— C'est ridicule, Felix », dit Cora sur le ton de la froideur.

Kline se renversa sur sa chaise, les deux mains posées à plat sur la table. « Vous avez raison, bien entendu. C'est totalement ridicule. » Et il adressa à Cora un sourire quelque peu équivoque.

L'espace d'un instant, Halloran lut dans l'expression de l'homme une cruauté aussi impalpable que fugitive, qui était passée sur ses traits comme une créature de l'ombre se risque hors de son repaire pour se montrer au grand jour, rapide, presque allègre, avant de détaler de nouveau hors de vue.

Cela s'était passé très vite, mais Halloran resta tendu. Il vit trembler la main de Cora qui tenait son verre de vin.

Kline eut un geste vers les deux serviteurs, debout l'un en face de l'autre des deux côtés de la pièce. « Voyez Asil et Youssef, dit-il avec un sourire moins sournois où réapparaissait sa lassitude, je perçois leur dévouement. Je sens la loyauté de Monk et de Palusinski. Et, naturellement, j'ai parfaitement conscience du besoin cupide qu'a de moi Sir Victor. Mais vous, Halloran, de vous il n'émane rien. Rien qu'une froideur qui est pire que tout. C'est peut-être d'ailleurs cette qualité de froideur — mais est-ce une qualité ? — qui protégera ma vie le moment venu. Vous avez eu aujourd'hui une réaction qui m'a prouvé votre adresse, j'attends maintenant de connaître votre trempe, votre dureté. » Il passa un doigt mince sur sa lèvre inférieure en le dévisageant.

Halloran soutint son regard inquisiteur. « Espérons que ce ne sera pas nécessaire », dit-il.

Un vide parut s'ouvrir dans les yeux ténébreux de Kline, dont la respiration devint courte, superficielle. Halloran comprit que l'homme était en proie à une certaine peur, pour une raison inconnue.

« Malheureusement cela sera nécessaire », répondit Kline d'une voix qui n'était plus qu'un murmure.

XVII

UN RÊVE D'AUTREFOIS

Même si Kline se sentait en sécurité sur ses terres, Monk avait pour tâche de fermer complètement la maison toutes les nuits où il y séjournait. Halloran n'avait cependant pas toute confiance dans le zèle du gorille ; il avait donc effectué deux rondes dans la maison après le dîner, et vérifié à plusieurs reprises les portes et les fenêtres. Il avait organisé avec Monk des tours de garde de trois heures ; lui-même prendrait le premier jusqu'à une heure du matin.

Le dîner s'était trouvé écourté, la fatigue évidente de Kline l'ayant finalement terrassé. Il avait quitté la salle à manger sans s'excuser, suivi de près par les deux serviteurs piétinant anxieusement sur ses traces. Resté seul avec Cora, Halloran l'avait sondée en douceur pour obtenir plus de renseignements sur son employeur, et sur sa maison : pourquoi certaines pièces étaient-elles inaccessibles, qui gardait les grilles d'entrée, où enfermait-on les chiens ? Mais sur ces questions Cora s'était montrée très réticente, elle avait orienté la conversation vers des sujets n'ayant aucun rapport avec Kline ni avec la propriété. Déçu autant qu'étonné par son attitude, Halloran avait fini par s'excuser : il devait appeler Mather chez lui pour lui rendre compte de la situation et s'enquérir des nouvelles concernant les ravisseurs, ou supposés tels. Il apprit à cette occasion que la police avait retrouvé la Peugeot abandonnée dans la banlieue de Londres, et n'avait pu déterminer qui avait volé le véhicule. Elle s'était bien sûr interrogée sur la curiosité que manifestait le Bouclier à propos de ce vol, mais Dieter Stuhr, qui avait obtenu le renseignement par l'intermédiaire d'un contact personnel dans la police, avait promis que tout serait révélé à une date ultérieure — promesse qui, bien entendu, avait suscité encore plus d'intérêt de la part des autorités, parfaitement au courant du style d'activités auxquelles s'adonnait le Bouclier d'Achille. Mather l'avait averti que la discrétion totale en cette affaire serait difficile à maintenir vis-à-vis de la police.

A une heure du matin exactement, Halloran monta au second étage et frappa à la porte de Monk. Autour de lui, le silence n'était perturbé que par le craquement intermittent d'anciennes poutres dont les fibres se contractaient après la chaleur de la journée. Les couloirs étaient faiblement éclairés, comme si la tension électrique était trop basse. Derrière la porte, Halloran entendit qu'on bougeait dans la chambre, des pas lourds s'approchaient, un peu étouffés seulement par l'absence de chaussures. Le battant s'ouvrit de quelques centimètres à peine pour laisser voir une partie de visage aux paupières tombantes, tout engluées de sommeil. L'odeur aigre de la sueur lui parvint, aussi déplaisante que le regard fixe de Monk.

« Votre garde, l'informa Halloran.

— Hein ? Quoi ?

— C'est l'heure de votre tour de garde. Vérifiez d'abord toutes les portes extérieures et les fenêtres, puis installez-vous dans la grande entrée. Faites une tournée toutes les demi-heures, davantage si vous vous ennuyez. »

La porte s'ouvrit plus largement. Il vit que Monk portait un maillot débardeur et un pantalon ouvert à la ceinture. Son ventre proéminent distendait le débardeur à l'extrême et la chair visible entre le bord du maillot et le ceinturon débouclé apparaissait presque noire. Autour de sa large face plate pendaient ses cheveux dénoués dont quelques mèches se recourbaient pour toucher le menton mal rasé ; des poils noirs épais recouvraient ses bras jusqu'aux épaules tombantes, où ils s'évasaient comme une toison pubienne.

L'ère de Néanderthal n'est pas vraiment finie, songea Halloran.

Monk se détourna d'un air maussade, révélant l'invraisemblable désordre de sa chambre dans la lumière venue du couloir. Des revues et des bandes dessinées jonchaient le plancher, un plateau chargé d'assiettes sales et d'une canette de bière était abandonné près du lit — un lit étonnamment petit étant donné la corpulence de l'homme. Halloran ne tenait pas à en voir plus.

« Monk », dit-il calmement, et le garde du corps lui lança un regard mauvais. Il se tenait comme s'il était enraciné sur place, la tête tellement rentrée dans les épaules que son cou semblait vissé à sa poitrine. « Monk, à la moindre chose inhabituelle vous venez me chercher tout droit, c'est compris ?

— Je t'emmerde.

— Vous venez me chercher, et pas Kline. Vous m'avertissez d'abord.

— On ne fait pas comme ça ici.

— Vous m'avertissez d'abord ou je vous casse les *deux* bras quand toute cette histoire sera finie. »

Le gorille se campa face à Halloran. « Je suis payé pour veiller sur Monsieur Kline, dit-il d'une voix flûtée, qu'il s'efforçait de rendre aussi basse que possible.

— Et moi je suis payé davantage pour faire la même chose. Si vous voulez discuter, voyez Kline demain matin. Cette nuit vous faites ce que je dis. »

Monk aurait pu se jeter sur lui sans attendre, et ce n'était pas le souvenir de ce qui s'était passé la dernière fois qui le retenait, se dit Halloran ; non, c'était plutôt la perspective d'ennuis possibles avec son patron. Pas encore décidé, Monk passa sa langue sur ses lèvres qui devinrent luisantes.

« Je vous veux en bas dans deux minutes », ordonna sèchement Halloran. Et il s'en alla en même temps que résonnait un bruit de fracas dans la chambre. Les reliefs du dîner éparpillés partout ajouteraient à l'effroyable pagaille de la pièce. Halloran sourit. Sans aucun doute, un règlement de comptes interviendrait quand l'opération serait terminée ; pour sa part il y renoncerait volontiers, mais il savait que l'autre n'aurait pas le même point de vue. Tant pis pour Monk.

Il regagna sa chambre au premier étage, après un arrêt en route pour examiner la cour. La lune baignait les dalles de sa lumière pâle, plage de blancheur où la fontaine venait jeter la tache irrégulière de sa silhouette déformée. Il se pencha pour voir l'entrée ouvrant sur ce couloir où il avait trouvé une porte si bien défendue. C'était Youssef Daoud qui l'avait dérangé alors qu'il essayait de l'ouvrir.

Halloran lui avait demandé où menait cette porte et pour

quelle raison elle était fermée à clef, et l'homme avait paru soudain ne plus comprendre qu'à peine l'anglais (les dossiers des deux Arabes précisaient qu'ils parlaient bien cette langue) : il ne savait que secouer la tête avec un grand sourire, obligeant Halloran à rebrousser chemin. Un peu plus tard, Cora lui avait expliqué que l'escalier d'où l'épiait l'Arabe menait aux appartements privés de Kline.

De gros nuages passèrent devant la lune, et l'obscurité se glissa des toits dans la cour et le puits. Les quelques fenêtres faiblement éclairées ne contribuaient guère à la dissiper. Halloran gagna sa chambre dont il ferma la porte sans bruit, content de s'isoler un moment du reste de la demeure. Il ôta sa veste qu'il accrocha à l'une des colonnes au pied du lit, prit son revolver dans l'étui suspendu à sa ceinture et le posa sur la table de nuit, puis régla la sonnerie de sa montre sur quatre heures moins dix. Un dernier regard à la fenêtre — il n'y avait à voir que les ondulations des collines et la lueur orangée provenant d'une ville voisine — et il s'allongea sur le lit. Il ouvrit deux boutons de sa chemise, mais garda ses chaussures lacées, s'installa un oreiller. Ses yeux se fermèrent immédiatement malgré la lumière douce de la lampe de chevet.

Le sommeil vint très vite, et avec lui un rêve...

... Derrière la cloison en treillis il entendait le bruit de la respiration. Elle était forte, comme si le prêtre avait du mal à respirer... Bénissez-moi, mon père, car j'ai péché... Pourquoi n'avait-il pas honte de ses péchés ? Il aurait dû avoir honte. Il énuméra encore une fois la liste de ses « crimes » contre le Père éternel, en souriant dans l'ombre du confessionnal. Cela ne le contrariait pas du tout de devoir révéler ses secrets à un homme qui ne lui inspirait pas d'affection, et pire, pas de respect... J'ai menti, mon père, j'ai volé... hochements de la grosse tête du prêtre à travers les losanges de la grille, acceptation de l'iniquité du pénitent... J'ai abusé de mon corps, mon père — c'était le terme consacré qu'on avait appris aux garçons, « abusé » au lieu de « joui »... J'ai traité Dieu de tous les noms... la tête cesse son mouvement dans l'alcôve voisine, le bruit de respiration s'arrête... le sourire de Liam s'épanouit... J'ai demandé à Dieu pourquoi il est un horrible salaud, mon père... la tête massive qui se tourne vers lui, les yeux du prêtre qu'on ne voit pas mais qu'on sent brûler à travers la grille... Il nous

l'a pris, à Maman et à moi, il... sourire du garçon qui se durcit, regard qui devient fixe et ne voit plus rien... Liam, ce sont les terroristes qui ont pris la vie de ton père, et non le Seigneur... pourquoi Dieu... pourquoi à cause de lui Maman... pourquoi il m'a fait la... les yeux du garçon qui se mouillent, le sourire encore là... pourquoi il l'a fait faire... cette chose, cette folie... pourquoi elle est partie... Liam, dit le prêtre, avec douceur cette fois... pourquoi... premier sanglot du garçon, épaules qui s'affaissent, mains qui se tendent, doigts qui s'enfoncent dans les losanges noirs de la grille, qui s'accrochent aux barreaux et qui tirent, qui tirent comme pour arracher une barrière entre la vérité et lui... l'ombre qui bouge derrière, l'ampoule qui éclaire brusquement le vide de la cellule... la porte qui s'ouvre à côté, la main du père O'Connell qui se pose sur l'épaule du garçon... Liam qui le repousse, qui se recroqueville au fond de l'isoloir, la tête serrée de toutes ses forces contre ses genoux... les larmes qu'on ne peut pas retenir, le corps maigre secoué de sanglots... le prêtre, robuste silhouette noire, qui se penche les bras tendus...

... On tapait à la porte.

Halloran ouvrit instantanément les yeux, et reprit conscience presque aussi vite. Le rêve était encore présent comme une image, qu'il mettrait de côté pour le moment. Il glissa le revolver dans son étui et se dirigea vers la porte. Le tapotement recommença. Il entrouvrit le battant en le maintenant fortement du pied, pour qu'on ne puisse pas en forcer l'ouverture.

C'était Cora.

XVIII

COMMUNION IMPIE

Il était entouré de cierges, de grands cierges épais dont la cire était noire. Ils n'éclairaient guère la salle, même si leur lumière très douce faisait luire par endroits la peau nue de son corps pitoyablement maigre. Les deux hommes à la peau sombre l'enduisaient d'huile, parce que son aspect souple et glissant ravivait leur fièvre.

D'autres yeux le surveillaient constamment. De grands yeux qui ne cillaient pas, tous groupés au fond de la pièce.

Le jeune homme gémissait en jetant sa tête de côté et d'autre, mais le fluide qu'on lui injectait fréquemment dans les veines ralentissait son mouvement. Ils l'abandonnaient à son inertie, mais pas tout le temps. Parfois les Arabes aimaient à l'entendre crier.

Aucun son ne peut s'échapper de cette pièce, lui avaient-ils dit avec un grand sourire, en se tenant par la main. C'est un endroit secret, un lieu de culte dont la terre elle-même renforce les murs. Crie, crie donc, le priaient-ils. Hurle pour notre plus grand plaisir, lui disaient-ils en lui perçant la chair de longues aiguilles. Montre-nous comment tu pleures, demandaient-ils d'une voix cajoleuse en enfonçant des choses pointues dans ses organes génitaux.

Ils avaient arraché tous les poils de son corps, même ceux des narines, même les cils ; il ne restait plus de lui qu'une chair blanchâtre et luisante, une créature languide et abandonnée un instant, agitée de frissons l'instant suivant. A cause des drogues peut-être, il arrivait que la douleur soit exquise.

Quand ils avaient été fatigués de l'entendre parler, ils lui avaient ôté la langue en le suspendant tête en bas pour qu'il ne s'étouffe pas avec son propre sang, puis avaient asséché la plaie en y appliquant un liquide qui brûlait plus que la blessure elle-même. Et ils avaient ri de ses bredouillements inarticulés alors qu'ils abusaient de son corps, en l'empalant avec une force qui lui déchirait les entrailles et le laissait ensanglanté.

Le jeune homme essaya de remuer les reins, en vain, à cause des chaînes. Il demeura donc étendu sur cette surface lisse et dure, bras et jambes écartelés, le corps troué de blessures, percé d'aiguilles dont beaucoup étaient restées en place et brillaient parfois dans la lumière tamisée, la peau maculée de coulées de sang maintenant séché. La douleur n'avait épargné aucune partie de ce corps, et si ses sens avaient été moins assoupis, le supplice aurait pu avoir raison de son cœur. Une partie de son cerveau luttait pour garder la raison, l'autre au contraire se fermait, déniait les blessures de son corps et la dégradation qu'il avait subie, parce qu'elle savait d'instinct que les reconnaître lucidement ne le conduirait qu'à la folie. Les restes de morphine l'y aidaient grandement.

Les flammes des cierges vacillèrent, caressées par un souffle d'air. D'un mouvement lent et lourd qui épuisait ses forces, il réussit à soulever sa tête de la dalle où il était enchaîné, et baissa les yeux sur son corps. Les pointes fines plantées dans sa poitrine parurent immenses à son esprit embrumé, comme des perches métalliques courbes dans un champ de neige un peu graisseux ; sous sa respiration, elles ondulaient d'une manière qui le fascinait. Mais une lumière venue d'en haut s'infiltrait dans la salle. Il lutta pour garder la tête levée, et dut renoncer tant elle était pesante, tant l'effort était violent. Elle retomba sur la pierre avec un fort craquement. Il avait cependant aperçu les silhouettes émerger du couloir, en groupe au sommet de l'escalier, comme si les corps étaient soudés. Le jeune homme gémit à voix haute, et l'effroi lui mordit le cœur.

Au bruit de leurs pas dans l'escalier il essaya d'appeler, de les implorer, et ne put produire qu'une plainte incohérente qui devint un vagissement lorsque, sa tête ayant roulé sur le côté, il les vit s'approcher.

Les deux Arabes, comme toujours, lui souriaient de toutes leurs dents. Entre eux se tenait — ou plutôt s'affaissait, car ils le soutenaient de chaque côté — un petit homme à la face ravagée, extrêmement vieille, qui exprimait une telle méchanceté que le jeune homme tenta de détourner la tête. Mais c'était impossible, il n'avait aucune force. Il ne pouvait que garder la joue sur la pierre, et les yeux fixés sur cet homme.

L'homme aux cheveux sombres, aux traits si cruels, dont la peau ratatinée se desquamait comme sous l'effet d'une maladie, posa sur le jeune homme son regard, en passant sa langue sur ses lèvres sèches et craquelées. Il étendit une main tremblante, l'index pointé, et son ongle jauni rampa sur le ventre blanc, en remontant vers le sternum. A mesure qu'il avançait le doigt s'enfonçait dans la chair, sans effort apparent, en laissant derrière lui une fente peu profonde.

Une fois de plus une seringue trouva une veine dans le bras grêle du jeune homme et y injecta un liquide. La chaleur l'envahit rapidement et il sourit presque de gratitude. A présent il pouvait tourner son visage vers le plafond noir, apparemment sans limite, qui le dominait.

Il était conscient, mais ne sentait pas la béance de sa chair; la vapeur qui montait de son ventre dans la fraîcheur de l'air n'avait pas plus de signification pour lui qu'un nuage léger s'échappant d'une chaleur moite.

L'homme aux cheveux sombres s'éloigna en traînant les pieds, aidé par l'un des Arabes. L'autre avait disparu dans un coin.

Le jeune homme resta seul sur sa dalle ruisselante de sang, le corps ouvert, à se demander rêveusement ce qui les avait fait partir. Cela lui était égal, parfaitement égal. C'était agréable de rester allongé là, à contempler la volute de fumée qui montait d'un point tout proche de lui, mais qu'il ne voyait pas, et s'enroulait doucement. Il aurait aimé se laisser aller au sommeil, mais pour une raison inconnue son esprit ne le voulait pas. Son esprit ne se laissait pas oublier, il tentait de lui dire quelque chose, quelque chose de désespérément urgent, mais lui ne voulait pas le savoir, tout à l'exquise griserie de cette paix après tant de souffrance. Les aiguilles étaient devenues pareilles à des bougies d'anniversaire, avec leurs têtes brillantes comme des flammes minuscules. C'était donc son anniversaire? Impossible de s'en souvenir. Ça ne faisait rien, c'était toujours sympa de célébrer quelque chose.

Il entendit du bruit près de lui, et tendit le cou autant qu'il le put. Ses terminaisons nerveuses lui donnaient quelques élancements. L'homme aux cheveux sombres se tenait dans une alcôve, il ouvrait un meuble, une sorte de petite armoire... non, ce n'était pas une armoire, c'était... comment appelait-on ça ? Ce truc dans les églises, cette boîte où les curés étaient toujours en train de fourrager. Drôle comme cet endroit ressemblait à une église avec toutes ces chandelles, même si elles étaient noires. Et la pierre où il était couché ressemblait à un autel !

Le jeune gloussa de rire, un rire qui tenait beaucoup du gargouillis.

Les trois hommes revinrent ensemble vers le corps pâle, abandonné. L'homme aux cheveux sombres portait un récipient de métal noir drapé d'un voile, noir aussi. On fit couler du sang de la longue plaie ouverte. Quand il commença à déborder de chaque côté, le sang coula sur la dalle de pierre. Il restait peu de vie dans le corps du jeune homme.

Le voile fut ôté, et le récipient se révéla semblable à un calice largement évasé, car il était muni d'un pied que serrait une poigne tremblante. De sa main libre, l'homme aux cheveux sombres écarta les lèvres de la plaie et y pressa le vase avec précaution ; il se remplit de sang en s'enfonçant dans le ventre du jeune homme, disparaissant dans ses viscères glissants.

Le jeune poussait des cris affreux, des cris déchirants que renvoyaient les murs de pierre, car aucune drogue ne pouvait alors émousser l'atrocité de sa souffrance, ni son horreur.

Il était vivant, mais à peine, quand de l'autre côté de la pierre, l'Arabe leva l'outil qu'il était allé chercher et se mit à trancher la chair de ses membres écartelés.

Et toujours ces yeux innombrables qui le regardaient sans jamais se détourner, sans jamais se fermer.

XIX

LES BESOINS DE CORA

« J'ai besoin de compagnie, dit-elle simplement. J'ai... je ne me sens pas rassurée quand je suis seule dans cette maison. »

Halloran ouvrit plus largement la porte et elle s'y engouffra non sans un regard derrière son épaule, comme si on la suivait. Il vérifia s'il n'y avait effectivement personne.

Elle posa sur le meuble de chevet la bouteille et les verres qu'elle avait apportés.

« Je me suis souvenue que vous aimiez le Scotch, dit-elle d'une voix incertaine.

— Oui, mais... je dois prendre ma garde dans... (Il regarda sa montre) deux heures. Mais buvez sans moi si vous voulez. »

Elle le voulait. Elle se versa une bonne dose en se détournant légèrement pour éviter ses yeux ; il se demanda si elle se sentait coupable de venir le trouver en pleine nuit ou d'éprouver le besoin d'un verre d'alcool. Il ferma la porte.

Cora était vêtue d'un peignoir blanc. « Vous devez me trouver très sotte, dit-elle. Ou alors... » Elle laissa sa phrase en suspens.

Il s'approcha, ôta de son étui le gros automatique et le plaça sur la table de nuit à côté de la bouteille.

« Nous avons tous nos peurs », dit-il.

Halloran s'étendit sur elle avec précaution, malgré les mains qui pressaient ardemment son dos nu. Elle lui mordilla le cou et l'épaule, elle ondulait sous lui et levait ses reins. Il ouvrit son peignoir pour lui caresser les seins ; elle gémit, et sa plainte avait l'intonation du désespoir. Il s'était soulevé pour la regarder, il s'inclina vers son mamelon durci et l'aspira entre ses lèvres, en l'humectant doucement de la langue. Elle retint sa respiration, puis la laissa aller en un soupir tremblé. Il finit de lui enlever son peignoir, qu'il jeta sur une chaise avant de revenir à son corps nu qui l'attendait.

Du bout des doigts il suivit la ligne de la taille, puis de la hanche, et amena sa main entre eux. Sa paume lui lissait le ventre, ses doigts glissaient dans sa toison. Elle l'entoura de ses cuisses ; il entra en elle sans presque rencontrer de résistance. De ses mains au bas de son dos, elle le poussa si fort qu'il ne fut plus maître de son mouvement. La brutalité de la pénétration arracha un petit cri de douleur à Cora.

Il lui sembla qu'elle s'étirait jusqu'à la moindre fibre, les muscles raidis comme si on l'avait transpercée plutôt que pénétrée. A mesure que montait en lui la sensation familière de flottement, la tension inimaginable des muscles qui aspirent au point de rupture de cette tension, son désir rejoignit celui de la jeune femme. Il haleta, et ce fut son tour de gémir.

Et tout changea. L'étreinte de Cora perdit de son intensité, se fit crispation plus qu'encouragement ; ses cris de passion devinrent des cris de frustration. Halloran se rendit compte qu'il l'avait perdue, et ralentit son rythme.

Cora redressa les jambes. Le mouvement de ses hanches s'atténua, puis cessa. Elle détourna de lui son visage. Perplexe, Halloran se souleva pour la regarder. Elle avait au coin de la paupière une larme qui grossissait, et finit par déborder.

« Cora... ?

— De grâce, Liam. Aide-moi. »

Il fronça les sourcils. Il ne comprenait pas. Elle ferma les yeux. « Dans mon peignoir », murmura-t-elle si bas qu'il l'entendit à peine.

Halloran quitta le lit, et trouva dans la poche du vêtement les minces lanières de cuir. Il commença alors à comprendre...

XX

ENLÈVEMENT

Ils avaient regardé l'homme à la cicatrice — une étrange balafre, qui semblait prolonger son sourire — quitter l'immeuble. Le passager qui l'observait dans la voiture fit un signe de tête affirmatif. Derrière, sur la banquette, l'homme qui un peu plus tôt descendait tranquillement la même rue avec un journal roulé vint appuyer son coude au dossier du conducteur, l'air très attentif.

L'homme au front dégarni avait pris la direction inverse de celle dans laquelle la voiture était garée. Ils le laissèrent s'éloigner un peu avant que le passager assis à l'arrière ne mette la main sur la poignée. L'homme assis devant lui l'arrêta d'un geste. Leur proie ouvrait une voiture garée le long du trottoir.

Le conducteur mit le contact et attendit que l'autre voiture passe. Puis il la suivit.

Ils vinrent le chercher avant l'aube dans son appartement au rez-de-chaussée. La serrure se laissa forcer facilement et en silence, sans dégâts. Il ne se réveilla que lorsqu'ils furent à son chevet; son cri de « *Wer ist da?* » fut rapidement étouffé sous ses draps. Il reçut plusieurs coups sur la tête : le premier l'étourdit, le second lui cassa le nez au passage, mais le troisième, assené avec force et impatience, lui fit perdre connaissance. Le quatrième ne lui fut administré que pour la satisfaction du geste.

On tira du lit son corps inconscient et on l'habilla, sans oublier de glisser son portefeuille dans une poche intérieure ni d'attacher sa montre à son poignet. Les draps tachés de sang furent ôtés du lit et fort soigneusement pliés. On les emporterait. Le lit fut refait. Après avoir vérifié que tout était en ordre, ils transportèrent Stuhr dans l'entrée, puis en haut des quelques marches cimentées qui menaient à la rue où une voiture les attendait. Le dernier referma avec soin la porte de l'immeuble derrière lui. Il ne se trouva aucune épouse, aucun amant, personne pour assister à l'enlèvement de l'Allemand.

XXI

SOUS LE LAC

Avec le matin s'était levée une brume qui stagnait près du sol. C'était l'humidité de la nuit qui s'évaporait à mesure que la terre se réchauffait lentement. Au loin, les arbres semblaient suspendus dans l'air ; les bosquets environnants évoquaient les silhouettes spectrales d'animaux tapis dans ce lit de blancheur à l'affût de leur proie.

Halloran traversa les jardins à l'abandon en scrutant les collines, à la recherche de toute indication de mouvement, étudiant un secteur après l'autre, puis y revenant un instant plus tard pour voir si rien n'avait changé. Il restait attentif aussi à la présence des chiens qui apparemment rôdaient dans la propriété, même si Cora lui avait dit qu'ils ne s'approchaient jamais de la maison ; il ne se fiait pas trop à cette affirmation, car il se demandait jusqu'à quel point ils étaient dressés à rester en retrait. Cora. L'ambivalence de ce qu'il ressentait pour elle le dérangeait. Faire l'amour en esclave et dans la violence avait amené Cora à la jouissance ; quant à lui, son plaisir s'en était trouvé limité. Si ces pratiques avaient commencé par accroître son désir, en fin de compte la satisfaction n'avait pas été si complète. Prude culpabilité, Halloran ? Restes d'une éducation catholique devenue seconde nature ? Après tout ce qu'il avait traversé, et tout ce qu'il avait fait, il en doutait. Peut-être l'avait-elle légèrement déçu ? Pourtant sa faiblesse et l'inclination qu'elle manifestait l'avaient rendue particulièrement réceptive, et vulnérable. Quand elle s'était levée ensuite pour prendre son peignoir, il avait découvert les marques qu'elle portait au dos et aux fesses. Il n'avait émis aucun commentaire, mais il était clair qu'il ne pouvait s'agir que d'anciennes marques de coups de fouet. Et il se demandait malgré lui ce qu'il allait encore apprendre sur Cora.

Il tourna le coin de la maison. Le lac était enseveli sous la brume qui roulait lentement à sa surface, poussée par une petite brise. Ses pas firent crisser le gravier comme il s'approchait de la Mercedes embuée de rosée. Il s'aplatit au sol pour inspecter le dessous de la voiture avec une torche, en quête d'un objet qui aurait pu y être fixé dans la nuit. Il en contrôla rapidement toutes les pièces, termina par les roues, les amortisseurs et les garnitures de freins. Satisfait, il fit le tour du véhicule à la recherche de taches de graisse, tronçons de fil électrique, empreintes de mains, traces sur le gravier près des portières. Avant d'ouvrir chaque portière, il fit passer une carte magnétique sur les moindres fentes pour détecter tout fil électrique. Cela fait, il flaira l'intérieur avant d'entrer, cherchant l'odeur d'amande amère ou toute autre odeur inhabituelle. Se méfiant des détonateurs sous pression, il vérifia le tableau de bord, la boîte à gants et les cendriers sans peser du tout sur les sièges. Puis il regarda sous les sièges. Il utilisa sa carte pour le même contrôle magnétique avant de soulever complètement le capot, et examina le moteur; ensuite il procéda de même pour le coffre. C'est seulement quand il en eut fini avec ce rituel qu'il fit démarrer le moteur, et le laissa tourner quelques minutes avant de faire avancer puis reculer la voiture d'un mètre ou deux. Certain désormais qu'on n'avait pas touché à la Mercedes durant la nuit, Halloran coupa le contact et sortit de voiture, non sans la refermer à clef.

« Est-ce que tout cela était bien nécessaire ? » questionna une voix depuis le porche.

Il se retourna. Felix Kline l'observait en haut des marches, appuyé d'une épaule à la pierre, les bras croisés. Comme de coutume, il était vêtu de façon décontractée, de jeans et d'une veste vague sur un pull. Et il arborait un sourire qui récusait toute la fatigue que l'agent avait remarquée la veille au soir.

« J'aurais agi de même si la Mercedes avait été enfermée dans un garage toute la nuit, répliqua Halloran. Je vais vérifier la Rover si elle n'est pas fermée à clef.

— Alors vous ne m'avez pas vraiment cru quand je vous ai affirmé que j'étais en sécurité ici. »

Halloran haussa les épaules. « Le Bouclier n'a pas pour politique de prendre des risques.

— Ouais, je veux bien le croire. » Kline émergea de l'ombre, et s'étira en regardant le ciel. « Ça va être une belle journée ! Vous voulez faire un tour, Halloran ? Que diriez-vous d'un peu d'exercice avant le petit déjeuner, histoire de vous garder en forme, hein ?

— Qu'est-ce que vous avez en tête ?

— Suivez le guide et vous le saurez. »

Il se dirigea vers le lac, et Halloran fut surpris de la vivacité de son pas. Hier soir Kline lui était apparu complètement à bout de forces, les traits défaits, peinant au moindre geste ; et ce matin il respirait l'énergie.

« Allons venez, tant pis pour l'autre voiture », appela Kline avec entrain.

Halloran le suivit à une allure plus calme, même s'il était loin d'être détendu : l'œil toujours en alerte, il ne cessait pas de surveiller ce qui les entourait, à l'affût d'un changement soudain dans le paysage, d'un éclat de lumière qui pourrait être un reflet du soleil sur des jumelles ou le canon d'un fusil ; il accordait une attention toute particulière à la route qui rejoignait l'entrée de la propriété.

Kline marchait bien en avant, il atteignait presque la berge du lac. De temps en temps il faisait de grands moulinets avec ses bras, ou sautillait en décrivant un cercle. Halloran s'attendait à tout moment à lui voir faire la roue. Tout disait que le petit homme débordait de vitalité.

Le terrain descendait vers l'eau en pente douce. De Kline, il ne voyait plus que la tête et les épaules. Il pressa le pas et trouva son client debout sur une jetée au ras de l'eau. Un bateau à rames y était amarré.

« Cela vous mettra d'attaque pour la journée, dit Kline en dénouant la corde.

— Vous n'avez pas de bateau à moteur ?

— J'aime le silence et la tranquillité du lac. Je ne veux pas de moteurs pour les troubler. D'habitude Monk ou Palusinski font office de rameurs pour moi, mais aujourd'hui vous aurez ce privilège. »

Kline sauta dans le bateau et s'installa à sa poupe. « Allons-y, dit-il.

— Avec cette brume, on ne verra pas grand-chose, observa Halloran en prenant pied sur la jetée.

— Peut-être pas », répondit Kline qui se détourna pour contempler la surface voilée des eaux.

Halloran enjamba le bord de la barque et d'une poussée du pied l'écarta de l'appontement. Assis sur le banc du milieu, il se servit d'une seule rame pour éloigner le bateau à la dérive, puis glissa les deux rames dans leurs dames de nage. Après un demi-tour, il mit le cap sur le centre du lac et trouva bientôt un rythme tranquille qui les emmena sans hâte et en douceur à travers les volutes de brume. Ainsi placé, il avait l'occasion d'examiner son compagnon de près, et put se rendre compte que la transformation de Kline ne devait pas grand-chose à son aspect physique, car rien n'avait changé dans ses traits. Elle tenait à la nature versatile de l'homme, à sa double personnalité si déconcertante. C'était une vivacité en lui, l'éclat des yeux sombres, le ton plus tranchant. Pour la deuxième fois, Halloran se demanda si son client ne s'adonnait pas à une drogue ou à une autre.

Kline, qu'il voyait de profil, virevolta soudain et se trouva face à lui. « Encore en train d'essayer de me comprendre, Halloran ? » Il eut un rire bref. « Pas facile, hein ? Pratiquement impossible, je dirais. Même pour moi. » Il s'esclaffa encore, d'un rire plus appuyé. « Le problème, c'est que je ne ressemble à personne parmi les gens que vous avez pu rencontrer ! Je me trompe ? »

Halloran ramait imperturbablement. « Tout ce qui m'intéresse, c'est votre sécurité.

— C'est ce que vos patrons vous recommandent de dire à vos clients ? C'est ce qui figure au catalogue ? Mais vous éprouvez de la curiosité, vous ne pouvez pas le nier. Vous n'aimeriez vraiment pas en savoir plus sur moi ? Savoir comment je suis devenu si riche, et quel est ce pouvoir que j'ai ? Vous voudriez le savoir, reconnaissez-le ! Oui, oui, je le sais bien.

— Je reconnais que cela m'intéresse. »

Kline se donna une grande tape sur le genou. « Enfin une parole raisonnable ! » Il se pencha en avant avec des mines de conspirateur. « Je peux vous dire que je ne suis pas né comme ça. Oh ! non, pas *vraiment* comme ça. Nous dirons qu'il s'agit d'un cadeau tardif. » Son sourire s'évanouit brusquement, et si son regard fouillait celui de Halloran, il semblait voir bien au-delà.

« Vous avez l'air de dire que votre aptitude psychique

vous a été donnée ? » La rame avait remonté des végétaux en décomposition. Halloran s'arrêta pour la dégager. Les matières gluantes au toucher s'accrochaient au bois, il dut donner plusieurs secousses avant qu'il en soit nettoyé. Puis il replongea l'aviron dans l'eau et s'aperçut que Kline le regardait en souriant. Apparemment, il avait abandonné sa méditation lointaine.

« Vous avez dormi profondément cette nuit, Halloran ? »

Avait-il vraiment un sourire insinuateur ? Et pourquoi ce brusque changement de sujet ? « Assez, vu le temps dont je disposais, répondit Halloran.

— Vous n'avez pas été dérangé du tout ?

— Uniquement par le manque de sécurité de Neath. Vous prenez des risques inutiles ici.

— Ouais, ouais, nous en discuterons une autre fois. Cora est une dame intéressante, vous ne trouvez pas ? Je veux dire, elle n'est pas tout à fait ce qu'elle paraît. Vous l'avez compris ?

— Je ne sais pas grand-chose d'elle.

— Non, non, bien sûr. Elle vous a raconté de quelle façon elle a commencé d'un jour à l'autre à travailler pour moi ? J'ai décidé que je voulais Cora au moment même où j'ai posé les yeux sur elle dans le bureau de mon bon ami Sir Vic, il y a trois ans environ. J'ai reconnu son potentiel, n'est-ce pas, j'ai vu en elle des... profondeurs insoupçonnées. Vous savez ce que je veux dire, Halloran ? »

Halloran ignora l'insinuation malgré la colère qui montait en lui. « Elle est certainement une excellente secrétaire, dit-il.

— Excellente, c'est vrai. Mais... vous n'êtes pas curieux ? »

Halloran cessa de ramer. La barque dériva, les avirons dans l'eau. « Curieux de quoi ? dit-il enfin.

— Ha ! vous l'êtes donc. Eh bien, de Cora et moi, de ce qui se passe entre nous. Vous vous demandez peut-être si elle fait plus pour moi que d'organiser des horaires et de taper des lettres ? Vous voudriez peut-être savoir si elle et moi sommes amants.

— Cela ne me regarde pas.

— Ah bon ? sourit Kline, espiègle. Vous savez, Halloran, je suis quelqu'un de très perceptif, et je n'ai aucun mal à flairer ce qui se passe sous mon nez. Je ne vois pas d'inconvénient à ce que vous vous amusiez, tant que vous vous rappelez à qui Cora appartient.

— Appartient? Vous parlez comme si vous la possédiez corps et âme! »

Kline se détourna, souriant encore. Il plissa les yeux, comme pour percer la brume. Les collines, les arbres s'effaçaient le long des berges, l'air cotonneux gommait la fraîcheur du matin.

« Sentez-vous le poids de l'eau au-dessous de nous? demanda abruptement Kline, sans le regarder. Sentez-vous la pression qui s'exerce sous ces minces planches de bois? C'est comme si toute cette masse liquide et toute cette vase obscure qui gît au fond du lac voulaient percer la surface et nous engloutir. Vous sentez cela, Halloran? »

Halloran faillit répondre que non, qu'il refusait totalement d'envisager cette idée. Et, c'est alors qu'il commença à ressentir la puissance qui vivait sous la plante de ses pieds. Il sentait que l'eau pouvait se soulever, pouvait s'infiltrer dans les interstices des planches, telle une substance qui englue, qui absorbe... La suggestion de Kline lui faisait voir le lac autrement, comme une présence plus active. Mal à l'aise, Halloran remua un peu sur le banc.

Une ondulation fit osciller la barque.

Kline l'observait de nouveau avec attention. « Regardez par-dessus bord, regardez le lac, prononça-t-il d'une voix plus grave, moins nerveuse. Voyez cet aspect soyeux de la surface sous la brume, cette limpidité. Mais jusqu'où verrez-vous au-dessous? Allons, Halloran, jetez donc un coup d'œil. »

A contrecœur, Halloran s'exécuta. Par politesse, se dit-il. Après tout, ce n'était pas une affaire. Il vit son ombre sur le lac.

« Continuez à observer l'eau, poursuivit la voix calme de Kline. Voyez comme elle se gonfle et se creuse, tellement douce, aussi douce que tout ce qu'on rêve de toucher. Regardez votre ombre, comme elle obscurcit l'eau. Et pourtant cette tache sombre vous permet de voir plus loin. Et si toute la surface du lac s'obscurcissait? Quelles profondeurs pourriez-vous percevoir? »

Halloran ne voyait que la tache noire de son propre reflet. Et voici que cette tache s'étalait, s'élargissait en de molles ondulations, chassait la brume à mesure qu'elle grandissait.

Et la voix enjôleuse de Kline lui disait de garder les yeux fixés sur l'eau qui clapotait, sans ciller surtout car le moindre geste en dérangerait la surface paisible, de plonger le regard dans cette eau noire jusqu'à ce que sa pensée soit absorbée... absorbée... *absorbée* par le lac, attirée en lui... et que ce qui lui restait caché jusqu'alors lui devienne visible...

« *... des monstres, Halloran, des monstres, là, en dessous de nous...* »

Il voyait des formes se mouvoir autour d'eux, lentement, pesamment, par taches plus sombres ; il avait l'impression, qu'on lui avait *insinuée*, qu'il s'agissait de figures grotesques ne connaissant ni la lumière ni le soleil, des créatures sommeillant dans les profondeurs, au tréfonds de la terre. Et d'autres plus souples, d'une matière qu'une telle pression ne pouvait pas pulvériser, qui se glissaient entre leurs encombrantes compagnes, deux natures contraires coexistant dans ce monde nocturne. Et d'autres encore, ombres trop fugitives...

Halloran sentit leur envie, leur désir ardent de monter se faire connaître du monde d'en haut. Elles étaient lasses de l'obscurité perpétuelle, mais prisonnières de leur forme. Et si elles ne pouvaient s'élever, peut-être qu'en leur envoyant un élément de ce qu'elles cherchaient, faute de mieux...

Halloran se pencha davantage par-dessus bord. La barque s'inclina.

« *Touchez l'eau*, l'exhorta-t-on avec douceur, *sentez sa fraîcheur...* »

Halloran tendit la main vers le lac qui n'était plus qu'une immense masse d'ombre liquide. Il y eut un remuement sous la surface à son approche, comme un frisson d'impatience.

« *... plongez-y les doigts...* »

Il sentit l'humidité et le froid lui engourdir la chair, et plus encore.

« *... plus loin, que le lac puisse vous goûter...* »

L'eau lui arrivait au poignet, trempant sa manche de chemise.

« *... plus profond, Halloran, plus profond, vous allez...* »

Il entendit retentir un rire.

« *... toucher la région des enfers...* »

Halloran vit les formes monter vers lui, des formes telles qu'il n'en pouvait exister que dans les profondeurs, avec des bouches — étaient-ce des bouches, ces ouvertures ? béantes, prêtes à l'avaler... à *l'absorber...*

Le rire plus aigu le rappela à ses sens. Il retira sa main et se mit debout dans la barque, aussi loin que possible de ces gosiers avides.

Mais cela montait de plus en plus vite, en un jaillissement unique, un jet presque solide d'êtres difformes, effrayantes figures souterraines privées d'yeux mais pourvues de membres grêles sur un corps consistant, ou encore créatures ténues, toutes en dents acérées comme des aiguilles... et elles s'approchaient, elles s'élançaient comme pour bondir au-dessus de la surface...

... et commencer à se défaire, à se briser, à imploser, parce qu'elles n'étaient pas faites pour l'atmosphère des couches supérieures.

Il entendit leurs cris d'angoisse même si le silence régnait — mais leur tourment ne vivait que dans son esprit. L'eau bouillonnait tout autour du bateau, blanche d'écume, comme si le lac était en ébullition. Çà et là apparurent des geysers qui entraînaient dans leur jet — du moins Halloran se l'imagina-t-il — des débris de chair, tout ce qui restait des créatures abyssales.

Le bateau tanguait dans cette effervescence. Halloran s'empressa de s'asseoir en s'agrippant des mains aux deux bords, et attendit ainsi que la turbulence se calme. Le lac redevint paisible.

Les deux hommes se trouvaient dans une zone de clarté d'où la brume avait fui, dégageant un large cercle autour du bateau. Il y régnait le plus grand calme, et la barque dérivait à peine.

Le seul bruit était le gloussement discret de Kline.

XXII

UN REPAS POUR LES CHIENS

Charles Mather était à genoux au milieu de ses arbustes quand sa femme l'appela des marches de la terrasse. Accoutumé à se lever de bonne heure, il n'avait jamais pu se défaire de cette habitude après avoir quitté l'armée. C'est pourquoi désormais, plutôt que de déranger Agnes qui ne partageait pas son penchant pour l'activité matinale, il se glissait sans bruit hors de leur chambre, s'habillait dans la salle de bains, buvait du thé dans la cuisine, puis sortait flâner dans son jardin, qui était devenu son second amour (Agnes avait toujours été le premier). Quelle que soit la saison, il trouvait toujours à s'y occuper; il estimait aussi que s'emplir les poumons d'air vif — et à cette heure de la matinée, raisonnablement pur — était pour lui la meilleure façon de commencer la journée. Le seul ennui tenait au froid — l'aube se levait toujours dans le froid, que ce soit en hiver, au printemps et même en été — qui s'amusait à jouer des tours au métal de sa jambe.

Il leva les yeux du parterre qu'il venait de retourner à l'aide d'une petite fourche. « Qu'y a-t-il, chérie ?

— Le téléphone, Charles. Mr. Halloran désire te parler, il dit que c'est important. »

Agnes avait dû sortir de son bain pour répondre au téléphone, sachant que son mari ne l'entendrait pas sonner du jardin. Un rien agacée, elle frissonnait dans la fraîcheur du matin, prête à attraper une pneumonie.

Mather se releva du coussin où il était agenouillé, et avec sa canne qui s'enfonçait dans la terre meuble, il boitilla jusqu'à la terrasse.

« A ta place je rentrerais vite, Aggie, dit-il en peinant sur les marches. Tu vas attraper une très vilain rhume à rester là.

— Merci pour ta sollicitude, Charles, mais je suis sûre que remuer la terre depuis deux heures dans l'herbe humide n'est pas fameux pour ta jambe non plus, répliqua-t-elle avec plus d'aigreur qu'elle n'en ressentait. Je crois que tu ferais mieux de prendre un bain juste après moi.

— Tu es une mère pour moi, sourit-il. Mais je te conseille de rentrer avant que je t'arrache ton peignoir et te poursuive toute nue dans le jardin ! »

Elle se détourna prestement pour dissimuler son rire, marcha vers le patio. « Cela procurerait des sensations aux voisins pour le petit déjeuner », dit-elle par-dessus son épaule.

Il la suivit avec un regard d'admiration pour ses hanches presque aussi enthousiaste que dans leur jeunesse. « Oh ! oui, murmura-t-il, de très bonnes sensations, j'en suis convaincu. Je prends l'appel dans mon bureau, chérie. »

Il prit place dans un fauteuil puis attendit le déclic qui annonçait qu'Agnes avait raccroché en haut. « Liam ? C'est Charles. Je n'attendais pas de tes nouvelles aujourd'hui. »

La voix de Halloran n'exprimait pas l'urgence. « J'essaie de contacter Dieter Stuhr depuis huit heures ce matin, expliqua-t-il, mais sans succès.

— Comme nous avons une opération en cours, il sera au bureau tout le week-end. J'imagine que tu as déjà essayé de l'y joindre.

— J'ai pensé qu'à cette heure-là je l'aurais peut-être chez lui, et j'ai appelé le Bouclier ensuite. Aucune réponse dans les deux cas. »

Mather regarda sa montre. « Il est neuf heures passées. Nous avons prévu une collaboratrice en coordination avec lui aujourd'hui, elle devrait être arrivée.

— Stuhr est seul à avoir la clef.

— Alors elle pourrait bien l'attendre à la porte en ce moment même. Cela ne ressemble pas à Dieter d'être en retard, mais il est peut-être en route, ce qui expliquerait pourquoi tu l'as manqué.

— J'ai appelé son appartement pendant plus d'une heure.

— C'est qu'il aura été retardé. Écoute, je vais en toucher un mot à Snaith — après tout, je ne vois pas pourquoi il faudrait épargner son samedi — et, à nous deux, nous arriverons bien à nous renseigner. Il est probable que nous découvririons quelque chose de tout bête, un ennui de voiture par exemple. » De sa main libre, Mather se frictionna le genou. « De ton côté, tu n'as pas de problèmes à Neath, Liam ?

— Je voudrais organiser des patrouilles supplémentaires à l'extérieur, c'est tout. Et je pense que nos hommes doivent être armés. La sécurité ici est virtuellement nulle. »

Il y eut un silence. Mather sentait que son interlocuteur voulait en dire plus. Mais comme rien ne vint, il reprit : « Il y a autre chose qui te contrarie, Liam ? » Malgré le ton bénin de la question, Mather connaissait suffisamment son agent pour savoir que quelque chose n'allait pas.

Silence encore, puis : « Non, rien d'autre. Notre client est d'un type peu commun, mais il n'est pas ingérable.

— S'il se pose un problème entre vous deux, nous pouvons te remplacer. Ce n'est pas la peine de chercher la complication, tu le sais bien.

— Non, non, ça va, ne changeons rien. Faites-moi savoir ce qui est arrivé à l'Organisateur, Charles, d'accord ?

— Bien sûr, dès que nous saurons quelque chose nous-mêmes. Peut-être que Stuhr a passé la nuit ailleurs ? J'imagine que cela arrive fréquemment à un célibataire. Peut-être que la personne avec qui il se trouve, dans ce cas, a trouvé le moyen de le retenir.

— Ce n'est pas son genre d'être injoignable.

— C'est vrai, surtout quand une opération a commencé. » Mather avait l'air soucieux à présent. « Nous te tiendrons informé, Liam, et dans l'intervalle nous organisons une protection supplémentaire pour toi. J'espère que la nuit s'est passée sans incident ?

— Oui, dans le calme. Quoi de neuf au sujet de la Peugeot volée ?

— Les recherches n'ont encore rien donné, je le crains. La police ne peut rien faire. Tu es sûr que notre client n'en sait pas plus qu'il veut bien le dire ?

— Je ne suis sûr de rien. »

Mather cessa de masser son genou douloureux. Une fois encore, il attendit que l'agent continue, mais il ne vint que quelques parasites sur la ligne. « Et si je venais te voir à Neath, qu'en penses-tu ? suggéra-t-il.

— Nous revenons à Londres lundi. Voyons-nous à ce moment-là.

— Comme tu voudras. Je te rappellerai dès que j'aurai du nouveau.

— Parfait. »

Après le déclic, Mather garda un instant le récepteur à son oreille, puis raccrocha. Il resta songeur pendant quelques secondes, et décrocha de nouveau l'appareil.

Debout près du téléphone dans l'immense entrée, la main sur le récepteur, Halloran réfléchissait. L'absence de Dieter Stuhr l'inquiétait, car il n'entrait pas dans le caractère de l'Allemand de disparaître au cours d'une mission majeure — ni même mineure, en fait. Peut-être avait-il eu quelque difficulté à gagner son bureau ce matin, comme Mather l'avait suggéré. Qu'il ait été retenu à une autre adresse était moins vraisemblable : l'Organisateur ne concevait pas sa vie de cette façon, il aurait au moins fait savoir au Bouclier comment le contacter, si impromptue que puisse être sa situation. Halloran passa la main sur son menton qu'il n'avait pas encore eu le temps de raser. C'était peut-être la fréquentation de Kline — et de Neath — qui agissait sur lui. Il commençait à s'inquiéter de tout et de rien.

Des pas dans l'escalier, derrière lui. Il se retourna. Cora descendait. Elle se troubla un peu quand leurs regards se rencontrèrent, sa main chercha la large balustrade.

« Bonjour, Liam, dit-elle presque craintivement, comme si elle n'était pas sûr de la manière dont il l'accueillerait.

— Bonjour Cora. » Il alla l'attendre au bas de l'escalier. Aucun sourire ne fut échangé. Chacun avait conscience que c'était là une manière inhabituelle de se dire bonjour pour des amants après une nuit d'intimité.

« Avez-vous pris le petit déjeuner? demanda-t-elle, plus pour rompre leur gêne mutuelle que par intérêt réel.

— J'allais le faire », répondit Halloran, qui lui toucha le bras pour l'arrêter. Elle sursauta. « Cora, pourquoi ne pas m'avoir averti à propos de Kline ? »

Elle ne put cacher la lueur apeurée de son regard.

« Pourquoi ne pas m'avoir dit qu'il avait le — je suppose que vous diriez le "pouvoir" — d'hypnotiser? Nous avons fait un petit tour sur le lac ce matin. Et il m'a fait voir des choses... des choses que je n'aurais jamais cru possible de voir. Des monstres, Cora, des créatures du fond de l'eau, qui semblaient vivre dans la vase. Je ne sais pas de quelle imagination il les a tirées, la sienne ou la mienne, mais j'ai eu une peur de tous les diables, même si la raison me disait que cela ne pouvait pas exister. Il m'a terrifié, ce que personne n'a fait depuis longtemps.

— Il a joué avec vous. » Elle s'était rapprochée, et parlait d'une voix calme, presque mélancolique. « Il a choisi cette manière de vous démontrer qu'il peut vous manipuler à sa guise. Il lui arrive d'induire des images dans l'esprit des autres.

— Oui, par transmission de pensée — c'est la même chose que l'hypnose.

— Non, ce n'est pas la même chose. Il ne peut pas vous faire agir, diriger vos *actes*. Il peut seulement suggérer des images, vous donner la *sensation* que quelque chose se passe. »

Halloran revit la pièce blanche de chez Magma et sa première rencontre avec Kline; il se rappela le doigt qui le poussait alors que personne n'était près de lui, la peau ravagée qu'il avait palpée alors qu'il se trouvait seul avec Kline... « Ceci pourrait expliquer... », réfléchit-il à voix haute.

Elle eut un rire crispé. « Ne cherchez aucune explication rationnelle à tout cela », dit-elle. Elle ôta son bras qu'il n'avait pas lâché et se dirigea vers la salle à manger.

Au-dessus, le palier craqua. Il eut le temps de capter l'image de Monk qui reculait précipitamment sa silhouette massive. Le gorille était hilare, Halloran en avait la certitude.

« En tout cas, je vois que votre appétit ne se ressent pas de cette petite émotion matinale », dit Kline en chassant d'un signe l'Arabe qui lui avait resservi du café.

Halloran leva les yeux de son assiette et rendit son sourire à son client. « Il en faut beaucoup plus pour me couper l'appétit.

— C'est vrai? Pendant un moment j'ai cru que vous alliez vomir dans le bateau. Je ne l'aurais jamais cru, avec ce clapotis de rien du tout. A moins que ce ne soit cette brume qui vous ait désorienté — il peut arriver qu'elle fasse tourner la tête, vous savez, surtout avec la sensation de flottement. Vous m'avez donné du souci. » Il but une gorgée. « Youssef, refais du café pour Miss Redmile, elle a l'air d'en avoir besoin. Fort, sans crème. Cora, il faut manger plus que vous ne faites, vous allez dépérir sinon. Vous ne trouvez pas qu'elle a les traits tirés, Halloran? Vous n'avez pas bien dormi, Cora? »

Halloran devait en convenir, elle était pâle, avec sous les yeux de grands cernes noirs encore plus accusés.

« Je pense que c'est cette histoire d'hier qui fait son effet sur moi, dit Cora. Réaction à retardement, je suppose.

— Le rapt manqué? s'écria gaiement Kline. Il n'y avait aucun problème, avec notre héros pour nous protéger. Avec vous dans le secteur, ces salauds n'avaient pas l'ombre d'une chance, hein, Halloran? Je parie qu'ils n'en ont pas cru leurs yeux quand ils ont vu notre voiture filer en marche arrière comme le diable d'une... » Il but une autre gorgée de café au lieu d'achever sa phrase.

« Espérons que votre chauffeur, Palusinski, aura acquis la technique à l'heure qu'il est. Celle-là et quelques autres qui permettent de se dégager rapidement d'une route bloquée », expliqua Halloran qui faisait honneur au repas, un petit déjeuner anglais étonnamment bon préparé par les deux Jordaniens. Il remarqua que Kline, en dépit de ses sarcasmes à l'encontre de la jeune fille, ne mangeait guère non plus. Monk dévorait probablement pour deux dans la cuisine.

« Avez-vous été militaire, Halloran? »

Venant de Kline, la question était pour le moins inattendue.

« Oui, ajouta-t-il, votre équipe se compose essentiellement d'anciens militaires, non? Avez-vous déjà tué quelqu'un, à l'arme à feu ou l'arme blanche? Vous avez fait ce genre de choses? »

Cora l'observait aussi. Halloran s'écarta de la table.

« Pourquoi cette question? dit-il.

— Oh! par curiosité. Je me demandais si vous étiez capable de le faire. Prendre la vie de quelqu'un, cela ne peut pas être facile. C'est même sans doute la chose la plus difficile au monde. Est-ce si sûr d'ailleurs? C'est peut-être facile quand on a le savoir-faire, l'expérience. Avez-vous l'expérience? Pourriez-vous le faire?

— Cela dépendrait de la situation.

— Ha! Alors laissez-moi vous exposer une situation. Supposons que les voyous d'hier aient réussi à arrêter notre voiture. Supposons qu'ils arrivent sur moi avec des pistolets

— on peut présumer qu'ils étaient armés. Est-ce que vous vous servez de votre arme ?

— Je suis là pour ça, Kline.

— Bon. Modifions un peu le scénario. Ils braquent un pistolet sur la tête de Cora et menacent de la faire sauter si vous esquissez un geste vers eux. Vous, vous avez le revolver pointé sur eux. Ils me traînent vers leur voiture et le type qui tient Cora vous barre la route. Que feriez-vous dans cette situation ? Risqueriez-vous sa vie pour me protéger ? Je serais curieux de le savoir. » Il sourit à Cora. « Et je suis sûr qu'elle aussi. »

Halloran les regarda l'un après l'autre, Kline réjoui, ravi de l'aubaine, Cora embarrassée, comme si la question n'était pas purement théorique.

« Je les laisserais vous emmener », répondit-il.

Le sourire de Kline s'évanouit.

« Puis je négocierais une rançon en échange de votre libération. »

Le poing de Kline s'abattit sur la table. « Bon sang, c'est la plus mauvaise réponse que vous pouviez me faire ! Vous êtes payé pour veiller sur moi, Halloran, et seulement sur moi ! Pas sur elle, ni sur personne d'autre ! »

Halloran resta impassible. « En tirant sur celui qui maintenait Cora — ce que j'aurais probablement pu faire sans la blesser — je mettrais votre vie en danger. Chacun aurait tiré à qui mieux mieux, et sans aucun doute vous auriez été la seconde cible après moi. Il vaut bien mieux dans ces cas-là ne pas chercher la guerre, et marchander ensuite la libération. »

Kline tremblait de façon visible. « Marchander ma libération ? Vous êtes complètement cinglé, ou quoi ? Pour qu'ils prennent l'argent et m'exécutent après ?

— Cela ne se passe pas ainsi. Normalement, ces gens-là agissent en professionnels. Rompre un contrat négocié équivaudrait pour eux à perdre leur crédibilité pour une autre occasion.

— A vous entendre, on croirait qu'il s'agit ni plus ni moins d'une affaire commerciale.

— Mais justement *c'est* une affaire commerciale, et qui brasse de l'argent par millions. Le commerce de l'enlèvement est devenu une industrie en pleine expansion dans le monde. Bien sûr, on y trouve de temps à autre des amateurs qui se font la main, mais ils sont rares et isolés, et généralement très mal vus de ceux de leur espèce qui sont plus expérimentés, parce que leur maladresse rend plus difficile aux professionnels la réussite de leurs transactions. La police ou une organisation comme la mienne n'ont aucun mal à découvrir à qui elles ont affaire, et je dois admettre qu'en la matière je préfère les professionnels — ils sont moins imprévisibles.

— Et la brochette d'hier? Comment classeriez-vous ces gars-là? demanda Kline dont les mains serraient fortement le plateau de la table.

— Je dirais qu'ils savaient ce qu'ils faisaient. La voiture qu'ils ont utilisée n'était pas retrouvable, ils se sont montrés patients en attendant l'exact moment favorable. Heureusement pour nous, nous les avions repérés avant qu'ils amorcent leur action.

— Ils n'étaient pas si forts que ça, puisqu'ils ont échoué.

— Uniquement parce que nous étions meilleurs qu'eux. Et ils ont trouvé le moyen de disparaître, ce qui confirme ma conviction d'avoir affaire à des gens compétents. Leur première tentative ayant échoué, ils n'ont pas cherché à rattraper leur erreur en nous donnant la chasse, ce qui aurait pu être un vrai gâchis. A mon avis ils vont encore patienter, attendre qu'une bonne opportunité se présente. Ou alors ils vont la susciter. Mais ils savent à présent que nous sommes sur nos gardes, ils seront encore plus prudents.

— Ils vont réessayer? » C'était Cora qui avait posé la question.

Halloran la considéra avec surprise. « C'est évident. Nous avons au moins le léger avantage de savoir que notre client est une cible confirmée.

— Je vous l'avais dit! » s'emporta Kline dont les yeux étincelaient. S'il était en colère, sa voix cette fois ne déraillait pas dans l'aigu. « Pourquoi croyez-vous que Magma s'est adressé à votre société? Vous croyez que je suis en plein délire? Que je souffre de paranoïa? Nous sommes dans un schéma bien *réel*, Halloran, je vous l'ai dit dès le début.

— D'accord, alors je reviens à une question précédente : qui verriez-vous derrière cette affaire, quelle personne, quelle organisation? Je ne peux toujours pas admettre que vous n'en ayez aucune idée.

— Est-ce que vos “cibles” précédentes savaient exactement qui voulait les atteindre ? Pourquoi voudriez-vous que je le sache, moi ?

— Parce que vous avez eu la vision des choses avant même qu’une tentative ait été faite. »

Le soupir de Kline se transforma en gémissement. « Après tout ce que je vous ai montré, vous êtes toujours aussi incrédule.

— C’est précisément à cause de ce que je sais de vous que je ne comprends pas comment vous ne pouvez pas sentir qui sont vos ennemis. »

Pour la première fois Kline parut désarçonné. Ses yeux se posèrent sur Cora, puis revinrent à Halloran. « C’est le mystère, Halloran, dit-il. Oh ! oui, c’est le mystère », répéta-t-il, comme pour lui seul.

Halloran procédait à une nouvelle ronde dans la maison. Il rôdait dans les couloirs, s’assurait que toutes les portes et les fenêtres donnant sur l’extérieur étaient verrouillées. Il voulait que la maison reste fermée même de jour. Alors qu’il longeait le corridor du premier étage donnant sur la cour intérieure, il s’arrêta. En face, de l’autre côté de la fontaine en ruine, une porte venait de s’ouvrir.

Posté près de la fenêtre, il observa avec curiosité Khayed qui sortait. L’Arabe transportait un conteneur métallique, rond et muni de poignées. Son buste penché en avant indiquait que l’objet avait quelque poids. Il traversa précipitamment la cour, en appelant quelqu’un derrière lui. Youssef Daoud apparut à la même porte, vêtu comme son compagnon de la robe de leur pays, et portant un conteneur semblable. Les deux hommes riaient et échangeaient apparemment des plaisanteries en franchissant une porte menant en façade de la maison.

Mû par une impulsion, Halloran descendit l’escalier en trois enjambées, déboucha dans la cour qu’il traversa promptement et passa la porte dont les deux Arabes avaient émergé. Il se trouvait dans le petit couloir où il était entré la veille au soir, avec l’escalier à un bout, et la porte solidement fermée à l’autre bout. Il en fit fonctionner la poignée. La porte était toujours fermée à clef. Ou refermée, si les deux hommes en avaient sorti leurs conteneurs.

Il se plia en deux pour examiner la serrure de près, et sentit immédiatement sur sa joue le filet d'air froid et humide qui provenait du trou. En tâtant le seuil de pierre à la base de la porte, le froid était encore plus perceptible. Elle devait mener à une cave quelconque, où Kline entreposait ses meilleurs vins, peut-être.

Dehors, du bruit. Ils revenaient. Halloran se redressa avec un dernier coup d'œil à la serrure. Ancienne et robuste, percée d'un trou important nécessitant l'emploi d'une longue clef. Probablement pas trop difficile à ouvrir. Mais pourquoi l'endroit lui inspirait-il cette curiosité ? Et pourquoi ne pas demander à Kline ou à Cora ce qu'il contenait, tout simplement ? Il éprouvait une réticence à le faire, et se demanda pour quelle raison.

Au-dehors les voix se rapprochaient.

Il s'élança dans le passage, franchit le seuil. A sa vue les deux Arabes s'immobilisèrent. Celui qu'on appelait Khayed fut le premier à reprendre son sang-froid, l'autre mit un instant de plus à abandonner son expression d'hostilité.

Khayed fit un bref salut et regarda Halloran d'un air interrogateur. « *Assayed ?*

— Je l'ai trouvée ouverte, dit Halloran en désignant la porte.

— Ah, dit Khayed, puis, s'adressant à son ami dans leur langue : *Sadi koona hashoor.* » Daoud sourit à Halloran, qui ne jugea pas nécessaire de s'expliquer davantage.

Il se dégageait des deux hommes une odeur d'épices dont Halloran perçut une bouffée. Ils attendaient, et il comprit qu'ils resteraient ainsi toute la journée, immobiles et muets, jusqu'à ce qu'il passe son chemin. Il envisagea de les questionner à nouveau sur l'usage de la pièce fermée, mais renonça, doutant de recevoir une réponse. Khayed, il le remarqua, portait au côté une longue clef.

Il les invita d'un geste à passer la porte ; ils ne bougèrent pas, et lui indiquèrent très poliment la direction opposée.

Un haussement d'épaules, et il retraversa la cour, cette fois vers le couloir débouchant dans la grande entrée et la façade.

Après la luminosité de la cour, la demi-obscurité et la fraîcheur le frappèrent. Ses pas résonnaient creux sur le sol de pierre. Il fronça le sourcil en voyant que les doubles portes de l'entrée étaient restées grandes ouvertes — par la faute de Khayed et Daoud, certainement. Il alla à cette porte, traversa le porche. Dehors, il vit que le hayon de la Rover était levé. A l'intérieur se trouvaient les deux conteneurs métalliques. C'était l'occasion de les examiner. Il commença par les tapoter l'un et l'autre : le son dense indiquait qu'ils étaient pleins. Les couvercles étaient hermétiquement fermés.

Il cherchait à en ouvrir un du bout des doigts quand il entendit le crissement du gravier derrière lui. Cette fois Khayed ne pouvait déguiser son inquiétude. Il était seul — il avait évidemment suivi Halloran tandis que son compagnon vaquait à ses devoirs.

« *Kala, assayed* », dit l'Arabe qui parvint à sourire.

Halloran leva le sourcil. « Qu'y a-t-il là-dedans ?

— Rien de mauvais pour le bon maître, s'entendit-il répondre.

— J'aimerais jeter un coup d'œil.

— Oh ! non, monsieur, il n'y a rien d'intéressant pour vous dedans. C'est seulement de la nourriture.

— Quelle nourriture ?

— Je dis que c'est de la nourriture dans les boîtes. »

L'autre apparut sous le porche. Il portait un troisième conteneur. Il s'arrêta pour lorgner les deux hommes, puis se hâta vers l'arrière de la voiture et se glissa en s'excusant près de l'agent. Son fardeau installé près des deux autres récipients, il se redressa et adressa à Halloran un sourire épanoui, les yeux pétillants de malice.

« Pour les chiens, dit-il. *Akel llkaleb*. Ils mangeront bien ce soir. »

Son rire étouffé s'enfla jusqu'au fou rire.

Fou rire que partagea bientôt Khayed.

XXIII

LA MAISON DU GARDIEN

Le ciel nuageux précipita le crépuscule. Le temps avait changé d'avis au milieu de l'après-midi ; de beau, il était devenu couvert et un peu menaçant, mais sans donner de pluie, maussade sans violence, avec un air chaud et lourd. Halloran quitta sa veste en repassant tranquillement les grilles de la propriété, sans craindre d'exhiber l'arme qu'il portait à la ceinture à présent qu'il s'éloignait de la route publique.

Il venait de donner des instructions complètes aux deux équipes du Bouclier. Il ne les avait gardées que dix minutes pour que les routes bordant la propriété ne restent pas sans surveillance plus longtemps qu'il n'était nécessaire (mais même en doublant les effectifs, cette surveillance resterait insuffisante, il s'en rendait compte, puisqu'il serait relativement facile à des intrus de s'introduire sur les lieux en profitant des « trous » qu'elle laissait ; néanmoins deux voitures pouvaient repérer une source d'ennuis potentiels — véhicules à l'arrêt, rôdeurs, et tout objet déplacé ou suspect ; deux voitures valaient mieux qu'une seule, et une seule qu'aucune). Cette situation n'enchantait pas Halloran, mais il savait bien qu'en ces circonstances, il n'aurait pas fallu moins d'une petite armée pour être vraiment efficace. Au moins ses agents étaient-ils désormais discrètement armés. Pour le reste, il espérait que la confiance de Kline en ses chiens de garde était justifiée.

La journée avait commencé de bien étrange façon — dans la logique de cette affaire où tout était étrange, se dit-il — avec son hallucination ce matin sur le lac. Mais ce n'était après tout qu'un exercice mental de la part de Kline, une démonstration de son pouvoir psychique ; une intimidation aussi, destinée à faire savoir à Halloran qu'il s'occupait d'un homme doué d'un vrai talent, dont il pouvait se servir à sa guise de multiples manières. L'expérience avait été déconcertante, certes, mais elle avait eu l'utilité de donner à son client une satisfaction, ce qui en retour le rendrait plus enclin à respecter les restrictions que lui imposait Halloran pour sa sécurité.

La scène de Kline au petit déjeuner ne l'avait pas autrement impressionné : il savait déjà que l'homme était un égocentrique maniaque doublé d'un excentrique, et son souci exclusif de sa propre sécurité ne le surprenait donc pas. Ce qu'il ne comprenait pas du tout en revanche, c'était comment Cora pouvait supporter la goujaterie de son patron. Une question l'avait hanté la plus grande partie de la journée : pourquoi était-elle si dépendante de Kline ?

Il avait cherché à s'entretenir seul à seule avec la jeune fille ; elle avait évité sa compagnie en s'enfermant dans sa chambre sitôt après le petit déjeuner. Il était allé frapper à sa porte, qu'elle n'avait consenti qu'à entrouvrir, les yeux baissés, presque comme si elle avait honte de ce qui s'était passé la nuit dernière. Elle avait la migraine, prétendait-elle, et devait rester allongée quelques heures dans le noir pour que cela passe. Il l'avait donc laissée, déçu par sa froideur ; la veille, si les préférences sexuelles de sa partenaire l'avaient surpris (et même un peu consterné, à dire le vrai), ils avaient connu une heure de tendresse après avoir fait l'amour... Quand il l'avait détachée Cora s'était nouée à lui de tout son corps tremblant ; un long moment, elle s'était abandonnée à ses larmes sur sa poitrine avant de tomber dans un sommeil entrecoupé.

Des cloches tintèrent à quelque distance, pour rappeler l'heure des vêpres dans une paroisse avoisinante. Leur son le ramenait à la campagne de son enfance. Il revit la petite ville de Kilkenny où l'autorité du prêtre ne souffrait pas de discussion. Sa parole était la loi, son église le tribunal, son jugement sans appel... Halloran se gourmanda. Le moment était mal choisi pour une évocation de ce genre. Au lieu de laisser vagabonder son esprit dans le passé, il avait besoin de mobiliser toute sa vivacité, toute sa vigilance pour ce qui l'entourait à l'instant présent. Il n'était plus temps de penser au reste.

Aux contrariétés de la journée, il fallait ajouter la nouvelle de la disparition de Dieter Stuhr. Mather avait appelé Halloran avant le déjeuner pour l'informer que l'Organisateur restait introuvable, alors que chez lui tout paraissait en ordre. On avait rappelé les meilleurs éléments du bureau pour tenter de retrouver sa trace, mais Gerald Snaith avait décidé qu'il était beaucoup trop tôt pour alerter la police. De fait, même si cela ne cadrait pas avec la personnalité de l'Allemand, on pouvait imaginer une explication rationnelle à son absence. Mather devait le rappeler dès l'instant où lui parviendrait une autre information.

Il se trouvait devant le pavillon de garde, maisonnette de la même pierre que celle de la maison, mais plus sombre. Son toit où beaucoup d'ardoises manquaient, ses fenêtres noires de saleté lui donnaient l'air inhabité. Pourtant il fallait bien que quelqu'un l'ait laissé ouvrir la grille, qui au premier essai restait inébranlable (il avait saisi l'occasion d'examiner un peu mieux la serrure, et n'y avait pas détecté davantage la présence d'un système électronique). Il étudia encore un instant la maison avant de s'engager dans l'allée menant à sa porte. La clochette rouillée ne produisit qu'un faible son fêlé. Il frappa le battant de bois.

Rien ne bougea dans la maison. Personne ne vint ouvrir.

Il frappa plus fort, puis essaya d'actionner la poignée; la porte avait la solidité de la pierre, car elle ne frémit même pas. Halloran recula d'un pas pour regarder les fenêtres du premier étage, et ne vit rien à travers les vitres crasseuses. Il recula encore jusqu'aux ornières de la route; la vue n'y était pas meilleure, l'angle de vision ne faisait que rendre les vitres plus opaques.

Soudain il eut froid, comme s'il venait d'entrer dans une poche d'air glacial. Il était observé.

La sensation n'était pas nouvelle pour lui : le caractère particulier de sa profession développait une sensibilité spéciale au fait d'être épié sans le savoir. Mais il ne l'avait jamais éprouvée avec autant d'acuité. Il s'aperçut que l'impression de froid provenait de frissons qui couraient sur sa peau et la faisaient onduler par vagues minuscules. Il fit passer sa veste sur son bras gauche : la main droite devait rester libre pour son pistolet.

Dans la maison rien n'avait bougé davantage, rien de perceptible en tout cas. Mais il ressentait un besoin immense de se sauver en courant, de mettre le plus de distance possible entre cette demeure peu attirante et lui. Et d'où venait ce chuchotement qui lui disait de prendre garde, de ne pas poursuivre son investigation ? Du tréfonds de son esprit, sans doute. Irrationnel, se gronda-t-il. Est-ce si certain ? railla son subconscient.

En cette maison l'attendait quelque chose de malpropre, quelque chose de néfaste... En ces murs se cachaient des secrets qui devaient rester des secrets... Il porta la main à son front comme pour s'éclaircir l'esprit des pensées en forme de mise en garde qui s'y insinuaient ; mais l'action physique ne pouvait rien contre l'obstination de son psychisme, et ses pensées continuèrent de l'assaillir avec tant de force qu'il en vacillait. En mobilisant toute sa volonté, il parvint pourtant peu à peu à rendre le calme à son esprit. Sa conscience reprit le dessus.

Car les pensées qui l'avaient tourmenté n'étaient pas les siennes, il en était certain ; elles ne provenaient pas de son subconscient, elles y avaient été implantées par un autre. Il tourna la tête vers les bois derrière lui, vers la route qui conduisait à Neath. *Kline.* Ces pensées étaient celles de Kline. Il avait ce don de transmission, il le lui avait démontré le matin même. Mais Kline était resté là-bas, dans la demeure. En principe. De nouveau, Halloran scruta les environs. Est-ce que la distance constituait un obstacle pour un esprit comme celui de Kline ? Est-ce qu'il pouvait se projeter n'importe où, si loin que se trouve le destinataire ? *Ou alors, Felix Kline était-il dans la maison du gardien ?*

Et cette impression de froid qui ne le quittait pas... Il réenfila sa veste, fit un pas vers la maison.

Les pensées importunes revinrent l'agresser. Elles instillaient l'effroi en lui, mais aussi une étrange répugnance à découvrir ce que cachait la maison. Il resta donc où il était.

Il ne distinguait rien à travers les fenêtres, mais sentait une présence au-delà de ces murs. Il n'avait cependant plus aucune envie de pénétrer en cet endroit, ni d'apprendre qui y vivait. Pas pour le moment en tout cas. Il reviendrait, quand il se saurait prêt.

Il s'en alla sur un dernier regard au pavillon et s'engagea sur le chemin du retour vers la grande maison. Tout à l'heure il y avait laissé la Mercedes, préférant faire le long trajet à pied. On pouvait manquer tant de détails à bord d'une voiture en marche ! Il avait voulu prendre la température de l'endroit, et surtout de cette route privée qui était un emplacement de choix pour une embuscade, à l'abri des regards étrangers, hors de vue des habitants de Neath. Et maintenant, avec le soir qui descendait et le malaise que lui avait laissé la scène précédente, Halloran regrettait cette décision. Sa propre inquiétude l'étonnait et il s'en voulait. Mais après tout, ainsi qu'il en avait déjà convenu, la journée avait été bien étrange.

Dans la tranquillité ambiante son pas semblait plus sonore qu'il n'était normal. Plus loin la route se rétrécissait et les arbres qui la bordaient joignaient leurs bras feuillus pour former un tunnel. La pénombre régnait dans ce tunnel.

Il avait trop chaud brusquement, dans cette atmosphère presque trop lourde à respirer. Les nuages roulaient très sombres, et il caressa l'idée de la pluie, ou même d'un orage. Mais l'humidité était comme scellée dans la voûte des nuages. Il poursuivit sa route sans oublier de balayer le paysage du regard à intervalles irréguliers, en se retournant de temps en temps. Tout était calme. La maison du gardien n'était plus qu'une image lointaine, si petite, inoffensive. La route commençait à s'incurver. Du tunnel, on ne voyait pas la sortie.

Des herbes remuèrent sur l'accotement, poussées par une brise éphémère. Sous le couvert, un faible craquement se fit entendre. Une branche morte tombée d'un arbre.

La lumière baissa comme il pénétrait sous le dais de feuillage. Il y faisait plus frais, mais à peine. Halloran pressa le pas. Plus il progressait, plus la lumière diminuait. Il eut bientôt l'impression que la nuit venait de tomber prématurément. Les sens à l'affût, il laissa flotter sa vision. Ses yeux ne restaient jamais fixés sur un point de la forêt, mais passaient constamment d'une zone d'ombre à une autre.

Il crut d'abord avoir imaginé le reniflement, que le bruit de ses pas rendait à peine audible. Mais il se reproduisit ; il s'arrêta pour écouter, et n'entendit plus rien. Le silence. En soi c'était inhabituel, car la forêt regorge de bruits de toute sorte, froissements de luttes, claquements d'ailes, ululement du hibou qui s'installe pour sa longue veille. Au cours des années il avait appris à discerner les bruits de la nature de ceux que peuvent produire des humains qui se dissimulent : les premiers en général se poursuivent ne serait-ce que quelques secondes, les autres — que les humains se cachent ou qu'ils épient une proie — ont tendance à cesser immédiatement.

Il reprit son trajet, à grandes enjambées tendues indiquant qu'il redoublait de vigilance. Le plus silencieusement possible, il s'engagea dans la courbe du tunnel. Un bruissement sur sa droite, un mouvement très net. Il continua à marcher, mais sa main prit la crosse du Browning sous sa veste. Encore un mouvement. Quelque chose allait au même pas que lui. Il commençait à avoir une idée de ce que cela pouvait être.

Il avait imaginé que les chiens restaient enfermés pendant la journée et qu'on les lâchait la nuit. Peut-être était-ce au crépuscule que leur gardien leur rendait la liberté.

Reniflements encore, suivis d'un bruissement plus franc à travers le sous-bois, comme si les animaux se hâtaient de prendre de l'avance sur lui. Le son qui au début venait d'assez loin dans les bois s'était rapproché. Les chiens coupaient-ils à travers les broussailles ? Halloran ne modifia pas le rythme de son pas.

L'espace d'un instant, il vit une ombre ramassée s'élancer à travers les arbres, suivie d'une autre, et d'une autre encore... un flot d'ombres qui se glissaient dans le sous-bois. C'était étrange qu'elles ne soient pas venues droit sur lui, mais la tactique faisait sans doute partie de leur dressage, isoler et intimider plutôt qu'attaquer. Il l'espérait de tout cœur au moins. On avait pu les dresser aussi à traquer leur proie en silence. Halloran résista à l'envie pressante de se mettre à courir : il savait qu'il ne pourrait jamais les distancer. Il était tout aussi inutile de faire demi-tour, car il leur serait facile de le poursuivre. Il sortit le revolver de son étui et le garda à son côté.

Il aurait aussi bien pu être minuit, tant l'obscurité était devenue dense sous les arbres. Sur sa droite tout s'était calmé. La procession des ombres avait passé son chemin. Peut-être ne s'intéressait-elle pas outre mesure au marcheur solitaire ? Halloran n'en resta pas moins sur ses gardes.

Plus loin devant lui, à découvert, quelque chose remuait. Il distinguait difficilement la forme du chien dans la végétation qui bordait la route, mais il l'entendait haleter doucement. L'animal restait sur place, et se taisait. Il l'attendait. D'autres sortirent bientôt des broussailles pour le rejoindre.

Ils barraient la route d'une masse indistincte, et leurs respirations semblaient se combiner selon un certain rythme.

Halloran pointa son arme vers eux et continua d'avancer à pas lents et réguliers, très droit, n'offrant pas aux bêtes l'image de la peur.

La meute alors poussa un grondement très bas, rauque, féroce. Il devina plus qu'il ne vit les muscles qui se bandaient, les bêtes qui se préparaient à bondir. Il était à moins de trois mètres de l'ombre la plus proche. Son pas ne faiblit pas.

A ce moment un autre bruit se fit entendre. Il venait de derrière, et grandissait de seconde en seconde. Halloran s'arrêta, mais n'osa pas détourner les yeux de la masse menaçante, qui pourrait profiter du moindre instant d'inattention de sa part. Les arbres, la route sortaient de l'ombre à mesure que se rapprochaient les lumières. Elles passèrent le virage, illuminèrent la scène.

Halloran retint sa respiration, et serra plus fort la crosse de son revolver. Dans la lumière des phares, des yeux jaunes et blancs l'observaient. Les corps maigres lui apparurent ensuite.

C'étaient effectivement des chiens, mais d'une race particulièrement répugnante.

Ils s'esquivèrent furtivement, et disparurent aussitôt dans l'obscurité de la forêt. Il attendit sans bouger que se soit tu le dernier écho de leur retraite discrète.

La voiture arrivait dans son dos ; il remit son arme dans son étui et se retourna en s'abritant les yeux du bras. Sans l'éblouissement de ses phares et le ronronnement de son moteur, la voiture aurait été indécelable, car sa couleur noire se fondait parfaitement dans celle de la forêt. Il la contourna en direction du conducteur, entendit la vitre se baisser. Une figure large apparut, à peine identifiable dans la pénombre.

« Il vaut mieux que je vous ramène à la maison, *mój kolega*, dit Palusinski. Le chacal peut se montrer féroce, surtout contre un adversaire sans défense. »

JANUSZ PALUSINSKI

LA SURVIE D'UN PAYSAN

Son père, Henryk Palusinski, avait été un héros du peuple. C'était un paysan, un fermier qui avait participé à la marche sur Zamosc pour combattre la Première Armée de Cavalerie russe du très redouté Général Semyon Budenny.

Et la minuscule unité de cavalerie polonaise, cette armée de raccroc où se côtoyaient nobles et paysans, s'était battue avec l'énergie du désespoir, si farouchement que le général Budenny s'était vu contraint d'ordonner la retraite et de se replier vers la Russie avec ses troupes défaites et humiliées.

C'était en 1920. Janusz Palusinski n'avait pas encore vu le jour.

Henryk était rentré au village épuisé mais triomphant. Le coup de sabre qu'il avait reçu au flanc ne devait jamais guérir complètement; des années durant, il suinterait de la blessure du sang mêlé d'une sanie fétide. Les villageois étaient fiers de leur soldat; alors qu'ils pleuraient encore ceux qui n'étaient pas revenus, ils firent vœu d'aider Kazimiera, l'épouse dévouée du héros, à tenir la modeste ferme jusqu'au jour où Henryk serait suffisamment remis pour se tirer d'affaire tout seul. Malheureusement il se passa deux ans avant qu'il puisse de nouveau labourer son champ, et encore, avec sa fidèle Kazimiera à ses côtés pour le soutenir. Les voisins offraient toujours leur aide, mais moins facilement; le culte du héros est difficile à maintenir une fois le danger passé depuis longtemps. En outre, Henryk n'était plus le gaillard solide et sympathique qu'ils avaient aimé et respecté; son invalidité et son état de dépendance l'avaient considérablement aigri.

Aussi, quand naquit le petit Janusz trois ans plus tard, les conditions de vie de la maisonnée (qui n'avaient jamais été bien confortables il est vrai) s'étaient notablement détériorées. Le couple accueillit pourtant dans la joie la naissance de ce fils ; un fils qui deviendrait aussi grand et robuste que son père l'était autrefois, et le moment venu reprendrait la ferme, et lui rendrait sa (relative) splendeur passée. A condition qu'ils ne meurent pas tous de faim en attendant qu'il soit en âge de travailler.

Grâce au courage de Kazimiera et à la gentillesse fidèle des autres — une gentillesse qui faiblissait pourtant — la famille Palusinski survécut. Mais plus le fils grandissait, plus le père devenait morose : Janusz n'était pas le garçon auquel pensait Henryk quand il rêvait à sa future progéniture. Il était certes robuste, la déception ne venait pas de là ; mais il avait une paresse sournoise, une répugnance à proposer un peu plus que ce qu'on attendait de lui. Cela désespérait sa mère, qui s'acquittait souvent elle-même de travaux dont le père avait chargé le fils, en prenant mille précautions pour que Henryk ne s'en aperçoive pas. Ils faisaient maigre chère, parce qu'ils vendaient le maximum de leur médiocre production ; et dans cette ferme sans bétail, les navets, les betteraves et les pommes de terre devinrent leur nourriture de base, insuffisante pour l'appétit féroce du garçon.

Une nuit son père, à bout de désespoir et peut-être d'amertume, vola un porc chez un voisin. Un jeune porc pas très gras encore, mais dont on pouvait venir à bout vite et facilement dans la nuit noire. Henryk assomma l'animal d'un grand coup de *mlotek*, et le petit cri aigu qu'il poussa n'éveilla même pas sa mère. Il extirpa le porcelet de son enclos puis le cacha sous son manteau bien qu'il n'y eût personne alentour, et rentra à toute vitesse à la maison.

La famille n'attendit pas le matin pour faire cuire sa prise, car la vue de la chair rose fit gronder les estomacs. L'animal fut vidé en un tournemain, et mis à rôtir. On réserva les abats pour une consommation ultérieure. La femme de Henryk détailla des légumes auxquels elle ajouta des champignons séchés ramassés dans la forêt quelques semaines plus tôt. Elle en ferait cuire une partie pour le festin qu'ils allaient s'accorder cette nuit même, et garder le reste pour la soupe qu'elle confectionnerait avec les os et les pieds du porcelet. Dès les premiers effluves de viande rôtie, Kazimiera abandonna toute culpabilité à propos de l'acte malhonnête commis par son mari.

Le jeune Janusz ne se tenait plus d'impatience. Dans la nudité rosâtre de l'animal non encore cuit, il avait reconnu une ressemblance avec lui-même. Son père sortit une bouteille du vin bon marché qu'il avait acheté pour se consoler et remplit deux gobelets d'étain pour Kazimiera et lui. Il laissa même son fils en goûter dans son verre. Le fermier ne s'était pas senti d'humeur aussi cordiale depuis longtemps ; sa femme appréciait ce renouveau de vigueur soudaine. Ils burent à leur santé, et Kazimiera fit des mines effarouchées devant les regards concupiscents que lui lançait son homme. Quant au regard de Janusz, il caressait le foie et les rognons oubliés sur la table.

Le vin âpre sur leurs estomacs vides ne tarda pas à leur faire tourner la tête. Henryk entraîna dans la chambre sa femme consentante, après avoir enjoint à son fils de surveiller le rôti comme si sa vie en dépendait — s'il était brûlé, si peu que ce soit, le garçon recevrait force coups.

Janusz obéit : il se mit en devoir de tourner la broche très régulièrement. La vue de la viande qui cuisait le faisait saliver. Et ses yeux revenaient sans cesse à la chair crue qui luisait sur la table, au milieu de la pièce.

En vérifiant que la porte de la chambre était bien fermée, il s'approcha de cette table aussi furtivement que son père de la ferme du voisin, et prit le foie entre ses doigts qui tremblaient. Sa consistance molle, un peu collante, ne lui déplaisait pas. Il renifla la viande à la façon d'un chien nerveux. L'odeur n'était pas forte, et cependant plus insistante que celle du porc rôti. Il mordit dans le morceau.

Il découvrait qu'il n'était pas si simple de dévorer de la viande crue. Elle s'étirait, élastique, elle lui glissait des mains. Il reposa le foie sur la table, et avec le couteau de cuisine coupa soigneusement une mince tranche (c'était un plaisir de couper dans cette douceur mouillée, avec le sang qui rougissait la lame) qu'il fourra dans sa bouche. D'abord il trouva le goût répugnant, puis à force de mastiquer il s'y habitua. Il en vint même assez vite à apprécier la fraîcheur du cru.

Janusz, qui avait tout juste neuf ans, déglutit la viande et se coupa une autre lamelle.

Toute la famille ravie festoya aux premières heures du

matin. Le porc et les légumes furent consommés dans un silence religieux ; Henryk vida la bouteille de vin, en lançant de temps à autre des œillades et des sourires lubriques à Kazimiera. Et la clandestinité de l'occasion ajouta à la viande une saveur très particulière.

Ce fut un festin que le jeune Janusz ne devait jamais oublier. Son souvenir continuerait à lui taquiner les papilles à de très nombreuses reprises durant les années suivantes.

Le lendemain aucun de ses parents ne mentionna le foie qui avait disparu. L'indélicatesse qu'il avait commise envers ses bons voisins avait peut-être refréné la colère du père contre son fils ; quant à la mère, elle ne pouvait qu'éprouver de la honte que les circonstances aient amené son petit Janusz à un tel état de famine. Après la perte du porcelet, les soupçons se portèrent sur la famille Palusinski, même si aucune accusation ne fut formulée. Mais l'aide de l'entourage se fit de plus en plus rare, ce qui n'améliora pas les conditions de vie.

Janusz grandit. Assez robuste de carrure, il avait la chair maigre et sous-alimentée. Les garçons du village (qui n'avaient pas de considération particulière pour les anciens actes de bravoure de son père) ne l'aimaient pas, parce qu'il était fuyant — c'était le qualificatif qui lui convenait le mieux —, toujours en marge du groupe, cherchant constamment à améliorer son ordinaire. En réalité, il avait faim la plupart du temps, ce qui transforme un caractère. Au fil des années le garçon put assumer — sans enthousiasme — des travaux plus durs, et la vie devint un peu plus confortable chez les Palusinski. Ils étaient toujours pauvres, comme la plupart de leurs voisins à l'époque, et la vieille blessure du père continuait à lui rendre difficile tout travail prolongé ; mais petit à petit l'approvisionnement posa moins de problèmes, et il restait parfois quelques *zlotys* pour faire d'autres achats, généralement de matériel neuf. La Pologne se dotait d'un gouvernement plus libéral, qui procédait à des réformes favorisant les petits exploitants agricoles, créait un système de protection sociale et organisait des structures de soins pour sa population. Janusz Palusinski aurait pu vivre sa jeunesse dans des conditions à peu près normales si un autre chapitre douloureux de l'histoire polonaise n'avait alors commencé.

Le 1er septembre 1939 l'Allemagne envahit la Pologne et

y instaura un régime de terreur qui devait aboutir à l'assujettissement total du peuple polonais. Sous l'ordre nouveau du *Gouvernement général* seraient éliminés les officiels de haut rang, les intellectuels et les fauteurs de trouble potentiels. Les travailleurs polonais seraient contraints à la soumission : on n'épargnerait pas les vies pour y parvenir. La désobéissance aux décrets du Troisième Reich signifierait l'exécution immédiate ou l'envoi en camp de concentration, qui entraînait habituellement une mort plus lente. Tous les juifs seraient exterminés.

Pour la Pologne, c'était un retour aux jours sombres où régnait la peur. Pour Janusz Palusinski, alors âgé de seize ans, c'était un retour aux jours sombres de la faim permanente.

Les nazis obligeaient les paysans polonais à travailler pour nourrir le peuple allemand, sous le contrôle de chefs de districts veillant à ce qu'aucune production ne soit détournée. On ne laissait au fermier et à sa famille qu'une très maigre part, juste de quoi avoir la force de travailler aux champs. Dissimuler des provisions à l'occupant était puni de mort.

Les habitants du village de Janusz, hommes et femmes, jeunes et vieux, furent décimés durant les années terribles qui suivirent. C'est que le peuple polonais est d'une race fière et intraitable, pour ne pas dire entêtée, et qu'à cet égard le village offrait un bon raccourci, ni plus ni moins, de l'ensemble du pays. Parmi ses hommes jeunes beaucoup se firent partisans ; ils se cachaient dans les forêts avoisinantes le jour, et se lançaient la nuit dans des opérations de sabotage là où c'était possible.

Henryk Palusinski vit là l'occasion de redorer sa gloire passée. L'âge et sa vieille blessure lui interdisaient de participer activement aux opérations de résistance, mais il fit tout son possible pour ravitailler les groupes de maquisards des quelques vivres qu'avec d'autres villageois il parvenait à mettre de côté. Il leur fournissait aussi toutes les informations sur les mouvements des troupes allemandes qui arrivaient à ses oreilles. Il exhorta maintes fois son fils à rejoindre les partisans, mais Janusz se montrait très réticent à cette perspective, encore plus réticent qu'au labour du champ. Il s'en plaignit à sa mère qui interdit à Henryk de persister dans ses suggestions. N'était-ce pas assez de risque

que de fournir des provisions pour la cause, grondait-elle, et fallait-il exposer leur fils unique à un danger plus grand encore que celui qu'ils couraient tous? Et qui tiendrait la ferme s'il arrivait quelque chose au garçon? Déçu par le manque de courage de son fils, Henryk dut tout de même se rendre à la raison.

Le destin parla le jour — un jour d'hiver — où Henryk tomba malade, victime d'une grave affection respiratoire. Un matin très tôt, alors qu'il gisait au fond de son lit avec sa respiration sifflante, on tambourina de façon pressante à la porte. Kazimiera alla ouvrir, terrifiée à l'idée que c'étaient des soldats allemands qui vérifiaient les fermes autour du village, ce qui arrivait fréquemment en ces jours sombres, à la recherche de réserves cachées et dans l'espoir peut-être de démasquer un ou deux partisans tapis dans un coin. Ce fut avec soulagement qu'elle reconnut la femme qui se tenait sur le seuil, les cheveux humides sous la fine pluie qui tombait : cette femme était du village, et son mari faisait partie de la résistance. Elle avait les bras chargés d'un petit ballot.

« Ce sont des provisions, *Pani* Palusinska, expliqua-t-elle, des provisions pour mon mari. Les Allemands me surveillent, ils soupçonnent mon Mikolaï d'être de la résistance. Mais nos hommes meurent de faim dans la forêt. Il faut que *Pan* Palusinski leur porte ces provisions. »

Kazimiera répondit que son mari était trop malade pour faire un tel trajet. « Vous avez un fils robuste », lui rappela la femme d'un ton froid.

Henryk avait entendu la conversation par la porte ouverte de sa chambre et il cria à sa femme de faire entrer la visiteuse qui pouvait être vue de l'ennemi. La villageoise courut jusqu'à la chambre et supplia Henryk d'envoyer Janusz porter le paquet dans la forêt. Henryk commença à se lever, prêt à se charger de la mission lui-même malgré son piètre état de santé, mais Kazimiera prit peur. Un tel effort allait le tuer, c'était leur fils qui devait y aller. Elle le repoussa dans son lit.

Janusz n'avait pas le choix. S'il refusait, il serait mis au pilori par les voisins et tout le village, taxé de lâcheté, et son père lui rendrait la vie encore plus insupportable. Et puis le risque serait minime à cette heure matinale.

Le père lui donna des indications précises sur l'emplacement de la cachette et le jeune homme s'en alla, col du manteau relevé pour se protéger de la pluie glacée. Ce fut une des rares occasions où Henryk Palusinski se sentit fier de son fils. Malheureusement cette fierté devait être de courte durée.

Janusz fut capturé dans la forêt dix minutes après avoir quitté la maison. Les Allemands avaient toujours su qu'il existait un réseau d'approvisionnement entre les partisans et les fermiers du village. Avec l'ironie perverse qui le caractérise souvent, le sort avait voulu qu'une patrouille ait choisi ce matin-là pour surveiller le secteur même de la forêt où se glissa le jeune Palusinski.

Il faut dire à son crédit que Janusz ne craqua pas immédiatement sous les menaces et les coups des nazis. Mais il fallut moins d'une journée pour aboutir à ce résultat au centre d'interrogatoires très redouté de Lublin.

Il donna les noms des partisans, révéla l'emplacement de leur campement dans la forêt, énuméra les villages qui leur prêtaient assistance (généralement au hasard, en essayant désespérément d'avoir un ton convaincant pour ses tortionnaires) et les fermiers qui ravitaillaient les clandestins. On l'emmena ensuite dans un autre local où on l'immergea totalement dans une baignoire pour le sortir de l'eau juste avant qu'il ne perde conscience. C'est seulement après qu'on lui eut administré ce traitement plusieurs fois qu'il reconnut que ses parents étaient de mèche avec les partisans. Quand on eut écrasé sur ses testicules des cigarettes allumées et constaté que ses lèvres meurtries ne balbutiaient plus aucune information, alors seulement la Gestapo eut la certitude qu'il n'avait plus rien à dire.

Le lendemain on le conduisit à Zamek Lublin, une forteresse à flanc de coteau qui servait à la fois de prison et de tribunal. C'est là, dans une ancienne chapelle transformée en salle de tribunal, que le jeune homme hébété fut condamné à l'emprisonnement. Il avait de la chance : d'autres jugés coupables en même temps que lui sortirent par une autre porte pour être immédiatement fusillés.

De Zamek Lublin il fut transféré à Maïdanek, à la sortie est de la ville. Dans ce centre de détention tristement célèbre étaient internés des milliers de Polonais, de Hongrois et de Tchécoslovaques ; Janusz y reçut le numéro matricule tatoué sur son poignet qui l'identifierait à vie comme la malheureuse victime d'un camp de concentration nazi.

Une fois remis de ses blessures, il ne tarda pas à comprendre qu'il avait sur la majorité des détenus des avantages qui lui donneraient sans doute des chances de survie : il était jeune et il avait appris à vivre depuis des années avec une ration alimentaire restreinte (sur ce point, il allait découvrir rapidement qu'à Maïdanek, « restreinte » signifiait quasiment nulle), il était rusé et savait profiter d'instinct de toutes les occasions, il ne concevait pratiquement aucun remords d'aucune mauvaise action (la pensée de ce qui était advenu de ceux qu'il avait trahis — y compris le destin de ses parents — ne le préoccupait guère) ; et enfin il n'était pas juif.

En outre il présentait certaine aberration du caractère qui devait finalement assurer sa survie dans la pire des extrémités ; mais il ne s'en rendrait compte que bien plus tard.

Il portait des vêtements trop minces, vagues, en toile rugueuse à rayures noires et blanches. Son lit était une planche de bois posée à même le sol humide. Ses compagnons étaient la foule des faméliques.

Janusz refit connaissance avec la faim. Il rêvait de grands plats de choucroute, garnie de saucisses, de porc bouilli et de cornichons, relevée de grains de coriandre. Et il revoyait souvent la nuit de ses neuf ans où son père avait volé le porcelet et le festin qui avait suivi ; la famille s'en était régalée pendant des jours, et la maigre soupe confectionnée avec les os de l'animal avait duré encore plus longtemps. Ce rêve le tirait de son sommeil en pleine nuit ; et ses yeux creux contemplaient fixement l'obscurité, et le succulent souvenir dominait les gémissements et les odeurs de la baraque. D'autres détails de cette nuit clandestine lui revenaient régulièrement, et la salive coulait de sa bouche ouverte.

Le temps passa. Janusz rentra en lui-même, à l'image de sa chair qui collait à ses os. Mais une lueur restait bien vivante en lui, même si elle le torturait. A la différence de beaucoup de ses compagnons de misère pour qui manger était presque devenu une abstraction — ils continuaient à avoir faim, et à lécher leur bol qui n'avait souvent contenu qu'une soupe de légumes aqueuse et un morceau de pain noir mêlé de sciure ; mais moins ils étaient nourris, plus l'idée de la satiété leur devenait irréelle —, il ne renonça jamais au souvenir radieux du festin nocturne de sa famille tant d'années auparavant. Souvenir qui devint même une obsession, un moteur. Là où les autres se laissaient lentement couler dans des abîmes de désespoir, il revenait constamment à cette vision qui le soutenait, comme un homme qui se noie rêve de s'accrocher à la mouette qui plonge.

Il travaillait pour ses geôliers jusqu'à la limite de ses faibles forces (et avec infiniment plus d'empressement qu'à la ferme paternelle), ne répugnait jamais à leur rapporter tout propos subversif surpris pendant la nuit dans les baraques et signalait bien volontiers aux gardiens allemands les fauteurs de trouble en puissance. Il devint un paria aux yeux des prisonniers, même s'ils n'avaient pas la preuve formelle de son activité de dénonciation : la bonne volonté qu'il mettait à servir les brutes du Troisième Reich suffisait à le faire détester. Heureusement pour lui, ils avaient le cœur trop plein de terreur et l'âme trop vide de colère pour songer à se venger.

Un jour, on fit marcher Janusz avec une vingtaine d'autres détenus du camp jusqu'à une colline où on procédait aux exécutions de masse. Et on leur dit d'attendre à proximité de fosses ouvertes. On amena un groupe de *Unerwünschte* — des « indésirables » comme les nazis appelaient les Juifs — très important, si important que des années après le cauchemar, Janusz était incapable de se rappeler s'ils étaient des centaines ou des milliers. On aligna une première rangée devant les fosses, qui fut abattue d'une rafale de mitraillette. La plupart des corps basculait dans les tombes ouvertes. Le travail de l'équipe des détenus consistait à jeter dans la fosse les cadavres tombés à côté, puis à disposer les corps de façon que la fournée suivante puisse venir s'entasser au-dessus. Quand la pile atteignait un certain niveau, il fallait recouvrir la fosse avec de la chaux et de la terre. Mais auparavant intervenait un travail un peu spécial réservé à quelques prisonniers choisis. Janusz en faisait partie.

Un capitaine SS lui fournit ainsi qu'à trois de ses compagnons un couteau à lame courte, peu tranchante, et des tenailles. Les ordres étaient d'extraire toute dent en or qu'ils trouveraient dans la bouche des cadavres et de couper tout doigt portant une bague qui n'aurait pas été confisquée.

Janusz ne fut pas autrement choqué de la tâche, parce que son esprit avait décidé depuis longtemps de rester insensible à des traumatismes de cet ordre. Il se faufila au milieu des cadavres encore chauds sans plus d'égards que s'il s'agissait de bétail qu'on venait d'abattre. De la viande morte, c'était tout ce qu'évoquait pour lui cet amas confus de bras et de jambes. Des carcasses blanches, avec parfois un peu de rose encore. Comme le petit cochon...

Il souleva la main d'une femme un peu forte qui avait un anneau d'or au doigt. Personne ne le regardait. La chair formait un bourrelet au-dessus de la bague. La Gestapo avait eu la clémence de ne pas récupérer le bijou du vivant de cette femme. Janusz scia le doigt. Personne ne faisait attention à lui. Il fit glisser la bague, et arracha un bout de chair avec les dents. Au moment où il l'avalait, la femme ouvrit les yeux, et le regarda. Il dut lutter pour garder le morceau ensanglanté qui s'était logé dans sa gorge comme le regard s'animait. Il déglutit encore, une fois, deux fois. La viande fut acceptée.

Là commença vraiment la survie de Janusz Palusinski. Il avait trouvé à se ravitailler. Il n'en éprouvait ni joie ni honte, rien que le soulagement d'avoir un moyen de subsister.

Il subsista donc, bien que terriblement malade durant les jours qui suivirent cette première consommation de chair humaine. Son estomac n'était pas accoutumé à un aliment si riche. Dans son état de fatigue générale qui aurait pu l'emporter, il eut de la chance de se remettre. Mais Janusz était résistant, à défaut d'autre chose. Désormais il se montra plus prudent quant à la quantité de viande prélevée sur les cadavres empilés. Souvent, il cachait dans ses vêtements des petits morceaux qu'il consommait la nuit, sous sa mince couverture. Ce qu'il pouvait manger ne suffisait pas à transformer sa condition physique, et c'était heureux, car un tel changement ne serait pas passé inaperçu parmi les squelettes ambulants du camp de concentration de Maïdanek. Mais cela suffisait à lui rendre quelques forces qui ravivaient son désir de survivre.

Le désastre le frappa quelques mois plus tard, quand il fut écarté de l'escouade préposée à l'ensevelissement, sans raison apparente. Son ardeur à fureter dans les tas de cadavres avait-elle réussi à indisposer les soldats allemands eux-mêmes, ou bien pressentaient-ils qu'il avait acquis trop de privilèges ? Toujours est-il qu'on ne fit plus appel à ses services spécialisés. Privée de cet apport régulier de nourriture, sa santé déclina rapidement.

Il devint à l'image des autres, un être cadavérique traînant sa misère, les yeux de plus en plus grands à mesure que sa peau se racornissait, les os saillants dans la chair creuse. Il était pris d'accès de toux qui épuisaient ses dernières forces, et lui faisaient cracher du sang dans sa paume. Bientôt il délira. On l'emmena finalement dans une baraque où on abandonnait les mourants sans nourriture ni soins, ce qui précipitait leur fin.

Il n'aurait su dire combien de temps il y resta prostré, des jours et des jours peut-être, ou alors seulement quelques heures. Mais il vint un moment où quelque chose sollicita ses sens. Une odeur venue du passé, une odeur familière. Il ouvrit les yeux et fixa la pénombre, passa sa langue sur ses lèvres sèches et craquelées sans parvenir à les humecter. La faim qui lui tenaillait l'estomac le fit se redresser à genoux, mais la crampe passée, sa tête ballotta sans force. Cette odeur ténue, d'où venait-elle ? Cette odeur qu'il connaissait si bien... Il était redevenu petit garçon. Debout au milieu de la pièce, il regarde la porte. *Mamusia* et *Tatus* l'ont fermée sur eux. Ils la ferment toujours quand ils se font des choses, à moins qu'ils ne le croient endormi. D'abord il les entend rire, et ensuite gémir comme s'ils se faisaient mal. Une nuit qu'ils le pensaient endormi, il les a regardés à la porte de la chambre. Il n'a pas aimé ce qu'il voyait, mais comme il aurait voulu en être... partager leur jeu, se faire mal comme eux... c'est interdit, il le sait... Cette odeur... Là, sur la table. Le garçon contemple la viande rouge sombre, le sang qui suinte sur la surface inégale du bois. Il s'approche.

C'était l'odeur du foie cru, Janusz la reconnaissait. Impossible, il n'était plus un enfant, et cet endroit n'était pas sa maison, mais la baraque de la mort. Cette odeur pourtant... Faible, mais présente. Il y avait du foie cru ici, tout près. Il eut un sourire qui fit saigner ses lèvres desséchées.

Jusqu'alors il n'avait pas entendu ces gémissements sourds. Des gémissements qui s'élevaient près de lui, et non de derrière une porte close. Et l'odeur montait avec eux.

Il laissa sa tête tomber sur le côté et dans la lueur qui précédait l'aube, vit le paquet informe couché près de lui. L'homme n'avait plus guère figure humaine, et il bougeait à peine. Mais l'odeur venait de lui, une odeur qui mettait l'eau à la bouche. Janusz tendit vers lui un bras tremblant.

L'homme ne dormait pas, mais n'était pas vraiment conscient non plus. Il était proche de la mort, et cette proximité le consolait. Presque toute sa douleur s'était éloignée là-bas, si loin qu'il ne la sentait plus qu'à peine. Il se retirait en lui-même, et savait que ce voyage intérieur le conduirait à la paix finale. Et voici qu'on le remuait, qu'on interrompait cette descente où il flottait. Quelque chose lui caressait l'estomac. Et la douleur se rapprochait. Non, il ne voulait plus souffrir. Il tenta de protester, ne réussit à émettre qu'un murmure, un soupir plutôt. Et maintenant une douleur aiguë, atroce. Quelque chose de dur se plaquait sur sa bouche et son nez, étouffait ses soupirs, l'empêchait de respirer. Quelque chose lui rongeait le ventre, la douleur augmentait encore, il était trop faible pour crier... Et enfin la souffrance faiblissait, la béatitude l'envahissait tandis que ses sens le quittaient. Il partait lui aussi, et c'était si bon, si définitivement bon...

Personne ne pénétra dans la baraque ce jour-là, ni le suivant. On n'en retira aucun cadavre, on n'y déchargea aucun agonisant. Il devait se passer cinq jours avant que la porte ne se rouvrît. Ce furent des soldats russes qui entrèrent, car on était à l'été de 1944, où les envahisseurs allemands furent jetés hors de la Pologne.

Les Russes, pourtant endurcis par les souffrances que leur avait infligé cette terrible guerre, et les atrocités dont ils avaient été témoins lors de leur avancée dans ce pays voisin, eurent le cœur soulevé par ce qu'ils trouvèrent à l'intérieur de la baraque. Un seul homme y était encore en vie, rendu dément par ce qu'il avait vu autour de lui, comme on pouvait s'y attendre. Il gisait sur le sol au milieu d'un monceau de cadavres, dont beaucoup avaient été mutilés. Il semblait que les rats aient trouvé le moyen d'entrer et se soient nourris des corps mourants et des cadavres de ses compatriotes.

Par malheur pour le peuple polonais, une fois qu'ils eurent occupé leur pays les Russes ne se sentirent nullement pressés de le quitter. La Pologne passa sous contrôle communiste, et l'oppression, même moins sévère que sous la férule nazie, resta la norme. Les agriculteurs et les ouvriers se remirent à travailler pour l'État et non pour eux-mêmes, selon les directives du gouvernement décidant à quels taux serait vendue la production.

Janusz Palusinski, qui portait au poignet la marque indélébile de la barbarie allemande, ne manqua jamais d'exhiber son tatouage en toute occasion où la compassion pouvait servir sa cause. Il entreprit de tirer parti du système, car pour le marché noir il n'est pas de meilleur apprentissage que le parasitage et l'intérêt personnel. Il lui fallut une bonne année pour se remettre du traitement infligé par les nazis — quant aux dégâts psychiques, une vie entière ne suffirait pas à les effacer. Sa volonté de survivre à tout prix était sortie de l'épreuve renforcée plutôt qu'amoindrie. Il ne retourna pas à la ferme de son père pour deux raisons : il n'était pas sûr de l'accueil qu'il recevrait de la part de villageois qui avaient dû apprendre que c'était lui qui avait trahi les partisans et ceux qui les aidaient ; et il ne désirait aucunement redevenir fermier. Durant son année de convalescence, passée en grande partie dans un petit hôpital aux portes de Lukow, il avait lu ce qui s'était écrit sur les crimes du régime nazi. Il y cherchait le nom de son village natal, et un jour il trouva. Une liste de communes et de villageois exécutés pour avoir apporté leur aide au mouvement clandestin avait été établie. Elle donnait les noms de cent trente-deux personnes, parmi lesquelles se trouvaient ceux de ses parents. Et même alors que l'inquiétude pour son propre bien-être n'était plus aussi vive, il n'éprouva aucun remords, aucune émotion, même pour le sort de sa mère. Tout sentiment de cet ordre, qui, il est vrai, n'avait jamais été très fort chez lui, avait été entièrement éradiqué au cours des dernières années.

Avec le temps qui passait, Janusz commença à devenir prospère. Il s'était lancé dans le commerce illégal comme s'il avait toujours été son élément naturel. Il fournissait en produits manufacturés les fermiers qui le désiraient, et en vivres les fabricants qui le voulaient. Entre les deux groupes, le commerce était lucratif pour qui jouait l'intermédiaire. Mais il préféra opérer sur une petite échelle les premières années, car il craignait qu'une fortune trop rapide ne devienne trop visible pour les autorités.

Janusz aurait pu survivre très confortablement sous le système communiste ; l'ennui, c'est que plus il avançait en âge, plus il s'enrichissait ; et plus il s'enrichissait, plus il devenait cupide. Il acheta une maison de quatre étages dans les faubourgs de Lodz, et en guise de façade pour justifier légalement ses visites aux fermiers de tout le pays, il conserva un petit atelier de pièces détachées pour équipement agricole. Mais l'âge mûr avait émoussé sa prudence. Il outrepassa la règle qu'il s'était donnée pour principe de base : il avait gagné trop d'argent, et n'était plus invisible.

Les autorités commencèrent à s'intéresser aux activités de Janusz Palusinski. On enquêta discrètement sur son affaire de pièces détachées, et on découvrit que les bénéfices qu'il en tirait ne correspondaient nullement au luxe relatif dont il semblait s'entourer. On surveilla ses mouvements. Des officiels du parti vinrent le questionner à domicile ; ses réponses ne donnèrent pas entièrement satisfaction. Ils emportèrent tous les documents trouvés chez lui, l'avertirent qu'ils reviendraient dès que les papiers auraient été étudiés à fond ; d'ici là, il devait se tenir à leur disposition. Janusz s'esquiva la nuit même avec le peu d'argent liquide qu'il avait en sa possession, mais sans sa voiture — il savait avec quelle facilité les autorités retrouvaient n'importe quel véhicule sur les routes de Pologne. Il quitta la ville à pied, passant la nuit dans des petites pensions bon marché, circulant le jour en autobus, car il n'osait même pas prendre le train. Son voyage le conduisait vers le nord et ses grandes forêts. Mû par la panique et l'instinct de conservation plus que par le calcul, il ne savait pas très bien pourquoi il agissait ainsi. Son instinct lui disait que la forêt profonde était l'endroit idéal pour se perdre et échapper au regard des autres. Conscient du châtiment sévère qu'encouraient ceux qui se livraient au marché noir, il était certain que son esprit ne résisterait pas à une nouvelle peine de prison, qui aurait réveillé trop de souvenirs d'épouvante. Aussi fuyait-il sans plan véritable, sans projet concerté pour atteindre, une fois de plus, à l'invisibilité. Janusz fuyait pour la simple raison qu'il n'avait pas le choix.

A cause du caractère furtif de son voyage, il lui fallut plusieurs semaines pour atteindre la ville médiévale de Grudziadz. Dans l'intervalle, il avait épuisé presque tout son argent, mais il avait eu une idée et imaginé un plan rudimentaire, qui ne s'embarrassait pas de détails. Il allait gagner le port de Gdynia, sur la mer Baltique, en évitant soigneusement la ville voisine de Gdansk, où trop de marchands le connaissaient. Là, il négocierait son passage sur un bateau. La destination lui importait peu, pourvu que ce soit loin de ce pays maudit et de son régime d'oppression qui entravait constamment les entrepreneurs de sa sorte. Le problème à présent, c'était l'argent. Il lui restait à peine cinquante zlotys, et un voyage aussi discret promettait d'être cher.

Tard dans la soirée, à Grudziadz, Janusz alla sonner chez Wiktor Svandova, un homme d'affaires privé avec lequel il avait traité maintes fois dans le passé.

Mais Janusz avait compté sans le respect (ou la crainte) de Svandova pour l'État. Son ancien partenaire lui ordonna de sortir, en menaçant d'appeler la police s'il ne s'exécutait pas sur-le-champ. Le fugitif tenta d'argumenter, il cajola, supplia, alla jusqu'à pleurer, en vain. Il ne sortit la courte barre de métal dissimulée sous son pardessus qu'en voyant Svandova se diriger à grands pas vers son bureau et tendre la main vers le téléphone. Le premier coup atteignit à la tempe l'homme d'affaires qui, chose étonnante, trouva la force de vaciller jusqu'à la porte malgré les coups répétés que Janusz assenait sur sa nuque et ses épaules. Il ouvrit la porte et réussit encore à crier le nom de sa femme alors que son assaillant le frappait de plus belle. Enfin il tomba sur les genoux puis, au grand soulagement de Janusz, s'effondra en avant. Le sang de sa tête brisée inonda aussitôt le sol de l'entrée. Janusz s'enfuit de la maison quand la femme de Svandova commença à hurler du haut de l'escalier. Il savait qu'elle l'avait reconnu et il envisagea de grimper l'escalier pour la réduire au silence, elle aussi ; mais d'autres silhouettes étaient apparues derrière elle, celles de ses fils probablement, et Janusz n'avait nul désir de se battre avec eux.

A la sortie de la ville il reprit la direction du nord, en maudissant sa malchance et la stupidité de son ancien partenaire. Il fuyait maintenant un crime beaucoup plus grave et la police ne ménagerait pas ses efforts pour le capturer.

Il lui échappa pendant presque trois mois, complètement enterré dans les forêts septentrionales, invisible comme il le désirait tellement. Mais l'hiver pointait sous l'automne, les vêtements volés superposés sous son manteau n'empêchaient plus le froid de le transir jusqu'aux os. Sa nourriture déjà insuffisante — racines, noix et noisettes, navets, betteraves et pommes de terre déterrés des champs la nuit, petits animaux qu'il arrivait de temps en temps à prendre au piège — le devenait de plus en plus, et il refit intimement connaissance avec la faim, la terrible faim. Quand il allait chaparder dans les fermes — son étrange habillement composite provenait des fils où l'on mettait sécher le linge — il rêvait de tomber sur l'enclos des cochons et d'en extraire un porcelet, exactement comme son père tant d'années auparavant. Dans son sommeil il revoyait les préparatifs du festin familial, le rôti qu'il surveillait attentivement pour que la viande ne noircisse pas. Très souvent il s'éveillait les narines encore pleines de l'odeur délicieuse. Avant que la réalité n'ait réussi à la dissiper, un arôme plus subtil allait bientôt la dominer...

Il avait une grosse barbe, sale et broussailleuse. On aurait pu le croire corpulent ; c'étaient ses vêtements enfilés les uns sur les autres qui en donnaient l'illusion, car sous ce matelas ses os saillaient, comme pendant les années d'occupation allemande. Voici deux jours qu'il marchait péniblement dans la forêt enneigée, en s'abritant où il pouvait. Il fourrait dans sa bouche toutes les feuilles qu'il trouvait encore, et les mastiquait jusqu'à les réduire en une bouillie qu'il pourrait digérer. Il lui arrivait d'arracher aux troncs d'arbres des morceaux d'écorce pour les ronger.

Dans la dernière ferme où il avait essayé de voler, les policiers l'attendaient : il était resté trop longtemps dans le secteur, où ses larcins avaient fini par incommoder sérieusement les gens du cru. On lui avait tendu un piège, et seule la panique aveugle lui avait permis d'échapper à ses poursuivants. Et à présent c'était la torture de la faim qui le poussait en avant.

Il avait vu la colonne de fumée s'élever au-dessus des arbres, et s'était dirigé en trébuchant de ce côté. Il aboutit à une clairière où se dressait une maisonnette de rondins. Ses jambes eurent peine à le porter jusqu'à son seuil. Il frappa du poing à la porte, très faiblement.

Le forestier le retint dans sa chute et le tira devant le feu. Il cria à sa femme de réchauffer la soupe pour un homme à moitié mort de froid pendant qu'il ouvrait les vêtements du malheureux. Ils traitèrent avec bonté ce voyageur épuisé, même s'il leur inspirait quelque méfiance, et firent de leur mieux pour le ranimer. Les premiers moments passés, quand il fut en mesure de s'asseoir à table et de reprendre du breuvage chaud, ils tentèrent de le questionner, mais n'obtinrent que des réponses incohérentes, vaguement délirantes. Ils comprirent assez vite que l'homme était à moitié fou d'épuisement et de faim. Et il avait une façon de regarder fixement leur fille de douze ans qui mit la mère mal à l'aise. La petite restait assise sans rien dire dans un coin, mais regardait de tous ses yeux ; le feu nimbait de lumière la rondeur rose et lisse de ses joues.

Janusz les remercia de leur bonté en les tuant tous les trois. A coups de sa fidèle barre de métal, il assomma l'homme au moment où il se penchait pour mettre une autre bûche dans la cheminée, puis attrapa un couteau à pain sur la table et les égorgea tous.

Moins d'une heure plus tard, quand les deux policiers qui avaient suivi ses traces dans la forêt firent irruption, il avait déjà commencé à dévorer la fille du forestier.

D'une certaine façon, il eut de la chance. Les deux agents, assez jeunes dans la carrière, n'avaient pas encore été témoins de la pire brutalité criminelle ; leur âge ne leur permettait pas non plus de saisir toute l'horreur de la barbarie nazie durant la dernière guerre. Quand ils virent ce qu'il était advenu du forestier et de sa femme, quand ils *comprirent* que ce dont le fugitif se remplissait la bouche provenait du ventre ouvert de l'enfant, ils reçurent un tel choc et furent si *révoltés* qu'ils restèrent cloués sur place.

En Janusz la folie, poussée à son comble par l'excitation de son acte, surmonta la fatigue encore très présente. Il lança le couteau en direction de l'un des intrus en uniforme et se précipita sur l'autre en hurlant. La vision de ce sauvage que l'accumulation de vêtements rendait énorme, la bouche et la barbe barbouillées de sang, les yeux exorbités égarés par la démence, aurait glacé d'effroi le plus brave des hommes, et jusqu'alors les deux policiers ne s'étaient pas encore illustrés par le courage dans leur service. Ils ne surent que reculer.

Janusz en repoussa un contre le mur tandis que l'autre cherchait tant bien que mal à récupérer son arme, tombée à terre quand il avait esquivé le couteau. Le malfaiteur dont ils avaient suivi la trace depuis tant de kilomètres passait la porte, il recommençait à s'enfuir dans la neige. Comme il filait entre les arbres, un seul coup de feu fut tiré. La balle lui toucha la pointe de la clavicule, mais malgré la brûlure de la secousse, il ne s'arrêta pas de courir. La nuit tombée protégea sa fuite.

Bientôt les coups de feu faiblirent derrière lui. Riant et pleurant à la fois, Janusz peinait à escalader une pente.

Arrivé en haut il fit la culbute et roula jusqu'au pied de l'autre versant, en criant et en se débattant. Et là, à demi enfoui dans la neige, il resta couché sur le dos, écartelé, la poitrine haletante d'épuisement, et ne bougea plus.

Il demeura ainsi un moment, le temps de retrouver sa respiration. Il écoutait. La voix de ses poursuivants lui parvint à distance au-dessus de lui, puis s'éloigna. Maintenant l'obscurité dissimulait le sillage qu'il avait laissé dans la neige. Il les avait semés. Il avait pris le large. Il rit nerveusement en se léchant les lèvres. Le goût restait puissant sur sa langue.

Il attendit encore un instant avant de se relever sur les genoux.

Aussitôt une éblouissante lumière blanche l'aveugla.

Les chars russes occupaient des positions stratégiques en maints secteurs de la Pologne, jamais de façon ostentatoire, mais à des emplacements choisis pour que la menace soit perçue plus qu'observée en permanence. Les soldats qui les manœuvraient, extrêmement disciplinés, ne se mêlaient pas à la communauté ; mais ils étaient toujours prêts à intervenir, c'est-à-dire à engager une action immédiate contre l'insurrection. La discrétion de leur mission générait un tel ennui que les équipages des chars saisissaient n'importe quelle occasion de s'amuser. Ils avaient suivi la dégringolade de la silhouette noire du haut de la colline, et attendu patiemment qu'elle se relève. Cela fait, ils avaient allumé leurs phares en grand.

Janusz cria de terreur. Il trébucha et se mit à courir sans savoir où il allait, obsédé par la seule idée d'échapper le plus vite possible à cette violente lumière. Les deux policiers alertés par cette illumination soudaine revinrent sur leurs pas.

Jamais Janusz ne s'était senti aussi nu, aussi visible. Il ne voyait plus rien, rien que cette clarté aveuglante, il avait l'impression d'être un spécimen exposé sur la table d'un laboratoire. Il alla se jeter contre un arbre, et sa bouche s'emplit de son sang. Titubant, il porta les mains à son visage mais s'obstina à avancer. Il avait mal, mais il avait plus peur encore.

Il tomba de nouveau tête la première, et dévala une pente beaucoup plus raide que la première. Son épaule blessée heurta quelque chose de solide, ce qui lui arracha un cri perçant. Il ne tombait plus, il gisait sur une surface plate et dure.

Pauvre de lui ! Janusz sanglota de pitié pour lui-même. Il était perdu, il n'avait plus la force de courir. Ils le tenaient, ils allaient le punir de ses mauvaises actions.

Il souleva la tête. Les phares l'avaient retrouvé. Ils se rapprochaient, ils le mettaient à nu sur la route comme un animal qui a les pattes cassées, sans défense, proie offerte au premier venu. Il essaya au moins de se protéger les yeux, et ne le put pas : ses bras étaient absolument sans force.

La lumière était presque sur lui. Il attendait, au désespoir.

Mais les faisceaux lumineux le dépassèrent, se portèrent plus loin. Il cilla tant et plus, et il lui fallut un temps fou pour arriver à discerner la longue voiture noire arrêtée près de lui. Son moteur tournait au ralenti. Un moment passa sans que rien ne bouge. Puis une portière s'ouvrit à l'arrière.

« *Moge cie zrobic niewidzialnym, Janusz*, prononça une voix douce venue de l'intérieur du véhicule. Je peux te rendre invisible. »

(Et en un sens, Kline devait le rendre invisible.)

XXIV

L'ANGOISSE DE CORA

« Des chacals ? s'écria Halloran. Mais pourquoi des chacals, c'est insensé ! Il ne manque pas d'autres races qui font de meilleurs chiens de garde ! » Il tendait le cou pour voir la route à travers la vitre arrière de la limousine noire, s'attendant presque à y voir revenir l'ombre vague des animaux.

Palusinski haussa les épaules puis partit d'un rire bref qui lui plissait les yeux derrière les lunettes cerclés de métal. « Peut-être que Felix aime les chiens battus ? » Il rit encore, content de sa plaisanterie.

« Je n'ai jamais entendu dire qu'on pouvait dresser des chacals.

— Tous les animaux peuvent être dressés, *mój kolega*. Et tous les hommes.

— Je croyais qu'ils étaient nocturnes, et j'en ai vu rôder un en plein jour hier.

— Ils préfèrent chasser de nuit, mais même les habitudes naturelles se changent. Les chiens obéissent à leur maître.

— C'est Kline ?

— Ah ! non. » Palusinski effleura la pédale du frein tandis qu'ils prenaient de la vitesse dans la descente. Les lumières de Neath brillaient comme des balises sur la mer des collines. « Pour apprendre à faire des grimaces à un vieux singe comme moi, il faut être fort. J'ai appris quelques nouveaux tours depuis deux jours. Votre moniteur de conduite est un as.

— Espérons que vous n'aurez pas à vous servir de ces techniques.

— Oui, espérons. Mais elles vous ont servi hier, à ce qu'on m'a dit. »

Halloran ne releva pas le propos. « Depuis combien de temps êtes-vous au service de Felix Kline, Mr. Palusinski ? questionna-t-il.

— Je préfère que vous m'appeliez Janusz, s'il vous plaît. Soyez assuré que je ne vous en veux pas de m'avoir mené la vie dure l'autre nuit. Je me rends compte que vous avez voulu montrer les faiblesses de notre défense. Et je n'ai pas eu mal du tout, juste un peu de raideur dans les muscles du cou par la suite. Un coup très adroit, monsieur, si je puis dire.

— Dommage que votre partenaire ne se montre pas aussi compréhensif.

— Monk ? C'est un animal, une bête féroce. Il serait prudent de faire attention avec ce gars-là, monsieur. Mais pour répondre à votre question, je suis bien sûr que votre société a accès à nos dossiers à tous. Vous devez savoir depuis combien de temps Felix m'emploie.

— Ces dossiers sont plutôt vagues. Ils n'indiquent aucune durée de service.

— Je comprends. Et vous avez envie de le savoir, naturellement. » La voiture vint s'arrêter dans la cour de façade, derrière la Mercedes gris argent. « Felix m'a emmené de Pologne il y a quelques années, poursuivit Palusinski en coupant le moteur. Quatorze ou quinze ans, je pense. »

Halloran surpris s'apprêtait à le questionner plus avant, mais Palusinski sortait déjà de voiture. « Attendez », lui dit-il, et le Polonais chauve se pencha vers lui. « Dites-moi une chose, Palusinski : quel âge a Kline ? »

Palusinski sourit, de ce sourire qui lui bridait les yeux. « Felix est plus vieux que vous ne sauriez l'imaginer, monsieur. » Et il s'en alla en direction de la maison.

Halloran frappa discrètement à la porte et attendit. La fatigue qu'il ressentait n'était pas due uniquement à l'heure tardive. Il émanait de cette maison une tension qui avait peu de rapport avec une quelconque menace d'enlèvement. Pourtant le calme avait régné à Neath aujourd'hui, un calme d'une lourdeur vaguement menaçante, et qui vidait l'esprit. Puis s'était installée une atmosphère particulière d'instabilité presque palpable. Tout se passait comme si les visiteurs avaient réveillé la demeure, grand corps de pierre dérangé dans sa somnolence, qui réagissait par un accès de méfiance pleine de tension. Il repoussa cette idée extravagante. Une maison était une maison, faite de brique et de mortier, de bois et de verre. Les événements de la journée et le caractère imprévisible de son client avaient sur lui un effet déplorable. La disparition prolongée de Dieter Stuhr — Mather avait téléphoné à Halloran une heure avant pour l'en informer — ajoutait à son malaise, car en sa qualité d'organisateur de la maison, l'Allemand était le pivot d'une opération en cours. Non vraiment, rien n'allait normalement dans cette mission si particulière.

Il s'apprêtait à toquer de nouveau à la porte mais suspendit son geste en entendant le déclic de la serrure. Cora apparut dans l'entrebâillement.

« Je me demandais si tout allait bien, dit-il, comme vous n'êtes pas venue dîner... »

Elle avait les cheveux mouillés, elle devait sortir du bain ou de la douche. « Je n'avais pas faim, expliqua-t-elle.

— Personne n'avait faim, j'ai dîné seul. » Il attendit un instant qu'elle réagisse d'une façon ou d'une autre, puis comme rien ne venait, proposa : « On pourrait bavarder un peu ? »

Elle hésita avant de dire : « C'est vrai, pardon, je vous traite comme un étranger... » Elle ouvrit grand la porte, s'effaça pour le laisser passer. Par rapport à la nuit précédente, les rôles étaient inversés.

Il posa la main sur le chambranle. « Je ne savais pas si...

— Entrez, Liam, je vous en prie. »

Il obéit. La chambre était plus grande et plus confortable que celle qu'il occupait. D'un côté un petit canapé et un fauteuil autour d'une table basse, un secrétaire ancien contre le mur ; de l'autre côté un lit à colonnes, une table de nuit et une coiffeuse, et une armoire de proportions imposantes. Une porte ouvrait sur ce qu'il présuma être une salle de bains attenante. Les rideaux étaient tirés, précaution apparemment superflue étant donné l'isolement de la maison.

Cora ferma la porte derrière lui et alla vers la table. « Puis-je vous offrir quelque chose à boire ? demanda-t-elle en resserrant la ceinture de son peignoir en éponge blanc. Ah ! oui, j'oubliais : vous êtes de service, c'est bien cela ? Je suppose que vous ne serez pas surpris si je me sers ! » Elle se versa un verre de vin et s'assit sur le canapé en repliant les jambes.

« Pourquoi cette animosité, Cora ? Après la nuit dernière, je... » Il s'interrompit en la voyant ployer la tête comme si ses mots l'avaient blessée.

« Je vous déçois ? lança-t-elle avec une pointe de mépris. Je bois trop, je fais l'amour d'une drôle de façon, je suis aux ordres d'un homme mi-fou mi-génial. Je peux imaginer sans peine ce que vous pensez de moi. »

Il vint s'asseoir à côté d'elle, si près qu'ils se touchaient. « La seule chose que je n'arrive pas à comprendre, c'est ce que vous buvez réellement. »

Cora consentit à sourire. « Tout ce qui se présente », répliqua-t-elle avec un peu plus d'aménité. Elle prit une gorgée, et il observa que la bouteille de vin était à son dernier quart. « Je vous ai choqué cette nuit ? reprit Cora en regardant dans son verre.

— Bien sûr. »

Elle leva vivement les yeux vers lui.

« Mais je mentirais si je prétendais que je n'ai pas aimé ça, ajouta-t-il.

— C'est lui qui m'a fait faire ça.

— Pardon ?

— Il m'a envoyée dans votre chambre. » Elle tendit la main vers la bouteille et remplit jusqu'au bord son verre qui n'était qu'à moitié vide. « Felix m'a dit d'aller vous trouver la nuit dernière.

— Je ne comprends pas, dit Halloran stupéfait.

— Il m'a ordonné de vous séduire. Je ne sais pas pourquoi. Il voulait peut-être vous mettre à l'épreuve, d'une certaine façon. Ou me mettre à l'épreuve. Il peut aussi prendre un malin plaisir à avoir trouvé un autre moyen de me dégrader en m'obligeant à me conduire comme une putain.

— Mais quelle raison aurait-il d'agir ainsi ?

— Felix adore corrompre. Mais vous n'avez pas encore eu le temps de le comprendre.

— Cora, tout ça n'a aucun sens.

— Vous le saviez déjà que cette histoire n'avait aucun sens, Liam, alors pourquoi vous entêter à en chercher un ? Je suis navrée si j'ai blessé votre amour-propre, mais le fait est que je ne faisais qu'obéir aux instructions cette nuit. » Elle avait la main qui tremblait. Elle but rapidement pour éviter de renverser le vin, avant de jeter à Halloran un regard en coin. Il avait gardé le sourire, ce qui la surprit ; mais un sourire empreint d'une certaine froideur, avec ce soupçon de cruauté toujours mystérieusement sous-jacent à son comportement.

« Peut-être que Kline voulait m'occuper », suggéra-t-il.

Elle retint sa respiration. Il avait raison. Pour des motifs qui ne regardaient qu'elle — et qu'elle n'analysait qu'imparfaitement — Cora avait voulu blesser Liam, entamer cette belle assurance qu'il affichait. Mais ce n'était pas aussi simple. Elle avait aussi désiré cet homme, désiré qu'il lui fasse l'amour. Un élan l'avait portée vers lui, comme vers... elle lutta contre les mots qui se dérobaient... un sauveur possible ?... un rédempteur ? Quelle sottise de sa part, quelle naïveté ! Le recevoir en elle, comme si cela suffisait ! Elle avait besoin de bien autre chose. Ils avaient dû faire l'amour autrement pour qu'elle puisse atteindre la jouissance. Voilà à quoi Felix l'avait réduite, être une créature de sensations plutôt que d'émotions. Et maintenant elle méprisait Liam, parce qu'elle lui avait laissé voir qui elle était. Elle avait essayé de le blesser ce soir, mais il avait renversé la situation à son profit, et finalement l'humiliation était pour elle.

« Allez-vous-en, Liam, pria-t-elle d'une voix crispée.

— Oh ! non, pas maintenant. Pas tout de suite, Cora.

— Je veux que vous me laissiez. »

Au lieu d'obéir, il lui prit son verre des mains.

« Je ne sais pas à quel jeu vous croyez jouer tous, dit-il avec le plus grand calme, et franchement, cela ne m'intéresse pas beaucoup. Mais vous, Cora, vous avez autre chose en vous, que ce mégalomaniaque n'a pas encore touché. Je ne sais pas comment il s'y est pris pour vous amener là où vous êtes, mais je sais, oui, je sais que vous avez su préserver de lui une part de vous-même. Vous n'étiez pas la même femme la première fois que je vous ai vue ; n'était-ce pas justement parce que je vous voyais telle que vous étiez d'habitude, et telle que vous continuerez d'être ?

— Il ne reste plus rien de... »

Il avait posé les doigts sur ses lèvres. « Vous vous trompez, Cora. »

Il ôta sa main et la remplaça par sa bouche. Elle essaya de se détourner, il la maintint de force et l'embrassa en lui faisant mal.

Cora s'affaissa sur le canapé et le repoussa des deux mains contre sa poitrine. Elle ne voulait pas qu'il la prenne.

Ce n'était pas lui qui l'arracherait à Felix. Ils se ressemblaient, ces deux hommes, ils avaient la même cruauté, la même méchanceté. D'où la fascination de Felix pour Liam. Ils étaient pareils.

Il lui faisait mal, il lui faisait plaisir. Mais elle ne devait pas, elle ne le laisserait pas la...

Halloran lui saisit les poignets et écarta ses mains. Elle était maintenant allongée sur le sofa, le peignoir ouvert sur les cuisses. Il continuait à l'embrasser violemment, et quand elle réussit enfin à échapper à sa bouche, il glissa jusqu'à son cou et le mordit, sans y mettre de force. Cora poussa un gémissement où il entrait de l'apitoiement sur elle-même et du dégoût pour les sensations qu'il éveillait en elle.

« Non, non », pria-t-elle, mais il avait ouvert le peignoir sur sa poitrine, il se penchait sur ses seins. « Je ne veux pas ! » haleta-t-elle, mais il posait la main sur sa cuisse et la massait, glissait vers le genou, touchait des points sensibles. Il l'écrasait de tout son poids, se servait de son corps pour lui ouvrir les jambes. Elle protestait et se tortillait, les doigts crispés sur ses épaules. Elle aurait pu le griffer, lui tirer les cheveux, le mordre... Elle n'en fit rien.

Il s'agenouilla devant elle, entre ses jambes écartées. Le peignoir s'était complètement défait, il ne restait que la ceinture vaguement nouée à la taille. Halloran se débarrassa prestement de ses vêtements. Il entra en elle brutalement, et elle cria. Elle était humide pourtant, prête malgré sa résistance. Il chercha de nouveau sa bouche et cette fois elle ne se déroba pas. Ils s'embrassèrent en rivalisant d'ardeur.

Elle noua ses bras autour de lui pour l'attirer plus loin en elle, et ce fut à l'homme de gémir, en une plainte très douce qui excitait Cora. Les jambes rigides contre ses hanches, elle s'empalait sur lui jusqu'à la limite du possible, les bras tremblants, le souffle court, et criait qu'elle le voulait, encore, encore. Il la prit aux épaules de façon à la maintenir un peu plus bas que lui, et pouvoir maîtriser ses poussées bien rythmées. Mais cette contrainte ne suffit pas à les retenir longtemps. Il enfouit son visage dans la chevelure humide de Cora, elle arqua le cou et enfonça la tête en arrière dans les coussins, cambra les hanches en l'étreignant de toutes ses forces tandis que jaillissaient leurs sucs qui se mêlaient en elle. Elle lança un cri aigu qui s'acheva en gémissement, et leurs frissons s'apaisèrent lentement, devinrent un frémissement, et cessèrent tout à fait. Ils restèrent ainsi étendus, aucun des deux ne voulant rompre l'étreinte.

Halloran sentit sa joue se mouiller et releva la tête pour regarder Cora. Elle pleurait. Il voulut lui parler, elle l'attira de nouveau contre elle. Alors il passa un bras sous sa nuque et il la serra fort.

Ils ne bougèrent plus jusqu'à ce que cessent les pleurs de Cora. Aucun des deux ne prononça une parole, ils n'en éprouvaient pas le besoin, contents de ce moment de repos partagé. Cora aimait le sentir ainsi en elle, un contact très doux à présent. Elle glissa les doigts sous sa chemise, lui caressa le dos. Il se redressa sans se séparer d'elle, allongea les jambes de Cora sur le canapé, et se coucha sur elle. De ses lèvres il lui effleurait le visage, allait des yeux aux tempes, passait sur les joues. La passion s'était adoucie, la tendresse l'avait remplacée.

« Tu ne sais pas ce qu'il m'a fait, dit-elle.

— Cela n'a pas tant d'importance », répondit-il pour l'apaiser.

Elle soupira de façon charmante en sentant renaître le désir de l'homme. Ils firent l'amour doucement cette fois, en un mouvement voluptueux, presque languissant, dans une perception l'un de l'autre différente, plus achevée. L'ardeur finit par les emporter dans son flot, qui se libéra facilement, avant de refluer doucement.

Comme la première fois, ils restèrent soudés l'un à l'autre un long moment. Lorsqu'enfin Halloran se détacha, ce fut à regret. Il se rhabilla, puis s'assit sur le plancher, gardant un coude sur le canapé où Cora restait allongée. Il se pencha vers elle, posa un baiser sur ses lèvres, écarta de son visage ses mèches encore humides.

« Liam... »

Il secoua la tête et sourit. « Pas la peine, Cora, nous parlerons demain. Ce soir ne pensons qu'à ce qui s'est passé entre nous. » Du bout des doigts, il traça la ligne de ses seins, passa sur son ventre, descendit jusqu'au passage entre les cuisses.

Elle lui entoura les épaules de ses bras et scruta son regard d'un air grave. « J'ai besoin d'en savoir plus sur toi, tu ne le comprends pas ?

— Chaque chose en son temps, Cora.

— Mais est-ce que je peux me fier à toi ? Je sens en toi quelque chose... » Elle fronça les sourcils dans son effort pour trouver le mot juste « ... quelque chose de *sombre*, Liam, que je n'arrive pas à saisir. Une distance qui me fait peur. Je l'ai ressentie dès la première fois où nous nous sommes vus. »

Il fit mine de se lever, elle le retint.

« Cora, je te l'ai dit hier, je ne suis que ce que tu vois, et c'est tout.

— C'est ce que je *sens* en toi qui m'effraie.

— Je dois souvent compter avec la violence des autres. Il est inévitable qu'elle rejaillisse sur moi.

— Tu finis par leur ressembler, c'est ce que tu veux dire ?

— Non, non. Ce n'est pas aussi simple.

— Alors tâche de m'expliquer », insista-t-elle avec une pointe d'exaspération.

Il se releva pour de bon cette fois, sans se laisser retenir par les bras de la jeune femme. « Dans mon domaine, la violence doit répondre à la violence de façon courante, dit-il. C'est parfois le seul moyen d'aboutir.

— Mais cette violence te corrompt ? Tu deviens aussi violent que les autres ?

— Peut-être. »

Elle tira sur son peignoir pour couvrir sa nudité.

Halloran alla jusqu'à la porte, où il marqua une pause. « C'est quand on commence à aimer la corruption qu'on peut se dire que quelque chose va mal. » Sur ces mots il sortit en refermant la porte sans bruit.

Cora resta seule avec ses larmes.

Halloran procéda à ses ablutions dans une salle de bains ouvrant sur le même couloir que sa chambre. Une fois chez lui il accrocha sa veste à une colonne du lit, ôta son revolver de son étui et le posa sur la table de nuit. Il enleva ses chaussures cette fois, régla la sonnerie du réveil avant de s'allonger. Par les rideaux ouverts, un pâle reflet de lune éclairait faiblement la pièce. Malgré la présence d'un garde du corps supplémentaire en tournée dans la maison, il ne s'accorderait que quatre heures de repos : il comptait inspecter Monk et Palusinski durant leurs gardes respectives, et dans l'intervalle jeter un coup d'œil à la demeure ainsi qu'aux environs immédiats. Il avait consacré à Cora presque une heure de son temps de sommeil. Et pas mal d'énergie de surcroît.

Il ferma les yeux sur l'expression douloureuse qu'elle avait eue quand il l'avait quittée.

Un éclair de lumière vive traversa ses paupières.

Il rouvrit les yeux. La chambre était sombre. Avait-il rêvé ?

Le même phénomène se reproduisit, illuminant la pièce comme l'éclair dans l'orage. Mais aucun roulement de tonnerre ne suivit.

Il se leva promptement et alla scruter la nuit à la fenêtre. Une lueur blanche très voilée indiquait la présence de la lune derrière un banc de nuages gros comme des montagnes, dont les bords découpés bougeaient à peine. Elle ne suffisait pas à éclairer le paysage qu'on distinguait mal, la grande étendue grise du lac qu'on aurait pu croire solide, bétonné jusqu'en ses profondeurs.

Halloran cilla sous l'illumination soudaine. La lumière émanait de la surface même du lac. Dans sa brève illumination il avait vu des formes sur l'eau, des silhouettes noires qui étaient humaines. Il le supposait du moins.

Il roula sur le lit. Le temps de se chausser et d'attraper son arme, il courait déjà vers les escaliers.

XXV

LA LUMIÈRE DU LAC

Monk aurait dû monter la garde. Mais le grand hall était vide. Halloran ne s'attarda pas à le chercher ; il éteignit dans l'entrée, puis entrebâilla la porte extérieure juste assez pour s'y glisser. L'idée qu'on avait négligé de refermer la porte à clef le dérangeait. Il s'engagea sous le porche à pas feutrés, et s'arrêta un instant à l'air libre.

Le lac n'était qu'une vaste étendue légèrement plus claire que son environnement.

Halloran glissa le Browning dans son étui et se déplaça rapidement en rasant le mur : sur la toile de fond de la façade, on le verrait moins aisément. Il avait l'intention de s'approcher du lac en oblique plutôt qu'en ligne directe depuis le porche. Arrivé à l'angle de la maison, il traversa la pelouse au pas de course, en se ramassant sur lui-même. La lumière flamboya de nouveau. D'instinct, il se jeta à terre. Ainsi couché dans l'herbe humide, il se sentait voyant et vulnérable. Il dut ciller plusieurs fois, mais l'image qu'avait brusquement révélée l'éclair de lumière restait imprimée en son esprit.

Il y avait un bateau sur le lac, un petit bateau où se serraient trois ou quatre personnes. Elles observaient quelque chose qui ne se trouvait pas à bord, mais sur le lac. Quelque chose qui n'était pas dans l'eau mais à sa surface.

La vision se défit à mesure que ses yeux se réadaptaient à l'obscurité. Et il se raidit : un hurlement s'élevait à droite sur la berge, un cri de désolation, absolument sinistre dans la nuit. Suivit un chœur de ululements, celui des loups — ou des *chacals* — qui hurlent à la lune, un son à glacer d'effroi qui arrivait de l'autre côté de l'eau. Il plissa les yeux, espérant les distinguer au milieu des vagues contours des frondaisons et des broussailles qui bordaient la rive de ce côté.

Il crut un moment avoir repéré les chacals, mais il s'agissait peut-être d'un bosquet bas, car rien ne bougeait.

Comme il se relevait sur un genou, un autre éclair sorti du lac l'aveugla provisoirement. Il avait surgi d'en dessous pour répandre très vite à la surface sa lumière d'un blanc argenté ourlé d'indigo et de mauve intense. L'illumination n'avait duré qu'une seconde à peu près, mais cela suffit à Halloran pour regarder les chacals groupés sur la berge. La lumière éblouissante les avait figés sur place, les oreilles droites, la tête au long museau pointu dressée très haut dans une attitude d'alerte et peut-être de perplexité. La lumière se refléta dans leurs orbites luisantes, une douzaine de paires d'yeux au moins, formant un dessin irrégulier.

De nouveau ce fut l'obscurité totale après cette débauche de lumière. Mais l'image persista cette fois encore sur la rétine. Halloran avait vu quelqu'un debout parmi les bêtes. Une figure voûtée, dont une capuche dissimulait la physionomie. Qui était-ce ? Ce qui était sûr, c'est qu'elle examinait le lac.

Une voix fusa, ou plutôt un rire, qui ramena au bateau l'attention de Halloran. Il avait reconnu le gloussement caustique de Felix Kline, amplifié sur l'eau. Il se leva tout à fait, dégaina son arme et, toujours ramassé sur lui-même, se lança en avant à toute vitesse.

Il distinguait l'appontement et remarqua que la barque qu'il avait utilisée le matin même avec Kline n'y était plus amarrée. Kline aimait-il la navigation tardive autant que la navigation matinale ? Ou lui avait-on imposé une promenade qu'il n'avait pas choisie, l'itinéraire par le lac permettant évidemment d'éviter les chiens de garde ? Mais il avait entendu son client rire, ce qui ne cadre guère avec la situation d'une personne que l'on enlève. Néanmoins Halloran ne se détendit pas. Si le bateau s'éloignait encore, il demanderait à une voiture de se préparer à les cueillir sur la rive d'en face, en bordure de la propriété. Il aurait aussi l'occasion d'appeler du renfort sur le trajet.

Aussi près de la rive, il n'avait plus de couvert du tout ; il recula un peu, s'aplatit au sol, l'arme pointée vers la forme vague posée sur le lac, et attendit. Le flamboiement de lumière qui suivit l'éblouit pourtant autant que les premiers. Comme le phénomène se produisait à intervalles irréguliers, il était impossible de s'y préparer. La lumière disparut instantanément, sans aucune transition, mouchée comme la flamme d'une chandelle. Il se frotta les paupières, ébahi. Avait-il vraiment vu ce qu'il avait vu ? Il devait y avoir une explication simple, il n'avait pas pu tout voir durant la brève durée de l'illumination. Si sa raison se voulait rassurante, l'image restée sur sa rétine refusait de transiger.

Halloran avait vu quatre hommes dans la barque : Palusinski, Monk et les deux Jordaniens. Kline n'était pas avec eux.

Il se trouvait à plusieurs mètres de ses compagnons. Il était debout sur la surface lisse de l'eau !

Halloran secoua la tête, pris d'une forte envie de rire. Quelle absurdité ! Il y avait évidemment un élément qu'il n'avait pas pu voir juste sous la surface, un banc de sable, une plate-forme immergée, peut-être même un grand rocher plat. Il existait une explication logique, forcément. Cela ressemblait bien à Kline de s'amuser à de telles puérilités. Encore que... si un tel obstacle existait, ne l'aurait-il pas rencontré le matin même, alors qu'il traversait le lac à la rame ?

Les chacals hurlèrent encore, de plus loin cette fois, comme s'ils quittaient le rivage pour regagner furtivement les forêts des collines. Puis ce fut le sifflement des avirons sur l'eau, accompagné de bruits de voix. Ils se rapprochaient de la jetée. Halloran attendit qu'ils aient tous débarqué avant de se relever et d'aller à leur rencontre.

Un rayon de lune s'infiltra entre deux nuages. En apercevant Halloran, le groupe s'arrêta.

« Vous pouvez laisser tomber votre arme, Halloran, lança Kline d'un ton enjoué, il n'y a pas d'ennemis parmi nous cette nuit.

— Qu'est-ce que vous pouviez bien fabriquer là-dehors ? questionna calmement Halloran, qui contenait sa colère.

— Je ne suis pas prisonnier dans ma propre maison ! répliqua Kline, jovial. Je fais ce qui me plaît.

— Sauf quand vous attendez de moi que je vous protège.

— Il n'y a pas de danger cette nuit. »

A la lueur d'un rayon de lune moins timide, Halloran vit l'expression hilare de Kline.

« Et cette lumière qui venait du lac... ? » insista-t-il.

Khayed et Daoud, vêtus de leurs robes traditionnelles, eurent un large sourire comme leur maître, Palusinski jeta à Kline un regard anxieux. Monk resta imperturbable.

Kline eut la mimique de celui qui ne comprend pas. « La lumière ? Ah ! vous voulez dire les éclairs. Oui, on dirait que nous sommes en présence d'un orage qui s'amuse au-dessus de nos têtes. Le tonnerre va suivre, sans aucun doute. Et ensuite nous aurons un déluge, naturellement. Il vaut mieux ne pas trop s'attarder, qu'en pensez-vous ? »

Une fois de plus Kline avait changé de comportement, adoptant celui d'un homme plus âgé, plus raisonnable. Sa voix avait gardé son ironie insidieuse, mais le ton en était plus modéré, moins strident. Toute sa personne vibrait comme si elle débordait d'énergie, mais pas à la manière nerveuse — et névrotique — à laquelle Halloran commençait à s'habituer.

« Vous n'étiez pas à bord du bateau », avança presque prudemment ce dernier.

Kline partit d'un rire plein d'allégresse. « Je ne suis pas un adepte des bains de minuit, je peux vous l'assurer. »

Palusinski produisit un petit hennissement.

« Je vous ai vu... sur l'eau, affirma Halloran.

— *Sur* l'eau ? s'étonna Kline, toujours souriant. Vous voulez dire *marchant* sur l'eau ? Comme Jésus-Christ ? »

Halloran ne répondit pas.

« Je vois que vous avez encore eu une hallucination, Halloran. De toute évidence il y a dans ce lac quelque chose qui ne cadre pas avec vos processus mentaux. »

Les Arabes gloussèrent de rire derrière leurs mains.

« Je pense vraiment que vous devriez prendre du repos, poursuivit Kline en jouant la compassion, car la pression de ces deux derniers jours influe apparemment sur votre jugement — ou devrais-je dire sur votre perception ? En tout cas je n'en suis pas surpris, Halloran. Car enfin, c'est bien comme garde du corps que vous nous avez été chaudement recommandé, n'est-ce pas ? Je me demande si vos patrons mesurent pleinement que le stress auquel vous êtes soumis ici vous enlève le meilleur de vos moyens. »

Même Monk consentit à sourire.

Les nuages reprirent alors possession du ciel, et l'obscurité retomba sur toutes choses.

« Je crois que nous devrions avoir une conversation,

déclara enfin Halloran, décidé à ignorer les rires qui venaient du groupe des disciples (c'est ainsi qu'il fallait les considérer, avait-il décidé : les employés mais aussi, d'une certaine manière, les disciples de cet homme étrange).

— Mais vous feriez mieux de dormir, s'émut Kline. N'est-ce pas votre période de repos à cette heure ? C'est précisément pourquoi nous avons choisi de ne pas vous déranger ; nous avons parfaitement conscience que toute personne soumise au régime de pression que vous connaissez a absolument besoin de son temps de repos.

— Monk et Palusinski ont reçu instruction de m'alerter au moindre mouvement, quelle que soit l'heure.

— Une petite excursion de nuit sur le lac ne vaut pas vraiment la peine qu'on vous réveille.

— Je leur ai donné des ordres.

— Et moi des contrordres.

— Ma compagnie ne peut pas fonctionner dans ces conditions. Demain je lui conseillerai d'annuler le contrat, ou tout au moins de me libérer de cette mission. Il se passe ici trop de choses qui ne me plaisent pas.

— Non ! » La rupture de ton était totale. C'était presque un cri d'urgence qu'avait lancé Kline. « Non, vous ne devez pas agir ainsi. J'ai besoin que vous restiez auprès de moi.

— Vous avez peut-être besoin du Bouclier, mais pas de moi. La maison a d'autres agents qui sont tout aussi performants », trancha Halloran. Il rengaina son arme et s'éloigna.

« Attendez ! » appela Kline en faisant un pas à sa suite. Halloran s'arrêta. « Je suppose que je ne me suis pas bien comporté avec vous, reconnut le petit homme qui se métamorphosa instantanément comme s'il endossait un autre rôle. Vous avez raison, nous aurions dû vous avertir que nous sortions, et peut-être vous emmener avec nous pour plus de sécurité, j'ai agi sur une impulsion, vous comprenez, j'en ai eu envie sur le moment et je n'ai pas jugé nécessaire de vous inquiéter.

— Cela n'explique pas pourquoi vous êtes allé sur le lac, pas plus que la présence de cette lumière, pas plus que ce que j'ai vu.

— Regardez ces nuages. Examinez-les rien qu'un instant.

— Ce n'est pas indis... » Un éclair interrompit Halloran. Il leva les yeux vers le ciel. Une autre décharge d'énergie le déchira, plus faible, mais suffisante pour mettre en évidence le bouleversement des nuages. « Ce n'est pas ce qui s'est produit tout à l'heure, dit Halloran. La lumière venait du lac.

— C'était un reflet, rien de plus. La surface de l'eau a renvoyé la lumière. Le lac est très calme cette nuit, exactement comme un immense miroir. »

Un éclair déchargea son électricité par à-coups, pétrifiant le groupe en autant de statues au visage blafard. Au loin, comme pour confirmer les explications de Kline, le tonnerre fit entendre un profond grondement.

« Rentrons vite avant la pluie, suggéra Kline.

— Mais ce que j'ai vu...

— Vous vous êtes trompé, répliqua fermement Kline. Nous allons rentrer à la maison, Halloran, et je vous ferai quelques révélations sur moi et sur cet endroit. Cela vous intéressera beaucoup, je peux vous le garantir. »

Halloran fut tenté d'envoyer son client au diable. Mais cet homme si énigmatique, qui ne ressemblait à aucune des personnalités qu'il avait eues à protéger, excitait sa curiosité. « A une condition », dit-il.

Kline leva les deux mains, paumes ouvertes. « Tout ce que vous voudrez.

— Vous répondrez à toutes mes questions.

— Je ne peux pas vous le promettre. »

La foudre illumina encore la campagne.

« Mais j'y répondrai dans toute la mesure du possible, assura Kline juste avant que le tonnerre ne se fasse entendre, plus proche cette fois.

— Dites à vos amis arabes de marcher devant, ordonna Halloran, puis, s'adressant à Monk et à Palusinski : Vous deux, fermez la marche. Et ne nous regardez pas, mais surveillez ces collines et la route.

— Y a pas de quoi s'inquiéter ici, bougonna Monk.

— Faites ce que je vous dis, un point c'est tout. »

Palusinski donna une claque sur l'épaule de l'Américain, comme pour l'avertir de ne pas discuter. « Allez-y, dit-il à Halloran, nous vous suivons, il n'y a pas de problème. »

Comme le groupe s'ébranlait en direction de la maison, formation en carré au centre duquel se trouvaient Halloran et Kline, les premières gouttes s'écrasèrent sur l'herbe. « Je vous l'avais bien dit qu'il allait pleuvoir », fit Kline à son protecteur avec un grand sourire.

Le déluge éclata comme sur commande. En quelques

secondes, les hommes furent trempés. Cela ne semblait nullement contrarier Kline qui riait, et soudain s'échappa du groupe en courant. Il se contorsionnait, levait haut les bras, doigts écartés, avant de s'arrêter pour se retourner vers le groupe, face tournée vers le ciel, bouche grande ouverte pour recevoir la volée de gouttes. Mais il abaissa lentement la tête et les bras, et quelque chose dans son expression de jubilation arrêta les autres.

Kline désigna un point derrière eux. « Regardez le lac ! » cria-t-il par-dessus l'averse.

Ils se retournèrent pour regarder.

La vaste étendue d'eau qu'illumina soudain la foudre était une masse bouillonnante où les millions de gouttes qui éclataient en surface mettaient autant de minuscules geysers.

La lumière s'éteignit, et Halloran resta sur l'impression déconcertante que des millions de doigts jaillissaient des profondeurs de l'eau.

XXVI

UNE CULTURE ANTIQUE

Ils s'assirent l'un en face de l'autre au salon. Kline frictionnait énergiquement ses boucles sombres, en adressant à Halloran son plus large sourire.

« C'est rafraîchissant, vous ne trouvez pas ? dit-il. J'adore la pluie, elle purge la chair, elle est fraîche et pure, vierge d'émanations humaines. Vous devriez vous sécher. Je ne tiens pas à ce que mon garde du corps attrape une pneumonie.

— Je prendrai un bain avant mon tour de garde. » S'il respectait l'emploi du temps qu'il s'était fixé, il n'aurait guère le loisir de dormir, Halloran s'en rendit compte avec regret.

La pièce ressemblait à celles qu'offrait Neath en règle générale, c'est-à-dire qu'elle était peu meublée et froide ; même le feu d'enfer commandé par Kline n'en réchauffait pas vraiment l'atmosphère. Ce feu constituait la seule source de lumière du salon, Kline ayant éteint les lampes quelques instants plus tôt. Dans un angle se dressait sur son socle la statue d'une femme en longue robe, dont le visage s'animait d'ombres mouvantes ; les yeux étaient grands et fixes, les cheveux rejetés en arrière dans un style presque médiéval. Le manteau de la cheminée s'ornait d'une frise représentant des soldats défilant sur leurs chars. Malgré la lumière rare, on en distinguait les bleus et les blancs qui contrastaient avec un rouge très pâli.

« Elle est de pierre calcaire et de coquille », précisa Kline en voyant que l'agent examinait la frise. Khayed se penchait sur le feu, et Daoud sortit chercher une serviette. « Ce genre de frise faisait partie de l'environnement royal à la ville d'Ur. Vous avez remarqué l'ennemi qu'écrase un char ? Il ne manquait pas de sang en art et en littérature, même en ces temps reculés. Le goût des gens n'a pas tellement changé, non ? Vous savez quelque chose au sujet des Sumériens, Halloran ?

— Je crains que non, reconnut Halloran avec le sentiment que cette ignorance allait cesser. L'Histoire n'a jamais été mon point fort.

— Même l'histoire ancienne ? Je suis convaincu qu'elle vous passionnerait !

— Je m'intéresse davantage à ce qui se passe de nos jours. Vous avez accepté de répondre à quelques questions.

— Mais oui, mais oui, détendez-vous. Laissez-moi vous raconter d'abord quelques anecdotes sur les Sumériens, d'accord ? Il n'est jamais trop tard pour apprendre, pas vrai ? »

A ce moment Daoud revint avec une serviette qu'il tendit à son maître.

« Tu peux t'en aller, dit Kline. Il faudra aussi nourrir Palusinski. Notre ami polonais a bavé toute la soirée. »

Le visage de l'Arabe s'épanouit. « Je lui ai gardé quelques bons morceaux, maître. » A côté de lui, Khayed qui en avait terminé avec le feu rit silencieusement. Halloran nota qu'à la différence de la veille, Daoud n'avait pas cherché à dissimuler qu'il comprenait la langue anglaise. Après un petit salut, les deux serviteurs quittèrent la pièce.

Kline se séchait les cheveux avec la serviette. Apparemment, son jean et son pull trempés ne l'ennuyaient pas. Des lueurs orangées dansaient dans ses yeux sombres. Halloran remarqua la vivacité de son expression ; il semblait attendre impatiemment cette conversation, sans souci de l'heure tardive. Le feu l'éclairait d'un côté, en mettant des reflets jaunes sur sa peau, tandis que l'autre moitié de lui-même restait dans la pénombre. Son ombre portée plongeait un coin du salon dans une obscurité mouvante, au milieu de laquelle Halloran sentait plus qu'il ne voyait les yeux dilatés de la femme de pierre le regarder fixement.

Kline drapa la serviette autour de sa tête, à la manière d'un châle, si bien que seuls son menton et le bout de son nez accrochaient la lueur des flammes. « Savez-vous qu'ils ont inventé l'écriture, Halloran ? » Devant la mine perplexe de son interlocuteur, il ajouta : « Les Sumériens.

— Je l'ignorais, répondit Halloran d'une voix neutre.

— Eh oui. Et ils ont été les premiers à compter par unités de dix et de soixante. C'est pourquoi une heure compte soixante minutes et une minute soixante secondes. Ils ont appliqué le principe à la mesure du temps, vous comprenez. C'est pour la même raison qu'un cercle se divise en 360 degrés. Et à part ça, ces braves gens ont inventé la roue. Qu'est-ce que vous en dites ?

— Kline, je ne suis pas vraiment convaincu que...

— *C'est un tort.* » Un geste d'apaisement suivit aussitôt la réplique cinglante, pour indiquer à Halloran qu'on ne voulait pas l'offenser. « Ils connaissaient l'algèbre et la géométrie, avaient certaines notions d'anatomie et de chirurgie. Je vous parle d'une époque qui se situe autour de 3000 ans avant Jésus-Christ, Halloran, et plus loin encore, vous vous rendez compte ? Merde, le reste du monde en était tout juste au néolithique !

— Vous ne m'avez pas dit pour quelle raison vous êtes sorti sur le lac cette nuit.

— Ah non ? Je pensais vous l'avoir dit.

— Non.

— D'accord, d'accord. Écoutez, me croirez-vous si je vous dis que le lac agit en quelque sorte comme élément conducteur de mon pouvoir psychique ? Mon psychisme tire sa force de certaines sources physiques. Prenez la baguette divinatoire entre les mains du sourcier. Vous savez comment elle est attirée par une source ou un lac souterrains ? Vous avez vu comme elle vibre et se courbe vers ce qui lui donne son énergie ? Mon esprit fait de même, seulement il absorbe également l'énergie psychique qui émane de ces endroits.

— C'est impossible ! Vous mélangez le physique et le psychique.

— Et vous, vous posez naturellement comme principe qu'il n'existe pas de connexion entre les deux. Jamais entendu parler de l'énergie cinétique, Halloran ? Comment imaginez-vous que certaines personnes douées arrivent à déplacer des objets inanimés par la seule force de leur esprit ? C'est là qu'intervient la connexion dont je parle, le lien entre le physique et le psychique. L'énergie est présente dans tout ce qui nous entoure, mais elle n'a pas de forme ni de substance, elle est incorporelle, tout comme nos ondes psychiques. Est-ce que vous commencez à comprendre, ou est-ce que vous êtes du genre qui ne veut jamais rien comprendre ? »

Kline était penché en avant, et dans cette position, son visage disparaissait entièrement sous la serviette en capuche. Halloran ne répondit pas à sa dernière question.

« C'est pour cette raison que j'ai acheté Neath, poursuivit Kline. Dans ses parages je trouve mon générateur psychique — ce lac qui est un immense réceptacle de force spirituelle. Vous avez vu par vous-même cette nuit de quelle façon la foudre y est attirée, vous avez assisté à la réaction de ces mystérieuses propriétés des eaux. De tels champs de force existent par centaines sur notre terre, par milliers peut-être. Ce sont des lieux auxquels des races très diverses ont voué un culte et rendu hommage en y édifiant des sanctuaires, et cela dès que l'homme a pris conscience de l'autre versant de sa nature. Les hommes continuent de le faire aujourd'hui, et très peu en comprennent la vraie raison. »

Il se réadossa à son fauteuil, et la serviette découvrit le bas de son visage. Il souriait.

« En certains endroits, les dépôts physiques et métaphysiques finissent presque par se confondre, parce que les deux formes d'énergie sont apparentées. La lune a une influence sur l'esprit des hommes, n'importe quel psychiatre ou psychologue vous le dira, aussi bien que sur les marées terrestres. De vastes gisements — minerais, pétrole, gaz ou autres — ont le même potentiel puisqu'ils sont tous source d'énergie. Comment croyez-vous que je les repère pour Magma ? Ils exercent une attraction sur mon esprit parce qu'il se nourrit de leur énergie. Je les sens comme un animal flaire une nourriture de très loin, comme un requin renifle l'odeur du sang à des kilomètres dans l'eau. Faut-il appeler cela instinct, ou pouvoir de l'esprit ? Et ne s'agit-il pas de la même chose ? »

Tout en suivant ce discours, dont il pouvait même admettre qu'il contenait une certaine logique, bien singulière il est vrai, Halloran trouvait l'exposé de Kline difficile à accepter. « Voulez-vous dire que les propriétés particulières du lac résident dans les minéraux qui...

— Je n'en sais fichtre rien, Halloran, et je m'en moque. Il se peut qu'il y ait quelque chose dans le sous-sol du lac, ou dans la vase accumulée au fond. Ce n'est pas ce qui m'intéresse. Je suis trop heureux d'avoir ma propre réserve d'énergie. » Il se frotta encore les cheveux de sa serviette. « Cela ne m'empêche pas de chercher d'autres sources ailleurs, notez bien. Comme les Bédouins qui ont leurs points d'eau secrets par tout le désert, toujours accessibles quand l'un d'eux vient à s'assécher, j'ai mes propres puits. Cela m'oblige à voyager, mais comme on dit, les voyages forment la jeunesse, pas vrai ?

— C'est ainsi que vous recrutez vos gardes du corps, au hasard des pays que vous traversez ? » demanda Halloran, pressé d'aiguiller la conversation vers d'autres sujets moins « mystiques ».

Kline réfléchissait. « Mes hommes ? Ouais, j'ai beaucoup voyagé, et j'ai trouvé en route les gens qu'il me fallait.

— Les gens et les bêtes. Comment avez-vous ramené des chacals dans ce pays ?

— Je ne les ai pas ramenés. On les a élevés ici pour moi. C'est inhabituel comme animal de compagnie, hein ?

— Plutôt. Je ne peux pas m'empêcher de m'étonner que vous ayez choisi une race pareille.

— C'est parce qu'ils sont ignobles, Halloran. Cela me plaît. » Il rit doucement en regardant le feu. « Et puis ce sont des charognards. Mais on les sous-estime, tout de même. Charognards, oui, mais pas aussi lâches que le veut la croyance populaire, loin de là. Ils disputeraient leur nourriture à des aigles, à des hyènes. Ils subtiliseraient un morceau sous le nez d'un lion. »

Il secoua la tête, presque admiratif. « Et ils sont rusés, vous savez. L'un distraira la mère antilope pendant que l'autre s'empare du petit. Ils mettront une proie en pièces et enterreront les morceaux en différents endroits pour égarer les autres charognards. Ils vont jusqu'à avaler la nourriture et la régurgiter ensuite pour que les aigles qui retournent au nid nourrir leurs petits ne puissent pas venir la leur voler. Ces créatures ont un potentiel de survie extraordinaire, Halloran.

— Comme vous le dites, ce sont des charognards.

— Ils se nourrissent surtout de charogne, c'est vrai, mais savent apprécier d'autres délices. Le chacal a un faible pour le placenta du gnou, par exemple. Il suivra un troupeau pendant des kilomètres pour flairer les femelles gravides.

— Quelqu'un les accompagnait tout à l'heure, près de la rive. »

Kline se retourna vers Halloran. « Oui, eh bien ?

— J'imagine qu'il s'agit de la personne qui garde les grilles. »

L'autre acquiesça d'un signe de tête.

« Encore une de vos recrues internationales ? »

Kline ignora la question. « Je n'en ai pas fini avec le chapitre des Sumériens. Vous ai-je dit qu'ils furent les premiers astrologues ? Non, je ne crois pas vous l'avoir dit. Ils ont édifié les ziggurats, d'énormes tours carrées qui leur servaient de temples et d'observatoires. C'est ainsi qu'est née l'astronomie, au cas où vous ne seriez pas convaincu par les prévisions du Zodiaque. »

Il remit la serviette sur sa tête et s'appuya à son fauteuil. Dans l'ombre, ses yeux observaient Halloran.

« Leur nation a surgi entre les rives du Tigre et de l'Euphrate, dans le pays qu'on appelle aujourd'hui l'Irak. Cette verte et luxuriante contrée entourée de déserts est le site traditionnel du Jardin d'Eden, là où ce grand vilain d'ange nommé Serpent a mis Adam et Ève en grand émoi, et y a gagné d'avoir les ailes coupées, et les jambes aussi. Le pauvre Serpent s'est vu forcé de passer le reste de son existence à ramper sur le ventre, et quand on est immortel, comme le sont tous les anges, c'est drôlement long. Pour revenir aux Sumériens, ils savaient comment se gouverner : ils avaient un système de lois régissant le travail, les taux et les taxes, et des accords entre les différentes cités. Les villes moins importantes et les villages avaient même leurs maires et leurs conseils municipaux. Ils prenaient leur agriculture très au sérieux, et puisque le travail de quelques-uns suffisait à approvisionner l'ensemble de la communauté, les autres pouvaient exercer leurs talents en créant d'autres professions. C'est le point de départ de toute vraie civilisation, Halloran. Pour le meilleur ou pour le pire, c'est le début de notre grosse machine culturelle.

— Écoutez, dans l'immédiat nous avons d'autres sujets à aborder qui conviennent mieux à l'ordre du jour. Le manque de sécurité dans cette propriété, par exemple. »

On aurait pu croire que Kline n'avait pas entendu. « Ils avaient même élaboré une méthode infaillible de traitement du crime basée sur le principe de la loi du talion, vous voyez ? Le fils qui lève la main sur son père aura la main coupée, de même que le médecin qui rate une opération. La femme infidèle aura le sein coupé. L'homme qui a mis le feu à une maison, ou éventuellement pillé une maison en flammes, sera brûlé vif. » Kline ricana. « Justice rude, mais efficace. Quant à leurs peines capitales... Jugez-en, mon cher : outre le fait d'être rôti, on pouvait aussi être battu à mort, étranglé ou précipité du haut des temples les plus élevés. Ah ! et j'oubliais la mutilation. Quiconque les avait vraiment mis hors de leurs nerfs était mutilé, bras et jambes tranchés. Cela pour s'assurer que le mal ainsi châtié ne se dresserait plus jamais contre eux — au sens propre. Ceux qui avaient péché étaient réduits à l'état de troncs humains, créatures privées de membres comme les serpents, comme le serpent de la tradition, vous comprenez, tout juste bonnes à ramper sur le ventre dans la poussière. Et on les abandonnait ainsi sans qu'ils puissent bouger, avec le seul espoir que la mort ne serait pas trop longue à venir. Sale façon de mourir, conclut Kline en frissonnant visiblement.

— Vous disiez qu'ils étaient civilisés ?

— Ils ont trouvé le moyen de faire fonctionner leur système, selon un régime cruel à beaucoup d'égards, mais instructif pour le reste du monde. Ce qui est étrange, c'est que leur race ait disparu de la face de la terre. Peut-on concevoir pareille chose ? Disparue, évanouie, absorbée en d'autres cultures. On peut se demander pourquoi, n'est-ce pas, étant donné ce qu'ils avaient accompli ?

— Oui, acquiesça Halloran avec lassitude, on peut.

— Même leur langue a disparu avec eux. »

Une braise éclata comme un coup de fusil, et les deux hommes tournèrent leur regard vers le feu. Un moment passa. Halloran dit enfin : « Je voudrais vous questionner au sujet de Cora. »

Kline repoussa lentement la serviette qui lui couvrait le crâne. Il avait une expression où se mêlaient curieusement l'innocence et la rouerie, sourire ingénu et yeux brillants de malice.

« Sur un plan personnel, Halloran, ou au sujet de ma protection ?

— Les deux peut-être. Pourquoi est-elle si... si dépendante de vous ? »

Le petit homme éclata d'un rire enfantin. Halloran attendit patiemment qu'il ait repris son sérieux.

« Cora n'est pas dépendante, répondit enfin Kline. Personne n'est jamais totalement dépendant de personne, vous ne le saviez pas ? Ce n'est qu'à leurs propres faiblesses que les êtres sont asservis. C'est une complaisance de leur part, qu'ils s'infligent volontairement. Ils ont tendance à utiliser l'autre pour focaliser sur lui leurs déficiences, et peut-être pour les en protéger. Je suis surpris que vous n'ayez pas découvert cela tout seul. » Kline se pencha en avant, comme pour faire le point. « Nous avons tous la parfaite maîtrise de notre volonté, Halloran. En définitive, personne ne peut la contrecarrer.

— On peut corrompre les autres.

— Uniquement si c'est là leur désir secret », rétorqua vivement Kline.

Halloran comprit qu'il était peu disposé à poursuivre, et n'insista pas. « Bon, il faut que nous prenions certaines dispositions pour améliorer la sécurité dans la propriété. »

Kline l'examinait avec amusement. « Pourquoi tant d'intérêt pour Cora ? Vous ne vous êtes pas engagé dans une histoire qu'on pourrait qualifier de "non professionnelle", j'espère ? Après tout, notre contrat vous donne pour tâche de vous intéresser à mon bien-être, et non à celui d'une tierce personne. »

La raillerie n'échappa pas à Halloran, qui se demanda une fois de plus pourquoi Kline lui avait envoyé Cora la nuit précédente. « Il y a une différence entre la loyauté et la dépendance », dit-il.

Kline parut sincèrement surpris. « Vous suggérez que Cora pourrait me trahir ?

— Pas du tout, je cherche seulement à me faire une meilleure idée de la situation.

— Alors parlons d'elle un peu plus longuement. » Coudes appuyés aux accoudoirs, doigts croisés sur l'estomac, Kline ferma les yeux comme s'il se représentait mentalement Cora. « Elle est intelligente, ne rechigne pas au travail et se montre super-efficace dans tout ce qu'elle fait. C'est aussi une drôle de belle fille, je pense que vous en conviendrez ? Un peu fatiguée ces temps-ci pourtant, avec l'air d'avoir des problèmes bien enracinés. Vous ne vous en êtes pas rendu compte ? Si, si, cela crève les yeux. Vous avez une hypothèse sur la nature de ces problèmes ? »

Halloran refusa de mordre à l'appât qu'on lui tendait de façon si moqueuse. « Passons à autre chose, dit-il.

— Je pense qu'elle souffre d'un terrible dilemme moral, et vous ? Visiblement elle en perd le sommeil. Ce n'est sûrement pas lié à son travail, sinon elle partirait, il me semble ? Il doit plutôt s'agir de sa vie personnelle. C'est une femme sensuelle, j'imagine donc une histoire de sexe, non ? Qu'en pensez-vous, Halloran ? Mais que je suis stupide ! Comment pourriez-vous le savoir ? »

Halloran avait grand peine à refréner son envie meurtrière d'effacer de la face de Kline son sourire équivoque. « Il nous faut des clôtures en treillis métallique renforcées de fer barbelé à tous les points d'accès au terrain, parvint-il à énoncer calmement, et munies de détecteurs de vibrations. Les indésirables pourront toujours se tailler un chemin à travers les haies, mais cela les ralentira et nos patrouilles les repéreront plus facilement.

— Cora aime peut-être certaines choses auxquelles son éducation ne la destinait pas. Elle a été élevée dans une morale très stricte, vous savez. Je crois savoir que ses parents étaient des piliers de la société. Sans doute n'auraient-ils pas approuvé certaines de ses façons. Est-ce ce qui la tourmente, selon vous, la désapprobation de ses parents, même s'ils sont morts et enterrés ? D'où mauvaise conscience, sentiment de culpabilité... Très destructeur, le sentiment de culpabilité.

— Je ne suis pas favorable à l'installation de projecteurs, trop faciles à éviter. Mais un bon système d'éclairage placé près de la maison et dirigé vers l'extérieur serait sans doute utile. Ajoutez-y des scanners auditifs ou des champs magnétiques de basse fréquence, et vous aurez une bonne couverture. Il vous faut également des détecteurs d'intrusion entre la maison et le lac, ainsi qu'un équipement sonar dirigé sur le lac.

— Enfin, aucun de nous n'est infaillible, n'est-ce pas, Halloran ? Nous avons tous nos marottes et nos faiblesses qui nous rendent vulnérables. Nous ne serions pas humains sans elles. Mais je serais bien curieux de savoir où se situent les vôtres.

— Le long de la route d'accès à la maison, vous pourrez vous contenter d'un ou deux points de contrôle où les véhicules seront soumis à un examen minutieux. A propos, il est essentiel d'installer une télévision en circuit fermé aux grilles d'entrée, dans un vrai poste de garde construit en dur et vitré, relié à la maison par une ligne téléphonique directe. La fiabilité de votre gardien actuel n'est pas suffisante.

— Qu'est-ce qui vous rend si impénétrable, Halloran? Qu'est-ce qui se cache sous ce masque que vous portez?

— En ce qui concerne la maison elle-même, outre la surveillance télé à toutes les entrées, vous devrez faire monter des barreaux à toutes les fenêtres trop facilement accessibles. Il va sans dire que des alarmes seront installées à toutes les portes et fenêtres, également.

— Croyez-vous en Dieu, Halloran?

L'intéressé fixa sur Kline un regard ébahi, et annonça après un silence: « Je vais dresser une liste de recommandations impératives, et en soumettre des copies à la société Magma et au Bouclier d'Achille. En cas de non-consentement de votre part ou de la part de Magma à prendre ces mesures préventives, ma société ne pourra pas faire grand-chose pour vous.

— Ma question vous fait paniquer? Vous devriez voir votre tête! Je croyais que tous les Irlandais étaient très croyants, quel que soit l'étendard de leur religion.

— Je ne suis pas irlandais.

— Votre paternel l'était. Vous n'êtes peut-être pas né là-bas, mais vous avez été élevé au pays.

— Comment le savez-vous? questionna Halloran qui comprit aussitôt que c'était Cora qui avait dû le renseigner.

— Vous n'avez toujours pas répondu à *ma* question.

— Je ne suis pas tenu par contrat de vous communiquer des informations d'ordre personnel. La seule chose que vous devez savoir me concernant, c'est si je suis capable ou non de faire du bon boulot.

— Simple curiosité de ma part. Vous savez que vous avez l'air encore plus dangereux tout à coup? »

Soudain une vision s'interposa entre Kline et lui. La face rubiconde du père O'Connell déformée par l'angoisse, dont les joues sillonnées de larmes captaient l'éclat des flammes. Reflet d'autres flammes, en un autre temps. Halloran écarta l'image de son esprit. Les gémissements du prêtre qui courait dans l'église en feu étaient plus difficiles à effacer.

« Vous êtes toujours avec moi, Halloran? Vous avez l'air d'avoir vu un fantôme. »

Halloran cligna des yeux. Kline l'observait avec une vive attention, et son sourire rusé pouvait laisser croire qu'il avait partagé la vision de son interlocuteur.

« Les Sumériens avaient des quantités de dieux — et des quantités de déesses, poursuivit-il comme si rien d'insolite ne s'était passé. Il y en avait toute une équipe : Anu, dieu du Ciel, Su'en, dieu de la Lune, Enlil, dieu de l'Eau, Markuk, dieu de Babylone, Ea, qui était un brave type, et sa femme, la déesse Inin, qu'on appela ensuite Ishtar, à moins que ce ne soit autre chose, qui était une putain. On y trouvait encore Bel-Marduk, le seul qu'on finira par mépriser. » Le sourire de Kline était devenu venimeux. « Ils ont mal interprété sa cruauté, voyez-vous. Dans ce panthéon on trouvait toujours une personne — pardon, une *divinité* — à prier pour toute cause, ou à blâmer pour toute erreur. Le principe était de déléguer les responsabilités, de répartir les charges. Ne pas mettre trop de pression sur un seul dieu ou une seule déesse, au cas où ils se fâcheraient et deviendraient méchants. Ou peut-être ne voulaient-ils pas mettre toute leur confiance en un seul maître, leçon apprise du passé ? C'est l'un des mystères de cette civilisation, Halloran : nous ne savons pratiquement rien de ses origines. Ce qui est très étrange, étant donné que les Sumériens ont inventé l'écriture. »

Encore sous le coup de la vision qu'il avait eue quelques instants auparavant, Halloran écoutait à peine. Et puis la fatigue commençait à peser lourdement sur lui.

« Il semble, continua Kline dont l'enthousiasme ne souffrait pas du manque d'intérêt de son auditoire, que la totalité des écrits se rapportant aux débuts de Sumer ait été cachée ou détruite par des rois, des princes et peut-être aussi des grands prêtres. Et que n'avaient-ils consigné sur leurs tablettes d'argile, de leur écriture cunéiforme, depuis l'an 3000 avant Jésus-Christ ! Qu'est-ce qu'ils avaient tant besoin de cacher, selon vous ? Pour effacer ainsi des siècles de leur passé, ils devaient avoir un terrible secret, un mystère très noir à dissimuler au reste du monde, vous ne croyez pas ? » acheva Kline en se penchant en avant, mains sur les genoux, visage animé dans la lueur du feu.

Halloran luttait contre sa torpeur. La chaleur du feu et le ton presque hypnotique de Kline se conjuguaient à la fatigue pour l'accabler. « Il y a autre chose que je voulais absolument vous demander », dit-il. Il fallait qu'il se concentre pour se rappeler ce que c'était. Dans la pénombre, là-bas, le regard de la femme de pierre semblait s'être encore agrandi.

« Même les plus grandes découvertes archéologiques

n'ont pas réussi à mettre à jour le moindre document sur ce qui est arrivé au peuple sumérien bien avant 2500 avant Jésus-Christ, dit Kline sans se soucier de la question en suspens. Ce fut le cas pour Sir Leonard Woolley, qui découvrit un gigantesque site funéraire près de l'enceinte d'Ur dans les années 20. Des milliers de tombes avaient été pillées, mais une intuition poussa ce brave garçon à creuser plus loin, et ce qu'il trouva *sous* le cimetière stupéfia les historiens du monde entier. »

De part et d'autre du nez, Halloran pinça le coin de ses yeux entre le pouce et l'index. Que radotait-il encore, ce Kline ?

« Vous savez ce qu'il a découvert ? » cria Kline, qui agrippait les bras de son fauteuil comme s'il ne pouvait plus contenir son excitation. « Des caveaux de pierre, des sépulcres ! Et le croiriez-vous ? Woolley et son équipe y ont accédé par des rampes qui les ont conduits dans des puits très profonds. A l'intérieur de ces chambres mortuaires, ils ont retrouvé intacts les squelettes de rois de Sumer, de reines, de princes et de princesses, ainsi que des membres du haut clergé, tous abondamment parés d'insignes royaux d'or et de pierres semi-précieuses — c'est pourquoi on a appelé cet endroit la Nécropole Royale. Autour d'eux étaient disposés des coupes en or, des stèles et des statues, de merveilleux vases et des parures d'argent, toute une camelote de très grand prix. » Kline eut un rire énervé. « Et vous savez quoi, Halloran ? Tous leurs serviteurs et leurs domestiques étaient aussi enterrés là, avec eux. Et des membres de la cour, des soldats, des prêtres — jusqu'à des bœufs avec leurs chariots. Aucune trace de violence, pourtant. Ces gens avaient accepté leur destin sans discussion. Ils avaient absorbé du poison et s'étaient laissé mettre au tombeau avec leurs maîtres et leurs maîtresses. » Il sourit largement. « Qui dit mieux en fait de loyauté ? »

Halloran éprouva une sorte de soulagement quand son interlocuteur détourna de lui son regard pour le fixer sur le feu, comme si l'intensité de ce regard avait une action parasite. Sa fatigue l'abandonna un peu, et il se rappela la question qu'il voulait poser.

Mais Kline avait repris le fil de son discours. « Pendant douze ans Sir Leonard travailla sur le site, fouillant, creusant, époussetant et cherchant, mais nulle part il ne trouva le moindre élément sur les premiers Sumériens. Quelques historiens avancent l'hypothèse d'une destruction totale au moment du Déluge — en admettant qu'il ait jamais eu lieu. Personne n'a jamais pu déterminer avec certitude s'il s'agissait d'un mythe, qu'a emprunté une autre religion, soit dit en passant. Dans cette version-là, Noé a pris la place de Utnapishtim, un des héros de la légende sumérienne. Quoi qu'il en soit, déluge ou pas, quelque chose aurait dû survivre à la catastrophe — à moins que nos chers Sumériens ne l'aient pas voulu. Mais qu'a-t-il pu se passer de si laid, de si atroce, de si *diabolique* qu'ils aient voulu en effacer la mémoire de leur histoire ? Vous pouvez me le dire ? »

Il tourna lentement la tête pour revenir à Halloran, avec un sourire méchant. Les flammes s'étaient éteintes, l'ombre gagnait la pièce. Halloran se sentait oppressé, comme par des draperies qui se seraient refermées sur lui. Et la fatigue était réapparue, elle pesait sur ses paupières qu'il avait peine à garder ouvertes.

La question. Pas celle de Kline, celle que, lui, voulait poser. Quelle était cette question ? Un mot de Kline la lui avait remise en tête. *Sous* le cimetière. Dessous. Kline avait mis l'accent sur ce mot. Il pensa à la massive porte de chêne qui menait à la cave.

« Vous êtes curieux de savoir ce qu'il y a en bas ? dit Kline. Sous la maison ? Dans la cave ? »

Halloran n'avait pourtant pas formulé sa question. Sa tête s'affaissait de fatigue.

« Vous n'allez pas vous endormir sur mon épaule, Halloran ? Enfin, vous avez eu une longue journée. C'est bon, allez-y, fermez donc les yeux. »

Il ne le voulait pas, mais ses yeux se fermèrent. Halloran remua sur son fauteuil. Ses membres étaient de plomb. Le sommeil s'approchait irrésistiblement.

« Ce n'est pas une simple cave, entendit-il Kline dire de très loin. Non, ce n'est pas qu'une cave. C'est l'endroit où j'ai mon sépulcre personnel. Vous m'entendez, Halloran ? »

Il entendait à peine cette voix qui s'éloignait, s'éloignait...

« *... Mon sépulcre, Halloran...* »

... et les mots soudain résonnèrent très près, il les entendait chuchoter à l'intérieur même de son esprit.

XXVII

RÊVE ET TRAHISON

« *Liam.* Debout, Liam. »

Une main lui secouait l'épaule. La conscience balaya l'atmosphère irréelle du rêve. Avant même qu'il ouvre les yeux, ses muscles se tendaient dans l'attente de l'action, les doigts refermés d'instinct sur la crosse de son revolver. Cora était penchée vers lui, le visage anxieux.

« Liam, il faut que nous rentrions à Londres immédiatement. »

Derrière elle, il chercha du regard l'autre fauteuil. Vide. Dans la cheminée ne restaient que des cendres grises, et la lumière du jour faisait de son mieux pour filtrer à travers les lourds rideaux des fenêtres. Les yeux de pierre n'avaient pas cessé de l'observer depuis l'angle de la pièce.

« Liam, insista Cora.

— Oui, oui, je viens. » Il se leva, tout à fait réveillé, les sens en alerte. Il était presque huit heures quarante, il le constata avec irritation en consultant sa montre. Mais comment avait-il pu se laisser aller à s'endormir dans cette pièce, et pourquoi aucun des deux gardes du corps ne l'avait-il pas réveillé à l'heure dite ? « Qu'est-ce qui ne va pas, Cora ? demanda-t-il vivement.

— Felix vient de recevoir un appel de Sir Victor. Il faut qu'il rentre chez Magma immédiatement.

— Un dimanche ? »

Elle fit un signe de tête affirmatif. « C'est que c'est important. »

Il fit un pas vers la porte, et la main de Cora sur son bras l'arrêta.

« La nuit dernière... », hésita-t-elle.

La nuit avait été si riche d'événements qu'il lui fallut un petit instant avant de comprendre à quoi Cora faisait allusion. Elle avait une expression si grave et tant de sérieux dans le regard qu'il ne put s'empêcher de sourire.

« Nous en reparlerons plus tard », dit-il, et il posa un baiser sur sa joue. Ils sortirent ensemble de la pièce.

Les rues de la Cité étaient vides. Seuls quelques touristes profitaient de cette tranquillité pour visiter le centre des affaires de Londres. Une bruine légère mouillait chaussées et trottoirs, petite toilette préalable à l'épreuve de la semaine à venir. Les tours de verre luisaient, comme vernies de frais, d'autres immeubles plus anciens prenaient une tonalité plus sombre à force de recevoir la pluie.

Un convoi de trois voitures, une limousine noire, une Mercedes et une Granada, enfilait à bonne allure les rues désertées ; leurs trois conducteurs avaient l'œil à tout et surveillaient leurs rétroviseurs chaque fois qu'un feu rouge les arrêtait.

Halloran, assis à l'arrière de la Mercedes gris argent à côté de Felix Kline, se tenait prêt à faire un rempart de sa propre personne à son client au moindre incident fâcheux. Janusz Palusinski conduisait le véhicule blindé, Cora occupait le siège du passager. Devant eux, Monk était au volant de la limousine noire, en compagnie de Khayed et Daoud qui ne cessaient de se retourner pour se convaincre que leur maître n'était pas trop loin. La Granada fermait la marche ; y avaient pris place deux agents du Bouclier relevés de leur patrouille autour de la propriété.

Kline avait gardé un silence inhabituel tout au long du trajet. Il n'avait pas évoqué les événements de la nuit, pas plus qu'il n'avait précisé la raison de cette convocation matinale chez Magma. Il offrait ainsi à Halloran une autre facette de son étrange personnalité, dont l'animation volubile toujours irritante contrastait fortement avec le mutisme où il était pour l'heure. Dans cette disposition il ressemblait davantage au personnage cultivé, à la voix douce, qu'il jouait volontiers, à ceci près qu'il n'affichait pas des airs d'initié et que son regard ne contenait pas d'ironie. Le petit homme semblait renfermé sur sa méditation, et apparemment inconscient du danger qu'il pouvait courir. Ses gestes ne manifestaient pas d'agitation, son regard se posait sans nervosité. Pourtant Halloran percevait la colère sourde qui le rongeait.

Le rêve dont l'avait tiré Cora ce matin lui revint en mémoire. Kline faisait partie de ce rêve. Ils marchaient tous les deux côte à côte au milieu de profondes ténèbres où il se laissait conduire par Kline qui le tenait par la main, comme s'ils étaient amants. Il ne distinguait rien dans cette obscurité, mais il avait le sentiment d'évoluer dans un espace effrayant d'immensité, une cathédrale peut-être, ou une gigantesque cave souterraine. De temps en temps quelque chose de léger lui effleurait le visage, ce qui le faisait tressaillir de dégoût avec l'impression inquiétante que de longues toiles d'araignée pendaient de toutes parts. La voix de Kline lui chuchotait qu'il n'y avait rien à craindre, qu'ils passaient simplement au travers de minces voilages invisibles. Il y avait quelque chose au loin, une masse incertaine plus noire que le noir où ils étaient plongés. A mesure qu'ils s'approchaient de ce noir absolu, Halloran entendait le bruit de son propre cœur, fort, de plus en plus fort. Et voici qu'un autre cœur se mettait à battre aussi — celui de Kline — et que les deux mouvements s'accordaient, finissaient par n'en faire qu'un seul. Et partout dans l'obscurité s'ouvraient des paupières en un mouvement très lent, très progressif; des regards de pierre contemplaient par milliers les deux hommes qui s'approchaient du trou noir, au noyau de l'obscurité. Kline avait lâché sa main et tendait les bras vers ce noyau, se frayait un passage jusqu'à lui. Le battement conjugué de leurs cœurs devint étourdissant, il se joignit, semblait-il, à un autre battement dont la puissance grandit, grandit très vite, recouvrit le leur; le son paraissait venir du vide qui s'ouvrait devant eux, mais en fait il était partout, il remplissait l'espace infini, complètement assourdissant. Kline parvenait au cœur de ce néant d'un noir absolu, les bras tremblants, la bouche béante sur un cri d'extase muet. Halloran s'avançait pour voir ce qu'il pouvait étreindre ainsi, mais il était aveugle dans tant d'obscurité; il sentait une terrible chaleur, et une présence toute proche, une présence qu'il était content de ne pas pouvoir discerner. Il unissait pourtant ses efforts à ceux de Kline, en une alliance malsaine, contrainte par le mystère...

« *Liam.* »

... Et la voix de Cora l'avait tiré de son rêve.

« Liam. »

La Mercedes passait Mansion House, la résidence officielle du Lord Mayor de Londres. L'immeuble de Magma n'était plus loin, on le voyait qui dominait les autres bâtiments alentour. Cora était retournée, face à face avec lui.

Halloran émergea brusquement de sa profonde rêverie. Une fois de plus, il s'en voulait de sa négligence.

« Devons-nous descendre directement au parking de Magma, demanda Cora, ou voulez-vous qu'il nous dépose à l'entrée de l'immeuble ?

— Allons au parking. J'ai pris mes dispositions avant notre départ pour qu'il soit vérifié par le Bouclier. En cas de problème, ils nous auraient contactés.

— Est-ce qu'on a des nouvelles des gens qui ont essayé de nous arrêter vendredi ? » questionna-t-elle.

Cora n'avait pas meilleure mine, et son comportement révélait son inquiétude. Le week-end à la campagne ne lui avait apparemment pas rendu le calme, se dit Halloran avec une ironie désabusée. « On n'a encore rien découvert, répondit-il. Mais il va bientôt se produire du nouveau, comme à l'habitude. Tout ira bien si nous sommes prêts. » Cette dernière remarque s'adressait à Kline, qui n'y prêta aucune attention ; il contemplait les rues, mais Halloran avait le sentiment que sa contemplation était tout intérieure.

Le siège de la société Magma apparut dans sa totalité, et sa grandeur impressionna de nouveau Halloran. La pluie avait accentué le brillant de ses parois couleur bronze ; la teinte sombre du verre faisait ressortir plus précisément les parties métalliques, ramenant la structure complexe de l'édifice à ses lignes essentielles, audacieuses dans leur simplicité voulue. Les contreforts courbes et les niveaux multiples ajoutaient à la force architecturale de cette formidable bâtisse dominant un environnement moins agressif.

La limousine qui les précédait se rangea le long du trottoir devant la grande entrée. Halloran dit à Palusinski de continuer jusqu'à l'entrée du garage. Ils tournèrent le coin de l'immeuble et s'engagèrent dans une étroite rue transversale. Un collaborateur du Bouclier les vit arriver et demanda qu'on lève la barrière d'accès au parking, à l'intérieur même de l'immeuble. La Mercedes commença à descendre la rampe, suivie de la Granada puis de la limousine maintenant en queue du convoi. Le Polonais gara la voiture en marche arrière, et Halloran descendit à la seconde où elle s'arrêta. Il la contourna très vite pour se placer du côté de Kline, la main droite dans la veste. Comme Palusinski ouvrait la portière à son maître, quelqu'un déjà venait vers eux en boitant. Halloran fit un signe d'accueil de la main. Le visage de Mather avait une expression d'une sévérité inhabituelle.

« Juste un mot, Liam, annonça-t-il.

— Continuez jusqu'à l'ascenseur, ordonna Halloran aux autres, je vous y rejoins. » Il se rapprocha de Mather, qui le prit un peu à l'écart pour qu'ils ne soient pas entendus.

« Alors, comment se présente la situation de ton côté ? » questionna Mather en s'arrêtant près d'un pilier de béton. En haut de la rampe d'accès, l'agent du Bouclier qui avait signalé l'arrivée de la voiture leur tournait le dos, occupé à surveiller la rue.

« Ça ne se présente pas bien sur le plan de la sécurité, répondit Halloran. Neath est grand ouvert.

— Mais tu n'as pas eu d'autres ennuis ? »

Halloran hésita avant de secouer négativement la tête. « Qu'est-ce qui ne va pas, Charles ?

— C'est Dieter, hélas. » Mather baissa les yeux vers sa canne, qu'il tapa deux fois sur le sol sans s'en rendre compte. « On a retrouvé son corps voici à peine une heure. »

Halloran vit que le groupe allait vers les ascenseurs, Monk et les deux Arabes fermant la marche. Les deux agents venus en Granada se tenaient près de leur voiture en attendant d'autres instructions. « Dieter..., souffla-t-il. Que lui est-il arrivé ?

— Abattu d'une balle dans la nuque. Gerald est en ce moment avec la police, pour y voir plus clair. Nous savons avec certitude que Dieter a été torturé avant d'être exécuté.

— Mon Dieu... Mais qui a fait ça ?

— Je n'en ai pas la moindre idée, Liam. Il n'y a aucun indice que nous ayons déjà rencontré.

— Où l'a-t-on trouvé ?

— Il flottait sur la Tamise. Ils n'ont même pas pris la peine de lester le corps.

— Il y a un rapport avec l'opération en cours ?

— On ne peut pas écarter ce facteur. S'il *existe* une raison logique à ce meurtre, et à condition qu'il ne soit pas l'œuvre d'un mari outragé, la torture laisse évidemment penser qu'une information était recherchée. Néanmoins, il semble démesuré d'en venir à de telles extrémités simplement pour obtenir des détails sur nos plans de protection de Felix Kline. Il est raisonnable de supposer que de soi-disant ravisseurs ont une connaissance suffisante de leur cible pour ne pas recourir à cette sorte de violence. On peut avancer une autre hypothèse liée au passé de Dieter : par rancune, quelqu'un l'aurait haï au point de lui infliger de tels sévices avant de l'assassiner.

— Il y a une autre possibilité », suggéra Halloran. Kline et son entourage étaient aux ascenseurs et se retournaient pour voir ce qui retardait l'agent. « C'est peut-être une manière de nous avertir.

— De ne pas protéger Felix Kline ?

— Exactement. C'est notre seul contrat majeur en ce moment.

— Heu... C'est une idée, je suppose, mais assez peu plausible, à mon sens. Dans le cas d'un enlèvement réussi, les ravisseurs choisiraient de négocier avec un organisme spécialisé comme le nôtre plutôt qu'avec les autorités, qui refusent invariablement de payer une rançon. »

Les portes de l'ascenseur s'ouvraient. « Nous ferions mieux de rejoindre les autres, dit Halloran. J'imagine qu'il faut garder cette nouvelle pour nous ? »

Ils se hâtèrent vers le groupe qui commençait à entrer dans la cabine. « Inutile de susciter une angoisse excessive en ce qui concerne notre client, répondit Mather. Nous devrons peut-être publier une sorte de déclaration quand la presse se sera emparée du sujet, mais même dans ce cas je ne vois pas la nécessité d'établir un lien entre la mort de Dieter et le contrat de Magma. »

Halloran fit signe aux deux gardes du corps du Bouclier d'attendre dans le parking, puis il passa devant Monk et les Arabes qui s'apprêtaient à suivre leur maître dans l'ascenseur. « Prenez le suivant », ordonna-t-il. Avant qu'ils aient pu protester, Kline fit un geste d'assentiment à leur intention.

Mather s'efforça à la conversation durant le court trajet jusqu'au huitième étage, mais n'eut pas beaucoup de succès : Kline restait obstinément muré dans son silence neurasthénique, et les réponses de Cora étaient de pure forme bien que polies.

Sir Victor Penlock en personne les attendait devant la porte de l'ascenseur. Il portait un blazer croisé bleu marine sur un pull-over fauve à col roulé, et des pantalons beiges au pli impeccable qui parachevaient son élégance décontractée. L'agent de sécurité de Magma qui occupait une cabine à l'entrée du parking avait dû le prévenir de l'arrivée de Kline, se dit Halloran ; tout de même, il lui paraissait un peu incongru que le président d'une société aussi importante attende avec tant d'anxiété l'un de ses employés.

« Désolé de vous avoir arraché à votre campagne, Felix, s'excusa Sir Victor, mais comme je vous l'ai expliqué au téléphone, la situation est préoccupante. »

Décidément c'était la journée des mauvaises nouvelles, songea Halloran. C'est tout juste si Kline accorda un regard à Sir Victor en passant devant lui. Le président fit un signe de tête aux nouveaux arrivants avant d'emprunter le pas au petit homme. « Henry nous attend dans mon bureau », lui dit-il. Tout le monde les suivit le long du couloir au tapis mauve avec ses vitrines de chaque côté. Halloran se passa la main sur le menton, qu'il n'avait pas eu le temps de raser. Que signifiait toute cette agitation ? Kline ne s'était vraiment pas montré communicatif durant le trajet ; quant à Cora, elle ne semblait pas en savoir plus que lui. A en juger par le ton grave de Sir Victor et son refus de discuter au téléphone, l'affaire qui lui causait tant d'inquiétude n'était pas seulement préoccupante, mais aussi extrêmement confidentielle. Au bout du couloir, ils débouchèrent dans le grand vestibule cerné de bureaux. Mais au lieu de bourdonner du bruit de fond habituel aux bureaux, comme lors de leur précédente visite, cette fois l'endroit était parfaitement silencieux. En face, la double porte monumentale était déjà ouverte. Le président les introduisit, mais pria Mather et Halloran d'attendre dans le local des secrétaires. Il eut ensuite une brève concertation avec Kline, qu'on entendit dire : « Non, mais pas Cora. »

Le président jeta un regard surpris à la jeune fille, puis fit signe à Halloran de le suivre. Kline était déjà entré.

« Alors comme ça, on fait partie des privilégiés, Liam ? lança Mather avec un sourire. Chère Miss Redmile, croyez-vous qu'il y aurait moyen de nous confectionner un peu de thé ? Monsieur... euh... Palusinski, je suppose que vous allez monter la garde ici ? »

Le Polonais s'assit derrière le bureau de l'une des deux secrétaires en affirmant qu'on pouvait compter sur lui. Ses yeux plissés derrière ses lunettes considéraient avec étonnement l'écran de l'ordinateur. « Tant de savoir derrière cette petite fenêtre... », murmura-t-il rêveusement.

Juste avant d'entrer dans le grand bureau, Halloran surprit l'expression déconcertée de Cora, visiblement interdite d'être congédiée par son patron, avec aussi peu de ménagements. Lui-même s'interrogeait sur ce qui avait poussé Kline à agir ainsi.

Quinn-Reece leva brièvement les yeux des papiers disposés avec ordre sur une table basse en face de lui, mais ne manifesta aucun signe de bienvenue. Debout au milieu de la pièce, Kline contemplait la vue par l'immense baie occupant tout un mur, dont le verre était constellé de gouttes de pluie. Sir Victor indiqua vaguement un siège; Halloran s'installa tandis que Kline avait un geste pour le moins inattendu : il virevolta, alla au large bureau de chêne et s'assit dans le fauteuil du président. Puis il fixa Quinn-Reece droit dans les yeux et lui demanda : « Comment est-ce possible ? »

Le vice-président s'éclaircit la gorge : « Manifestement nous avons une fuite au sein de la société. »

Sir Victor avait pris place non loin du bureau. Il tira sur le pli de son pantalon. « Mais qui? Si de telles informations sont divulguées aussi vite, il faut en chercher la source à un très haut niveau ? »

Halloran remua sur son fauteuil. Cette conversation en forme de devinette l'intriguait.

« Pas nécessairement, répondit Quinn-Reece. Nous pouvons être trahis par un membre de l'équipe sur le terrain.

— Vous voulez dire qu'à chaque fois sans exception que les Minerais Réunis ont négocié avant nous les droits d'exploration, un de nos agents sur place a vendu le renseignement? s'étonna Kline.

— Cela paraît peu vraisemblable, j'en conviens, dit Sir Victor. La trahison doit provenir de ces bureaux-ci.

— Le sujet de votre discussion a-t-il un rapport avec la mission dont Magma a chargé ma société ? » intervint Halloran. Comme Kline lui-même avait insisté pour qu'il « assiste » à cette discussion, il pouvait raisonnablement supposer qu'il en existait un.

« Cette affaire ne regarde en rien le Bouclier d'Achille,

répondit Quinn-Reece sans aménité. D'ailleurs je ne vois pas en quoi votre présence dans ce bureau est nécessaire.

— C'est moi qui l'ai invité, affirma tranquillement Kline dont les yeux noirs qui ne cillaient pas dévisageaient le vice-président, mal à l'aise sous ce regard. Halloran a été engagé pour me protéger, et ce matin je ressens particulièrement le besoin de cette protection. C'est étrange comme la trahison donne à ce point le sentiment d'être vulnérable.

— Vous n'imaginez tout de même pas sérieusement que les Minerais Réunis auraient commandité un enlèvement? s'indigna Sir Victor.

— Ce sont des concurrents redoutables, d'accord, et nous avons eu avec eux quelques féroces batailles par le passé, mais toujours sur le strict plan des affaires, uniquement. En toute bonne foi, je me refuse à croire qu'ils pourraient avoir recours à n'importe quelle forme de violence physique.

— C'est pourtant le cas de quelqu'un, rétorqua Kline.

— J'y verrais plus clair si je savais ce qui s'est passé, suggéra Halloran.

— Ce qui s'est passé, mon cher, répondit Kline, c'est que ces derniers mois, pratiquement tous les gisements découverts par mes soins ont été revendiqués par les Minerais Réunis avant même que nos ingénieurs aient eu le temps de pratiquer des tests sur place. Il ne faut pas s'appeler Einstein pour en conclure que quelqu'un qui fait partie de la maison leur donne des tuyaux.

— Si c'est exact, ils obtiennent donc les renseignements souhaités, raisonna Halloran. Alors pourquoi se donneraient-ils la peine de vous enlever? Est-ce que ce ne serait pas tuer la poule aux œufs d'or? D'autre part, l'espionnage industriel est sans doute illégal, mais en aucun cas aussi grave qu'un enlèvement.

— L'argument me paraît juste, Felix, intervint Sir Victor. Pourquoi un concurrent prendrait-il ce risque alors que cela ne semble pas nécessaire?

— Parce que tôt ou tard l'informateur sera exposé », répondit calmement Kline, dont le comportement avait encore changé. Son excitabilité normale (normale? s'interrogea Halloran) avait pour l'instant disparu.

« Mais quel serait le bénéfice de votre enlèvement? demanda Quinn-Reece.

— Peut-être de m'éliminer définitivement. »

Sir Victor et son vice-président échangèrent des regards consternés.

« Je pense que c'est aller beaucoup trop loin, Felix, dit le président, surtout si les Minerais sont réellement impliqués. J'en connais personnellement le président, et bien qu'à certains égards je le tienne pour une crapule, je ne peux pas imaginer qu'il approuverait un meurtre. Croyez-moi, Felix, c'est une hypothèse qu'on ne peut raisonnablement envisager.

— Alors pourquoi est-ce que je me sens si menacé? rétorqua froidement Kline.

— Eh bien... on peut peut-être penser que vous êtes à bout, Felix? hasarda prudemment Sir Victor. Après tout, le fait qu'on compte tellement sur vos dons de médium doit finir par peser très lourd. Et vous savez que vous n'avez pas pris de repos digne de ce nom depuis bien longtemps? »

Kline sourit. Et Halloran plissa les yeux. Jusqu'à ce moment, malgré les nombreux incidents des derniers jours, il n'avait pas encore pris la mesure du danger que cet homme représentait.

« C'est vrai, reconnut le médium, je ressens vraiment le besoin de me reposer. Quelques jours de plus dans ma maison, peut-être. Et ensuite un voyage. Oui, il est temps que je reparte à l'aventure par le vaste monde. » Son sourire s'évanouit. « Mais cela ne dénouera pas la crise qui nous occupe.

— Combien de fois les autres vous ont-ils pris de vitesse sur les repérages? » demanda Halloran, que le problème de Magma intéressait réellement.

Ce fut Quinn-Reece qui lui répondit.

« Trois fois sur une période de cinq mois.

— Ce n'est pas si énorme, non?

— Je peux vous assurer, dit Sir Victor, que dans un monde où les ressources naturelles diminuent, c'est énorme.

— Cela ne peut-il être une coïncidence?

— Les deux premières fois, nous étions prêts à l'admettre, répondit le président. Or, Felix nous a indiqué jeudi dernier seulement la présence d'un gisement de cuivre non exploité dans une certaine région de la Papouasie, en Nouvelle-Guinée. Le temps que notre agent organise un rendez-vous avec les autorités compétentes pour obtenir le droit de fouiller, les négociations étaient déjà menées en sous-main avec les Minerais Réunis. Dans ce type d'affaires, le premier arrivé est généralement le premier servi, pourvu que le contrat soit avantageux pour le pays producteur, naturellement. Malheureusement oui, monsieur Halloran, nous avons cette fois la certitude qu'une information confidentielle a filtré très peu de temps après le moment où nous-mêmes avons eu connaissance d'un nouveau gisement.

— Et si eux aussi avaient recours à un médium ? »

Sir Victor prit la suggestion au sérieux. « Il n'existe personne sur cette terre qui soit capable d'égaler l'intuition sensorielle de Felix Kline », déclara-t-il sur un ton sans appel. Halloran n'estima pas utile d'argumenter.

« Combien de collaborateurs de Magma étaient-ils au courant de cette découverte ? demanda-t-il.

— Pas grand monde, répondit Quinn-Reece en remuant les papiers disposés devant lui. Le président et moi-même, et bien entendu, Felix et Miss Redmile. Et à l'autre bout de la chaîne, l'agent que j'ai contacté. La nouvelle n'a pas été annoncée au conseil d'administration, et seuls un ou deux de nos cadres ont été informés, mais seulement après que les Minerais ont bougé, nous le savons.

— Et moi que vous oubliez, dit Halloran. On a mentionné cette affaire devant moi le jour de ma première visite chez Magma. »

Sir Victor consulta du regard Kline qui fit un signe de tête affirmatif. « Comme vous êtes en relations avec notre maison depuis moins d'une semaine, raisonna le président, je crois judicieux d'écarter la possibilité que vous soyez la taupe.

— Alors le cercle des suspects est heureusement limité, dit Halloran. Mais avant de désigner qui que ce soit, je vous suggère de sonder ces bureaux à la recherche de matériel d'écoute électronique et de vous assurer que vos lignes téléphoniques ne sont pas espionnées. Il serait bon également de vérifier que vos codes informatiques n'ont pas été déchiffrés. Le Bouclier peut mener une enquête approfondie là-dessus, si vous le désirez.

— Nos services de sécurité assurent chaque semaine des recherches antimicros, indiqua Queen-Reece.

— Chaque semaine à date fixe ? Ne me dites pas, par exemple, que vous fouillez les bureaux tous les lundis matin à neuf heures ?

— Nos spécialistes de la sécurité ne sont pas aussi naïfs, Mr. Halloran.

— Espérons qu'ils sont aussi honnêtes. Et vos codes informatiques ?

— Rien ne permet de soupçonner qu'ils ont été forcés.

— Ce serait une idée de rechercher s'il y a eu des entrées non autorisées durant ces derniers mois.

— Cela n'aurait pas de rapport avec notre problème immédiat, fit remarquer Sir Victor.

— Non, mais le fait de repérer un pirate d'informatique pourrait vous aider à désigner un coupable. » Halloran fixa son regard sur Kline, qui avait presque l'air d'un nain derrière ce grand bureau, effet qu'accentuaient encore les proportions gigantesques de la fenêtre striée de pluie. « D'autre part, poursuivit-il, c'est vous le médium : vous n'avez pas une idée de l'identité de la personne qui divulgue les secrets de votre société ? »

Kline rendit un regard noir à son interlocuteur. « Oh ! si, Halloran, je connais parfaitement le traître qui se cache dans nos rangs. » Après avoir fixé successivement chaque personne présente dans la pièce, il annonça, le visage sans expression : « C'est Cora. »

XXVIII

HALLORAN

« Si vous me permettez, chère mademoiselle, vous n'avez pas l'air bien du tout. »

Cora avait emmené Mather dans une petite salle de conférences du huitième étage utilisée pour des rencontres de caractère privé avec des associés plus que pour des réunions plénières de direction ou d'administration. Elle s'était éclipsée quelques minutes avant de revenir avec du thé. Plutôt que de s'asseoir à la longue table, ils avaient préféré se détendre dans les bons fauteuils disposés le long des murs. Cora but une gorgée de thé ; Mather remarqua que sa main tremblait légèrement.

« J'espère de tout cœur que cette affaire d'enlèvement ne vous bouleverse pas outre mesure, dit-il gentiment. Nous montons bonne garde autour de vous, vous savez. Croyez-moi, Liam est le meilleur agent que nous ayons pour ce genre de situation. Il possède un mystérieux instinct qui lui permet de frapper avant qu'on ne le frappe. » Au nom de Liam, elle avait lancé à Mather un regard aigu qui ne lui avait pas échappé. Ah ! se dit-il, notre homme ne la laisse pas indifférente.

« J'imagine que cela nous rend tous nerveux », dit Cora.

Elle a la mine de quelqu'un qui dort mal depuis des semaines, pensa Mather qui répondit tout haut : « Oui, je veux bien le croire. Espérons que les gangsters seront vite lessivés, que nous puissions tous nous reposer. Notre travail ne consiste pas seulement à protéger physiquement la cible, vous savez ; nous consacrons beaucoup de temps à rechercher ceux qui la menacent. » Il avait délibérément évité le terme d'« assassins » pour ne pas inquiéter la jeune fille plus qu'il n'était nécessaire. « Nous y travaillons depuis que nous avons accepté cette mission.

— Mais sans grand succès.

— C'est vrai, mais nous n'en sommes qu'au début. Nous n'allons pas tarder à découvrir qui provoque ces problèmes, ne craignez rien. » Il posa à ses pieds la tasse à thé vide dans sa soucoupe.

« Désirez-vous encore du thé ? demanda-t-elle.

— Non merci, une tasse me suffit. Évidemment, ces scélérats ont pu renoncer après leur tentative manquée de l'autre jour. Rien de tel qu'une démonstration de force pour faire décamper les voyous de cette espèce », ajouta-t-il en souriant pour la rassurer.

Cora ne réagit pas, elle fixait sa tasse d'un air absent. « Est-ce que..., hésita-t-elle, est-ce que Liam tuerait toute personne qu'il estimerait dangereuse ? »

La question prit Mather au dépourvu. « Ma foi, je... oui, s'il n'y a pas d'autre solution. Mais attention, ce n'est pas un assassin, Miss Redmile. Il ne prendra que les mesures indispensables pour sauver une situation. Je peux vous assurer que le Bouclier d'Achille est une organisation respectueuse des lois, qui n'emploie pas de tueurs à tout-va. Nous faisons quelques petites entorses aux règles par-ci par-là, je vous l'accorde, mais nos agents sont entraînés à maîtriser une situation plutôt qu'à se laisser déborder par elle.

— Il... » Cora leva les yeux, et Mather y lut son anxiété : « ... il me fait peur. »

Mather eut un petit rire qui se voulait encourageant. « Mais vous, Miss Redmile, vous n'avez rien à craindre de Liam !

— Qu'est-ce qui amène quelqu'un comme lui à agir dans la violence ? Il peut se montrer tellement doux, et pourtant... »

Allons bon, médita Mather, c'est allé plus loin que je ne l'imaginais. « Liam s'emploie surtout à dissuader la violence, dit-il.

— Vous connaissez cette froideur qu'il a en lui, c'est terrible. On la voit dans ses yeux parfois, quand il sourit. Elle me ferait croire sans peine qu'il est dénué de conscience.

— Ce que vous prenez pour de la froideur n'est peut-être qu'une manière de se protéger contre... difficile d'exprimer cela par un mot, enfin disons contre le pardon. S'il est menacé personnellement, ou si d'autres le sont dont il a la charge, Liam se montre irréductible, et même implacable. Je ne crois pas qu'il soit homme à chercher vengeance, mais il n'est pas non plus du genre à tendre l'autre joue. »

Mather tapota sa chaussure du bout de sa canne. « Laissez-moi vous raconter quelque chose à propos de son passé qui vous aidera peut-être à mieux le comprendre. »

Cora eut un regard d'appréhension, comme si elle n'était pas très sûre de vouloir en apprendre beaucoup plus sur l'homme.

« Le père de Liam, Pat Halloran, était capitaine dans l'armée britannique. Il rencontra Siobhan, sa future femme, pendant une permission en Irlande du Sud — comme il était apparemment bon marcheur et pêcheur émérite, quel meilleur endroit pour passer ses congés ? Et puis, étant d'ascendance irlandaise, il ressentait avec ce pays une affinité naturelle. Il y retourna quelques mois après, fit sa demande qui fut promptement acceptée, et les deux jeunes gens revinrent se marier à Londres. Moins d'un an plus tard, Liam était né. »

Mather se pencha pour reprendre sa tasse posée à terre. « Peut-être reprendrai-je un peu de thé, chère mademoiselle. » Il la regarda aller vers la table et remplir sa tasse. Elle est décontenancée par Halloran, pensa-t-il, et on ne saurait l'en blâmer. Même pour lui, qui connaissait on ne peut mieux son agent, Halloran avait encore ses côtés énigmatiques. Mais pour l'heure c'était Felix Kline et son étrange cohorte qui lui inspiraient des doutes qu'il ne pouvait expliquer de façon rationnelle ; et la jeune fille pourrait être une alliée de l'intérieur pour son agent, en l'avertissant de tout élément anormal de nature à modifier le cours de son action. Le matin même, après la découverte du cadavre mutilé de Dieter Stuhr, le Concepteur avait exprimé à Gerald Snaith son malaise grandissant vis-à-vis de l'affaire Magma. Et naturellement le Contrôleur du Bouclier d'Achille, individu pragmatique s'il en était, avait demandé qu'il apporte une preuve du lien éventuel entre les deux affaires. Preuve que Mather ne pouvait lui fournir.

Il remercia Cora qui lui tendait sa tasse, et attendit qu'elle soit assise pour reprendre son récit.

« La carrière militaire de son père l'obligeait à voyager

pas mal, mais sans le laisser en poste assez longtemps pour que sa famille puisse venir vivre outre-mer avec lui, malheureusement. Il l'emmenait quand c'était possible, mais le plus souvent Siobhan et son fils restaient à la maison. Finalement il fut décidé que leur vie serait plus agréable chez le grand-père de Liam, en Irlande. » La jeune fille s'était souvenue que son interlocuteur affectionnait le thé Earl Grey. Il en but une gorgée avec reconnaissance avant de poursuivre : « Si je mentionne ces détails très anciens, Miss Redmile, c'est qu'à mon avis ils ont contribué à façonner l'homme, pour le bien ou pour le mal. »

Cora ne fit aucun commentaire.

« Le capitaine passait le plus de temps possible avec sa femme et son fils, mais ce mariage avait éloigné Siobhan d'autres membres de sa famille. Vous comprenez, certains de ses cousins avaient des liens, qui se révélèrent puissants, avec l'IRA ; ils soupçonnaient son mari d'être un agent anglais, placé là pour transmettre des informations sur l'activité des rebelles dans le secteur. Ce qui était absurde, bien entendu, mais les fanatiques se distinguent rarement par le bon sens. Et qui sait ? Peut-être qu'au cours des années, le capitaine Halloran avait eu vent en toute innocence de certaines infamies qu'il avait cru de son devoir de rapporter à ses supérieurs. De toute façon, les soupçons seuls suffisaient aux terroristes.

« Liam, qui avait alors tout juste huit ans, était parti un matin à la pêche avec son père, en permission pour quelques jours pendant cette guerre, maudite autant que discrète, qui se jouait en Arabie du Sud. Et Dieu sait qu'il avait besoin de repos ! »

Cora posa sur Mather un regard plein de curiosité.

« Ils étaient debout tous les deux au milieu d'un petit ruisseau, le père et le fils, contents sans doute de se retrouver après plusieurs mois de séparation, quand les terroristes ont tiré. Liam a vu son père s'abattre devant lui. Il a raconté ensuite à la police irlandaise que son père avait réussi avec beaucoup de mal à atteindre la rive et qu'il avait essayé de sortir de l'eau en rampant. Le garçonnet était pétrifié de peur, il avait regardé sans bouger l'un des hommes masqués renvoyer d'un coup de pied son père dans le ruisseau, puis maintenir le mourant sous l'eau en appuyant un pied sur son dos. Le petit garçon a dit que le ruisseau était déjà rouge écarlate de sang quand l'homme a pointé son revolver dans l'eau et tiré dans la nuque du capitaine Halloran. »

Cora ferma les yeux, mais l'affreuse image devint encore plus précise dans sa tête. Elle les rouvrit presque aussitôt.

« Siobhan savait que ses cousins étaient impliqués : dans le cas contraire, Liam aurait été exécuté aussi, en tant que témoin. Cela expliquait que les assassins aient pris la peine de se masquer pour que le jeune garçon ne reconnaisse personne. Elle savait, mais que pouvait-elle faire ? Si elle exprimait tout haut ses soupçons, elle serait en danger, et son fils le serait aussi, et probablement le grand-père du petit. A mon avis, le silence qu'elle s'est imposé a été l'une des causes de la dépression profonde où elle a fini par tomber. Le chagrin a fait le reste. »

La jeune fille le contemplait fixement. « Comment... comment avez-vous appris cette histoire ? Liam vous l'a racontée ?

— Par bribes, oui. Même jeune garçon. Liam n'a jamais été enclin à se livrer beaucoup. Je me suis renseigné, j'ai parlé avec son grand-père. Le capitaine Halloran était sous mes ordres à Aden, vous comprenez. C'était un excellent soldat, que je tenais en haute estime, et sa mort était une lourde perte pour mon unité en ce début de campagne. Je me suis intéressé personnellement au sort de la famille qu'il laissait derrière lui, et c'est ainsi que j'ai appris à connaître le garçon. »

Mather finit son thé et reposa la tasse sur le plancher. Après s'être redressé, il se mit à masser son genou sensible. Évoquer la guerre à Aden réveillait toujours plus ou moins sa douleur.

« En grandissant, Liam n'a pas cessé d'avoir des problèmes. Il semblait que la violence qu'il portait en lui se débridait. C'était peut-être sa manière de juguler son chagrin que de le camoufler sous la colère. A vrai dire, je ne sais qu'en penser. La violence prit des proportions insupportables quand sa mère, malheureuse et instable depuis des années, finit par se suicider. J'étais resté en contact avec eux depuis la mort du capitaine Halloran, et je m'étais assuré que sa veuve percevait de bonnes indemnités de l'armée britannique, mais je les ai perdus de vue quelque temps quand j'ai eu des difficultés personnelles. » Il tapota son genou pour indiquer la nature précise de ces « difficultés ». « J'ai bien cru que j'allais perdre ma jambe, mais j'ai pu convaincre les médecins qu'elle pourrait encore servir après un petit bricolage chirurgical. A présent, je me demande si j'ai fait le bon choix, ajouta-t-il comme pour lui-même. Quoi qu'il en soit, j'ai reçu une lettre du grand-père m'informant de la mort de Siobhan. Dès que j'ai été en mesure de circuler, je me suis rendu moi-même en Irlande pour voir ce qu'on pouvait faire pour le garçon. » Il eut un sourire désabusé. « Je crois que je suis arrivé juste à temps. »

Cora avait peine à se représenter Liam en jeune garçon colérique, effrayé sans doute, accablé une seconde fois de chagrin après la mort de sa mère qui était une conséquence directe de l'assassinat de son père. Comment rapprocher cette image de celle de l'homme qui était venu cette nuit dans sa chambre et l'avait prise contre sa volonté ? Ce viol réveillait le plaisir qu'elle connaissait bien, celui qu'elle prenait à de telles souillures, auquel elle ne pouvait pas résister. Mais ensuite son autre manière, de passion retenue, qui était douce et si tendre, avait soulevé en elle des émotions plus pures qui éclipsaient le simple désir. Elle en était restée confondue, ne sachant que penser. Avait-il délibérément joué des deux côtés de la passion, la rudesse dénuée de chaleur et d'attention d'abord, puis la joie simple qui ne naît d'aucun sévice, d'aucune douleur, et donne un contentement qu'elle avait presque oublié. Halloran était-il de ces êtres dont on interprète les actions selon ses propres schémas ? Présumait-elle trop de lui, et n'était-il décidément rien d'autre qu'un homme de violence ?

La voix de Mather interrompit la réflexion de Cora. « Liam s'était mis dans un mauvais pas. C'est peu dire d'ailleurs : ses bêtises dépassaient les bornes du vandalisme naturel aux jeunes garçons. D'après ce qu'on m'a dit à mon arrivée, il était en grand danger d'être remis à un établissement disciplinaire pour mineurs. Dans la petite ville où il vivait avec son grand-père, plusieurs incidents lui avaient été attribués sans que, pour les plus graves, on ait pu apporter la preuve formelle de sa culpabilité. En particulier, il y avait des problèmes avec le curé de l'endroit. Était-ce parce que l'Église représentait la plus haute autorité contre laquelle se rebeller, je ne saurais le dire, mais je pense à un incident bien précis qui... enfin non, comme je le disais, rien n'a été prouvé de façon définitive, et j'aurais tort de faire des suppositions. »

Un doigt pressé sur les lèvres, le Concepteur du Bouclier s'abîma un instant dans ses pensées. « J'ai compris qu'il était temps d'éloigner Liam de ce milieu : l'Irlande était le lieu de trop de souvenirs tragiques. J'ai pris des dispositions pour le faire entrer comme pensionnaire dans une école en Angleterre, ce qui était le moins que je puisse faire en l'honneur de son défunt père. L'école était en relation étroite avec l'armée, elle formait beaucoup de bons élèves officiers. J'étais malheureusement assez préoccupé par ma propre carrière, qui prenait un nouveau départ après ma blessure, mais j'essayais autant que possible de garder un œil sur ce qui se passait. Le garçon paraissait se calmer — la discipline stricte lui avait peut-être toujours manqué. Il trouva finalement sa voie, pour plusieurs raisons je suppose : le souvenir de son père, le type d'école qu'il avait fréquenté, la mort de son grand-père et le fait qu'il n'ait plus vraiment d'endroits où se fixer. Il décida d'être soldat. »

Le visage de Mather se plissa de plaisir. « C'était un bon choix, à tous égards. Bien sûr, il était encore téméraire, et n'avait jamais perdu tout à fait ce fond de caractère indomptable qu'ont les Irlandais ; mais l'armée a certains moyens de canaliser ce genre de dispositions. Liam prit goût à cette vie comme s'il y était destiné, et se montra assez brillant pour entrer dans les SAS.

« Par malheur, il fut en 1972 l'un des acteurs d'un incident que je crois être à l'origine du cynisme qui deviendra le sien. Il n'avait pas encore vingt ans, et faisait partie d'une petite équipe d'entraînement militaire d'une dizaine d'hommes à Mirbat, dans le sultanat d'Oman. Une guerre civile opposait la monarchie d'Oman à ses dissidents de gauche, et l'unité de SAS stationnée depuis trois mois dans cette petite ville sinistre tentait de mettre un peu d'ordre chez les loyalistes. Ils tenaient deux forts, avec trente Askaris dans le premier, vingt-cinq gendarmes du Dhofar dans l'autre, plus une poignée indisciplinée d'irréguliers antiguérilla cantonnés dans la ville même. La seule artillerie un peu sérieuse dont ils disposaient était un canon de vingt-cinq de la Seconde Guerre mondiale, un Browning de 127 et un mortier de 81 mm.

« Un matin, juste après l'aube, ils furent attaqués par un groupe de presque trois cents rebelles armés de mitraillettes, mortiers, fusils antichars et lance-fusées russes. Cela aurait dû être un massacre total sans le courage de l'officier qui commandait l'unité, individu absolument sans peur à peine plus âgé que Liam, qui sut faire de son groupe et de leurs alliés arabes une force de combat avec laquelle il fallait compter.

« Pour ne pas vous ennuyer avec les péripéties de la bataille, ma chère, je vous dirai seulement que l'officier, un capitaine, s'est dépensé sans compter; il était partout, criant des ordres, dirigeant sa maigre artillerie, organisant sa défense de façon à ce que les attaquants ne puissent pas prendre le dessus. Sous le feu ennemi, il traversa quatre cents mètres de terrain découvert avec un infirmier pour atteindre le fort où la Gendarmerie se terrait. Il avait déjà demandé par radio à son quartier général un hélicoptère pour évacuer les morts et les blessés, mais le tir ennemi était si nourri que cette maudite chose ne pouvait atterrir. Le capitaine prit la direction des opérations dans le second fort, alors que les rebelles n'étaient plus qu'à trente mètres, et faillit avoir la tête tranchée par une rafale de mitraillette. Les hommes tombaient autour de lui, mais pas un seul instant il n'envisagea de donner l'ordre de se rendre. Non, pas une seconde. De sa position, il put prendre pour cible deux jets Strikemaster venus prêter main-forte aux assaillants, mais la bataille continua à faire rage.

« Finalement, un escadron de secours arriva par avion de Salalah en renfort; les rebelles, dont l'avance avait été stoppée et qui avaient subi beaucoup de pertes, renoncèrent et s'enfuirent. Après cet acte de résistance remarquable de la part de l'officier et de ses hommes, les insurgés ne se remirent jamais vraiment de leur défaite, même s'il fallut encore quatre ans pour terminer la guerre.

« Je crois que cet épisode a affecté Liam de deux façons. D'abord, il a été entraîné dans un carnage d'une férocité aveugle, auquel il a lui-même participé; ensuite, il a reçu un exemple de courage exceptionnel de la part de son officier — un capitaine, ne l'oubliez pas —, courage dont il imaginait que son père était capable, j'en ai la conviction. Pourtant la bataille ne fut jamais "officiellement" reconnue par son gouvernement, même si on le gratifia d'une médaille militaire et que le capitaine reçut une haute distinction. Ajoutez à cela son incertitude sur le fait de savoir s'il était du côté des "bons" ou des "méchants", et vous comprendrez son cynisme à propos de la guerre. Le pire était encore à venir.

« Sept ans plus tard le même capitaine alors promu commandant, pour qui Liam avait admiration et respect, mourut de froid au cours d'un exercice des SAS dans les hautes collines de Brecon Beacons, au sud du Pays de Galles. Mort totalement inutile qui remplit Liam d'un tel dégoût qu'il démissionna de l'armée peu après.

« Il se fit mercenaire. Il utilisait désormais le conflit à ses propres fins, qui étaient purement financières, au lieu de servir dans un conflit. Je le suivais de loin, car j'avais de ses nouvelles par mes relations dans des pays très variés et, je dois le dire, j'étais attristé, consterné même, par ce que j'entendais. On ne m'a jamais dit qu'il tuait sans discrimination, c'est vrai, ni qu'il employait la violence quand il pouvait l'éviter, mais il avait la réputation d'être impitoyable envers ses ennemis — et ses ennemis étaient ceux qui ne se trouvaient *pas* du côté où on lui payait ses gages. »

Mather remarqua que Cora ne semblait pas choquée, ni même surprise ; manifestement il ne faisait que confirmer les soupçons que lui inspirait Halloran.

« Il y a quelques années, j'ai commencé à recruter pour le compte du Bouclier d'Achille, reprit-il. Les anciens officiers du SAS font d'excellents agents secrets, aussi étaient-ils mon premier objectif. A l'époque j'avais perdu tout contact avec Liam — par crainte de savoir ce qu'il était devenu ? — mais au fond de moi quelque chose me pressait de le rechercher, une culpabilité qui me travaillait peut-être, le sentiment que c'était *moi* qui l'avais laissé tomber. Ou tout simplement la curiosité qui ne m'avait pas abandonné.

« J'ai fini par le localiser à Moshupa, une petite commune du Botswana très proche de la frontière d'Afrique du Sud. Il entraînait les guerilleros de l'ANC à faire des incursions dans leur pays pour y commettre le plus de ravages possibles avant de s'enfuir comme des voleurs en retraversant la frontière. Liam était devenu très différent du jeune homme que j'avais connu. Il paraissait... vide. Son activité, les tueurs et les saboteurs qu'il entraînait, les conditions déplorables où il vivait, tout cela n'avait aucune signification pour lui. Il ne marqua même aucune surprise lorsque j'arrivai sans prévenir, à peine s'il eut un regard amusé qui manquait de chaleur. J'eus d'abord l'impression de parler à quelqu'un qui ne ressentait plus la moindre émotion ; puis je pris peu à peu conscience d'une effervescence en lui qui m'effraya plus que le reste. Dieu sait ce qu'il avait traversé après avoir quitté l'armée britannique, mais il en était resté marqué. Il n'était pas devenu une brute, non, mais il faisait l'effet de s'être immunisé contre la cruauté, l'atrocité — contre la bienveillance et la sollicitude aussi. Mais cela, je vous l'ai dit, c'était pour la surface ; à l'intérieur, ses émotions étaient réprimées, bridées avec tant de force que je ne le pensais même pas conscient de leur présence. Ou peut-être les entrevoyait-il de temps à autre, mais en refusant de les laisser monter, en refusant de s'y abandonner. J'étais arrivé juste au bon moment, sans aucun doute, poussé par ce qu'il me faut bien appeler une sorte d'instinct personnel. Car Liam, je le voyais, était à bout. Il avait atteint le point de rupture où toutes les émotions qu'il avait réprimées, jointes à la haine de lui-même, allaient exploser.

« Il ne voudrait sans doute pas l'admettre, même vis-à-vis de lui-même, mais je crois qu'il a vu dans ma venue un signe de la vie, un moyen de s'extraire de la misère morale où il s'était enlisé. Quant à moi, j'étais trop heureux de lui tendre la perche.

« Liam m'a dit avoir découvert qu'il n'existait pas d'absolu, ni dans le bien ni dans le mal, ni dans le tort ni dans le droit. Il n'y a que des degrés. Une fois qu'on a accepté cette idée — réellement accepté, insistait-il — on est en mesure d'élaborer sa propre échelle de valeurs, en saisissant les limites à l'intérieur desquelles on peut fonctionner sans culpabilité, cette culpabilité qui contamine la pensée et inhibe donc l'action. Il me dit aussi que la vertu, ou la droiture morale, peu importe le nom qu'on lui donne, est souvent sans effet sur le mal, parce que ses règles sont paralysantes. Quelquefois seul le mal peut vaincre un autre mal. Tout est question de degré, répétait-il, le moindre degré contre le plus grand.

« Ce discours assez obscur pour moi indiquait la profondeur du désespoir où il s'enfonçait. Le terme de désespoir suggère d'ailleurs un apitoiement sur soi-même qu'il était trop endurci pour pouvoir éprouver. “Pessimisme” conviendrait mieux à l'homme dont je parle, “cynisme” encore mieux. Quoi qu'il en soit, il a consenti à rentrer avec moi en Angleterre et à travailler pour le Bouclier d'Achille — à protéger des vies au lieu de les supprimer. A mon avis, ce fut un changement vital pour Liam, parce qu'il l'a retenu de plonger dans le gouffre. »

Cora, qui avait écouté ce récit sans l'interrompre, se décida enfin à parler. « Il était donc vraiment aussi près de...

— Selon moi, oui. Je pense, c'est une idée démodée peut-être, que lorsque toute probité est perdue, la dégradation totale ne tarde pas à suivre. A l'époque j'ai eu le sentiment que Liam avait pratiquement perdu tout sens des valeurs raisonnables. »

La jeune fille contempla ses mains. Mather se demanda si ses propos ne l'avaient pas déroutée. N'avait-il pas des idées trop rigides, ou trop « vieux jeu » pour cette époque de toutes les audaces ? Probablement, mais elles n'en restaient pas moins valables, se rassura-t-il.

« Et... est-ce qu'il a changé ? questionna doucement Cora.

— Ma foi, voici plus de six ans qu'il est entré au Bouclier, et à maints égards il est notre meilleur élément. Oui certes, il a changé, poursuivit Mather en souriant. Mais jusqu'à quel point, je ne saurais le dire précisément. »

porteur des yeux au lieu de les supprimer. A mon avis, ce fut un changement vital pour Luan parce qu'il a appris à progresser dans le groupe. »

Lora, qui avait écouté ce récit sans l'interrompre, se décida enfin à parler. « Il était donc vraiment dans une passe dé-

— Selon moi, oui. Je pense, c'est une idée démodée peut-être, qu'à l'instant où toute notion est perdue, la dégradation totale ne tarde pas à suivre. Aujourd'hui, j'ai eu le sentiment que Luan avait pratiquement perdu tout sens des valeurs raisonnables. »

La jeune fille contempla ses mains. Matthew se demanda si ses propos ne l'avaient pas dérangée. N'avait-il pas des idées trop rigides, ou trop « vieux jeu » pour cette époque de toutes les licences ? Certainement, mais elles n'en restent pas moins valables, se rassura-t-il.

« Et... est-ce qu'il a changé ? questionna doucement Lora.

— Ma foi, voici plus de six ans qu'il est entré au Monclair, et à présent il est notre meilleur élément. Oui, certes, il a changé, poursuivit Matthew en souriant. Mais jusqu'à quel point, je ne saurais le dire précisément. »

XXIX

RECONNAISSANCE

Ils dépassèrent les grilles, et les trois occupants de la voiture scrutèrent les alentours de tous leurs yeux, essayant de voir où menait cette route défoncée. Malheureusement elle tournait dans la forêt et ils ne virent rien du tout.

D'un geste du menton, le passager assis près du conducteur indiqua le pavillon ancien en retrait des énormes grilles de fer, sur le côté. La voiture ne ralentit pas.

Ils examinèrent les hauts murs de brique dégradée en prenant de la vitesse, jusqu'à ce que le bâtiment ait disparu à la vue. Puis ce furent les frondaisons des arbres denses dominant le sous-bois. Ils s'enfoncèrent dans la forêt un long moment avant de trouver un chemin étroit qui montait vers la gauche. Le conducteur s'y engagea tandis que ses passagers continuaient d'inspecter les haies qui bordaient le côté gauche de l'allée. De temps en temps, ils avaient de brefs aperçus à travers bois sur des pentes descendantes, et un lac. L'homme assis à l'arrière dit au chauffeur de s'arrêter.

Malgré les arbres qui restreignaient la vue, ils apercevaient ce qui semblait être un édifice de pierre rouge sur la rive la plus éloignée du lac, niché au creux de collines en pente douce. Mais il ne fallait pas s'attarder. Le passager de l'arrière ordonna au conducteur de continuer.

Le chemin rejoignait une route plus large. La voiture tourna encore à gauche en gardant une vitesse moyenne, ni trop lente, ni trop rapide. La route était accidentée, mais l'attention des occupants se laissait peu distraire des bois profonds qui les entouraient. Dans son rétroviseur, le chauffeur vit un véhicule qui s'approchait derrière eux. Une Granada. Il avertit ses compagnons. Elle ralentissait, et les suivit à une cinquantaine de mètres, sans les pousser à accélérer.

Le conducteur avait l'œil aux aguets. Il attendait que se présente une route sur la droite. Ils en rencontrèrent une, qu'il ne prit pas. Une autre apparut bientôt, sur la droite encore, et cette fois il s'y engagea.

Dans son rétroviseur il vit la Granada continuer tout droit, et ses deux occupants scruter à leur recherche la route qu'ils venaient de quitter. Elle disparut tout de suite à leur vue, ce qui n'empêcha pas le conducteur de la première voiture de continuer de plus en plus vite.

Ce n'est qu'après deux kilomètres environ qu'il s'arrêta sur le bas-côté, et se tourna vers ses compagnons.

Le passager assis à l'arrière fit un signe de tête approbateur. D'après ce qu'ils avaient vu, le balafré qu'ils avaient fini par faire craquer avait été tout à fait correct : la propriété était vraiment étendue, très étendue même.

XXX

CHÂTIMENT DANS LES TÉNÈBRES

Quinn-Reece était seul dans son bureau au huitième étage de la Société Magma.

Un sourire de satisfaction des plus imperceptibles faisait frémir ses lèvres. Il rédigeait le dernier paragraphe d'un rapport sur l'emplacement du cuivre en Papouasie-Nouvelle-Guinée qu'avait demandé Felix Kline avant de quitter le siège. Ce rapport permettrait au président de convoquer une réunion de planification à long terme après avoir informé lundi matin le conseil d'administration.

Espéraient-ils vraiment redresser la situation ? Le droit de fouiller le secteur avait déjà été donné aux Minerais Réunis ; en admettant même que Magma achète les pouvoirs officiels impliqués plus cher que son concurrent, l'accord ne serait pas remis en cause.

Il réunit les pages éparpillées sur son bureau. Sa secrétaire n'aurait plus qu'à taper l'ensemble à la première heure demain matin. Quinn-Reece, qui s'avouait rarement content, se laissa aller à sourire vraiment. Il était enchanté de sa formulation, qui mettait l'accent, en toute modestie, bien entendu, sur les efforts considérables qu'il avait déployés pour obtenir ce droit avant que quiconque ait eu vent de la découverte : il avait essayé sans relâche de joindre leur agent en Nouvelle-Zélande par téléphone et par télex, il avait même fait envoyer un coursier spécial à son hôtel. Par malchance, il s'était révélé impossible de retrouver l'agent en question (c'est du moins ce qu'indiquait le rapport de Quinn-Reece) et dans l'intervalle, le principal concurrent de Magma avait entendu parler de la « découverte ».

Quinn-Reece se laissa aller à un petit rire.

Allons, il était temps de rentrer, décida-t-il. Assez travaillé comme cela. Évidemment, le rapport pouvait être encore plus détaillé, mais pourquoi faudrait-il qu'il y passe son dimanche ? L'après-midi était déjà bien avancé, le ciel pluvieux déjà sombre. Avant de partir, il allait pourtant s'accorder un gin-tonic bien dosé histoire de célébrer la réussite de cette nouvelle supercherie.

Il se leva de son bureau pour aller ouvrir une petite armoire qui contenait sa réserve d'alcool personnelle destinée à ses rendez-vous d'affaires, ou plus généralement aux « petits verres » qu'il prenait fréquemment dans la journée. Le seau à glace était vide, mais quelle importance ? Il se versa une bonne mesure de gin, ajouta une quantité égale de soda. Le bruit qu'il entendit derrière sa porte arrêta le geste esquissé de porter le verre à ses lèvres.

Allons, c'étaient des agents de sécurité en tournée, qui vérifiaient systématiquement les bureaux. A ta bonne santé ! se souhaita-t-il mentalement avant d'avaler une grande gorgée. La chaleur de l'alcool le rendit encore plus guilleret. Encore quelques mois de servilité envers ce nabot rachitique, ce mufle insupportable, et il rentrerait au chaud chez lui, au sein d'une entreprise qui apprécierait son sens aigu des affaires et resterait extrêmement reconnaissante des services rendus par le passé. Il avait bien fait de prendre le risque. D'ailleurs qu'aurait pu décider la Société, en admettant qu'elle ait découvert qu'il était à l'origine des fuites ? L'assigner en justice ? Non, car il en savait beaucoup trop. Les actionnaires seraient trop mécontents d'apprendre la vérité sur la position de Kline chez Magma, et la presse financière s'en donnerait à cœur joie. Même les Minerais ignoraient l'existence du médium — ils supposaient simplement que les agents de Magma sur le terrain étaient plus astucieux que les leurs. Au pire, Magma pouvait le renvoyer. Et le payer pour qu'il garde le silence, naturellement. Au lieu de quoi ils mettaient cette fille à la porte !

Quinn-Reece se reprit à sourire. Et tourna brusquement la tête. Quelqu'un serait-il resté là dehors ? Il était sûr d'avoir entendu bouger dans le bureau voisin. Laissant son verre sur le coin de sa table, le vice-président alla jusqu'à la porte entrouverte.

Il l'ouvrit toute grande, regarda dans la pièce. « Il y a quelqu'un ? » appela-t-il, se sentant un peu ridicule.

Il n'obtint aucune réponse.

Il fit un pas en avant et reçut une bouffée d'épices. Presque instantanément, quelque chose de doux lui recouvrit la tête, le plongeant dans l'obscurité.

On le poussa dans le dos. Il chancela, perdit l'équilibre et s'étala tête la première sur un sol dur.

Quinn-Reece resta prostré quelques instants, la tête toujours couverte. Il retrouvait ses esprits peu à peu, mais dans son affolement, il n'osait pas bouger. Il entendit le déclic d'une porte qui se fermait. Il tremblait de tous ses membres.

Le bref trajet qu'il venait de faire en trébuchant avait été, de loin, l'une des pires expériences de sa vie. Pressé brutalement vers un destin inconnu, il avait compris ce que devaient éprouver les condamnés d'autrefois qu'on extrayait cagoulés de leur cellule pour les emmener précipitamment vers la potence, ce qui ne leur laissait qu'un temps très bref, mais combien précieux, pour envisager l'éternité qui les attendait au bout du corridor (en fait, si vite qu'on vous emmène, si rudement qu'on vous traite, on a *toujours* le temps d'envisager cette perspective, parce que dans le tumulte de ses pensées une partie de l'esprit reste calme et entièrement détachée, engourdie mais affreusement consciente...). Puis les deux hommes l'avaient plaqué au sol — aucun mot n'avait été prononcé, personne n'avait répondu à ses réclamations ni à ses supplications, mais il avait la certitude qu'ils étaient deux — et il avait senti qu'on s'élevait. L'ascenseur. Ils avaient dû le jeter dans l'ascenseur. Mais pourquoi? Où l'emmenaient-ils? Alors c'était vrai, il ne rêvait pas? Et si ces gens en voulaient à Felix Kline? S'ils s'étaient trompés en le prenant pour le médium? Oui, c'était sûrement l'explication! Mais dans ce cas il avait intérêt à relever la tête, à se montrer, à les convaincre de leur erreur? Il n'avait aucune allégeance à Kline; au contraire, il leur dirait tout ce qu'ils voulaient savoir. Pourquoi le maltraiter? Ce n'était pas lui qu'ils cherchaient!

Quinn-Reece leva peureusement la tête et vit le sol blanc sous le bord de l'étoffe. Il souleva le linge non sans hésitation, s'attendant à tout moment à recevoir un coup sur la main. Il voyait maintenant la pièce où il se trouvait. Il tira lentement sur le tissu moelleux (c'était une grande serviette, qui venait probablement de l'une des salles de bains de la direction) et regarda autour de lui.

La pièce blanche. Il se trouvait dans la pièce blanche de Kline. Et il y était seul.

Il se releva sur les genoux, paupières mi-closes pour éviter d'être ébloui. Que se passait-il donc, à quoi jouaient-ils ? Est-ce qu'on voulait seulement l'écarter de la scène un moment ? L'idée lui procura un certain soulagement. Il s'enhardit jusqu'à se remettre debout.

Quinn-Reece alla à la double porte et colla son oreille contre le battant laqué. Aucun bruit à l'extérieur. Il essaya d'actionner une poignée. En vain.

Il recula, étudia la porte un instant. Ses yeux s'habituaient à la blancheur agressive. Puis il se dirigea vers la porte plus petite qui s'ouvrait dans le mur opposé. Ses pas résonnaient dans la pièce vide. Il avait atteint l'estrade centrale quand la lumière si blanche qui baignait la pièce s'éteignit brusquement pour céder la place à l'obscurité la plus totale.

Quinn-Reece poussa un cri. La soudaineté du changement avait la violence d'un coup.

Il ne voyait plus rien, absolument rien, pas le plus petit point sur lequel ses yeux pourraient se fixer. Sous ses pieds, le sol même semblait n'avoir plus de substance. Il agita devant lui ses mains qu'il ne voyait pas, comme pour attraper la lumière.

« Que faites-vous ? » lança-t-il en guise de prière à l'obscurité.

Naturellement il ne reçut aucune réponse.

Dans son extrême désarroi Quinn-Reece dut faire un véritable effort pour avancer un pied. Il n'arrivait pas à se défaire de la pensée qu'il enjambait le bord d'un abîme. Il bougea l'autre pied, en gardant les bras tendus devant lui comme un aveugle (qu'il était, de fait), même s'il savait qu'il n'y avait pas d'obstacles sur son chemin.

Il fit un autre pas, la respiration difficile, puis encore un autre.

Il ne voyait pas ses doigts, mais il les sentait remuer comme les antennes d'un insecte.

Il avança encore d'un pas, et ses doigts rencontrèrent une chair.

Il s'y attendait si peu que dans l'état de tension extrême où il se trouvait, Quinn-Reece poussa un cri suraigu, comme une femme. Il eut un mouvement de recul, et sa jambe heurta l'estrade avec force. Il y demeura affalé, tout tremblant.

Le bout des doigts qui avaient touché quelque chose — il fallait plutôt dire *quelqu'un* ? — sur leur passage le picotait, pourquoi ? Il les approcha de son visage, par habitude. Quelque chose s'y accrochait.

Il se frotta la main, cela s'en alla. C'était mince comme un mouchoir en papier.

« Qui est là ? » parvint-il à articuler, et le son de sa propre voix le mit encore plus mal à l'aise.

Le silence était plus angoissant que n'importe quelle réponse.

Une haleine chaude effleura sa joue. Il tourna sur lui-même et se recroquevilla précipitamment à l'autre bout de la plate-forme, loin de la personne qui s'était penchée sur lui.

Mais un soupir exhalé à son oreille le renvoya aussi vite d'où il venait.

Les hommes qui l'avaient traîné dans cette pièce avaient dû revenir furtivement après l'extinction des lumières ! Mais il aurait entendu une porte s'ouvrir et se fermer, il aurait vu un rai de lumière surgir ! Comment auraient-ils pu entrer ? Il se rappela les effluves d'épices qu'il avait sentis juste avant qu'on l'encapuchonne. Il connaissait cette odeur. Mais d'où, et en quelles circonstances ?

Un petit rire étouffé s'éleva près de lui. Et une main lui caressa la joue.

Quinn-Reece tressaillit violemment et se rétracta aussi vite. Le toucher rugueux évoquait celui d'une peau que l'âge avait rendue râpeuse. Il avait l'impression qu'elle avait laissé une marque sur sa joue. Il voulut l'effacer et découvrit un lambeau impalpable pendu à son visage. Il le balaya d'une tape, révulsé de dégoût.

Puisqu'il était privé de vue, il essaya de percevoir cette présence par l'ouïe, en tournant la tête en tous sens. A présent son corps tout entier était secoué d'un tremblement qu'il ne pouvait maîtriser. Ses narines flairèrent une odeur particulière qui n'avait rien d'épicé, celle-ci. Vaguement déplaisante, avec des relents humides de moisissures. Une odeur de décrépitude.

Un flot de lumière l'assaillit soudain.

Il se couvrit la figure des deux mains avec un geste de

recul, avant de risquer un regard entre ses doigts. En haut d'un mur brillait un rectangle de couleurs vives. L'un des écrans s'était allumé. Il vit une carte en relief, celle d'une île de forme irrégulière, qu'il reconnut sans peine. La Nouvelle-Guinée. Puis les couleurs se brouillèrent ; elles se mélangèrent avant de virer au blanc, et tout redevint noir.

Une autre carte s'éclaira. Il s'obligea à regarder. Serait-ce... ? Oui, c'était le Brésil. On y avait découvert récemment un gisement aurifère de qualité inférieure. Mais ce n'était pas Magma qui avait fait cette découverte, c'étaient les Minerais Réunis.

Tandis que les couleurs se mélangeaient, Quinn-Reece jeta un regard autour de lui. S'il y avait quelqu'un, il le verrait à la lumière de l'écran. Il était seul dans la pièce.

De nouveau l'obscurité, puis un autre écran s'anima. Il aurait pu deviner cette fois quel endroit du monde il représentait sans avoir à le consulter. La Namibie. On venait de trouver de l'uranium là-bas. Encore une trouvaille qui ne revenait pas à Magma. Quinn-Reece commençait à entrevoir la cause de ce qui lui arrivait.

« Felix ? » risqua-t-il.

Obscurité totale, et toujours pas de réponse.

« Felix, vous commettez une erreur. La fille, vous l'avez dit vous-même... » Les mots moururent sur ses lèvres. Felix n'était pas dans la pièce. Pourquoi parlait-il comme s'il était présent ?

Quinn-Reece commença à glisser les jambes hors de l'estrade. Il cessa en entendant un rire léger.

Cette fois ce furent tous les écrans qui s'éclairèrent ensemble. Les couleurs s'échappèrent du cadre de leur carte pour valser d'une image à l'autre, les bleus, les verts, les bruns formèrent des traînées qui se mirent en mouvement autour de la pièce en un courant de plus en plus rapide, un kaléidoscope éblouissant qui l'hypnotisait ; puis tout se mélangea en s'accélérant encore, et toutes ces couleurs fondues pâlirent jusqu'au blanc, jusqu'à l'absence de couleur. Une large bande blanche cerna enfin la pièce.

Et voici que cette bande blanche commença à livrer passage à... des objets rampants, noirs et luisants, semblables à des cafards géants — et pourvus de pattes, trois de chaque côté de leur carapace lustrée, des pattes pareilles à des bras humains, mais qui seraient noirs et écailleux.

Ils perçaient la bande blanche et sortaient en se tortillant, puis tombaient sur le sol, dans les coins d'ombre où n'étaient plus visibles que de faibles reflets sur leur dos arrondi. Et de toute la vitesse de leurs pattes, ils convergeaient vers lui.

Quinn-Reece se traîna au centre de la plate-forme où il se blottit en remontant les jambes. Il ne pouvait pas le croire, c'était un cauchemar, il allait se réveiller! Pourquoi ne s'éveillait-il pas?

La bande blanche toute craquelée s'évanouit.

L'obscurité retomba, totale, effroyable.

S'il ne voyait rien, il entendait très bien le tapotement des pattes qui s'approchaient.

« *Felix, grâce!* » implora-t-il. Il avait compris que c'était Felix qui le punissait de sa trahison. Il ne s'expliquait pas cette scène incroyable, mais ce n'était pas un cauchemar, la douleur aiguë de sa lèvre qu'il mordait convulsivement le lui disait assez. « *Grâce, grâce!* » hurla-t-il.

Le même petit rire derrière lui.

Et tout proche, le cliquetis de la première créature qui escaladait le bord de l'estrade.

Quelque temps plus tard, les portes s'ouvrirent. Khayed et Daoud se glissèrent dans la pièce blanche. Ils allèrent droit au cadavre gisant intact en travers de l'estrade, le soulevèrent et l'emportèrent. Les portes se refermèrent derrière eux, et tout redevint noir.

KHAYED ET DAOUD

ÉTABLISSEMENT DE DEUX DÉPLACÉS

Ils n'étaient pas jordaniens d'origine. Asil Khayed et Youssef Daoud étaient en réalité des personnes déplacées, dont les familles avaient fui la Palestine en mai 1948, à la proclamation de l'État indépendant d'Israël. Leurs parents appartenaient au même clan et venaient du même village, proche de Jérusalem. Pour des raisons politiques, on avait convaincu ces gens que les forces sionistes allaient détruire leurs maisons et leurs maigres récoltes, massacrer leurs enfants et leur bétail, violer leurs femmes, torturer et assassiner les hommes. La fuite vers le Jourdain était leur seul espoir.

Ils étaient arrivés au camp de réfugiés de Ein es Sultan, l'un des nombreux sites de ce genre installés autour de Jéricho, sur la rive ouest du fleuve. Les deux garçons étaient nés à quelques semaines de distance, et avaient grandi dans la misère d'un immense village de toile abritant des dizaines de milliers d'immigrés accablés. Il n'y avait là ni cuisines, ni toilettes, ni équipements médicaux ; la plupart des jours se passait à attendre l'arrivée des camions transportant de l'eau et des convois de ravitaillement en provenance de Damas et d'Amman. Les tentes de fine toile fournies par la Croix-Rouge internationale, à la différence de celles des Bédouins faites de peaux brutes et de fourrures, étaient pratiquement inefficaces contre les pluies et les tempêtes de sable. En guise de lits, ils n'avaient que des nattes légères. La présence de nombreux égouts à ciel ouvert et de dépôts d'ordures en décomposition attirait mouches et moustiques par millions. Une dysenterie sévère régnait. Le choléra, la typhoïde et autres maladies causaient des morts par milliers. Les pluies violentes suivies des chaleurs intolérables qu'apportaient les vents du désert affaiblissaient tout le camp.

Le muktar de l'ancien village, autour de qui les clans s'étaient rassemblés, n'était plus d'aucun réconfort : la fuite ignominieuse de son peuple et le désespoir qu'il voyait autour de lui l'avaient brisé. Haïssez de toute votre âme, ne savait-il que dire, exécrez les chiens sionistes qui vous ont réduits à l'état où vous êtes. Cultivez la haine, et que la vengeance contre les Juifs soit le but de votre vie.

La typhoïde emporta le père de Youssef ainsi que ses deux frères aînés et sa sœur. Que la mère et le bébé aient survécu n'était pas un miracle, car la mort frappait au hasard. La veuve et son enfant se placèrent sous la protection du père d'Asil ; là-bas, on n'avait guère d'énergie pour la jalousie entre femmes. Et le Coran, si sévère pour l'adultère et la fornication, prêchait aussi le grand bonheur de prendre soin des infirmes et des simples d'esprit, des aveugles et des veuves. Les deux garçons grandirent ensemble, et devinrent plus proches que des frères de sang.

Des masures en briques de boue avaient peu à peu remplacé les tentes, des villages rudimentaires s'étaient constitués le long du Jourdain. Mais le *kaif*, passivité qu'on peut assimiler à une forme d'oisiveté, était la règle. Très peu d'affaires se montaient, et aucune industrie. Il n'y avait pas d'écoles pour les jeunes exilés, pas de structure de jeu ou d'activités. Les Palestiniens démoralisés se contentaient de ressasser leur haine pour les Juifs et les puissances étrangères qui les avaient trahis, et comptaient sur la charité des autres. La Confrérie musulmane mettait toute son ardeur à exploiter la persécution : elle attisait sans relâche les flammes de la vengeance contre les infâmes « envahisseurs » tout en exaltant les vertus du martyre pour la grande cause arabe du retour au pays.

Asil et Youssef étaient les enfants d'un ghetto misérable, vivant de ce qu'on leur donnait avec parcimonie, abreuvés d'une amertume qu'on ne leur comptait pas. Quand le père d'Asil fut tué dans une émeute contre la légion arabe du roi jordanien Abdallah qu'il avait insultée — comme certains autres chefs d'États arabes, le roi voyait des avantages politiques à garder aux Palestiniens le statut de nation en exil plutôt qu'à les accueillir et les intégrer en véritables frères (accepter l'État d'Israël aurait menacé son pouvoir personnel au Moyen-Orient) —, les deux garçons assumèrent la responsabilité de leur famille. Entre-temps les Nations unies avaient pris en charge le bien-être des réfugiés, et la situation avait enfin commencé à s'améliorer dans les humbles villages des camps. A Ein es Sultan s'étaient installés des mosquées, un abattoir rituel, des boutiques, entrepôts et centres de distribution de ravitaillement. Les garçons eurent la chance de trouver un petit travail : ils vendaient du café qu'ils transportaient sur des plateaux chargés de tasses et de bonbons collants de la boutique au kiosque, et souvent jusqu'aux files de poids lourds qui attendaient de passer la douane au pont Allenby.

Pour le plaisir ils traînaient dans les cafés où ils écoutaient leurs aînés évoquer la vie passée au village, la place où s'exhalaient toujours tant d'odeurs, senteurs piquantes des épices, arômes de l'encens et de la cardamone dans le café, et aussi relents de chameau, d'âne, de mouton et de crotte de chèvre. Ils racontaient d'immenses festins, soupiraient au souvenir des mets exotiques qu'on y servait. Les garçons en salivaient de convoitise.

Les aînés leur décrivaient les maisons qu'ils habitaient, aux murs solides de boue et de crottin, et au toit plat pour recueillir l'eau de la saison des pluies; on les passait au lait de chaux d'un blanc si éclatant qui renvoyait les rayons du soleil, et on soulignait portes et fenêtres d'une autre couleur. Ils parlaient des commerçants du village, le potier, le menuisier, le cordonnier qui faisait les sandales, le vannier, le tisserand. Le souvenir de ce qu'ils avaient perdu leur mettait les larmes aux yeux; ils pleuraient cette vie qui se concentrait sur la place du village avec son puits et ses fours, et le café-épicerie où ils pouvaient écouter la radio toute la journée en regardant passer ceux qui s'activaient, les chameliers, les rémouleurs, les camelots aux pleines charrettes tirées par des ânes — les femmes voilées vaquant à leurs tâches quotidiennes.

A la fin, quand la nostalgie douce-amère les tenaillait, ils se vantaient de leurs exploits au combat, de leur bravoure, de leur ruse. Ils réfutaient complètement la défaite des Arabes contre les Juifs : c'était un malentendu, ils avaient été joués par les agents du diable, les *djinn*, ou esprits du mal, qui avaient pris forme humaine. Les Juifs n'étaient pas des ennemis dignes de ce nom, ils avaient conclu une alliance avec des forces impies. Mohammed lui-même ne déclare-t-il pas que les Juifs se sont égarés loin des préceptes d'Allah, et qu'ils brûleront pour leur châtiment ?

Asil et Youssef écoutaient, et s'imprégnaient de ces paroles. Ils pleuraient leur patrie perdue et cette vie qu'ils n'avaient jamais connue mais qui leur manquait tant. Ils se consumaient de haine pour ceux qui se nommaient d'autorité les Israéliens.

En grandissant, les garçons devinrent très ingénieux quant aux moyens de survivre. La scolarité, même sous l'égide des Nations unies, n'était rien d'autre qu'un terrain d'entraînement révolutionnaire ; les professeurs arabes répartissaient leurs élèves en cellules dont chacune recevait un nom agressif, et l'enseignement consistait surtout à les inciter quotidiennement à la haine contre le soi-disant État d'Israël et ses perfides alliés. L'éducation physique incluait le maniement des armes, le combat au couteau, le pistage et le parcours du combattant.

Le marché noir s'imposa comme l'occupation la plus rentable, suivi par le vol et l'intimidation. Asil et Youssef se firent coursiers pour des trafiquants de haschich, puis guetteurs lors de raids dans des entrepôts alimentaires.

Entre les deux garçons, les fanfaronnades grossières sur les délices qu'ils étaient supposés goûter auprès du sexe féminin cessèrent quand ils prirent conscience de leur réalité physique. Ils s'aperçurent que leur véritable désir était celui qu'ils éprouvaient l'un pour l'autre et s'adonnèrent à quelques expériences qui trouvèrent leur apogée dans la plénitude de la consommation. Pour Asil et Youssef, aucune forme d'amour physique n'aurait pu surpasser le plaisir qu'ils se donnaient l'un à l'autre. Dans le monde arabe, s'il était admis que les hommes se tiennent la main et s'embrassent en public, l'homosexualité était généralement désapprouvée ; Asil et Youssef gardèrent secret l'aspect intime de leur relation, que sa clandestinité rendit encore plus délicieuse.

Comme d'autres jeunes Palestiniens, ils reçurent des pressions pour rejoindre les rangs des fedayin quand ils furent en âge de le faire. Les fedayin utilisaient l'indiscipline et la violence de leurs recrues pour mener contre l'oppresseur le *jihad*, la guerre sainte. Les Jordaniens encourageaient les raids de guérilla sur le territoire juif, où se perpétraient au nom d'Allah le meurtre et la mutilation ; et plus ils perdaient de jeunes au cours de ces expéditions, plus la cause arabe avait de martyrs à brandir à la face du monde. Les jeunes recrues faisaient la preuve de leur virilité, par exemple, en arrachant avec les dents la tête de poulets ou de serpents vivants, ou en étranglant des chiots et des chats.

Même si leurs supérieurs ne les jugeaient jamais exceptionnelles, les prouesses d'Asil et de Youssef sur le terrain, leur habileté au combat étaient impressionnantes. Ils manifestaient une cruauté qui en imposait favorablement à leurs aînés.

Leurs missions en territoire ennemi se firent plus fréquentes — et plus périlleuses. Ce fut au cours d'une expédition de ce genre que se révéla à leurs yeux l'ampleur de cette cruauté — et sa nature véritable.

Ils avaient franchi discrètement la frontière en évitant les patrouilles israéliennes, pour les besoins d'un projet qui était plus un exercice qu'un assaut caractérisé (car les fedayin envisageaient de leur confier un travail important dans le mouvement révolutionnaire), et visait un kibboutz à quelques kilomètres de Bira. Comme en d'innombrables villages de cet État relativement récent, les marécages qui détrempaient cette terre avaient été astucieusement drainés, et leur mise en culture avait fait de cette lande stérile un sol fertile couvert de vergers, de vignes et de champs de céréales. Les terres n'étaient défendues que par des haies d'épineux, cactus et jujubes, mais les habitations s'abritaient derrière de hautes palissades. Asil et Youssef avaient l'intention de faire sauter l'un des châteaux d'eau du kibboutz situé en dehors de l'enceinte, au moyen d'explosifs obligeamment fournis par leurs hôtes jordaniens. A la faveur de l'obscurité, ils pratiquèrent un trou dans la haie censée défendre les champs, et tombèrent sur un jeune couple israélien, un garçon et une fille, qui avaient trouvé un coin écarté pour pouvoir faire l'amour sans être dérangés.

Le couple couché sous un eucalyptus faisait entendre des murmures qui avaient attiré l'attention des deux Arabes. Les yeux écarquillés dans la nuit constellée d'étoiles, Asil et Youssef échangèrent un regard ébahi avant de s'approcher à plat ventre de l'endroit d'où montaient soupirs et gémissements. Ce que le garçon faisait à la fille les fit frémir d'excitation : c'était la première fois de leur vie qu'ils voyaient un tel dévergondage, et la chair secrète d'une femme ainsi offerte. Dans la frénésie de l'amour, le jeune couple n'entendit pas les intrus.

Asil se débarrassa rapidement de la fille qui, une fois satisfaite la curiosité qu'il avait de ses parties intimes, présentait peu d'intérêt pour lui. Il lui trancha la gorge tandis que Youssef assommait le garçon avec une grosse pierre ramassée par terre. Ensemble ils firent passer le jeune homme inconscient par l'ouverture qu'ils avaient faite précédemment dans la haie, et quand ils furent à bonne distance, ils déchirèrent ses vêtements en lanières avec lesquelles ils le ligotèrent et le bâillonnèrent. Puis ils prirent leur plaisir avec son corps.

Mais ils se livrèrent sur sa personne à des pratiques qu'ils n'avaient jamais expérimentées l'un avec l'autre.

La seule ombre à leur jouissance sadique fut la fin abrupte du jeune Israélien. Mais ils en retinrent la leçon, et apprirent au cours des années à maîtriser leurs extrêmes de façon à ce que le plaisir exquis dure des heures, sinon des jours. Le cadavre qu'ils abandonnèrent n'avait pratiquement plus figure humaine. Le coup de grâce fut de couper les parties génitales de la victime pour les rapporter dans un sac en peau de chèvre à leurs maîtres fedayin (qui, bien qu'irrités que leurs ordres concernant la destruction du château d'eau n'aient pas été exécutés, saisirent toute la signification de la castration d'un Juif).

Asil et Youssef avaient fait la preuve de leur habileté à passer des lignes ennemies bien gardées sans être repérés, et montré qu'ils étaient de valeureux soldats du *jihad*. On les envoya sans tarder dans un camp d'entraînement terroriste situé au Liban, dans la vallée de la Bekaa. Hébergés dans un cabanon en ciment, ils y apprirent le maniement des armes russes, lance-roquettes et mortiers, la technique de fabrication des bombes et leur mise à feu à l'aide de détonateurs à altimètre et mouvement d'horlogerie, les modes d'assassinat; et aussi les façons de forcer sans bruit des bâtiments fermés, de traquer une proie à travers les rues, d'échapper à une poursuite. Chaque matin ils couraient dix kilomètres, puis avaient quatre heures d'entraînement physique. A quoi s'ajoutaient les heures d'endoctrinement quotidiennes.

On leur enseigna que leur destin (et pas simplement leur devoir) était de tuer non seulement les sionistes et leurs proches alliés, mais aussi les membres de toute nation qui se montrerait bienveillante envers le non-État d'Israël. Au bout d'un an ou deux, le tandem respecté que formaient Asil et Youssef commença à voyager à l'étranger pour y mener efficacement des actions d'assassinat. Tous deux avaient pourtant une faiblesse qu'ils s'évertuaient à cacher à leurs associés (pas aussi ingénieusement qu'ils le croyaient toutefois; heureusement leurs maîtres se laissaient aller à certaines indulgences tant que les opérations n'étaient pas compromises). Ils n'avaient jamais oublié les transports extatiques que leur avait procuré leur premier meurtre sadique, celui du jeune Israélien. Ils cherchaient à revivre et à affiner ce moment d'intense émotion maintes et maintes fois, dans chaque capitale étrangère qu'ils visitaient. Des centaines de personnes disparaissaient chaque année dans les villes du monde entier, et la plupart ne réapparaissaient pas. Pas vivantes, en tout cas. Il était relativement facile à Asil et Youssef d'entraîner des hommes ou des garçons, parfois même des filles (pour les deux terroristes, c'était là la perversion d'une perversion) puis de les attirer dans un endroit tranquille où ils pouvaient abuser de leur proie, la torturer et finalement l'exécuter. Les crimes sexuels, quand il n'existe aucun autre mobile ni rapport déjà établi entre la victime et le meurtrier, sont peut-être les plus difficiles à élucider.

La bombe s'était déclenchée trop tôt.

Asil et Youssef avaient abandonné le paquet et son contenu qui tictaquait sans bruit sous un banc de la gare du Nord, avant de s'éloigner d'un pas nonchalant dans le flot bruyant et rébarbatif des voyageurs, vers les arcades de la sortie. Derrière eux l'explosion avait figé tout le monde dans un bref silence sinistre, à moins que le bruit de la déflagration n'ait rendu les oreilles sourdes aux hurlements. Et ce fut le tohu-bohu des banlieusards et des touristes qui se réfugiaient contre les murs, se précipitaient vers la sortie — étrangement, certains couraient vers l'endroit de l'explosion — ou s'agrippaient les uns aux autres en attendant le pire.

Les deux terroristes savaient que ni leurs vêtements européens ni le fait de se trouver dans une foule cosmopolite ne les aideraient s'ils cédaient à la panique et quittaient précipitamment l'endroit, quand bien même tout le monde en faisait précisément autant. Car pour l'heure les Parisiens regardaient avec suspicion tout individu de type arabe ou algérien : les autorités françaises avaient arrêté un activiste connu de l'OLP quelques semaines auparavant pour conspiration, et Al-Fatah leur avait lancé un ultimatum. Si leur « otage » n'était pas relâché et laissé libre de quitter le pays, la France devrait se considérer en danger. A cette époque, les autorités françaises avaient la réputation de prendre à la légère ce genre de pression ; la bombe implantée à la gare du Nord était destinée à leur montrer que les terroristes ne plaisantaient pas.

Asil et Youssef s'obligèrent à quitter les quais en marchant calmement. Malheureusement ce fut ce calme apparent qui attira l'attention d'un gendarme intelligent qui se frayait un chemin dans la gare. Depuis l'arrestation du terroriste la police, y compris les compagnies de CRS et de CSP, était en état d'alerte maximale, et ce gendarme-là avait bien retenu les instructions préliminaires qui précisaient sur quels points porter sa vigilance avant et après un tel attentat. Il courut après les deux Arabes trop élégamment vêtus et les arrêta d'un « *Alors, messieurs !* » retentissant.

L'explosion mal calculée avait considérablement secoué Asil et Youssef : quelques fractions de seconde plus tôt, et c'étaient leurs propres corps qui gisaient sur le sol de la gare. Et voilà maintenant que la police les appréhendait ! Sans même attendre qu'on le questionne, Asil tira son couteau de l'étui caché dans sa veste et fit un pas vers l'homme en uniforme. Il s'était fait une spécialité de la lame comme Youssef du garrot, et savait que la ceinture du policier et sa tunique boutonnée l'empêcheraient peut-être de la lui planter proprement dans le ventre. Le cœur n'était pas facile à atteindre non plus, parce que le policier tenait son bras gauche en travers de la poitrine, bloquant toute possibilité, consciemment ou non. Asil opta pour le troisième choix, tout en sachant qu'il faudrait environ une minute pour que la mort survienne, mais au moins l'homme s'effondrerait tout de suite et perdrait conscience dans les quarante secondes. Le couteau taillada le haut du bras gauche et s'y enfonça profondément pour trancher l'artère brachiale. Le blessé écarquilla les yeux d'un air incrédule, et tomba sur le sol.

Une femme cria, mais dans le tumulte des cris semblables et le vacarme des sirènes, personne n'y prit vraiment garde. Les Arabes s'enfuirent, sans se soucier désormais qu'on les remarque ou non. Ils s'engouffrèrent dans le métro, achetèrent des tickets à la hâte et attendirent anxieusement sur le quai qu'un train arrive, n'importe quel train, prêts à entendre à tout instant des cris jaillir du portillon. Quand une rame se présenta, Youssef accompagna souplement le mouvement et souleva le loquet d'ouverture avant l'arrêt complet du train. Ils s'affalèrent sur une banquette en priant Allah que les portes veuillent bien se fermer et le train s'ébranler avant que des hommes en uniforme bleu ne surgissent. Ils changèrent à la station suivante, Gare de l'Est, puis à Chaussée d'Antin et descendirent à rue Montmartre. Ils ne s'étaient pas éloignés beaucoup, mais assez cependant pour semer d'éventuels poursuivants sans laisser à la police le temps de faire surveiller toutes les sorties de métro — en admettant que ce soit possible vu le grand nombre de stations. Ils émergèrent à l'air libre dans la douceur du couchant et l'écho affaibli des sirènes.

Au milieu des touristes, sans se presser, ils descendirent vers la Seine le boulevard bordé d'arbres. Sous leurs airs nonchalants, leur cœur continuait de battre à grands coups. Ils passèrent à côté de restaurants dans des petites rues, humèrent des fumets de viande rôtie et de sauces relevées, déclinèrent poliment les invites de prostituées tout sourires, et ne s'arrêtèrent que devant la Seine où ils regardèrent passer les bateaux-mouches bourrés de promeneurs.

Ce n'est qu'à ce moment qu'ils se regardèrent d'un air entendu et pouffèrent de rire.

Ils disposaient d'une adresse sûre, un appartement donnant sur une cour intérieure du côté de la rue Mouffetard, sur l'autre rive, mais rien ne les pressait de rentrer; d'ailleurs, ils avaient appris à l'entraînement qu'il était souvent préférable de rester anonyme dans la foule le plus longtemps possible.

Ils flânèrent un moment le long des quais puis les quittèrent pour s'enfoncer dans le quartier des Halles, où les retint le spectacle des artistes des rues, musiciens, danseurs, jongleurs, et même des avaleurs de feu. La peur qui les habitait se mêlait à l'ivresse du sentiment intense d'exister. L'opération avait réussi et en prime, ils avaient tué un gendarme. Leurs vêtements n'étaient pas assez repérables pour qu'on les identifie aisément, même s'il se présentait des témoins du meurtre ; et au plus fort de la saison touristique, quand des étudiants de toutes nationalités se côtoyaient dans cette cité de culture et de charme, il était pratiquement impossible de distinguer des autres deux jeunes Arabes au tempérament meurtrier.

La seule ombre au tableau fut d'apprendre, à une terrasse de café où ils buvaient du vin blanc (exquis au point d'en oublier les rigueurs de la loi musulmane), que l'attentat de la gare du Nord n'avait apparemment pas fait de morts, juste cinq blessés graves, dont un enfant.

Asil et Youssef continuèrent leur promenade qui les mena dans une crêperie où ils se régalèrent des délices décadents de la cuisine européenne. Dans l'euphorie des mets et du vin, ils flirtèrent l'un avec l'autre. Ce qui les entourait, l'agitation, le monde, l'ambiance de fête malgré l'attentat, faisait monter leur excitation ; le meurtre et la mutilation stimulaient leur passion.

Ils finirent par traverser la Seine à l'île de la Cité, et prirent la direction du quartier Mouffetard où ils habitaient. Mais ils s'arrêtèrent dans l'un des cafés de la place de la Contrescarpe pour boire encore un peu de vin. Au bout de deux verres, ils décidèrent que la nuit leur réservait d'autres aventures. L'affluence avait diminué, les touristes avaient presque tous regagné leurs hôtels et pensions, et abandonné la rue aux étudiants et aux clochards. Asil et Youssef se mirent à la recherche d'une autre victime qui contenterait certain besoin en eux.

Les deux premiers prostitués de sexe mâle qu'ils croisèrent leur parurent trop vieux — vingt ans et plus — et trop robustes. Le troisième était un garçon efféminé qui ne semblait pas avoir plus de dix-sept ans. Il les conduisit dans un cul-de-sac obscur où, leur assura-t-il, ils ne seraient pas dérangés. Youssef n'avait pas sur lui son cher garrot, mais sa cravate ferait l'affaire ; ils ne pourraient pas prolonger la torture ici, mais Asil s'amuserait quand même avec sa lame pendant que le garçon deviendrait violet, la langue sortant de la bouche.

Par malchance, le « garçon » n'était pas aussi jeune qu'il le paraissait, ni qu'il le prétendait — et certainement pas efféminé.

La lueur d'un réverbère placé un peu plus loin fit briller le revolver qu'il tira de dessous sa veste. « Police », les informa-t-il en brandissant une carte de sa main libre.

Asil eut un mouvement brusque en avant. La balle érafla son avant-bras alors qu'il plantait le couteau dans le ventre de sa victime, bien dégagé cette fois. Le faux prostitué tomba comme une pierre. Il tira une seconde fois sur le pavé avant que son arme lui échappe des mains.

La douleur de son bras arracha un cri à Asil qui lâcha son couteau resté dans la chair du policier. Dans la gendarmerie assez proche qui était sur le pied de guerre à cause de l'attentat à la bombe, les coups de feu avaient été entendus. Au coup de sifflet qui retentit, Youssef se hâta d'entraîner tant bien que mal son ami au hasard des rues étroites, dans la direction de leur appartement. Un peu plus loin, une voiture fit crisser ses pneus en tournant le coin, tous phares allumés.

Les deux terroristes s'esquivèrent par une ruelle et se mirent à courir comme ils purent, persuadés qu'on les avait repérés. Ils ne se trompaient pas. La voiture de police fit halte à l'entrée de la ruelle, ses portières s'ouvrirent violemment et des hommes en uniforme sautèrent sur le trottoir. « Arrêtez ! » crièrent-ils avant de pointer leurs armes et de faire feu.

Les balles claquèrent autour d'eux sur les murs, l'une d'elles ricocha sur les pavés et vint effleurer le mollet de Youssef. Ils étaient maintenant handicapés l'un et l'autre, même s'ils pouvaient marcher. Youssef boitait en pleurant. Dans sa jambe engourdie par le choc, la douleur n'était pas encore apparue.

Ils débouchèrent dans une rue plus large et virent d'autres uniformes venir vers eux. Quelques piétons s'attardaient, quelques voitures rasaient les trottoirs à allure réduite. Tout le monde s'immobilisa quand les gendarmes se mirent à crier en gesticulant dans la direction des deux Arabes. Asil et Youssef firent demi-tour et coururent aussi vite que le leur permettaient leurs blessures, en se maudissant pour leur sottise. Leurs maîtres seraient furieux qu'ils se soient exposés à pareil risque, eux et l'organisation avec eux ! Ils le savaient, et imploraient tout bas Allah de leur donner des ailes.

En tournant un autre coin, ils trébuchèrent sur trois clochards blottis sur une grille d'aération du métro. Ces déguenillés recherchaient la chaleur souterraine, quelle que soit la saison. Asil plongea tête la première, et resta assommé sur le sol. Les ivrognes protestèrent par une grêle de coups de pieds, et Youssef roula dans le caniveau. Il s'assit aussitôt, vit horrifié le corps inerte de son ami. Et les bruits de course qui se rapprochaient, et la lumière des phares et les sirènes hurlantes ! Il se remit péniblement debout et tira à lui son compagnon étourdi, en le suppliant de courir.

Ils s'engouffrèrent dans une ruelle à l'opposé, un boyau étroit d'où montait l'odeur forte d'une rivière souterraine transformée en égout. Un saxophoniste jouait du blues, sans s'émouvoir du tapage sous ses fenêtres. Des monceaux d'ordures s'empilaient contre les murs, à l'arrière des restaurants. Courir, il fallait courir, mais dans quelle direction ? Ils ne connaissaient pas bien Paris, et ils étaient perdus. Ils ne retrouveraient jamais leur chemin jusqu'à l'appartement cette nuit.

La jambe de Youssef s'était réveillée, il avait l'impression qu'elle était en feu. Asil n'avait pas complètement repris ses esprits, et n'était pleinement conscient que de la douleur qui lui déchirait le bras. Il se laissait guider par son amant.

Une autre rue encore, un peu plus large, mais fort peu animée. De l'autre côté de la rue s'ouvrait une cour. Derrière eux, des bruits de pas précipités, des cris. Affaiblis par leurs blessures, les deux hommes étaient proches de l'épuisement. Ils savaient qu'ils n'iraient pas beaucoup plus loin.

Akhoo sharmoota! Voie sans issue ! Ils étaient pris au piège de cette cour ! Bien-aimé Allah, prends pitié de loyaux soldats du *jihad* !

Ordres qu'on hurle, concert de sifflets, pneus qui crissent, portières qui claquent.

Mais Asil désigna quelque chose. Youssef eut peine à comprendre comment son compagnon à moitié assommé avait pu repérer le minuscule passage entre les immeubles, une fente noire qui pouvait faire croire qu'on avait séparé les deux bâtisses.

Yatamajad al rab! On leur montrait la voie !

Ils traversèrent en titubant la cour où s'allumaient des fenêtres qui les éclairaient d'en haut, comme des projecteurs, et se glissèrent dans l'ouverture obscure, juste assez large pour s'y faufiler en s'aidant l'un l'autre. Une faible lueur semblait s'élever du sol devant eux ; ils se trouvèrent bientôt en haut d'un escalier de pierre très escarpé. Un seul lampadaire éclairait la sortie à quelque distance.

Des voix résonnèrent dans la cour. Pas le temps de s'attarder : ils commencèrent à descendre. Mais une douleur fulgurante brûla le mollet de Youssef; il glissa, voulut s'agripper à son ami et tomba en l'entraînant dans sa chute. Ils plongèrent ensemble puis glissèrent de marche en marche en se cognant partout et s'écorchant la peau et finirent par rouler moins précipitamment au bas de l'escalier.

Et ils restèrent là, enlacés, gémissants, sanglotants, n'ayant plus ni la force ni la volonté de continuer.

La sortie n'était pourtant pas loin, mais elle était trop loin.

Des pas au-dessus d'eux. Les policiers les châtieraient sévèrement pour avoir tué l'un des leurs. Et la pensée qu'ils en avaient déjà tué un le même jour, et qu'ils devraient rendre compte de l'attentat à la gare les accabla plus encore. Avec le même frisson, chacun des deux chercha la main de l'autre et ils attendirent, tremblants de douleur et d'effroi.

Mais quelque chose bougeait à travers l'ouverture sur la rue, là-bas. Un objet noir et luisant, qui se déplaçait lentement, sans à-coups. Une voiture qui allait passer son chemin, sans aucun doute. Le véhicule s'arrêta quand la portière arrière s'encadra dans le passage.

La porte s'ouvrit. Une voix chuchota entre les murs clos de la ruelle : « *Ta al maee wa sa ta eesh lee taktol mara sani ya* — venez avec moi, vous recommencerez à vivre pour tuer. »

La promesse leur donna encore la force de se traîner jusqu'à la limousine noire.

(Ce fut une promesse que Kline ne manqua pas d'honorer, assurément.)

XXXI

RETOUR À NEATH

Kline changea de position sur la banquette. Halloran ne voyait plus son visage.

L'agent secret quittait parfois des yeux la campagne environnante pour observer son client. Kline n'avait guère bougé depuis que la Mercedes avait quitté le siège de Magma, environ une heure auparavant, mais dans son immobilité il ne donnait pas l'impression de dormir, car il n'avait ni la respiration, ni l'abandon du sommeil. Il semblait être entré en une sorte de transe qu'il aurait lui-même provoquée. Oui, c'était vraisemblable, estima Halloran. N'était-ce pas une technique qu'employaient les médiums ?

Comme il l'avait fait maintes fois depuis le début du trajet, Halloran regarda vers la vitre arrière par-dessus son épaule. Deux voitures roulaient derrière eux mais, autant qu'il pouvait le dire, il n'y avait pas lieu de s'inquiéter : ils n'étaient pas suivis. La Granada qu'occupaient ses hommes apparut. Elle restait à bonne distance, prête à entrer en action au moindre problème. Il vérifia encore une fois la route qui s'étendait devant eux avant de se rasseoir au fond de son siège, toujours en alerte, mais avec la relative certitude qu'il n'y avait pas à se tourmenter dans l'immédiat. Monk et les Jordaniens étaient restés chez Magma, sans doute pour rassembler quelques objets de l'appartement dont Kline avait besoin, mais Halloran considérait que ce n'était pas une grande perte : si l'on s'en prenait à la Mercedes, il compterait sur lui-même et sur ses deux agents, sans les maladresses de gardes du corps non entraînés pour gêner sa riposte. Le fait que ses hommes soient maintenant armés contribuait à le mettre en confiance.

Halloran se passa la main sur le visage. Son menton piquait, il était fatigué ; le rêve qu'il avait fait la nuit dernière avait manifestement perturbé le peu de repos qu'il avait pris dans le fauteuil. Il n'aurait pas détesté se doucher, se raser et manger quelque chose. Ensuite, après une dernière inspection de la maison et de ses environs, avec un peu de chance, il irait dormir quelques heures. Il avait au creux de l'estomac une impression de flottement désagréable qui n'avait rien à voir avec la faim, mais lui disait qu'il aurait grand besoin de prendre le maximum de repos s'il voulait assumer les journées à venir. Un instinct auquel il avait appris à se fier au cours des années l'avertissait de l'imminence d'un événement — sentiment inexplicable, même pour lui-même. Il connaissait bien cette tension qui s'installait en lui, affûtait ses sens, aiguisait ses réactions — le préparait à ce qui allait venir. Il s'y mêlait toujours un peu de peur, ce qui était naturel ; mais il s'agissait cette fois d'un pressentiment plus profond, où s'exprimait une crainte alarmante qu'il éprouvait pour la première fois.

Kline émit un son étouffé. Ses épaules se soulevaient et s'abaissaient au rythme d'une respiration régulière. Il dormait à présent.

Cora, assise à côté de Palusinski à l'avant de la voiture, se retourna pour le regarder. Son regard croisa celui de Halloran, et elle eut un sourire timide. Il se passa un instant avant qu'il ne lui rende son sourire.

Elle se remit face à la route. Halloran, qui était assis dans le coin opposé, avait tout loisir d'étudier son profil. Il s'interrogeait. Avait-elle vraiment livré certains secrets de la société ? C'était peu probable, elle était trop liée à Kline et aussi, très certainement, avait trop peur de lui pour le trahir. Pourtant Kline, lui, n'avait pas eu de doutes. Il l'avait dénoncée devant le président et le vice-président de Magma. Il devait avoir une bonne raison de le faire ?

Halloran vérifia encore le paysage. Rien en vue, seulement la Granada derrière eux. Ils arriveraient bientôt à destination.

Que projetait Kline au sujet de Cora ? Lancer son accusation contre elle une fois à Neath, ou lui tendre un piège pour la prendre en flagrant délit de trahison ? La paranoïa de Kline laissait penser qu'il choisirait la première solution, son caractère sournoisement rancunier suggérait la seconde. Halloran décida de prendre les devants en prévenant Cora de ce qui allait se passer. Au diable Kline et la société Magma, au diable le contrat. Il continuerait à protéger la cible, mais cela ne l'empêcherait pas de défendre la jeune fille contre tout acte malveillant. Il soupçonnait depuis un moment que les quatre gardes du corps de Kline n'étaient pas de simples gardiens ; Kline les utilisait certainement pour infliger des châtiments — Monk surtout, vraisemblablement — à l'encontre de qui il leur désignait. Tant pis si cela compliquait inutilement la situation, mais Cora ne souffrirait pas entre leurs mains, il y veillerait attentivement.

Dans un virage, la main de Kline aux doigts recourbés en forme de griffes roula à son côté. Halloran remarqua que la peau blanchissait par endroits, comme si elle était sur le point de peler.

« C'est bon de quitter la ville, fit observer Palusinski à l'avant. L'air est moins pollué ici. Mon père était un *rolnik*, monsieur Halloran, un fermier. Alors j'aime la campagne, vous comprenez. Les villes ne me valent rien.

— De quelle région de Pologne venez-vous ? s'enquit Halloran par politesse.

— Ah ! peu importe, répondit l'homme en tapotant le volant. Je suis ici, c'est tout ce qui compte. C'est lui... » Le Polonais inclina la tête vers le passager qui dormait à l'arrière, « ... qui m'a enlevé à mon cher pays pour m'amener ici, il y a bien des années. »

Halloran avait décelé dans le propos une pointe de dérision méprisante qui le surprit. « Vous pouvez toujours rentrer au pays », suggéra-t-il en scrutant la route qui devenait familière aux abords de la propriété.

« Rentrer ? s'écria Palusinski avec un ricanement amer. Pour trouver quoi ? Les Russes qui saignent la Pologne ? Non non, pas question, je reste ici. Ici tout le monde est gentil, et on mange bien ! » conclut-il avec un gros rire en martelant le volant.

Ils étaient très près de l'entrée de la propriété. Rien à signaler alentour, seule la Granada les suivait à quelque distance. La Mercedes bifurqua vers les grilles et s'arrêta devant. Kline remua sur la banquette mais ne s'éveilla pas.

Halloran sortit de voiture et fit quelques pas sur le bord de la route en attendant la Granada. Quand elle vint s'arrêter près de lui, il se pencha à la vitre que baissait le passager.

« Joignez la patrouille et assurez-vous que tout va bien. On se revoit ici... » Il regarda sa montre : « ... dans trois heures.

— Il y a autre chose ? questionna le conducteur.

— Non, faites une ronde, le grand tour. Ne pénétrez pas dans la propriété.

— Et si on repère quelqu'un ? demanda l'autre agent, manifestement agacé.

— Faites-le-moi savoir par radio, mais n'entrez pas.

— On peut savoir pourquoi ?

— Ça ne vous plairait pas du tout. »

Halloran se redressa et examina la route avant d'aller vers la grille. Il entendit démarrer la Granada comme il empoignait l'un des lourds montants de métal. Il se produisit un fort déclic. Il poussa le battant et la grille s'ébranla lentement dans le grincement de ses charnières rouillées. Halloran accompagna le mouvement sans la lâcher, puis répéta la manœuvre avec l'autre battant. Il se sentait observé depuis le pavillon d'entrée.

Une autre décision s'imposa à lui, celle de rencontrer le gardien de ces lieux, le maître des chiens. Il se promettait de revenir visiter le pavillon un peu plus tard ; cette fois, il trouverait le moyen d'entrer. Avant de quitter Magma, il avait discuté avec Charles Mather de la vulnérabilité du domaine. Le Concepteur s'était engagé à soulever la question avec Gerald Snaith. Un ultimatum serait lancé à Sir Victor Penlock : ou bien il faisait installer des défenses adéquates autour de la maison et du terrain, ou bien le Bouclier se verrait contraint de dénoncer leur contrat. L'énormité des sommes souscrites justifierait un accord avec la Lloyd's. Mather avait été horrifié d'apprendre que des chacals vivaient sur la propriété, et interloqué à l'idée que son agent n'avait pas encore pu voir le gardien du domaine pour envisager avec lui quelques mesures d'urgence. Au total, une affaire complètement biscornue, avait conclu Mather à sa manière caustique. Il était temps d'édicter des règles plus strictes.

Halloran fit signe au chauffeur de la Mercedes de passer, puis referma les grilles. Elles se verrouillèrent avec un bruit sourd, comme scellées pour l'éternité.

Il remonta à l'arrière. Palusinski démarra en lançant joyeusement : « Vous n'aurez pas de chiens au train aujourd'hui.

— Ah bon ? Où se trouve leur niche ?

— Leur niche ? Leur cage, vous voulez dire ? Ha ! Les bêtes circulent librement, selon l'envie du moment.

— Elles ne se montrent pas beaucoup.

— C'est que nous ne sommes pas hostiles.

— Alors comment se fait-il qu'hier... ?

— Vous étiez seul. Et il est possible qu'elles aient senti... »

Halloran se demanda pourquoi le Polonais ne terminait pas sa phrase. « Ils ont tendance à rester à l'abri pendant la journée, expliqua Cora qui se retourna. Ils détestent les hommes et s'en tiennent à l'écart. Mais la nuit ils rôdent.

— A la recherche des intrus, acheva Palusinski.

— Est-ce que vous en avez déjà eu, des intrus ? » demanda Halloran.

Palusinski pouffa de rire. « C'est arrivé à une ou deux reprises, dit Cora, mais à chaque fois ils ont été épouvantés.

— Ils ont eu de la chance de ne pas être mis en pièces, commenta Halloran.

— Oh ! non, les chacals ne les ont pas touchés. Ce qui leur a fait peur, c'est... autre chose.

— Mais quoi ? Je ne comprends pas. »

Palusinski eut un nouvel accès d'hilarité. « Les mauvais esprits qui rôdent dans les bois, *Pan* Halloran. Vous n'avez jamais entendu parler de ces mauvais esprits ? »

La maison apparut. La teinte rougeâtre de ses murs paraissait plus sourde et plus foncée sous le ciel couvert. Cora se détourna comme pour clore la conversation, mais Halloran se pencha et lui saisit l'épaule.

« Qu'est-ce qu'il veut dire, avec ses mauvais esprits ? De quoi parle-t-il ?

— Ce n'est rien, Liam, vraiment rien.

— Mais expliquez-lui donc ! » insista Palusinski sur le ton de la plaisanterie. Il jeta à Halloran le regard rapide de ses yeux petits et torves derrière ses lunettes cerclées de fer.

« Ce ne sont que des images, et rien de plus, répondit vivement Cora. Felix a la capacité de projeter des images mentales. Il peut faire voir à quelqu'un ce qui n'existe pas dans la réalité. »

En effet. Halloran s'en était aperçu quand il avait eu ces étranges visions sur le lac.

« Quand les chiens sont en alerte, Felix le sent, je ne sais pas comment. C'est comme s'il existait un lien télépathique entre les animaux et lui. Il n'a même pas besoin de les entendre pour savoir que quelqu'un s'est introduit dans le domaine. »

Halloran commençait à comprendre pourquoi Kline se sentait tellement en sécurité sur son territoire. L'homme possédait un système d'alarme interne, selon Cora, ainsi qu'une arme défensive de son cru. Avec de tels pouvoirs, quoi d'étonnant à ce que ses subordonnés le redoutent ?

La voiture se rangea devant la maison. Cora se pencha par-dessus son dossier pour réveiller Kline. « Felix », appela-t-elle doucement, puis plus fort, sans obtenir de réponse.

« Felix, nous sommes arrivés », insista-t-elle en lui tapotant le genou. L'intéressé s'agita sans se réveiller, et se pelotonna dans le coin de la voiture. Elle lui secoua la jambe, haussa la voix.

Kline étira ses jambes, marmonna quelque chose et se redressa un peu. « On est à la maison ? fit-il, la voix pâteuse de sommeil.

— Oui, Felix, nous sommes à Neath.

— Ah ! bon, bon. » Il se tourna et s'assit bien droit, la main sur la poignée de la portière.

L'exclamation de Cora arrêta son geste. Elle le contemplait fixement, les yeux écarquillés. Halloran s'était immobilisé.

Stupéfait, le regard de Kline allait de l'une à l'autre de ses mains quand des lambeaux de peau tombèrent de sa face. Une face boursouflée et ravinée à la fois, d'où pendaient plusieurs couches d'un tissu impalpable.

Il fronça les sourcils, ce qui eut pour effet de détacher d'autres lambeaux qui voletèrent jusque sur sa poitrine et ses genoux. Il se mit à trembler.

XXXII

CHANGEMENT DE PEAU

Avant même que la porte s'ouvre tout à fait, Halloran avait empoigné son arme.

Cora se tenait sur le seuil, effarouchée à la vue du revolver. « Pardon, dit-elle. J'aurais dû frapper. »

Il lui fit signe d'entrer, lança ses jambes par-dessus le bord du lit et s'assit en replaçant le revolver sur la table de nuit.

« Comment va Kline ? » demanda-t-il.

Cora ferma la porte et resta appuyée contre le battant, les mains dans le dos. « Il n'a pas quitté sa chambre depuis notre retour.

— Vous avez appelé un docteur ?

— Non, Felix ne veut pas en entendre parler. Il dit qu'il souffre de psoriasis, une maladie de la peau assez rare qui réapparaît à quelques années d'intervalle, et qu'il n'y a pas de quoi s'inquiéter.

— Une maladie de peau ? Il n'avait pourtant pas l'air rassuré tout à l'heure, quand Palusinski l'a aidé à rentrer. Vous l'avez revu depuis ?

— Non.

— Il faudrait vraiment le faire examiner par un médecin.

— Il répète qu'il n'en est pas question. Nous avons ordre de le laisser se reposer et de lui envoyer Khayed et Daoud dès leur retour de Londres. Il paraît qu'ils ont des lotions spéciales parfois très efficaces. » Elle hésita. « Je... je ne voudrais pas vous déranger. Vous devez être très fatigué.

— J'ai pu me doucher et me changer, cela m'a fait du bien. J'ai même réussi à mettre la main sur un sandwich. » Il tendit le bras. « Cora, il faut que je te parle. Viens près de moi, tu veux ? »

Il crut un moment qu'elle allait s'enfuir, mais elle s'avança vers le lit. « Assieds-toi près de moi », dit-il.

Elle obéit, et se blottit aussitôt contre lui, la tête sur son épaule. Il l'entoura de ses bras, étonné mais ravi que sa réserve ait disparu.

« Liam, chuchota-t-elle, j'ai d'étranges pressentiments, une terrible appréhension...

— Je comprends ça, j'ai le même sentiment dans cette maison. »

Elle leva les yeux sur lui. « Toi aussi ?

— C'est peut-être la névrose de Kline qui est contagieuse. Tu te rends compte qu'il est fou, je pense ?

— En un sens je préférerais que ce soit vrai — la folie serait plus facile à gérer. Felix est instable et névrosé, c'est vrai ; mais pas fou, Liam, pas complètement fou.

— Il croit que tu trahis les secrets de la société », annonça-t-il sans ménagements, à dessein : il comptait que l'effet de surprise ferait perdre contenance à Cora, et lui permettrait de juger la réaction de la jeune fille.

« Moi, trahir... ? Tu plaisantes ! » s'écria-t-elle d'un ton incrédule.

Il lui prit la main, incapable de douter plus longtemps de sa loyauté. « Hélas non, je ne plaisante pas. C'était la raison de toute cette agitation matinale chez Magma. L'emplacement de gisements encore non explorés a été communiqué à une compagnie concurrente de la vôtre.

— Cela s'est reproduit ?

— Oui. Et Kline t'a désignée comme coupable.

— Mais pourquoi ? Je n'aurais jamais... »

Halloran haussa les épaules. « Tu es trop proche de lui. »

Elle parut se contracter sur elle-même. « Mais comment a-t-il pu seulement l'imaginer ? Liam, je... »

Il l'attira de nouveau à lui. « Je sais que ce n'est pas vrai, Cora. Kline entendra peut-être raison. Comment savoir, avec un être aussi imprévisible ?

— Je ne comprends toujours pas quelle raison il peut avoir de m'accuser.

— Et moi, je ne comprends pas la raison d'une telle loyauté envers un tel salaud. »

Elle ne répondit pas tout de suite. Après un temps de réflexion, elle reconnut presque tristement :

« Je dépends de lui. C'est... c'est comme une drogue pour moi. J'ai besoin de lui, Liam.

— C'est que tu es aussi folle que lui.

— Non, ne dis pas cela, tu ne sais pas...

— Et qu'y a-t-il à savoir, Cora ? s'emporta-t-il. Qu'est-ce qui se passe au juste entre toi et Kline, bon sang ? »

Elle se mit à pleurer. « Aide-moi, Liam, dit-elle tout bas. Je t'en prie, aide-moi.

— Mais comment puis-je t'aider, quand tu refuses de me dire ce qui ne va pas ? »

Elle commença de tripoter maladroitement les boutons de son chemisier. « Fais-moi l'amour. Prends-moi dans tes bras et fais-moi l'amour, mais doucement, comme la nuit dernière, après que tu... Fais-moi goûter encore à cette douceur, c'est si bon... »

Déconcerté, Halloran se leva et alla verrouiller la porte.

On avait tiré les rideaux épais qui ne laissaient guère filtrer la lumière du jour. Les objets d'un autre âge placés un peu partout se dressaient dans la chambre comme des ombres noires. L'encens qui brûlait dans un coin emplissait la pièce d'une lourde senteur de musc, très légèrement âcre. Affichés sur les murs et les boiseries, on devinait les signes et symboles du Zodiaque, les dessins de bêtes à cornes et de créatures ailées, les yeux uniques, réduits à leurs traits essentiels dans la pénombre. Des livres gisaient en désordre sur le sol. Un lit à baldaquin dominait la pièce. Ses robustes montants sculptés retenaient plusieurs couches d'étoffes très fines, qui pendaient en plis lâches.

De l'alcôve s'exhalait une respiration sèche, grinçante.

Kline était étendu nu sur le lit. Son épiderme ravagé ne cessait de se rompre et de se crevasser. Des lambeaux de peau plus fins que des mouchoirs en papier s'en détachaient.

Il souleva un bras avec difficulté, mais dans l'ombre des voiles il ne vit qu'un réseau très dense de craquelures. Il laissa retomber son bras contre son flanc, et un sanglot lui échappa.

Comment était-ce possible, le temps n'était pas encore venu. Le rituel avait été observé, l'âme fortifiée, le sacrifice accompli. Cette mue venait trop tôt, et elle s'effectuait dans la souffrance. Mais pour quelle raison, et que signifiait-elle ?

Son corps se convulsa sous l'effet d'un autre sanglot qui le secoua tout entier. Il sentit se rompre le tissu délicat de la peau.

Rester bien tranquille, ne pas bouger en attendant qu'arrivent Asil et Youssef avec leurs baumes. Trop tôt, bien trop tôt, il n'était pas prêt! Et la douleur le surprenait comme jamais auparavant. Hâtez-vous, mes amis, apportez-moi vos huiles bienfaisantes! Épargnez-moi cette misère!

Kline s'efforça de discipliner sa respiration, car le seul mouvement de sa poitrine provoquait de nouvelles chutes de peau morte. Il gémit de pitié pour lui-même, et le sel de ses larmes picota la muqueuse sensible de ses paupières.

Pendant qu'il gisait sur sa couche, absorbé en sa douleur, au fond du sépulcre caché dans les plus noirs tréfonds de Neath, quelque chose battit un seul coup.

XXXIII

DANS LE PAVILLON

De la grande entrée, Monk regardait l'agent du Bouclier descendre l'escalier monumental. Que transportait-il dans son sac noir ? A l'approche de Halloran le corps massif de Monk se contractait, ses lèvres épaisses se retroussaient en un rictus de mépris.

« Je vais faire un tour sur les terres, annonça Halloran.

— Tu vas te faire bouffer les fesses. »

La note d'espoir présente dans la voix haut perchée de Monk n'échappa pas à l'agent secret. « J'ai l'intention de rester dans la voiture, précisa-t-il. Est-ce que les Arabes ont donné des nouvelles de Kline ? » Khayed et Daoud étaient rentrés quelques heures plus tôt, pour se précipiter dans la chambre du maître dès qu'ils avaient appris son état.

« Pas descendus, répondit Monk en secouant sa large tête.

— Bon, admettons que ce n'est pas trop grave. Verrouillez la porte derrière moi et ne l'ouvrez à personne jusqu'à mon retour. J'emporte une clef, mais je m'annoncerai avant d'entrer pour ne pas vous affoler. Si je frappe trois coups à intervalle régulier, c'est qu'il y a un problème et que je ne suis pas seul. Je recommencerai après une pause pour que ce soit bien clair. C'est compris ? »

Monk répondit par un ricanement.

« Faites une ronde dans la maison tous les quarts d'heure, en vérifiant chaque fois les portes et les fenêtres. Par vérifier, j'entends les essayer et s'assurer qu'elles sont bien fermées. »

L'hostilité du garde du corps se teinta d'indignation.

« C'est pour quoi faire, tout ce bordel ?

— Contentez-vous d'obéir. Je serai de retour dans une heure environ. S'il y a des appels pour moi, prenez le message par écrit. N'essayez pas de vous en souvenir.

— Tu me prends pour un crétin ?

— Ce n'est un secret pour personne. »

Les épaules de Monk se redressèrent visiblement, il esquissa un mouvement vers l'avant. Le sourire glacial de l'agent secret l'arrêta.

Halloran passa devant l'Américain et ouvrit un côté du portail. Un souffle d'air froid venu du lac le fit frissonner. Cela ressemblait davantage au premier froid de l'hiver qu'à l'attente de l'été. « Fermez et enlevez la clef », rappela-t-il à Monk. Et il traversa le porche pour gagner la cour.

Pour le moment la nuit était claire, avec la lune presque pleine encore basse dans le ciel. Des nuages menaçants s'amoncelaient à l'horizon. Dans l'entourage de la maison, les collines et le lac composaient une palette de gris profonds où les arbres et les arbustes mettaient des taches plus sombres. La surface du lac était absolument lisse, alors que le vent ébouriffait l'herbe sur ses rives.

Halloran monta dans la Mercedes et posa son sac noir sur le siège voisin. Il mit le contact, alluma les phares et dans le crissement des pneus sur le gravier, fit décrire un arc de cercle à la voiture. La manœuvre lui donna un aperçu sur le jardin de topiaires abandonné à côté de la maison. Ses silhouettes torturées comme des figures surréalistes qui tordaient vers la demeure leurs membres contrefaits évoquaient une représentation figée des âmes dévorées d'angoisse.

Il laissa la maison derrière lui pour prendre la route qui menait vers l'entrée du domaine. Il entra très vite dans la forêt où ses phares donnaient l'impression de s'ouvrir un passage entre les arbres. Halloran surveillait de près les deux côtés de la route, à l'affût d'échines basses se faufilant dans les sous-bois, mais ne vit rien bouger. Un fort craquement sur sa gauche le fit sursauter. Une petite branche s'était brisée contre sa vitre. Il s'aperçut qu'il serrait sa gauche de trop près, et continua de rouler au milieu de la route.

Un virage encore, et la route s'étirait toute droite jusqu'à l'entrée. Par prudence, il leva le pied de l'accélérateur. Les phares éclairèrent la grille, il en réduisit la portée. Et il freina encore un peu pour venir s'arrêter en douceur près du pavillon.

Arrivé sur l'accotement inégal qui bordait l'ancienne bâtisse, il éteignit ses phares et coupa le moteur.

Le pavillon était plongé dans l'obscurité, sans une lueur visible sous la crasse des fenêtres. Halloran resta assis dans la voiture quelques minutes, cherchant à déceler un signe de vie. Il n'en vit aucun, ce qui ne signifiait pas que la maison était vide.

Sans allumer, Halloran ouvrit la glissière du sac noir posé à côté de lui. Il souleva de quelques centimètres l'arme compacte qui s'y trouvait, la détacha, s'assura qu'elle ne restait pas accrochée à la doublure. Puis il remit en place la mitraillette avec précaution, et tendit la main vers la poignée de la portière.

Un souffle de vent lui ébouriffa les cheveux tandis qu'il étudiait les fenêtres du premier étage. La lune qui se levait derrière le pavillon ôtait tout relief à la façade où les fenêtres n'étaient plus que des rectangles noirs se détachant à peine sur le mur de brique.

De nouveau, il eut l'impression inéluctable qu'on l'observait. Le sac dans la main gauche, Halloran s'avança dans l'ombre de la maison.

Ce fut presque un soulagement d'entendre la sonnerie du téléphone. Mather posa le journal à ses pieds, sur la pile des autres journaux du dimanche, anglais aussi bien qu'étrangers. La relation des méfaits terroristes toujours plus nombreux l'avait excédé, et désespéré la mollesse des gouvernements à traiter le problème, en dépit des serments conjugués de fermeté qu'on avait entendus depuis dix ans. C'était malheureusement le prix à payer pour un monde sans conflits majeurs, où le plus grand mal cédait la place au moindre mal, fait reconnu par ces mêmes gouvernements. Néanmoins, les atrocités commises au nom de libertés ou croyances religieuses devenaient intolérables et le temps était proche où il faudrait déclarer une guerre « officielle » aux pays et États qui soutenaient et encourageaient ouvertement les divers groupes terroristes. Et cela ne suffirait même pas à éradiquer le problème.

Il quitta la table de la salle à manger où plusieurs journaux restaient ouverts et boitilla jusqu'à l'entrée.

« Je prends », cria-t-il à Agnes qui était au salon, et s'adonnait sans aucun doute aux fadaises de la télévision en sirotant son sherry du soir.

« Mather, annonça-t-il en décrochant, après avoir ôté sa pipe de sa bouche.

— Pardon de vous déranger, c'est Sir Victor Penlock à l'appareil.

— Sir Victor ? s'étonna Mather qui se mit à penser très vite, aussitôt alerté par le ton grave du président de Magma.

— Je souhaiterais que vous veniez me voir encore une fois à mon bureau. Veuillez m'excuser de vous appeler ainsi par deux fois dans la même journée, un dimanche surtout, mais je crains de ne pas avoir le choix.

— Vous êtes tout excusé, Sir Victor. Dois-je comprendre que Mr. Kline et mon agent seront présents ? »

Un silence. « Non. Cette rencontre ne concerne strictement que vous et moi. L'affaire est plutôt grave, pensez-vous pouvoir venir immédiatement ?

— A cette heure-ci, cela ne devrait pas prendre plus de vingt minutes.

— J'apprécie beaucoup votre geste. Je vais prévenir la Sécurité que vous arrivez. Par ailleurs, personne ne doit être mis au courant de ceci. Puis-je avoir votre parole sur ce point ?

— Naturellement, bien que je ne comprenne pas pourquoi.

— Je vous l'expliquerai quand vous serez ici. »

Après avoir raccroché, Mather entra dans son bureau où, par précaution, il écrivit une note indiquant sa destination et le nom de celui qu'il allait rencontrer, et la glissa dans une enveloppe où il gribouilla le nom de sa femme. Il laissa l'enveloppe debout sur sa table.

A l'arrière du pavillon régnait une telle puanteur que Halloran se retint de respirer. C'était sans aucun doute en cet endroit qu'on gardait les chacals quand ils ne rôdaient pas dans la propriété. Il balaya la cour du mince faisceau de sa torche, s'attendant à découvrir des niches, ou un genre d'enclos. Il n'y en avait pas, et la cour était vide d'animaux. Mais la lumière accrocha un objet qui brillait.

Il régla la lampe de manière à élargir le rayon lumineux et reconnut les trois conteneurs métalliques que Khayed et Daoud avaient transportés la veille depuis la maison. Ils étaient renversés avec les couvercles à proximité, comme si on en avait répandu le contenu sur le sol. Il s'approcha en évitant grâce à la lampe les monticules d'excréments disséminés dans toute la cour. Il se penchait pour éclairer l'intérieur de l'un des récipients quand son pied fit craquer quelque chose. Les débris d'un os sur lequel il avait marché. Il y en avait beaucoup d'autres autour de lui, nettoyés de toute chair. Au fond du conteneur étaient restés collés des morceaux de viande infestée d'asticots que les chacals n'avaient manifestement pas pu atteindre. L'odeur putride de la cour provenait en grande partie de ces conteneurs.

Halloran se redressa, à tout le moins soulagé de l'absence des bêtes. Il braqua sa lampe sur les fenêtres, sans se soucier de dissimuler sa présence à qui habitait la maison ; en fait, il avait déjà frappé à la porte, sachant que son arrivée en Mercedes ne pouvait avoir échappé au gardien supposé. Ce dernier pouvait aussi vagabonder sur le domaine avec sa meute, bien entendu, mais Halloran ne pouvait se défaire de l'idée qu'il y avait quelqu'un à l'intérieur. Il n'avait pas cessé de se sentir épié.

Il abaissa sa torche vers la porte ouvrant sur l'arrière, puis se guida vers elle en zigzaguant entre les matières et les ossements. Ainsi qu'il s'y attendait, la porte était solidement fermée, comme celle de l'entrée. Il s'en prit alors à une fenêtre, fermée aussi, ce qui posait moins de problèmes que pour une porte. Posant son sac sur l'appui, il glissa la lame d'un couteau le long du loqueteau et força, d'un mouvement très ferme et souple à la fois. Le couteau refermé, il le mit dans sa poche puis pesa sur le chambranle. D'abord la fenêtre résista puis, dans un grondement suivi d'une plainte, elle s'ouvrit.

Halloran souleva le sac, éteignit la torche et enjamba le rebord. Une fois à l'intérieur, il s'écarta vivement de la fenêtre, où le clair de lune dessinait sa silhouette. Appuyé au mur, il attendit en retenant son souffle, l'oreille aux aguets.

La pièce avait l'odeur de moisi et d'humidité des lieux inhabités. Le rayon de lune révélait un ameublement hétéroclite : un fauteuil aux bras élimés, aux coussins défoncés, une armoire inclassable, ni ancienne ni moderne, contre un mur, une carpette enroulée. C'était tout. Si l'on exceptait le petit tapis, le plancher était nu. Halloran ralluma sa torche, et en promena le faisceau large autour de la pièce. Le papier des murs pendait en lambeaux, des moisissures noires poussaient dans les angles et près du plafond. Il y avait des cendres dans la cheminée de fer forgé ancienne, mais elles semblaient solidifiées, comme si elles étaient là depuis de nombreuses années. A droite, il vit une porte ouverte.

Halloran écouta encore un instant avant de se laisser aller à respirer normalement. Il balaya le plancher du faisceau lumineux pour s'assurer qu'il ne rencontrerait pas d'obstacles, et traversa la pièce en direction de la porte sans se soucier des craquements du plancher. Puis il explora toute la longueur du couloir avec sa torche. Le clair de lune perçait la saleté des minuscules fenêtres placées au-dessus de la porte de derrière. Le couloir faisait un coude. Il devina qu'il desservait aussi la porte d'entrée, et que l'escalier se trouvait par là.

Il se glissa hors de la pièce en brandissant sa torche, et suivit le mur opposé à pas lents. Il rencontra une autre porte à droite, mais n'essaya pas de l'ouvrir : elle devait mener à une cave.

Au point où le couloir faisait un coude, il hésita, écouta encore avec une vive attention. Il ne perçut que le silence, mais l'odeur de vieux était encore plus forte en cet endroit.

Halloran remarqua un interrupteur sur le mur. Il tendit le bras et l'abaissa d'un doigt, les autres serrant la torche. Il ne se passa rien, ce qui ne le surprit pas. La personne qui habitait ce pavillon aimait l'obscurité.

Il continua, passa le coin, pointa la torche sur la porte d'entrée. Elle était munie de gros verrous en haut et en bas, avec des targettes complètement rouillées comme si on ne les avait pas déplacées depuis des décennies. A droite, l'escalier; à gauche, une autre porte. Halloran se dirigea vers la porte.

Il fit glisser sur l'épaule gauche la bandoulière de son sac, prit la torche de la même main, et se servit de son coude droit pour pousser le battant. Il céda avec un craquement retentissant dans le silence de la maison.

Avant d'entrer, il braqua la lampe sur l'interstice du côté des charnières. Personne n'était tapi derrière la porte. Rassuré, il pénétra dans la pièce. Elle était vide de tout meuble, mais avait des rideaux décolorés par le temps et la saleté. L'odeur de renfermé prédominait, les moisissures proliféraient en grappes épaisses. Par endroits, le plâtre était tombé, et on voyait nettement les traverses du plafond. Halloran quitta la pièce en laissant la porte grande ouverte.

L'escalier se dressait devant lui.

C'était de là que venaient les remugles les plus épouvantables.

Halloran commença à monter.

Mather se gara devant l'entrée même de Magma, sans se soucier des indications de parking. En contournant le capot de sa voiture, il leva les yeux malgré lui vers l'énorme édifice à la façade de verre et de bronze, menaçante sous un ciel qui se chargeait rapidement de nuages plombés venus de l'est. Il sentait peser dans l'atmosphère l'approche d'un orage.

De l'intérieur, les deux agents de sécurité avaient remarqué son arrivée. L'un traversa le hall en direction des portes d'entrée, l'autre décrocha le téléphone au bureau circulaire de la réception. Mather se remit en marche, avec un sentiment d'urgence.

Le garde avait ouvert une porte plus petite près de la grande porte d'entrée une fraction de seconde avant que Mather ne s'y présente.

« Monsieur Mather ? » demanda-t-il, et Mather ouvrit son portefeuille pour justifier de son identité. « Sir Victor vous attend, je vous accompagne jusqu'à son bureau. »

Dans l'ascenseur qui s'élevait rapidement vers le huitième étage, le garde ne dit pas un mot. Il semblait tendu, aussi énervé que Mather. Ils empruntèrent le corridor à l'épaisse moquette, attendirent après que le garde eut frappé à la seconde porte. Une voix répondit d'entrer, le vigile ouvrit et s'effaça pour laisser passer Mather, toujours sans prononcer une parole. Mather entendit la porte se fermer derrière lui.

Sir Victor ne se leva pas de son fauteuil. Un verre de scotch à demi rempli était posé devant lui.

« C'est vraiment aimable de votre part d'être venu aussi vite », dit le président en faisant signe à Mather d'approcher.

A première vue, Sir Victor était vêtu avec son irréprochable élégance coutumière — costume croisé gris, chemise à fines rayures et cravate bleu marine. Il émanait pourtant de sa personne une indéfinissable impression de désordre, qui tenait peut-être à la lassitude de son regard, ou au léger affaissement de sa mâchoire — ou encore à la mèche argentée qui avait tendance à retomber sur son front, supposa Mather. Sans oublier le relâchement tout à fait inattendu de ses manières, puisqu'il ne s'était pas levé à son entrée ni ne lui avait offert de s'asseoir. Détails qui, même s'ils ne constituaient pas vraiment un retour au savoir-vivre de l'âge de pierre, indiquaient clairement l'état de tension où se trouvait cet homme habituellement le plus courtois du monde.

Le président se leva tout de même, mais non par déférence envers son visiteur. « J'ai quelque chose à vous montrer, monsieur Mather. Après quoi, nous devrons décider de la conduite à tenir. »

Intrigué, Mather suivit le président qui ressortait de son bureau, traversait le vestibule pour entrer dans un autre bureau dont la porte n'affichait pas plus de titre que la sienne. Comme le bureau présidentiel, celui-ci comportait une antichambre. Sir Victor se servit d'une clef pour ouvrir la porte proprement dite.

Mather retint son souffle à la vue de l'homme effondré en avant sur le bureau de verre et de chrome. Il traversa vivement la pièce pour aller examiner le corps.

« Quinn-Reece ? questionna-t-il, tout en connaissant déjà la réponse.

— Le service de sécurité a découvert le corps en fin d'après-midi », répondit sombrement le président.

Mather contourna le bureau et se pencha sur la face de l'homme prostré. Sur le point de chercher le pouls au niveau de son cou, il comprit que c'était inutile. L'immobilité du vice-président, la teinte bleuâtre de ses lèvres comme l'aspect jaunâtre de sa peau disaient assez ce qu'il voulait savoir.

« Crise cardiaque ? risqua-t-il.

— Je crois que oui. Mais redressez-le, et voyez son visage. »

De plus en plus étonné, Mather passa le bras sous la poitrine de Quinn-Reece et tira le buste en arrière pour le réadosser à son fauteuil. Ce qu'il vit le stupéfia.

« Mon Dieu, on dirait qu'il est...

— Mort de peur, n'est-ce pas ? compléta Sir Victor. Il était ainsi quand ils l'ont découvert. C'est moi qui ai demandé aux vigiles de l'allonger sur le bureau. Je ne pouvais pas supporter de l'imaginer assis à son bureau, les yeux exorbités, la bouche grande ouverte... »

Mather fronça les sourcils. « Je crois que vous feriez mieux de me raconter ce qui s'est passé. Je suppose que vos employés n'ont pas encore appelé de médecin ni d'ambulance ? »

Le président ne manifesta guère de culpabilité. « Nos agents de sécurité ont la consigne très stricte de ne jamais introduire d'étrangers sur le lieu de l'entreprise sans le consentement des autorités. Nous considérons que tout ce qui se produit *intra-muros* est l'affaire de la société, et il n'y a que moi ou mes cadres qui puissent estimer qu'il en va autrement.

— Mais dites-moi, ceci n'a rien à voir avec votre affaire ! Une intervention médicale aurait peut-être pu le sauver. »

Sir Victor resta inflexible. « Non, je peux vous assurer qu'il était mort et bien mort. Rien n'aurait pu le sauver, vraiment rien.

— En tout cas, je vous suggère d'appeler une ambulance sans tarder.

— Oui, bien entendu. Mais auparavant nous devons avoir une conversation. M'accorderez-vous quelques minutes ?

— Est-ce indispensable ? »

Le président détourna les yeux du cadavre. « Je le crois, oui », dit-il doucement.

L'escalier grinçait sous son poids. Il se dit que certaines marches pourraient bien céder ensemble, et s'empressa de se placer à leur extrémité. L'ascension lui parut longue jusqu'au tournant, comme si le temps s'étirait indéfiniment. Il s'attendait à tout instant à voir apparaître quelqu'un au-dessus de lui, tant était puissant le sentiment d'une autre présence dans le pavillon.

Quand sa tête arriva au niveau du palier, il s'arrêta quelques minutes pour écouter — l'ouïe était plus fiable que la vue dans cette lumière médiocre. Trois portes ouvraient sur le couloir, l'une à gauche, l'autre juste en face de l'escalier, la troisième plus loin dans le corridor. Celle-ci devait avoir vue sur la grille d'entrée, mais ce ne fut pas la seule raison pour laquelle Halloran choisit de l'inspecter en premier : aussi sûrement que si on l'appelait de cette pièce, il savait qu'il y trouverait ce qu'il était venu chercher dans cette maison.

Comme ailleurs, le plancher du couloir était nu, et il ne jugea pas nécessaire d'assourdir complètement le bruit de ses pas — il était trop tard pour le faire. Il se déplaçait néanmoins furtivement, en gardant libre sa main droite, prête à arracher le revolver de son étui à la plus légère provocation même s'il était venu en tant que protecteur de Kline, et non en ennemi.

Plus il approchait de cette porte, plus l'odeur de pourriture lui soulevait le cœur. Il déglutit plusieurs fois pour refouler sa nausée.

A hauteur de la porte, il ne s'arrêta pas, mais se dirigea vers la fenêtre située tout au bout du couloir. Il écarta l'un des rideaux à demi tirés dont le tissu grossier était raide de poussière, et nettoya un petit coin de vitre en essuyant avec sa paume la saleté qui la recouvrait. Un rayon de lune faisait luire faiblement la carrosserie de la Mercedes ; face aux barreaux noirs, inébranlables, de la grille, le sous-bois semblait impénétrable. Un nuage roula devant la lune, la lumière s'évanouit.

Halloran revint à la porte. Sa torche mettait un halo autour de la poignée. Il pressa son oreille contre le battant, n'entendit aucun son s'élever de l'autre côté. Remontant le sac sur son épaule pour bien l'y arrimer, il approcha la main de la poignée.

La porte serait fermée à clef, il en était certain. Elle ne l'était pas.

Il s'attendait à avoir besoin de toute sa force. Elle s'ouvrit très facilement.

Il croyait faire face au maître des lieux, à celui qui gardait les grilles.

Il se trouva en présence de son passé.

XXXIV

DANS LE TROU

Kline gémit sous l'application de la lotion dont Khayed enduisait sa peau craquelée. La sensation de brûlure n'allait pas durer, lui assurait l'Arabe. Kline savait qu'il disait vrai : ses loyaux serviteurs l'avaient soigné bien des fois déjà avec leurs huiles. Mais c'était en d'autres circonstances, quand la mue était attendue, cérémonie devenue rituelle qui donnait lieu à une célébration, signe extérieur d'un rajeunissement spirituel. Signe aussi que sa servitude se perpétuait.

Il poussa un cri, de peur plus que de douleur. Se méprenant, Daoud se précipita avec la seringue. « *Mouallem ?* »

A la vue de l'aiguille, Kline eut un petit geste de refus. Non, pas de morphine, la drogue allait lui troubler l'esprit, l'euphorie occulter le danger si proche. Ses sens étaient déjà émoussés, rongés par l'effroi comme par un parasite vorace. L'exécution le même jour de l'ennemi de l'intérieur ne lui avait pas apporté le soulagement qu'il escomptait; au contraire, l'effort psychique avait contribué à l'épuiser un peu plus mentalement, et à l'affaiblir physiquement. La mort de Quinn-Reece n'avait pas dissipé l'angoisse de Kline, elle n'avait fait qu'aggraver son état.

Il fit signe à Daoud de revenir, et lui chuchota dans sa langue natale : « Pas beaucoup, Youssef. Juste assez pour adoucir la... » Il faillit dire *peur* : « ... la douleur. »

L'aiguille brûlait comme une lame chauffée à blanc, mais le cri aigu de Kline déclina jusqu'au soupir à mesure que ses sens se mettaient à flotter. Il ne tarda pas à rêver, un rêve qui en vérité était un souvenir...

... il se laissa descendre dans le trou, à moitié mort de

peur. Il était si noir, si profond... Mais il y trouverait des trésors d'autant plus précieux. Sinon, pourquoi aurait-on mis tant de soin à le dissimuler à l'écart des autres sépultures ? Il serait bien récompensé de son courage, c'était certain ! Le marchand juif de Jérusalem le lui avait promis. Rends-toi à Ur, avait-il dit, et fais-toi embaucher par l'archéologue anglais. Il a besoin d'hommes instruits, capables d'encadrer ses ouvriers paresseux et peu fiables, de comprendre et d'apprécier la valeur culturelle de sa magnifique découverte. Tu gagneras la confiance de l'Anglais et les Arabes t'obéiront, ils n'auront pas le choix. Tu es intelligent et rusé. Rapporte-moi tous les trésors de petite taille que tu pourras voler sans problème et je ferai de toi un homme riche, car je connais des collectionneurs qui payeraient la rançon d'un roi pour le plus modeste des objets provenant de cette fabuleuse époque de gloire ! Les Arabes sont le rebut du genre humain : des pillards et des destructeurs, qui se moquent pas mal de leur héritage, et laisseront les étrangers s'emparer de leur histoire. Mais nous tirerons profit de leur stupidité, mon jeune ami, tout en faisant la joie de ceux qui honorent de telles reliques.

Le voyage vers la nécropole royale d'Ur, très long et éprouvant, lui avait fait craindre que les fouilles soient achevées avant qu'il n'ait le temps d'arriver. Ce n'était pas le cas, il restait beaucoup de travail, beaucoup de tombes enfouies dans des puits profonds creusés sous d'autres sépultures plus superficielles à dégager. Le marchand avait vu juste : les étrangers manquaient d'hommes de son acabit pour s'occuper de la main-d'œuvre temporaire, obtenir les autorisations, payer les salaires, veiller à l'approvisionnement en vivres et en médicaments, et aussi protéger le site contre les voleurs susceptibles de s'y infiltrer. Il avait travaillé avec zèle, sans pécher par excès de cupidité ; il n'emportait que les objets d'assez petite taille pour pouvoir être sortis clandestinement du camp sans risque, et dissimulés dans la petite chambre louée en ville qui lui servait de cachette. Le marchand de Jérusalem y venait très régulièrement le soulager des trésors qu'il y accumulait. Le système fonctionnait bien. Quand tout serait fini, lui assurait le marchand, les bénéfices seraient considérables.

C'était par accident qu'il avait découvert le tunnel secret menant à ce trou. Il avait toujours eu le don de voyance, celui de prédire une mort avant son annonce, une naissance avant la conception, de connaître à l'avance la bonne fortune des uns, la tragédie des autres. Alors qu'il n'était qu'un enfant, c'était à lui que sa mère demandait de retrouver une aiguille qu'elle avait perdue ; si son père égarait un objet, c'était lui qui indiquait où il se cachait. Plus tard, quand ce don fut connu de son entourage, ce fut lui qu'on emmenait dans des territoires arides pour repérer les sources souterraines autour desquelles s'édifieraient de nouvelles colonies. Après que sa famille entière eut été emportée par la maladie (tragédie qu'étrangement, il n'avait pas su prévoir), son bien-être et son éducation avaient été pris en charge par reconnaissance pour son exceptionnel savoir-faire. Quand le monde avait appris la stupéfiante découverte archéologique de la lointaine ville d'Ur où régnaient jadis les anciens Sumériens, le marchand avait pris conscience du potentiel du jeune homme. Qui mieux que lui pouvait mettre à jour ces objets d'art antique si raffinés mais si bien cachés, qui finiraient banalement exposés dans l'atmosphère confinée d'un musée de Londres si on ne leur trouvait pas un autre destin ?

Durant sa première journée dans l'immense labyrinthe où puits et corridors conduisaient à des chambres secrètes et à leurs sépulcres, il avait été troublé et même bouleversé par les lamentations des morts dont les esprits étaient prisonniers de la terre, ceux qui avaient accompagné dans la mort leurs rois et reines défunts, et leurs grands prêtres. Les semaines suivantes, il avait appris à chasser de son esprit ces murmures incorporels. Mais une sensation persistait, qui n'était pas d'ordre spirituel, une sorte de vibration de l'air qui ne durait qu'une fraction de seconde, un hoquet qu'il ressentait une ou deux fois dans la journée, pas davantage. Il avait cru au début qu'il s'agissait d'un phénomène physique dû à un affaissement plus ou moins lointain, mais personne d'autre que lui ne remarquait cette brève perturbation. Plus il s'enfonçait dans les profondeurs du dédale des tombes, plus il percevait intensément ce « son » qui n'en était pas un. Et un soir, la journée de travail finie, les ouvriers rentrés dans leurs tentes et baraques plantées hors des murs de la ville, les étrangers dans leurs divers logements, il s'était attardé seul au hasard des chambres les plus profondes, attiré par il ne savait quoi d'irrésistible, un destin tel qu'il n'en avait jamais rêvé.

Le tunnel secret s'ouvrait dans une pièce vide aux confins de la nécropole, un espace carré qui posait une énigme aux savants archéologues parce qu'il ne semblait pas avoir de fonction : il ne contenait ni fûts ni objets décoratifs, et ses murs étaient nus. Ce n'était qu'une chambre isolée, à laquelle on accédait par un interminable couloir sinueux et accidenté, où il fallait avancer courbé.

La vibration l'avait surpris debout dans cette pièce sans âme, si forte cette fois qu'il avait cru en entendre le son. Les murs mêmes avaient paru trembler. Saisi, il avait fait virevolter sa lampe, dont la lumière avait projeté une ombre sur un mur. De plus près, il avait trouvé qu'une brique de boue séchée dépassait légèrement des autres. A l'aide de sa truelle, qui avec la brosse constitue l'équipement de base de celui qui fouille, il avait découpé les contours de la brique pour la dégager du mur. La pestilence des gaz libérés l'avait fait reculer en chancelant.

Il se rapprocha plus prudemment cette fois. L'odeur restait forte, mais moins agressive. D'autres briques vinrent facilement, et bientôt un passage apparut. Une peur s'empara de lui, si atroce qu'il faillit s'enfuir en courant. Une curieuse fascination l'en retint.

Il se coula dans l'étroit passage, en tenant sa lampe à hauteur du visage. Le passage s'enfonçait dans le sol, si fortement parfois qu'il lui fallait toute sa force pour ne pas culbuter tête la première.

Il déboucha assez vite dans une large chambre circulaire, au centre de laquelle était un trou béant, un puits ouvert. Autour de l'ouverture gisaient des ossements humains revêtus de débris d'étoffes qui avaient été des robes de grands prêtres et de grandes prêtresses. Posées contre les murs, des tablettes d'argile recouvertes de cette écriture cunéiforme où les signes représentaient des syllabes et des mots. Il marcha à pas précautionneux jusqu'au bord du trou, scruta les ténèbres. C'est alors que sa peur devint intolérable. Quelque chose le pressait de descendre, une poussée intérieure qui voulait le contraindre à sauter.

Et le son qu'il entendait en esprit était devenu un bruit qui jaillissait avec force du trou.

BOUM. Il s'enfuit.

Malgré sa terreur, il avait refermé l'ouverture du passage secret, en comblant de terre les interstices. Cette pièce n'offrait aucun intérêt pour Sir Leonard et son équipe d'archéologues, qui avaient bien assez de trésors sur lesquels s'extasier pour se préoccuper de chambres vides. Il garderait pour lui seul sa découverte.

Il se passa quatre jours avant qu'il trouve le courage de s'aventurer de nouveau dans ce trou, quatre journées d'agitation harcelante et quatre nuits de cauchemars fiévreux. Il savait qu'il y retournerait ; la difficulté était d'en trouver la volonté.

Il attendit le soir. Quand les fouilles eurent cessé, il ne resta plus sur le site que quelques gardes pour lesquels il avait organisé une soirée de détente en surface. Il revint cette fois avec de la corde et des étançons...

... Kline gémit dans son sommeil. Khayed et Daoud se penchèrent anxieusement sur lui...

... et à demi mort de peur, tremblant de tous ses membres, si fort qu'il faillit lâcher prise, il se laissa glisser par-dessus le bord du trou. Il descendit lentement, mû par une attirance qu'il ne s'expliquait pas, la lampe qu'il avait attachée à sa ceinture avec une grosse corde ballottant au-dessous de lui. Il savait qu'un mal l'attendait, un mal très ancien, très cruel. Ses rêves des dernières nuits le lui avaient révélé, sans lui offrir aucune image, aucune vision. Il y avait goûté aux joies charnelles, s'était laissé entraîner aux délices de la dépravation, avait pris plaisir au frisson de la vilenie. Les rêves promettaient que ces splendeurs seraient siennes, mais à condition... à condition... *qu'il vienne le demander. Et pour cela, il fallait qu'il descende dans le trou.*

BOUM !

Le battement éclata comme un coup de tonnerre et résonna dans le tunnel dont les parois tremblèrent. Dans une coulée de poussière, il lâcha la corde et plongea.

Pas trop loin heureusement, car le tunnel n'était pas profond du tout. C'était l'obscurité totale qui lui en avait donné l'illusion.

Ses jambes se plièrent, il tomba sur le dos. La lampe se renversa mais par chance ne s'éteignit pas. Sans prendre le temps de retrouver son souffle, il étendit le bras et redressa l'objet qui lui évitait d'affronter les ténèbres. C'est alors seulement qu'il aspira l'air vicié et ressentit la douleur de la chute.

Il se redressa et s'assit, le dos appuyé au mur friable, la poitrine haletante, les yeux dilatés d'épouvante.

Face à lui se trouvait une niche. Une ouverture carrée qui n'était placée qu'à deux pieds du sol, si astucieusement dissimulée dans l'ombre qu'une personne debout ne l'aurait pas décelée.

Il se passa un moment avant qu'il soit capable de ramper vers la niche.

La lampe révéla un réceptacle clos, à la surface ternie par des siècles de poussière. Il y passa des doigts tremblants et sentit du métal, des creux et des reliefs qui pouvaient être des symboles gravés sur ce qui devait être une porte ; d'un côté, une petite protubérance servait de poignée.

Il la considéra d'un regard fixe. Il ne voulait pas l'ouvrir. Mais il savait qu'il allait le faire.

Sa main tremblait si violemment qu'il eut peine à saisir la poignée. Il serra fort les doigts, et tira.

La porte s'ouvrit facilement.

Le hurlement qu'il poussa menaça de faire crouler les parois du trou...

... Le hurlement de Kline surprit tellement Khayed et Daoud qu'ils sautèrent d'un bond loin du lit. S'étant repris, ils se jetèrent sur leur maître pour lui prodiguer des paroles d'apaisement : ce n'était qu'un cauchemar, il était en sécurité sous leur protection vigilante, il ne lui arriverait rien de mal tant qu'il leur resterait un souffle de vie.

Dans son visage qui n'était plus qu'un masque craquelé, couturé de crevasses, ses yeux allaient de l'un à l'autre. Soudain il comprit.

« *Il est mourant* », dit Kline d'une voix grinçante.

XXXV

LE JEU DE L'ATTENTE

Il observa la Granada qui roulait à vitesse réduite, en éclairant de ses phares les deux côtés de l'étroite route. Accroupi dans le sous-bois, il prit garde de déplacer le moins possible le feuillage, juste ce qu'il fallait pour voir sans être vu. Il vérifia qu'il n'y avait toujours que deux personnes à bord de la voiture. Après son passage il se releva, mit sa montre à hauteur des yeux et attendit quelques secondes que la lune cachée par un nuage veuille bien réapparaître. Moins de vingt minutes cette fois. Le chauffeur variait sa vitesse pendant le circuit, en sorte qu'entre deux passages l'intervalle de temps n'était jamais le même. Le conducteur de la seconde voiture l'imita.

L'homme s'enfonça sous le couvert de l'épaisse forêt pour rebrousser chemin, et ne sortit de lampe que loin de la route. Il gagna bientôt l'allée qui rejoignait la route qu'il venait de surveiller, et continua à s'éloigner de la propriété.

Tous feux éteints, deux véhicules attendaient avec leurs passagers sur une aire de pique-nique située à quelques centaines de mètres de là. Il actionna sa torche deux fois avant de monter à l'arrière de la première voiture.

« Alors ? questionna le passager assis à l'avant.

— Deux patrouilles. Des professionnels, comme de juste. Mais nous pourrons les neutraliser facilement.

— Cela ne devrait pas être nécessaire.

— Non. Nous entrerons sans problèmes. Nous n'aurons qu'à attendre qu'ils passent, et y aller une fois qu'ils seront hors de vue. La clôture n'est pas une affaire.

— On va attendre un peu, qu'ils aient le temps de s'installer pour la nuit.

— On aura mis le temps, Danny. »

Dans l'ombre, l'homme assis à l'avant souriait.

« Oui, on aura mis le temps », prononça-t-il avec une conviction qui faisait oublier la douceur de son accent. « Mais le meilleur reste à venir. »

XXXVI

LA CHAMBRE DES SOUVENIRS

Autour de lui la pièce se mit à chavirer.

Halloran était debout au centre d'un kaléidoscope de souvenirs. Ils tournoyaient sous ses yeux, ils se superposaient, mêlant à celles d'hier les images d'autrefois, confondant les scènes de l'enfance et les expériences toutes récentes. Dans les airs flottaient des écrans, ou des voiles — il évoqua le rêve de la nuit dernière où il traversait des voiles en compagnie de Kline — par couches impalpables, transparentes, où d'anciennes images recouvraient les nouvelles.

Il se retourna pour s'enfuir à toutes jambes, mais ne retrouva plus la porte derrière lui. A sa place d'autres apparitions le cernaient de leurs couleurs vives et fraîches, aussi nettes dans tous leurs détails que s'il les vivait au présent.

Peu à peu certaines visions dominaient les autres, dispersaient les souvenirs plus faibles — moins *significatifs* — à la périphérie de son esprit.

Il se vit sectionnant les tendons au genou noir de l'homme, volontaire des brigades d'intervention d'Afrique du Sud, qui aurait poursuivi Halloran et sa petite bande armée de l'ANC au-delà des limites de leur camp avant d'y expédier ses forces, s'il n'avait été mis hors de combat. L'image s'effaça et la nef de l'église apparut, baignée du clair de lune qui passait à travers les vitraux. Les trois garçons remontaient furtivement l'allée centrale. Liam serrait contre lui les restes du chat enveloppés dans un vieux chiffon après qu'ils l'avaient retrouvé écrasé par une voiture, les deux autres riaient nerveusement en le regardant s'approcher de l'autel, se hisser jusqu'au tabernacle, ouvrir la porte dorée et y fourrer le cadavre ensanglanté. Et ils s'en allaient en courant et riant comme des fous, complètement terrifiés à la pensée des conséquences de leur acte. *Halloran se retourna brusquement.* Il était maintenant avec Cora, il la prenait de force malgré sa résistance et ses protestations, il s'enfonçait violemment en elle et elle se soumettait parce qu'elle le désirait aussi ardemment qu'il la désirait, et le viol devenait une soif l'un de l'autre qui devait s'assouvir. Voici qu'il se trouvait avec son père, son père déchiré par les balles qui roulait des yeux incrédules alors que le petit garçon urinait sans le vouloir dans le cours d'eau, son père qui tombait et l'avertissait, et le suppliait de s'en aller, vite, avant que les bandits ne tirent sur lui aussi, son père qui ne pouvait plus parler parce que le sang le faisait suffoquer. Il se traînait sur la rive et s'y effondrait, et les Irlandais masqués marchaient sur lui et le noyaient, et tiraient encore. *Halloran serra les paupières de toutes ses forces, mais les images ne voulurent pas disparaître.* Scènes de son service armé, scènes de tueries de la terrible bataille de Mirbat, scènes de désillusion. Visages de femmes qui avaient traversé sa vie, visage de sa mère qu'il en était venu à insulter à cause de la folie qui s'était emparée d'elle ; corrections infligées aux garçons de son âge qui osaient se moquer de la pauvre femme, qui osaient traiter d'Anglais son père pourtant né dans le comté de Cork, corrections reçues quand sa colère et sa frustration restaient sans effet contre les bandes de railleurs. *Halloran vacilla sous l'intensité des images.* Une silhouette indistincte apparut au milieu des hallucinations, qui marchait vers lui les bras tendus, en appelant son nom d'un ton implorant. Il sentit sa maman pleurer, et pourtant elle n'était qu'un spectre qu'il ne voyait pas encore clairement. Elle traversait le champ de ses visions, s'approchait, la voix faible, quémandant un baiser. Et à mesure qu'elle sortait de son passé sa tête se déformait, se courbait, se tordait, et le sang jaillissait de ses mains broyées comme le jour où elle s'était volontairement jetée dans la batteuse du fermier voisin, les bras, le buste déchiquetés par la machine, la tête écrasée et presque arrachée... cette tête qu'il voyait maintenant pencher, et s'effondrer, et ballotter sur la poitrine, retenue par quelques filaments sanglants... *Halloran hurla.* Mais le souvenir était impitoyable. C'était le père O'Connell, grand et lourd, qui l'avertissait solennellement que cette violence devait cesser, que le Seigneur Jésus le punirait de sa méchanceté, que son âme malfaisante serait damnée pour l'éternité en Enfer. Le prêtre venait à lui en défaisant l'épaisse courroie de cuir qu'il portait à la taille, formait une boucle qu'il enroulait autour de son poignet, levait le bras pour flageller le garçon — ou *l'homme* —, le regard brûlant de pitié autant que de fureur. L'homme en soutane noire n'avait pas le temps de terminer son geste vengeur que le remplaçait l'un des meurtriers du père, le cousin de sa mère. Elle avait accusé cet homme, et on avait ri de ses accusations, on les avait traitées par le mépris. Et il était là ce cousin, qui de nouveau provoquait Liam avec ses ricanements, fantôme non exorcisé, même s'il avait sauté sur une bombe quelques années après l'assassinat avec un autre compagnon. L'engin artisanal qu'ils transportaient à l'arrière de leur voiture en direction de la frontière était trop délicat — ou trop défectueux — pour les chemins raboteux et semés d'ornières qu'ils avaient choisi d'emprunter ; les cahots avaient déplacé certains fils qui en se touchant avaient causé l'explosion. La seule personne à s'en réjouir avait été Liam qui ne comprenait pas pourquoi toute la région vénérait comme un héros l'assassin de son père, sanctifié par la Sainte Église Catholique et Romaine lorsque ses restes furent ramenés pour être enterrés en terre consacrée. Le père O'Connell avait imploré la bienheureuse miséricorde du Seigneur pour l'âme de cet infortuné qu'il appelait martyr de la Cause, lui, ce tueur qui avait privé Liam de son père, qui avait ricané à la mort de sa mère, et revenait aujourd'hui se moquer de lui dans cette pièce. *Tremblant d'émotion, tendu jusqu'à la moindre fibre de ses muscles, Halloran cria son indignation.* Puis tout s'obscurcit, tout s'effaça, les souvenirs s'éloignèrent, même les plus récents qu'il n'avait fait qu'entrevoir. Seul persistait un point brillant qui semblait très loin, bien au-delà des murs de la maison. Il grossissait et se rapprochait, en un glissement régulier. L'objet fut bientôt reconnaissable, et son environnement apparut peu à peu, d'abord voilé de brume, puis prenant consistance. Le tabernacle était posé sur un autel, l'autel juché sur trois marches, les marches précédées d'une table de communion avec des coussins pour s'agenouiller, puis des bancs de chaque côté de l'allée centrale. Le jeune Liam avance à pas de loup vers le chœur, portant d'une main un bidon métallique soustrait à la remise de son grand-père, de l'autre un cierge allumé. Il passe par-dessus la balustrade de communion, le cierge posé sur la tablette, monte les marches. Le doute, la culpabilité, la peur le poussent à ouvrir le tabernacle, à sauver le calice contenant les hosties que le père O'Connell prépare toujours la veille pour la première messe du dimanche, il le sait ; mais il ne peut s'y résoudre, il a trop peur. Le faire serait ouvrir la porte à Dieu, l'inviter à assister au sacrilège qu'il s'apprête à commettre ; et peut-être que Dieu — si quelqu'un de ce genre existe réellement — serait alors capable de lui enlever sa haine, la seule émotion à laquelle Liam tienne parce qu'elle donne un but à sa vie, parce qu'elle est plus forte que le chagrin et l'insécurité, pour le moment en tout cas. Il bascule le bidon, verse l'essence sur l'autel et les marches, reprend le cierge qu'il tient le plus haut possible tandis qu'il asperge l'allée sur toute sa longueur. Enfin, les yeux presque aveuglés de larmes, il laisse tomber la chandelle dans la flaque s'étalant non loin de ses pieds. Le feu part à toute vitesse en sens inverse et à présent Liam est dehors avec les autres villageois, le visage baigné d'une lueur chaude, à regarder dans une crainte révérentielle l'église bien-aimée disparaître dans des flammes qui pourraient bien provenir de l'Enfer lui-même. Quant au père O'Connell, personne ne peut le retenir. Il s'arrache au troupeau de ses ouailles, court vers l'église où il disparaît durant de longues minutes, une éternité pour les hommes qui gémissent et les femmes qui pleurent dehors ; quand il jaillit du portail, les mains brûlées étreignant le calice, il est en flammes. Ses vêtements, ses cheveux, sa peau brûlent. Il vacille sur les marches de l'église, et le peuple — *son* peuple — a peur de l'approcher, comme s'il craignait d'être contaminé, comme si les flammes allaient engloutir tout le monde. Le prêtre jette de grands cris, il hurle en levant les bras vers la nuit, le calice tombe, son contenu se répand sur le sol de béton. Le père O'Connell s'effondre sur les genoux, la foule pousse un gémissement à l'unisson. Il s'abat en avant sur la face, un cri sort de toutes les poitrines. Son corps n'a plus de forme, il flambe comme une torche, et Liam crie, crie *du même cri que l'homme debout au centre de la pièce, Halloran dont les mains battent l'air comme pour effacer les souvenirs, comme pour bannir les rêves.*

Il recula et trébucha contre le mur, à côté de la porte ouverte. Il reçut alors une bouffée concentrée d'une pestilence fétide, d'une telle puanteur qu'il manqua suffoquer. Une main plaquée sur le nez et la bouche, il cilla plusieurs fois pour chasser l'eau qui lui emplissait les yeux. Ses vêtements collaient à son corps moite, et c'était au prix d'un effort considérable que ses jambes ne fléchissaient pas. Il devait lutter contre cette envie impérieuse de se laisser aller sur le sol, accablé qu'il était de fatigue et de désarroi ; il y résista, profondément conscient du danger qui le cernait dans cette pièce, dans cette maison.

La torche gisait à moins d'un mètre. Son rayon pointé sur le mur opposé révélait un lambeau de papier peint déchiré. Il discernait à peine la forme du sac noir qu'il avait aussi laissé tomber non loin de lui.

Encore ébranlé par le choc des souvenirs, Halloran se ramassa et risqua quelques pas en avant pour empoigner les deux objets. Après quoi il revint tant bien que mal s'appuyer au mur, et élargit le faisceau de sa lampe pour une meilleure vue d'ensemble.

Le sol était jonché de détritus et d'immondices ; un tapis élimé aux coins retroussés ne couvrait qu'une petite partie du plancher. Sur les murs maculés, le papier décoloré pendait en lambeaux. L'un d'eux supportait un placard dont le bois terne était fissuré. A quelques pas une petite table et une chaise, sur la table une assiette où les restes d'un repas s'étaient feutrés de vert. Il remarqua qu'au plafond la douille n'avait pas d'ampoule, que ce plafond boursouflé par endroits était criblé de moisissures noires. L'odeur de ces moisissures contribuait à empester la pièce, avec celle de l'urine, des excréments anciens, et d'autres relents douceâtres, écœurants...

Le faisceau détailla la seule fenêtre de la pièce, avec ses rideaux gris de poussière. Devant la fenêtre, un fauteuil à haut dossier dont les ressorts, comme des entrailles, sortaient par les trous de la tapisserie. C'était de ce fauteuil que le gardien surveillait les grilles. Était-il occupé ? Il fallut à Halloran quelques instants avant de se résoudre à aller voir.

Il passa devant la porte et sans s'éloigner du mur, progressa jusqu'au point où il lui serait possible de braquer sa lampe directement sur le fauteuil. Les ombres que créaient la torche se déplaçaient avec lui. Il disposait d'un meilleur angle en avançant, mais il le faisait à contrecœur. Mal remis de l'avalanche des hallucinations déjà subies, il répugnait à découvrir qui était assis là. Et pourtant, il le savait bien, il ne pouvait pas renoncer et partir. Il ne pouvait pas éviter la confrontation avec le gardien.

Il atteignit l'angle de la pièce, son épaule balaya la poussière et les moisissures du mur mangé d'humidité. Il leva la torche pour éclairer le fauteuil, et fut partagé entre le soulagement et la déception : il était vide.

Quelque part dans la pièce pourtant, quelque chose vivait. Un soupir s'exhala. Un souffle.

Lentement, Halloran déplaça le rayon lumineux vers le coin le plus éloigné, là d'où venait le son. Le faisceau passa sur une cheminée remplie à l'excès de cendres durcies, se posa sur un ballot difforme de chiffons gisant sur le sol.

Alors qu'il l'observait, le ballot se mit à remuer.

XXXVII

AUTOUR DU LAC

Ils étaient cinq en tout. Aplatis face contre terre dans le sous-bois, ils attendaient que passent les phares de la voiture. Un seul releva le nez ensuite. Quand les feux arrière ne furent plus que des points minuscules au loin, il dit : « C'est bon, les gars. La Granada. On a au moins dix minutes avant le passage de l'autre. »

Auprès de lui, celui qu'on appelait Danny grogna : « On traverse vite fait, en silence si possible. Il peut y avoir une patrouille à pied sur le terrain. »

Ils se levèrent comme un seul homme, traversèrent les broussailles et contournèrent les arbres puis s'élancèrent sur le macadam vers la clôture métallique que longeait la route. Ils étaient bien entraînés : l'un d'eux se plaça aussitôt dos à la clôture, mains en coupe entre les cuisses à la façon d'un étrier. Après avoir hissé ses compagnons par-dessus, il leur lança les deux fusils restés dans l'herbe ; les armes furent promptement récupérées, et il escalada l'obstacle pour les rejoindre.

Le groupe se dispersa dans l'ombre des arbres pour se reformer une fois qu'ils furent hors de vue de la route.

Le chef chuchota, assez fort pour que tout le monde entende : « Contournez le lac, les gars, et pas un mot en route. On va rester au bord, au cas où ils auraient installé une alarme en forêt. En file indienne, et ayez l'œil, les gars. Que vos mères soient fières de vous. »

Il prit la tête de la file. Le terrain en pente menait au bord de l'eau. Ils longèrent discrètement la rive jusqu'au moment où la lune émergea des nuages, incomparable projecteur ; le groupe alors se jeta au sol. Ils regagnèrent le couvert en rampant, attendirent un moment. Les avait-on repérés ? Apparemment non. Le chef donna le signal du départ, tout le monde se leva pour avancer silencieusement entre les arbres.

« Attention ! » s'écria l'un d'eux.

Les autres s'aplatirent au sol en cherchant leurs armes. Les chiens des pistolets cliquetèrent.

« Qu'est-ce que c'est ? demanda le chef au bout de quelques secondes, quand tout s'immobilisa.

— J'ai vu quelque chose devant, expliqua le subordonné. Une forme.

— Quoi, une forme ? Un homme ou un chien ?

— Ni l'un ni l'autre, répondit nerveusement l'autre. Une forme, c'est tout. Elle a disparu devant moi, je vous jure.

— Tu dois perdre la boule, McGuire. Allez, on continue ! »

Ils se remirent en route, mais très vite ce fut le chef en personne qui les arrêta. Son poil se hérissait à la vue de la brume qui ondoyait entre les arbres à quelques mètres. Un cri à côté de lui l'arracha à sa contemplation.

L'un de ses hommes avait levé son arme et s'apprêtait à tirer.

« Non ! siffla le chef en saisissant le canon. A quoi tu joues, malheureux ? »

« Sainte Vierge, je les ai vus, là. » Il désignait un point dans l'herbe. « Un nid de serpents, cochonnerie ! Ils se sont sauvés à l'instant. »

Le chef secoua la tête de découragement. Ses hommes se conduisaient comme des petits vieux effrayés par leur ombre. Il revint à l'examen de l'endroit où la brume se faufilait entre les arbres comme pour les enlacer d'une multitude de bras tendus. La brume avait disparu. Dieu tout-puissant, il ne valait pas mieux que les autres.

« Danny, regarde un peu par là.

— Oh ! ça va comme ça », grogna-t-il, mais il se tourna quand même vers l'endroit désigné. A travers les arbres il vit le lac dont les eaux clapotaient sous la lune, ridées par une brise qui se levait. Mais c'était la rive la plus éloignée que l'homme lui montrait. Quelque chose bougeait là-bas, un flot s'écoulait qui n'avait rien à voir avec l'eau.

« Qu'est-ce que c'est ? chuchota quelqu'un.

— Tu ne le vois pas ? dit le chef. Ce sont des chiens, mon vieux. »

Il sentit la panique qui s'emparait de ses hommes.

« Ils viennent vers nous ?

— Pas du tout. Ils traverseraient l'eau s'ils nous avaient flairés. Ils vont ailleurs, Dieu merci. »

Il regarda s'éloigner les silhouettes fantomatiques qui longeaient le lac. Leur forme allongée captait la lumière qui leur donnait des reflets argentés. Mais la lune se cacha de nouveau derrière les nuages, et il les perdit donc de vue.

Intrigué, il se demanda vers quelle destination ils couraient avec tant de hâte.

XXXVIII

LE GARDIEN

Le souffle s'amplifia, devint un sifflement qui s'achevait régulièrement sur une exhalaison grasse, encombrée de mucus.

Puis il s'affaiblit, de nouveau presque imperceptible. Halloran tendit l'oreille autant qu'il put. Le ballot de chiffons qui avait bougé un instant auparavant restait immobile.

Lui-même respirait assez mal. C'était la première fois qu'il se sentait aussi diminué, aussi inquiet, il s'en rendait compte, peut-être à cause de l'atmosphère confinée de la pièce, empoisonnée par quelque substance toxique particulièrement dangereuse. Il mourait d'envie de partir, de repasser cette porte en vitesse, de retrouver la nuit où la brise était pure. Mais la curiosité qui l'avait conduit à visiter cet endroit avait tourné à l'obsession, peut-être même à la quête. Ici, il avait été assailli d'images sorties de son passé, douloureusement, il avait revécu ses fautes les plus graves : il devait y avoir une raison à cela. Il avait honte, il ressentait une culpabilité qu'il avait toujours étouffée. Mais la fascination l'avait emporté, elle l'avait empêché de s'enfuir, plus forte que la peur, plus forte que cette culpabilité révélée.

Halloran s'avança en hésitant vers le tas de chiffons emmêlés.

Un matelas peu épais dépassait, maculé de coulées séchées qui s'étaient infiltrées dans le plancher. Sur le matelas, un monceau hétéroclite de couvertures, vêtements, tissus les plus divers. Il y avait quelqu'un là-dessous, sans aucun doute. La respiration irrégulière venait de là, elle faisait frémir l'invraisemblable literie. Halloran se pencha, saisit les chiffons et les écarta.

Une face en partie masquée par un capuchon se tourna vers lui.

A la vue du visage qui le fixait, Halloran horrifié eut un mouvement de recul si vif qu'il lâcha les haillons.

La peau flétrie, sillonnée de rides profondes, avait l'aspect du cuir racorni oublié au soleil ; elle en avait aussi la couleur, sauf aux endroits où des croûtes purulentes luisaient sous le faisceau de la torche. Mais le plus alarmant, c'était les yeux, énormes, dépourvus de paupières, protubérants comme s'ils étaient trop gros pour leurs orbites ; et les pupilles troubles, recouvertes d'une fine membrane, et le blanc de l'œil qui n'était pas blanc mais jaune, et strié de veinules...

C'était de cette créature que provenait l'odeur anormalement douceâtre, une odeur de corruption et de mort qui dominait toutes les autres dans la pièce.

Les prunelles globuleuses parurent se rétracter quand elles se posèrent sur la forme indistincte de Halloran ; la tête essaya de se soulever, le cou décharné ployé vers l'arrière comme si elle était trop lourde pour lui. Le capuchon glissa du crâne chauve, marbré de profondes tavelures brunes ; l'épiderme, au lieu d'être normalement lisse à cet endroit, était aussi ridé et crevassé que celui du visage, sans doute parce que l'ossature avait perdu toute fermeté, toute consistance.

Révulsé, Halloran recula encore d'un pas. L'impression qu'il avait de contempler un être ressemblant à quelque énorme lézard s'accentua encore quand la bouche darda une langue proéminente, d'un rouge si sombre qu'elle en paraissait noire, qui retomba sur la chair craquelée, privée de lèvres. Seuls les yeux sans paupières contredisaient l'image reptilienne.

L'être fit un effort pour parler, et ne put exhaler qu'un halètement. La tête retomba sur la couche sommaire d'une façon qui évoquait le dernier soupir. Avait-il expiré ? Halloran avança un peu, avec répugnance. Les yeux exorbités étaient fixés sur lui. Il braqua sa lampe sur eux, ils ne cillèrent pas. Derrière leur taie de brume, les pupilles ne se contractèrent pas.

« C'est toi », chuchota alors une voix sifflante.

Halloran resta pétrifié sur place.

L'être cherchait l'air, comme si parler lui était trop douloureux. Sa peau se ravina encore plus profondément, sa bouche se creusa en se rétractant.

Halloran eut du mal à retrouver sa voix. « Qui êtes-vous ? » dit-il.

La tête sénile eut un geste imperceptible qui signifiait que cela n'avait pas d'importance. « La mort est proche », chuchota-t-elle avec une grimace qui était peut-être un sourire.

Halloran se pencha, décidé à ignorer les relents fétides qui émanaient de cette bouche délabrée. « Je peux aller chercher de l'aide », dit-il, et la pensée de toucher cet être lui souleva le cœur.

La bouche édentée se plissa de nouveau en une expression qui voulait être un sourire. « Trop tard pour moi, souffla-t-elle. Approche-toi. »

Halloran frémit intérieurement et ne fit pas mine d'obéir. « Il faut que je... te parle », entendit-il.

Il s'agenouilla, mais ne put se résoudre à s'incliner vers la face hideuse. « Dites-moi qui vous êtes », répéta-t-il.

Cette fois il reçut une réponse, pour l'inciter à se rapprocher peut-être. « Je suis... le Gardien. » La voix était plus forte. Il crut déceler qu'elle appartenait à un homme.

« Le gardien de la grille ? Le portier ? » s'étonna-t-il. C'était invraisemblable ! Comment pouvait-on confier cette responsabilité à une personne aussi âgée, aussi infirme ?

Le rire de l'homme évoquait un bruit de suffocation. Sa tête trembla sous l'effort. « Le Gardien », répéta-t-il dans un souffle. Puis, après un silence : « Et toi... tu es le gardien de Kline. » La langue noirâtre vint balayer la bouche, plus vite cette fois, en l'humectant à peine. « Je comprends maintenant », murmura-t-il si bas que Halloran ne fut pas sûr d'avoir bien entendu.

Ces yeux fixes aux iris voilés le déroutaient, il se demandait si le vieillard pouvait encore distinguer quoi que ce soit. « Je vais aller chercher un médecin, dit-il, l'esprit assailli de questions.

— Trop tard, trop tard, soupira le vieil homme. Quand c'est la fin... il est trop tard. » Sa tête roula sur le côté.

Par curiosité plus que par anxiété, Halloran tendit la main pour sentir le pouls entre le cou et le menton. Il retira précipitamment ses doigts comme le visage se tournait de nouveau vers lui.

« Comprends-tu pourquoi tu es ici ? demanda le vieillard.

— Felix Kline est mon client.

— Sais-tu pourquoi tu es venu dans cette maison ?

— Vous voulez dire ce pavillon ? »

Pas de réponse.

« Je suis venu en tournée, voir qui habitait là, qui s'occupait des... des chiens.

— Et tu m'as vu. »

Halloran acquiesça de la tête.

« Mais apparemment tu ne comprends rien. » La face ridée se plissa plus encore. « Je me demande ce que tu sens. » La voix épuisée avait un accent.

« Qu'as-tu vu quand tu es entré... dans cette pièce ? » chuchota le vieillard.

Comment savait-il ? Était-ce lui qui avait provoqué les hallucinations, comme Kline sur le lac ?

« Des choses du passé, mais qu'on n'oublie pas ? insista le vieil homme, avec l'amorce d'un ricanement. Ton compte a été remis à jour, pourquoi ? »

Halloran sentit la colère prendre le pas sur l'aversion. « C'est Kline qui continue à se distraire stupidement à mes dépens, en manipulant mes pensées ? »

Le vieil homme secoua faiblement la tête. « Non... non. Les pensées viennent de toi, de toi seul. Ce sont tes souvenirs. C'est toi-même qui t'es conduit... jusqu'où tu es allé. »

Les yeux laiteux, si inquiétants, l'observaient, la fente ravagée de la bouche se retroussait sur ce qui aurait pu être un sourire.

« Parlez-moi de Kline », demanda Halloran.

« Ahhhh », soupira longuement le vieillard, dont la tête dévastée se tourna vers l'obscurité du plafond.

Halloran attendit. Cette immobilité le mettait mal à l'aise, cet être dont la décomposition paraissait précéder la mort lui inspirait la plus grande circonspection. Il se méfiait aussi du pavillon : il était peuplé d'ombres mouvantes, de formes spectrales qui dansaient, entrelacées. Il percevait cela non pas avec ses yeux, mais avec son esprit. Mais trêve de sottises, se gronda Halloran qui tenta d'écarter ces divagations. Il n'y parvint pas malgré ses efforts.

Le vieil homme murmurait quelque chose. Ne voulant perdre aucune syllabe, Halloran s'approcha en dépit de sa répugnance.

« Un garçon rusé. Il a des pouvoirs... inestimables pour nous... nous les Juifs. Mais il a été... imbécile aussi. Il a imaginé... Il s'est pris... pour un dieu... sans comprendre que c'était lui... qui était pris. » Il se recroquevilla sur lui-même en gémissant.

Halloran tendit vers lui une main secourable, mais ne put se résoudre à toucher l'être gisant là, même recouvert de chiffons.

La crise douloureuse passée, le vieil homme ridé reprit :

« Presque trois mille ans d'attente avant... avant le Christ... et deux mille ans après... »

Il divaguait. Il se mit à tousser, et la salive qui humectait les coins de sa bouche se teinta de rose. Il haleta, comme si s'expliquer l'angoissait. « Nous avons battu le monde pour trouver des disciples... qui nous ressemblent. Nous en avons trouvé, ce n'était pas difficile. Et Kline faisait des ravages partout où il passait. Tous pour la gloire de Bel-Marduk... » Il glissa vers l'inconscience.

Kline avait déjà prononcé ce nom, se rappela Halloran. Il frissonna, car l'air était très froid. Il regarda les ombres tout autour de lui. Le rayon de la torche faiblissait.

Quelque chose remua sur le lit de fortune et une main flétrie, marquée de taches brunes par l'âge, et qui ressemblait plus, avec ses ongles longs et recourbés, à une patte griffue qu'à une main, apparut. Elle se tendait vers Halloran, se posa sur son bras. L'agent secret frémit.

« Il... Felix... il s'est... servi de moi... »

La conscience du vieillard dériva encore. Sa main tremblante tomba du bras de Halloran. Un instant passa, et dans un souffle : « Plus peur..., murmura-t-il. Pas de pire enfer... qu'ici... ahhh... »

La vie le quittait. Halloran éprouva un sentiment de frustration mêlé de colère. Surmontant sa répugnance, il appuya sur la couverture à l'endroit de la poitrine. « Dites-moi qui vous êtes ! Vous gardez la propriété, vous tenez les chiens, comment est-ce possible ? Vous êtes âgé, vous êtes malade... »

Un petit rire sec, haut perché. La vie tremblotait encore. « Moi aussi, j'ai... du pouvoir. Kline... travaille... à travers moi. C'est mon esprit qui tient... les grilles... et aussi... les animaux, les démons... mais plus à présent... trop faible. Il lui faut... quelqu'un d'autre... formé à ses perversions...

— Qui êtes-vous ?

— Je ne suis rien.

— Dites-le-moi !

— Rien. Autrefois... j'étais marchand. » Il eut un râle. « Il est... vulnérable. » De nouveau il saisit le bras de Halloran. « Est-ce que c'est toi ? Es-tu celui qui va... ?

— Prendre votre place ? C'est ce que vous voulez dire ? » s'écria Halloran qu'une peur nouvelle habitait.

La tête à demi momifiée fléchit imperceptiblement. « Non... non... ce n'est pas seulement... ce... »

Du bruit se fit entendre en bas. Le bruit feutré d'une course. Halloran se souvint qu'il avait laissé la fenêtre ouverte.

La main griffue serra un peu son bras, puis les doigts se dénouèrent, la main retomba.

Du couloir du rez-de-chaussée montèrent les échos d'une lutte.

Un râle sortit de la gorge du vieillard qui exhala un long soupir.

Dans l'escalier, un piétinement.

Halloran ramassa son sac noir et bondit jusqu'à la porte, espérant encore la refermer avant que les chacals ne fassent irruption.

C'était trop tard.

XXXIX

LA MEUTE DE L'ÉPOUVANTE

Le premier de la meute jaillit dans la pièce. La lampe éclaira un instant sa mâchoire luisante.

Contrairement à son attente, le chacal ne bondit pas sur Halloran. Celui-ci se glissa précipitamment derrière la porte pour se protéger des autres qui entraient en grondant et jappant, la fourrure hérissée. Ils allèrent tout droit au tas de hardes, dans le coin de la pièce.

Halloran vit avec horreur le premier chacal se jeter sur la forme qui gisait sans vie et déchirer à grands coups de crocs les tissus qui l'enveloppaient. Un faible cri lui parvint au milieu des jappements frénétiques, qui lui apprit que le vieillard n'était pas encore mort, le crâne tout plissé sortit brusquement des haillons, avec sa bouche noire béante et ses yeux absolument blancs à présent. Le deuxième chacal enfonça ses dents dans la gorge décharnée.

Et la chambre continuait à se remplir de bêtes.

Halloran prit la mitraillette dans son sac et sans même sortir la crosse rétractable, la braqua vers la mêlée de corps qui se bousculaient. Le sang qui jaillit soudain inonda les échines en émoi ; l'odeur et le goût de ce sang redoublèrent la fureur des fauves. Ils se mirent à arracher fébrilement la chair de leur victime qu'ils déchiquetèrent avec rage.

Halloran envoya dans le tas quinze rafales de balles de 9 mm. Il savait que le vieil homme serait touché aussi, mais cela n'avait plus grande importance à présent.

Dans les hurlements de la meute, des chacals furent projetés en l'air par la force de l'impact, d'autres lancés contre les murs. En un instant la pièce devint le théâtre d'un carnage de corps convulsés, au sol recouvert d'une couche écarlate qui s'écoulait par toutes ses fissures. Mais tous les fauves n'avaient pas été tués net. Certains n'étaient que blessés, d'autres effrayés seulement.

Ceux-là firent front contre l'attaquant.

Pour ne pas gaspiller sa réserve de balles, Halloran s'empressa de régler son arme en tir isolé.

Le hurlement des bêtes avait perdu de son intensité jusqu'à devenir un geignement d'angoisse assez pitoyable, qui n'éveillait pourtant aucune pitié chez Halloran. Il pointa le fusil sur le chacal le plus proche. L'animal bondit, babines retroussées sur ses crocs déjà rougis. La balle pénétra dans le cou qu'elle transperça en éclaboussant le plafond de chair et de moelle.

Le poids de l'animal foudroyé au vol qu'il reçut de plein fouet rejeta Halloran contre le mur, et la torche qu'il tenait bloquée avec son arme lui échappa. Le cadavre du fauve tomba sur le sol, la tête pendant à une épaule. A moitié accroupi, Halloran entendit plus qu'il ne vit un autre chacal s'élancer. Il leva le fusil et tira au jugé.

La première balle ne fit qu'érafler le flanc de l'animal sans l'arrêter. Les crocs s'enfoncèrent dans le poignet de l'agent secret, qui sentit à peine la douleur.

La deuxième balle, tirée sous le poids de la bête, lui ouvrit le ventre de haut en bas. Son glapissement perçant réveilla les cris des autres animaux blessés, dans une affreuse cacophonie. Halloran dégagea son poignet des dents qui le mordaient, et qui l'éraflèrent un peu plus quand la tête tomba sur le sol. Il attrapa la torche dont il tourna vite le faisceau vers la masse tressautante des charognards. Ceux qui le pouvaient encore rampaient vers lui, certains en boitant bas, d'autres en se traînant sur le ventre. Le matelas et les hardes entassées dessus étaient détrempés par un liquide sombre qui formait des coulées dans la chambre.

Tenant d'une main la mitraillette contre sa hanche, Halloran se baissa pour récupérer le sac qui contenait d'autres munitions, sans détourner un seul instant le faisceau lumineux de la meute rampante. Elle avait cessé de hurler pour faire entendre un grondement sourd très menaçant. Il contourna la porte.

Un chacal qui boitait se rua brusquement sur lui, mais ses pattes cédèrent et il s'affala aux pieds de Halloran avec un grognement venu du tréfonds de sa gorge, en claquant faiblement des mâchoires. Halloran sortit à reculons par la porte tandis que les autres rassemblaient leurs forces et avançaient en trébuchant. Le temps de refermer brutalement la porte, il entendit les chacals gratter le battant de l'autre côté.

Il resta un instant appuyé au chambranle, le front sur son bras replié. Il respirait lentement pour se remettre de l'horreur.

Il n'en aurait pas le temps. Un bruit dans l'escalier le fit tressaillir.

Il s'élança vers la rampe dominant l'escalier, et vit d'autres fauves escalader les marches. Penché sur la balustrade, il les visa un à un à la base du crâne, pour leur casser l'échine. Le premier chacal, tué sur le coup, s'arrêta net, comme assommé, avant de culbuter jusqu'en bas. Il entraîna dans sa chute le deuxième, également touché. Le troisième, saisi par les détonations, fit un saut de côté pour éviter ses compagnons et reçut une balle dans l'épaule. Il poussa un hululement et dégringola hors de vue.

Halloran longea vivement le palier et vint braquer sa lampe vers le bas de l'escalier. Deux cadavres seulement y gisaient.

Il descendit avec beaucoup de précautions. Il lui tardait de s'éloigner de ce charnier, mais il se demandait dans l'angoisse quelle surprise pouvait bien encore l'attendre au rez-de-chaussée. Apparemment, il venait d'abattre les derniers traînards. D'en haut lui parvenait le grattement obstiné contre la porte, accompagné d'une sorte de miaulement plaintif.

Après avoir enjambé les deux dépouilles au pied de l'escalier, il marcha vers la porte d'entrée donnant sur la façade, à reculons pour continuer à surveiller le couloir et la porte arrière. Le sac en bandoulière, la torche serrée entre les dents, il essaya d'actionner la serrure. Le mécanisme rouillé commença par résister à ses efforts, puis consentit à tourner de mauvaise grâce. Mais les deux verrous, en haut et en bas, étaient si bien rouillés qu'ils ne bougèrent pas d'un millimètre.

L'entrée n'avait pas dû être utilisée depuis des années. Répugnant néanmoins à sortir par l'arrière, il pénétra dans la pièce de droite.

A mi-chemin de l'une des fenêtres, il sentit une goutte sur son bras étendu et s'arrêta, intrigué. Un liquide éclaboussa sa joue. Il braqua sa lampe au-dessus de lui et vit le sang qui dégouttait du plafond. Ce fut alors qu'il entendit un grondement guttural s'élever derrière la porte.

Le chacal était sur lui avant qu'il ait eu le temps d'ajuster son arme. Il tomba sur le plancher dans un grand nuage de poussière, lâchant la torche qui alla frapper le mur, puis se mit à clignoter en touchant le sol.

De l'animal féroce, il ne distinguait qu'une silhouette obscure au-dessus de lui ; il lui empoigna la fourrure et s'efforça de détourner de son visage les mâchoires ouvertes. Il dut abandonner la mitraillette ; il avait besoin de ses deux mains pour repousser l'attaquant. Les longues pattes robustes, beaucoup plus puissantes qu'elles ne le paraissaient, éraillaient ses vêtements en lui griffant la peau. Il sentit du sang couler sur son poignet, mais comprit que c'était celui de l'animal blessé. En continuant à le retenir d'une main, il chercha de l'autre l'épaule noyée de sang et serra fort. Le chacal recula d'un bond avec un glapissement suraigu, mais Halloran ne lâcha pas prise, et continua de comprimer la blessure. La forme de leur squelette offre pratiquement aux chiens et aux loups la protection d'une armure, il ne l'ignorait pas ; ils ont très peu de points vulnérables, mais un coup sévère porté à l'encolure, juste sous les épaules, doit les assommer pour de bon. Voulant conclure avant que le chacal ait pu récupérer, Halloran passa ses bras sous l'épaule de l'animal, mains jointes derrière l'encolure, et d'un coup précis et énergique, releva les coudes en pressant des deux mains vers le bas. L'os du sternum cassa dans un craquement sec. Le choc tua net le chacal.

Laissant là le cadavre, et sans prendre le temps de retrouver son souffle, Halloran tâta le sol à la recherche de son arme. Quand il l'eut en main, ainsi que le sac noir contenant les munitions, il revint à la porte et la ferma. C'était une barrière que les chacals au moins ne franchiraient pas. Il alla à la fenêtre, chercha le loqueteau et le força non sans difficulté. Mais ses essais pour ouvrir la croisée n'aboutirent à rien : elle était complètement bloquée.

Sans perdre davantage de temps, une main sur les yeux, il brisa la vitre avec la crosse trapue de la mitraillette, se glissa par l'ouverture et sauta dehors. La Mercedes attendait non loin dans l'obscurité.

Il n'avait fait que quelques pas vers la voiture quand une vitre éclata à l'étage au-dessus. Des silhouettes s'élancèrent avec des cris stridents.

Les chacals ! L'un atterrit sur son épaule, et le fit trébucher. Il buta sur un autre tombé à ses pieds, perdit l'équilibre. Il était impossible d'évaluer leur nombre dans cette obscurité, et il avait peu de chances de retrouver son arme. Il repoussa un animal sans doute affaibli par ses blessures, se releva et envoya d'un coup de pied un autre chacal tituber sur ses pattes déjà chancelantes. Quelque chose s'accrocha à sa cheville, il souleva du sol l'animal et le lança loin de lui. Puis il courut vers la voiture en sortant le Browning de son étui, juste au moment où apparut un coin de lune. Il ouvrit grand la portière, sauta à l'intérieur, changea son pistolet de main pour la refermer. Comme il tirait sur la poignée, un autre chacal s'élança vers lui, et se coinça dans la portière. Halloran recula pour éviter les crocs meurtriers. De la main gauche il posa le revolver sur la tête du fauve et tira. La bête eut une secousse, et s'abattit sans vie. Halloran rejeta le corps hors de la voiture, ferma la portière.

Et, les bras sur le volant, il y posa son front, demeura sans bouger, la poitrine haletante. Quand il releva la tête et se retourna vers le pavillon, la lune lui révéla une scène macabre : les créatures si semblables à des loups avaient formé un cercle et, hurlant à la lune la douleur de leurs blessures, tournaient en vacillant et trébuchant, comme pour une danse rituelle.

Halloran prit son émetteur radio pour alerter les deux voitures de ses agents. Dommage que ni l'une ni l'autre ne soient passées devant la grille quelques minutes plus tôt, au moment des coups de feu, cela l'aurait aidé. Le problème se présentait toujours en cas d'effectifs insuffisants; une fois de plus, il pesta contre Kline qui se montrait trop confiant au sujet de sa propre sécurité. L'appareil radio crépita de parasites. Il l'éteignit, le ralluma, espérant que l'interférence serait dissipée ; elle ne l'était pas. Il parla quand même dans le micro, et le grésillement s'intensifia tandis qu'il attendait une réponse. Un coup d'œil vers le ciel lui montra des nuages chargés d'électricité. Jurant entre ses dents, il rangea l'appareil, remit le pistolet dans son étui et démarra.

Quelque chose le pressait de rentrer à Neath, le sentiment qu'il s'y déroulait un événement fâcheux, que Kline n'était pas seul en danger, mais aussi Cora. Et c'était la sauvegarde de Cora qui lui importait le plus. Après ce qui s'était produit dans la maison du gardien, ni la raison ni la logique ne lui paraissaient plus si importantes. Il se fiait davantage à son intuition.

Pleins phares, il avança vers la grille et décrivit un demi-tour serré qui le fit mordre sur les broussailles du bord, en soulevant du gravier et de la terre. Mais au lieu de se lancer sur la route menant à la grande demeure, il vira à gauche pour traverser en cahotant la partie de terre meuble s'étendant devant le pavillon. Et il acheva les chacals éblouis par les phares en les écrasant sous ses roues ou en projetant dans les airs ceux qui cherchaient encore à s'enfuir. Cette besogne achevée, il prit la route de Neath.

Dans un sillage de poussière, la voiture fila sur la route dont les phares perçaient les ténèbres. Il vit le premier éclair illuminer les nuages, en un effet stroboscopique qui lui rappelait celui qu'il avait contemplé la veille sur le lac. Dans le tunnel que formaient les arbres, il accéléra : les branches basses ne lui avaient jamais paru plus menaçantes. Dans le virage, les pneus crissèrent en collant à la route. La voie semblait plus étroite, bizarrement, comme si les arbres de chaque côté complotaient de se rejoindre, et que seule la lumière des phares les en empêchait. Il avait l'impression inquiétante que le passage allait se refermer derrière lui.

Alors que la route commençait à descendre, la voiture sortit brusquement des bois. Halloran se demanda malgré lui si les arbres s'étaient finalement rejoints derrière son dos.

Au loin se dessinait la masse de Neath, où seules quelques fenêtres étaient allumées. Les réflexes acquis à l'entraînement prenant le pas sur l'impulsion, Halloran lâcha l'accélérateur. Il prit même la précaution d'éteindre complètement ses phares, et de suivre au jugé le ruban indistinct de la route jusqu'à ce que ses yeux se soient adaptés à la nuit.

La foudre illumina encore le ciel. Un éclair déchiqueté s'élança des nuages pour frapper presque perpendiculairement le lac.

Halloran écrasa son frein, et la Mercedes dérapa avant de s'arrêter. A la lumière des éclairs qui se prolongèrent l'espace de quelques secondes, le spectacle qu'offrait l'eau était stupéfiant. Il en gardait l'image très nette dans son esprit alors qu'il s'attarda un instant dans l'obscurité qui suivit, avec le moteur du véhicule qui continuait à tourner. Le lac agité d'une tempête de vagues et de geysers en éruption était recouvert de flots d'écume aussi blanche que celle des océans.

La voiture vibra sous le coup de tonnerre qui avait éclaté juste au-dessus.

XL

TERRIBLE DÉCOUVERTE

Le déluge s'abattit au moment où il pénétrait sous le porche, en un torrent de pluie si violent qu'il paraissait artificiel. Son crépitement projetait en l'air les gravillons de la cour. La masse de pluie semblait presque solide, elle occultait complètement la vue sur le lac. Halloran traversa rapidement l'espace pavé du porche en sortant sa clef de sa veste.

Au double portail il frappa deux fois et cria son nom, puis à la lumière médiocre de l'endroit il inséra la longue clef dans la serrure et ouvrit l'un des vantaux.

L'entrée était vide.

Les yeux levés sur la tribune des musiciens et la galerie, il s'avança sur les dalles de pierre, cherchant les ombres; au centre de la pièce, il fit un tour complet sur lui-même afin d'étudier chaque porte ouvrant sur le rez-de-chaussée. La foudre illumina les fenêtres, et le tonnerre suivit presque immédiatement. Il eut l'impression que Neath tremblait tout entière.

Halloran sortit une fois de plus le pistolet de son étui.

Il commença par explorer le bas, pièce après pièce, rapidement. Revolver au poing, il ouvrait les portes brusquement mais sans bruit, en allumant chaque fois la lumière, car il détestait l'obscurité de Neath. La bibliothèque et les différents salons, avec leurs meubles rares et leurs bibelots hétéroclites, étaient vides. La salle à manger, la cuisine, les autres pièces, les couloirs, tout était déserté, tout semblait abandonné depuis des années. Halloran avançait avec précaution, même si le martèlement de la pluie sur les vitres couvrait le bruit de ses pas. Il sentait une sorte de désespoir l'envahir.

Dans un couloir, il s'arrêta pour écouter, devant une fenêtre à petits carreaux donnant sur la cour. L'éclair qui fulgura alors lui offrit le spectacle stupéfiant de l'ancienne fontaine. Elle dégorgeait maintenant une eau sale et visqueuse, avec des paquets de vase noire.

La foudre s'éteignit par à-coups, le tonnerre ébranla les croisées. Halloran rebroussa chemin jusqu'au grand hall d'entrée.

Il monta l'escalier deux à deux, encore agile malgré la rude épreuve qu'il venait de vivre, puis passa rapidement de pièce en pièce qu'il vérifiait d'un coup d'œil, le pistolet toujours braqué à hauteur de poitrine, prêt à tirer. Il examina même sa propre chambre.

Il crut entendre un cri quelque part dans la maison, mais le fracas assourdissant du tonnerre qui résonna presque aussitôt le fit douter. Rapide et léger, il se dirigea vers les appartements de Kline. Un cri encore, cette fois il en était certain. Un cri de femme. Cora ! Il se mit à courir.

La porte du couloir était ouverte. Il réduisit son allure au pas. Au bout du couloir, une lueur filtrait par l'entrebâillement d'une porte. Une plainte lui parvint de l'intérieur de la pièce. L'air était saturé d'encens.

Il avança à pas de loup. C'était Cora qui avait poussé ce petit gémissement de douleur, il le savait. Il fallait qu'il maîtrise son émotion, il le fallait absolument. Arrivé à la porte il s'arrêta, attendit un moment.

Un claquement se fit entendre. Celui d'un coup cinglant la chair. Puis un halètement, et le gémissement de Cora.

Halloran poussa doucement la porte entrouverte.

Il se trouvait dans une grande pièce aux murs recouverts de symboles et d'esquisses qu'il ne prit pas le temps d'étudier. Sur le plancher étaient entassés en désordre des livres, cartes et feuillets divers auxquels il ne prêta guère attention. Face à lui, un lit à baldaquin aux montants ouvragés drapés de vraie dentelle, dont il remarqua à peine la beauté. Halloran ne pouvait détacher ses yeux de ce qui se passait sur le lit.

Les draperies relevées et nouées aux colonnes révélaient la nudité d'une silhouette accroupie, la tête ployée, le dos arqué. La chair était zébrée de rouge. Bien qu'elle eût le visage à demi tourné vers lui, Cora ne vit pas Halloran. Elle avait les yeux clos, les cheveux sur le front. Sa bouche entrouverte esquissait un sourire.

Monk tournait le dos à la porte, un dos large aux épaules tombantes. Il était bien trop absorbé dans la contemplation de la fille pour remarquer la présence de quelqu'un sur le seuil. Nu aussi, il offrait le spectacle d'une montagne de chair adipeuse et flasque, couverte d'une toison plus épaisse sur les jambes et les avant-bras, qui s'évasait sur les épaules. Dessous, la peau n'était guère visible.

Il tenait à la main un fouet court à multiples lanières qu'il laissa tomber à terre pour s'approcher de la fille. Il lui saisit les chevilles et les tira à lui, si bien que Cora se trouva allongée à plat ventre. Halloran aperçut les menottes qu'elle portait aux poignets.

Elle gémit, et c'était un gémissement de plaisir, non de peur.

Le calme et la retenue qu'il s'imposait toujours abandonnèrent Halloran. La fureur bouillonnait en lui, et une angoisse aussi profonde et aussi douloureuse que celle ressentie tant d'années auparavant, le jour où il avait assisté à la mise à mort de son père. Ou encore celui où il avait appris la fin épouvantable de sa mère. Un sentiment fulgurant, qui faisait taire tous les autres.

Il s'élança avec un hurlement de rage et agrippa les cheveux de Monk, qui n'étaient pas attachés en queue de cheval comme d'habitude. Il les tira violemment en assenant sur le côté de la tête un coup de crosse dont sa colère, déchaînée comme rarement auparavant, gâta un peu la précision.

Arraché à la fille, Monk poussa de grands cris et tomba en arrière.

Cora se retourna en remontant ses jambes. Elle posa sur Halloran un regard vitreux, manifestement sans comprendre. Il leva son revolver sur elle. Sa main tremblait. La tuer, la punir d'avoir ainsi forcé sa réserve, d'avoir réveillé ses sentiments pour mieux s'en moquer ensuite ! Il se maudissait de s'être laissé aller jusque-là.

Cora commença par lui décerner un sourire niais de bienvenue, puis l'effroi perça le brouillard où l'avait sans doute mise la drogue.

Halloran abaissa le pistolet, ferma les yeux pour ne plus la voir.

Un bras charnu lui entoura le cou par-derrière, une main lui agrippa le poignet. Il entendit Monk haleter, se sentit soulevé du sol.

La trachée comprimée de la sorte, il savait qu'en quelques secondes il perdrait connaissance. L'automatique ne lui servirait à rien dans une telle situation ; il ouvrit la main et l'arme tomba à terre. Monk ne relâcha pas sa pression pour autant. Il soufflait dans l'oreille de Halloran avec un gargouillement de bête. De sa main libre, Halloran tâtonna derrière lui, trouva la partie charnue de son adversaire située à l'entrejambes. Il la pinça entre le pouce et l'index en serrant de toutes ses forces. Monk poussa un cri perçant, un cri suraigu de femme, et sa poigne se desserra. Halloran se dégagea en lui tordant le bras.

Il virevolta et prit l'autre à la gorge. Sous l'effort les deux adversaires glissaient lentement au sol. Monk essaya bien d'écarter les mains qui le tenaillaient, mais il ne pouvait rien contre la fureur de l'agent secret. Ses yeux porcins commençaient à s'exorbiter. Face à face, les deux hommes tombèrent à genoux. De plus en plus congestionné, Monk proféra quelques grognements en retroussant ses lèvres épaisses et, la pointe de la langue frémissante sur les dents, il cracha du mucus dans les yeux de Halloran.

Surpris, aveuglé, ce dernier desserra légèrement son étreinte. Un coup à l'estomac l'obligea à se plier en deux, et dans ce geste ses doigts griffèrent la poitrine de Monk. D'une gifle lancée à toute volée, celui-ci envoya Halloran à quelques mètres, puis se releva.

Il marcha lourdement vers son adversaire et sur le point de l'atteindre, s'élança dans l'intention de lui écraser la poitrine sous ses genoux. Mais Halloran qui essuyait ses paupières engluées devina la manœuvre ; il roula un peu plus loin au milieu des livres, et l'autre atterrit pesamment dans un espace vide.

Ils se relevèrent ensemble. Halloran fut le plus rapide. Le bout de sa chaussure vint frapper les parties de l'autre. Monk s'affaissa de nouveau sur les genoux, Halloran passa derrière lui et lui redressa le dos en tirant sur sa longue chevelure. Dehors un éclair fulgura ; une fraction de seconde, il immobilisa les corps dans sa lumière éblouissante. Halloran serra son poing inoccupé, jointure du milieu légèrement relevée ; le coup direct et puissant fit craquer certaine vertèbre au bas du cou de l'adversaire à genoux. Mais le tonnerre couvrit le craquement de l'os.

Halloran chercha l'appui d'un des montants du lit tandis que la silhouette raidie de Monk oscillait, puis s'effondrait sur le plancher. Il respirait à grands coups l'atmosphère alourdie d'encens. La colère brûlait toujours en lui ; le dégoût que lui inspirait Kline et l'air vicié de son entourage lui soulevaient l'estomac.

Dans son état de confusion où la fureur le disputait à l'écœurement, il n'avait pas remarqué la personne qui avait observé toute la scène depuis la porte. Il sentit pourtant plus qu'il n'entendit un pas derrière lui ; c'était trop tard.

Comme il esquissait le geste de se retourner, Janusz Palusinski abattit sur sa tempe une courte barre de métal. L'oubli ne fut pas loin de le soulager.

XLI

LES CHOSES DU LAC

Une pluie pareille, ils n'en croyaient pas leurs yeux.

Elle leur martelait le dos et les épaules, rendant leur progression très difficile. Au moins étaient-ils moins visibles sous l'averse, se disait le chef en les pressant de continuer.

« *Qu'est-ce que c'est que cette vacherie, Danny?* hurla McGuire à son oreille. *Je n'ai jamais rien vu de pareil!* »

Ça, c'était bien vrai. L'homme qu'on appelait Danny examina le lac et eut un frisson qui ne devait rien au froid. Ses eaux étaient aussi déchaînées qu'à la passe de Saint Georges aux pires mois d'hiver. Il redoutait cette traversée qu'il avait souvent faite par le passé. Dieu du Ciel, c'était à vous faire peur.

De la rive ils avaient vu la foudre frapper le lac plusieurs fois. Elle mettait une lueur vert argent sur ses eaux agitées, et l'écume du rivage brillait dans le noir. Aux coups de tonnerre qui leur faisait vibrer les oreilles, ils se jetaient sur la terre détrempée comme si des obus meurtriers tombaient autour d'eux. Ses hommes avaient peur, ils voulaient s'en retourner. Mais il n'en était pas question; la crainte encore plus grande qu'ils avaient de leur chef les retiendrait, et leur rappellerait leur devoir.

L'averse les avait surpris sur une berge escarpée, dont le sol était devenu très glissant sous leurs pieds. Pour tout recours, ils n'avaient que quelques rares racines d'arbres où s'accrocher. Deux des hommes marchaient dans l'eau, en s'appuyant à la berge de leurs bras tendus dans les passages trop difficiles. Devant cet extraordinaire orage, Danny était partagé entre l'étonnement et l'imprécation.

Comment se résoudre à faire demi-tour alors qu'ils étaient parvenus jusqu'ici ? Le salaud qu'ils cherchaient, leur cible, se trouvait dans l'imposant manoir qu'ils avaient aperçu de loin tout à l'heure, et il allait payer chèrement pour ses actes. Il allait souffrir pour la souffrance qu'il avait infligée aux autres. Il n'y avait pas à revenir là-dessus, il fallait donc continuer.

Un cri d'angoisse jaillit, tout proche. L'un de ses hommes glissait dans l'eau tourbillonnante, en levant à bout de bras sa mitraillette. Son compagnon, qui pataugeait derrière, lui tendit les mains pour le tirer à lui.

Un éclair déchiqueté zébra le ciel pour venir transpercer le lac, en une saisissante illumination qui gagna aussitôt l'ensemble du paysage. Le tonnerre qui éclata sur lui remplit le groupe d'effroi. Dans l'éblouissante lumière blanche, le chef vit le visage des deux hommes qui étaient dans l'eau. Ils avaient l'expression de terreur de ceux qui ont reçu un choc.

Ils commencèrent à s'enfoncer.

Le chef glissa au bas du talus, en criant aux autres de venir au secours de leurs compagnons. Mais arrivé au bord de l'eau, l'anorak sali, les bottes encroûtées de boue, la vision qu'il eut du lac le pétrifia d'horreur.

Il voyait des formes s'y dessiner, évanescentes, nébuleuses, presque confondues dans les torrents de pluie, mais néanmoins visibles. Des formes qui se dressaient au milieu de l'orage.

C'était impossible, il devait se tromper ! Il essuya ses yeux pleins d'eau. Mais il avait bien vu. Des vagues sortaient, des choses indéfinissables qui se déployaient tels des monstres grisâtres.

Quelque chose le heurta, il se retourna en sursaut. McGuire — ou quelqu'un qu'il prit pour McGuire dans les demi-ténèbres — observait fixement le lac lui aussi. Sa bouche tentait vainement d'articuler des mots, comme s'il avait perdu l'usage de la parole.

Un cri s'éleva. Leurs deux compagnons avaient de l'eau jusqu'aux épaules.

« *Tirez-les de là !* » hurla Danny en pataugeant à leur rencontre. Il remarqua la disparition de la mitraillette et fulmina contre son subalterne épouvanté qui l'avait lâchée. Un autre de ses hommes s'approchait, se penchait vers eux, bras tendu.

Mais tous s'immobilisèrent quand le ciel s'illumina et qu'une nouvelle décharge vint frapper le lac, dans un fracas assourdissant. A cause de ce qu'ils virent soudain sous la surface du lac.

L'eau était peuplée de masses confuses agitées de mouvements spasmodiques, pourvues d'appendices en forme de vrilles ondulant au gré des courants. Elles occupaient la totalité du lac, qui n'était donc pas rempli d'eau, mais d'êtres liquides.

Une trombe d'eau jaillit, puis retomba en s'enroulant comme un tentacule autour des deux hommes qui essayaient de s'agripper à la rive. Elle les attirait dans le lac, et leurs cris finirent en une mousse de bulles. Il sembla aux autres, même s'il faisait trop sombre pour qu'ils puissent l'affirmer, que d'autres tentacules plus petits les tiraient en même temps vers le bas.

Le chef frissonna d'horreur incrédule. Soudain il tressaillit : quelque chose s'enroulait autour de sa cheville. Il libéra sa jambe d'une secousse, avec un cri d'effroi. Était-ce l'effet de son imagination survoltée ? En soulevant la jambe, il eut l'impression qu'une patte liquide s'y accrochait pour retomber ensuite et se fondre dans les eaux agitées du lac.

Ses deux hommes étaient perdus, il le savait. On ne pouvait plus rien pour eux. Avec la peur de perdre pied, de se trouver en compagnie de ces choses qui bougeaient dans le lac, il se lança à quatre pattes dans l'ascension du talus, en s'enfonçant dans le sol limoneux. Les deux hommes qui lui restaient l'imitèrent, pressés de fuir ces eaux écumeuses d'où jaillissaient des trombes semblables à des créatures difformes se dressant dans la nuit d'orage.

Les vagues se jetaient sur eux comme pour les tirer en arrière ; ils plongeaient les doigts dans la boue, fouillaient le sol à la recherche de la moindre racine à laquelle ils pourraient s'accrocher, reconnaissants de gagner quelques centimètres.

Arrivés en haut du talus ils s'écroulèrent sur l'herbe et roulèrent encore et encore jusque dans les broussailles, le plus loin possible de la berge, pour s'arrêter sous le couvert des arbres, essoufflés et tremblants. La pluie était moins forte sous le dais de feuillage.

« *Pour l'amour de Dieu, fichons le camp d'ici !* »

Danny reconnut la voix de McGuire, même déformée par la terreur.

« Non ! s'exclama-t-il assez fort pour dominer le bruit de l'orage. Je ne sais pas ce que c'était, mais le mal est passé, il est derrière nous. » Il était encore sous le coup de l'événement, stupéfait, choqué par la perte de deux bons éléments. Mais Danny Shay était un homme déterminé. Un exécuteur qui avait déjà torturé et tué une personne pour savoir où se trouvait sa future victime.

Il se leva, saisit par les épaules ses compagnons épuisés et les hissa sur leurs pieds.

« Allez, on y va, dit-il. La maison n'est pas loin, et il y a là un salaud qui mérite la mort. »

XLII

LE SÉPULCRE

Comme dans son rêve, de grands yeux fixes l'observaient. Des yeux qui n'avaient rien de naturel. Des yeux de pierre.

Un élancement lui traversa la tête. Halloran retint son souffle. Il porta à son front une main très lourde et comprima ses tempes en les massant doucement du bout des doigts. La douleur ne céda qu'un peu. Il cligna des paupières et vit l'assemblée des statues, une trentaine au moins dressées à quelques mètres, qui observaient. Certaines formaient des groupes, homme, femme, enfant. Elles avaient parfois plus d'un mètre cinquante de haut. On ne pouvait échapper à leur regard fixe.

Parmi elles, sur une chaise ornée à haut dossier était assis un autre personnage, de chair et de sang celui-là puisqu'il s'était penché en voyant Halloran se redresser sur un coude. Puis il se remit au fond de son siège, ombre indistincte parmi les sculptures.

Halloran était allongé sur un sol mouillé, d'où suintait une eau noirâtre entre les dalles. Il s'en dégageait un relent putride, qui se mêlait à une autre odeur. Celle de la cire fondue. La salle était éclairée par des rangées de cierges noirs, à la lueur tremblante et douce.

« Mettez-le à genoux », dit une voix. Elle aurait pu appartenir à Kline sans cette résonance râpeuse qui rappelait à Halloran celle du portier dans le pavillon.

On l'empoigna sans ménagements, trop engourdi pour qu'il songe à résister. Alors qu'il s'agenouillait, quelque chose passa devant sa gorge. Il éprouva brusquement à ce niveau une sensation aiguë qui le fit se redresser vivement.

Ses efforts pour s'y soustraire ne firent qu'accentuer la pression ; ses mains ne trouvèrent rien à quoi s'accrocher.

« Se débattre ne sert qu'à rendre le fil plus coupant », avertit la même voix.

Même s'il ne pouvait le voir, Halloran sentait que quelqu'un se penchait derrière lui. Une senteur épicée se mélangeait aux autres odeurs.

« Youssef est un maître du garrot », reprit la voix, et cette fois Halloran eut la certitude que c'était bien Kline qui était assis dans l'ombre, malgré l'âpreté de cette voix. « Essayez donc de lui résister, vous en aurez la confirmation. » C'était dit avec un tel accent de lassitude qu'on aurait pu croire Kline très âgé.

Halloran retira ses mains. Elles portaient les traces de son sang.

« Laisse-le voir, Youssef. Laisse-le voir où il est. »

La pression s'amoindrit, Halloran put regarder autour de lui, en partie du moins. Il se trouvait dans une pièce en longueur, haute de plafond, dont les murs luisaient à la lumière des cierges comme si l'eau s'infiltrait entre les briques. Il vit un escalier solide au sommet duquel s'ouvrait un passage obscur, mais pas de porte, et des arches de chaque côté de la salle ; elle avait pu servir de cellier autrefois, mais à présent il était impossible de deviner ce qui se cachait au fond de ces cavités plongées dans les plus noires ténèbres. Outre les cierges, des lampes à huile çà et là contribuaient à éclairer l'endroit, disposées devant les socles supportant des statues délicatement sculptées et des effigies de métal brillant. La plus proche représentait, semblait-il, un bouc dressé sur ses pattes de derrière contre un arbre d'or. La toison de l'animal était ciselée dans une pierre d'un bleu profond incrustée d'écaille blanche. La statuette était exquise, mais Halloran ne s'y attarda pas longtemps.

A l'extrémité de la salle se dressait un large bloc rectangulaire de pierre d'un noir mat. Une parodie d'autel. Allongée sur cette dalle, parfaitement immobile, la silhouette obèse d'un homme nu, recouverte d'une fourrure de poils frisés. Halloran se demanda si Monk était mort.

La voix râpeuse interrompit le cours de ses pensées. « Impressionnant, non, Halloran ? Vous l'avez paralysé, il ne peut plus bouger, pas même lever le petit doigt. Inutilisable en tant que garde du corps, mais précieux pour un autre usage... »

De l'extérieur leur parvint le profond grondement du tonnerre, assourdi, paraissant très lointain.

L'ombre remua au fond de son siège. « Sale nuit là-haut, hein ? railla Kline dont la voix retrouvait un peu de son excitation habituelle malgré son altération. J'espère que vous n'aurez pas les genoux trop mouillés, Halloran. Il y a tellement de cours d'eau souterrains qui traversent la propriété, vous comprenez, avec toutes ces collines autour. Quand le lac grossit, ils...

— Quel est cet endroit, Kline ? » questionna Halloran posément, mais sur un ton qui suffit à arrêter l'autre.

Kline étudia un certain temps son interlocuteur avant de répondre. Il prit une inspiration sifflante, comme s'il avait la gorge obstruée, et dit enfin : « C'est un endroit secret. Un sépulcre, Halloran. *Mon* sépulcre. Une pièce que nul ne peut trouver sans la connaître, et encore cela ne suffirait-il pas à éviter certains problèmes. Cet endroit a toujours existé ici à Neath, je n'ai pas eu à le *créer*. Mais j'ai dû dissimuler son existence. C'est une sous-cave, vous comprenez. Il y a un passage vers la vraie cave, mais je l'ai muré de façon à ce que personne ne puisse le déceler. » Il émit un gloussement rêche, complètement éraillé. « Ingénieux, non ? Exactement comme dans les anciennes tombes de Sumer. Si on ne connaît pas le truc, impossible d'entrer comme de sortir. Vous pouvez pourrir tranquillement ici, Halloran, personne ne vous y trouvera jamais. »

Halloran tenta de se redresser, mais le fil se resserra aussitôt autour de son cou.

« Il suffira de deux secondes à Youssef pour vous tuer, peut-être trois. Alors cessez de faire l'idiot !

— Mais pour l'amour de Dieu, Kline, expliquez-moi ? Je suis ici pour vous protéger. » Halloran n'avait pas élevé la voix. Une froideur l'envahissait, un détachement qu'il connaissait bien. Il annihilait toute émotion.

« Dieu ? Il n'a rien à voir là-dedans. Pas le vôtre, en tout cas. Seulement le mien. » Encore cette respiration sifflante, accompagnée d'un mouvement dans l'ombre. Après un silence, il dit : « Vous avez tué le Gardien.

— Le gardien des grilles ? Il était mourant, il ne maîtrisait plus les chiens — les chacals plutôt. Ils l'ont mis en pièces. Mais comment savez-vous qu'il est mort... ?

— Vous doutez encore de mes capacités, Halloran ? Nous

n'étions pas liés que par le psychisme, vous savez. Il prenait sur lui mes malaises, mes faiblesses. Mes années. A travers lui j'ai pu vivre intact, sans âge, libre d'exercer mes facultés sans entraves.

— Le vieil homme a dit que vous vous serviez de lui.

— J'étais autorisé à le faire.

— Autorisé ?

— Le pouvoir de me décharger sur quelqu'un des misères physiques que nous redoutons tous, celles qui nous affaiblissent avec les ans, ce pouvoir m'a été accordé. Et il décline maintenant, parce qu'un événement a eu lieu qui a tout déréglé. Vous avez tué mon Gardien, vous avez tranché le lien.

— Je vous ai dit qu'il était mourant avant que les chacals ne s'emparent de lui. L'étrange, c'est qu'il semblait content de mourir.

— C'était un imbécile.

— Écoutez, Kline. Je veux que vous disiez à ce crétin d'ôter ce fil de mon coup.

— Après ce que vous avez fait à Monk ?

— Je risque de lui faire très mal sinon.

— Je ne crois pas, Halloran. Je ne crois pas que vous seriez *assez* fortiche. Et puis, vous vouliez satisfaire votre curiosité, non ? Vous voulez apprendre un peu plus d'histoire. La nuit dernière, je n'ai voulu que stimuler votre appétit.

— Kline, je vous préviens...

— *Ça suffit!* s'emporta Kline qui frissonna, comme s'il lui était pénible d'élever la voix. Vous allez payer pour vos actes. Vous allez contribuer à faire cesser ce que... ce qui m'arrive. » Il s'affala sur sa chaise, et Halloran vit se soulever et s'abaisser ses épaules étroites, entendit sa respiration oppressée.

Quand il reprit la parole, ce fut d'une voix redevenue basse. Son accès de vivacité était passé ; il avait les accents d'un homme très âgé, comme le vieillard du pavillon. « Prenez patience et écoutez-moi, Halloran. Je veux que vous compreniez, vous méritez au moins ça. Laissez-moi vous raconter l'histoire du dieu qui a foulé cette terre trois mille ans avant le Christ. J'imagine que vous n'êtes pas un fervent des Écritures, mais vous en avez sûrement été abreuvé à outrance par vos prêtres catholiques quand vous étiez jeune garçon en Irlande. J'aimerais vous faire saisir la signification de leurs contes à dormir debout, accordez-moi cela.

— Ai-je le choix ?

— Oui. Si vous préférez, Youssef peut vous tuer tout de suite. »

Halloran ne répondit pas.

Kline émit un ricanement rauque. « Comme le temps devient précieux quand il en reste si peu, Halloran, même pour ceux qui ont vécu si longtemps... »

La flamme des cierges vacilla, comme sous l'effet d'un courant d'air.

« L'homme-dieu avait reçu le nom de Marduk de son peuple, les Sumériens, commença Kline alors que Halloran se demandait combien de temps l'Arabe pouvait maintenir le garrot tendu. C'est lui qui a civilisé ce peuple et lui a fait accomplir ses progrès ; il a enseigné l'écriture aux Sumériens, leur a révélé le secret des étoiles, a installé l'ordre dans leur société. C'est de lui qu'ils ont appris à soigner en ouvrant le corps humain, à forger les métaux extraits de la roche, à fabriquer des outils et des instruments, à se servir de véhicules pour se transporter. Était-ce un mal, tout cela ? Comment le prétendre ? C'est la connaissance. Mais les mortels qui gouvernaient considéraient ce savoir d'un mauvais œil, parce qu'il représentait une menace pour leur pouvoir. C'était la crainte des rois de Sumer et de certains grands prêtres. N'est-ce pas aussi depuis toujours celle de votre dieu chrétien ? »

La question était posée très sournoisement. Le ton de Kline changeait constamment selon son humeur, dont Halloran connaissait bien le caractère d'instabilité, mais ce caractère n'avait jamais été aussi marqué. Il lui semblait que Kline maîtrisait mal ses réactions.

« Mais peut-être était-ce *l'autre* connaissance que les hommes au pouvoir redoutaient le plus, car c'était elle qui *donnait* le pouvoir. Je veux parler de l'alchimie, de la magie et de la sorcellerie, de l'interprétation de la Cabale.

« Pendant plus de mille ans Marduk a tenu les Sumériens sous son ascendant, et le peuple a aimé son autorité. Il ne leur demandait en retour que de l'adorer et de vénérer ses voies. Les bûchers du sacrifice lui étaient agréables, la chair rôtie d'hommes, de femmes et d'enfants. Il exigeait le reniement des autres dieux. La torture d'innocents l'apaisait : il voulait que son peuple le craigne autant que le craignaient les dirigeants. Les rois, les princes, les grands prêtres ne pouvaient rien tenter contre lui. Jusqu'au jour où le roi Hammurabi réussit à coaliser tous les dirigeants de l'État contre Marduk ; il proclama qu'il était un dieu néfaste, qui serait désormais appelé *Bel*-Marduk. »

Halloran leva les yeux vers l'escalier. Il croyait avoir perçu du mouvement dans le passage.

« Le roi a dénoncé Bel-Marduk comme un dieu déchu, poursuivit Kline d'une voix que la colère faisait déraper. Beaucoup plus tard, les Juifs parleront de lui comme de l'Ange Déchu. »

Halloran fronça les sourcils.

« Ah, je vois une lueur s'allumer dans votre œil, railla Kline. Oui, je parle bien de l'Ange Déchu de la Bible, connu ensuite comme le Démon.

— Vous êtes complètement fou, Kline », prononça Halloran pour tout commentaire, et l'accent chantant de l'Irlande était perceptible dans ces mots.

Le silence lui répondit, puis un gloussement à voix éteinte.

« L'un de nous deux doit être fou, Halloran. Mais continuons, je suis loin d'avoir terminé. »

Les yeux fixes des effigies de pierre qui entouraient la silhouette restée dans l'ombre parurent s'animer d'une menace. Halloran s'efforça d'en faire abstraction.

« Bel-Marduk fut abattu pour avoir prêché un "message de perversion". On lui coupa la langue et on lui arracha les membres, en sorte que son âme immortelle reste prisonnière d'un corps réduit à gésir dans la poussière. Les prêtres en firent une créature rampante, qu'ils nommèrent Serpent. »

Kline se pencha en avant dans l'ombre. « Vous avez déjà entendu cette histoire, n'est-ce pas, Halloran ? Vos prêtres catholiques ne vous ont pas parlé de Lucifer, l'Ange Déchu, condamné à ramper dans la poussière comme un reptile pour avoir corrompu des innocents, et révélé les secrets de l'Arbre de Vie à qui n'en était pas digne ? Comprenez-vous maintenant d'où proviennent ces légendes de la Bible ? La nuit dernière je vous ai dit que le site traditionnel du Jardin d'Éden est la terre comprise entre les cours du Tigre et de l'Euphrate, sur le territoire de Sumer. C'est là, selon les tablettes retrouvées en Mésopotamie, le berceau même de la race juive. C'est depuis Ur, en Chaldée, qu'Abraham mena sa tribu en Égypte, par le nord de la Syrie et la Terre de

Canaan. Les Juifs emportèrent avec eux les histoires qui devinrent plus tard les mythes de leur Bible. Le Déluge, l'enfant Moïse découvert au milieu des joncs, sont des emprunts à une histoire plus ancienne. L'explication que donnent les Hébreux de la Création et les premiers chapitres de la Genèse ont leur source dans de vieilles légendes sumériennes. Je dis légendes parce que les anciens rois ont ordonné que soient détruites toutes les archives se rapportant aux débuts de leur histoire : c'était leur façon de s'assurer que la pensée corruptrice de Bel-Marduk ne se transmettrait pas aux générations suivantes. Ils n'ont pas compris que le mal se transmet par héritage, et ne s'apprend pas par les livres. »

Il y avait plusieurs personnes en haut de l'escalier, mais Kline ne semblait pas le remarquer.

« Nous, les Juifs, avons même adopté la Cabale, et prétendu qu'elle était passée de Noé à Abraham et d'Abraham à Moïse, qui initia à ses mystères soixante-dix anciens durant les années d'errance dans le désert. L'enseignement de Bel-Marduk ne s'est jamais interrompu, ni sa vengeance contre l'humanité ! L'autre homme-dieu lui-même, ce Jésus-Christ qui avait choisi pour sien le peuple juif, n'a pas pu en arrêter le cours. Il est venu pour défaire l'œuvre du Serpent, seule façon de racheter les peuples de la Terre. Et regardez ce qui s'est passé, Halloran. Il a été exécuté, exactement comme son prédécesseur, Bel-Marduk ! On se demande pourquoi il s'est donné tant de peine, hein ? Regardez ce qui vous entoure aujourd'hui, Halloran, et vous verrez que le conflit est toujours d'actualité. Vous y participez, et moi aussi. »

De nouveau Kline se pencha en avant. « Toute la question est de savoir, ajouta-t-il fielleusement, de quel côté de la barrière vous vous placez, Halloran ? »

Halloran ne fournit aucune réponse.

Kline se réadossa à son siège. « *Faites-la descendre !* » appela-t-il.

Il se fit un mouvement au-dessus. Halloran leva les yeux et vit Cora qui descendait l'escalier, flanquée de Palusinski et de l'autre Arabe. Vêtue de son peignoir à la ceinture nouée assez lâchement devant, elle avait le pas incertain. Au bas des marches elle posa autour d'elle un regard incrédule, où l'égarement était visible. Il se demanda si on l'avait droguée de force.

« Liam..., balbutia-t-elle en le voyant.

— Vous vous faites du souci pour votre amant, ma chère Cora ? » fit depuis l'ombre la voix de Kline. Elle regarda de ce côté, et ses yeux s'emplirent de frayeur.

« Qu'allez-vous faire d'elle, Kline ? demanda Halloran.

— Rien du tout. Il ne lui sera fait aucun mal, je ne l'ai pas façonnée pour ça. Mais il me faut un nouvel allié, vous comprenez, quelqu'un qui montera la garde pour moi. J'ai toujours su qu'un remplacement devrait intervenir un jour ; mais je ne me rendais pas compte que ce jour était imminent.

— Vous ne pouvez pas *le* remplacer par elle !

— Oh si ! je peux. Elle est souillée, Halloran, dégénérée. Vous devez le comprendre à présent. Elle est devenue — enfin, *presque* devenue — ce que j'ai toujours voulu qu'elle soit. L'ultime dépravation est proche.

— C'est vous qui l'avez rendue ainsi ?

— Bien sûr. Cora était l'innocence même quand elle a attiré mon attention la première fois que je l'ai vue. C'était une vraie jeune fille en fleur, je peux vous le dire, beaucoup trop bien pour des types comme vous et moi. L'exercice qui a consisté à la transformer en une autre a été fort intéressant.

— Vous l'avez droguée ?

— Au début. Elle ne s'en est même jamais aperçue. Quelques gouttes dans sa nourriture ou sa boisson, juste assez pour lever ses inhibitions. Un processus très graduel, un parcours extrêmement lent dans la dégradation. Finalement les drogues se sont révélées à peine nécessaires — j'ai aidé Cora à développer certains “penchants”. Il faudrait parfaire le travail pour qu'elle devienne complètement mienne, mais le temps est maintenant trop précieux, je dois hâter le processus si je veux qu'elle remplisse son rôle. »

Halloran se crispa, et le fil lui entailla cruellement la gorge. « Vous ne pouvez pas lui assigner ce genre de rôle !

— Celui du Gardien ? Pourquoi pas ? Qui le saurait, et qui s'en soucierait ? Elle aura tout simplement quitté son emploi chez Magma pour devenir mon assistante personnelle. Ce genre de relation se développe tout le temps dans le monde des affaires, vous ne pouvez pas l'ignorer ?

— C'est de la démence.

— Ne vous entêtez pas dans vos affirmations stupides, Halloran. Vous ne croyez pas un mot de ce que je vous ai raconté. »

En dépit de la colère qu'il ressentait, Halloran sourit.

« Vous me déroutez, dit Kline, dont la voix exprimait une grande fatigue. Un moment j'ai cru que vous pourriez m'être utile, comme les autres. J'ai couru le monde pour trouver des hommes comme Palusinski et Monk, Khayed et Daoud, j'ai traqué la vilenie partout où elle pouvait se dissimuler. Ils me sont redevables, tous, de ce que je leur ai donné un exutoire pour leur vice — et quelle perfection dans ce vice. J'en ai d'autres, beaucoup d'autres semblables à ces quatre-là, que j'utilise au cours de mes voyages. Vous auriez pu nous rejoindre, parce que vous n'êtes pas si différent. Mais comme je n'arrive pas à vous cerner, je reste sur mes gardes. Vous m'avez évité d'être assassiné — mes rêves et mes sens m'ont averti de cette menace toute proche — et pourtant je ne peux me résoudre à vous faire confiance. Vous êtes une énigme, et malgré la fascination que cela peut exercer sur moi, je ne vois pas de raison de garder dans mon entourage immédiat une telle inconnue, à un moment surtout où les choses ne vont pas comme il faudrait. Il va décidément falloir vous liquider. »

L'Arabe qui se trouvait derrière Halloran pouffa de rire, et le fil entra plus profondément dans la gorge de l'agent secret.

« Est-ce que vous n'oubliez rien ? » réussit à dire ce dernier malgré la constriction. Le fil se desserra, il déglutit plusieurs fois.

« Vous allez me dire quoi ! se moqua Kline.

— Mon organisation sait où je suis, et pour qui je travaille. Je ne peux pas disparaître comme par enchantement.

— Voyons, voyons, mais quel imbécile je fais de n'y avoir pas pensé ! » s'écria Kline. Il abandonna aussitôt le persiflage pour ajouter sur le ton du sérieux : « Vous ne voyez pas l'astuce ? Vous vous êtes battu vaillamment contre des intrus, qui vous ont malheureusement assassiné avant que mes gardes du corps aient pu les mettre en fuite. Cela vous va, c'est assez convaincant ? Qui prouvera le contraire ? A propos, Monk faisait partie de leur bande, c'était un traître dans nos rangs. Il s'est enfui avec eux à l'issue du combat. En fait, c'était lui le salaud qui vous a tué. »

Halloran ignora les rires. « Cora dira...

— Cora ne dira plus rien contre moi à partir de ce soir !

aboya Kline qui tapa du plat de la main les côtés de sa chaise. Il est temps de passer à la suite, cette conversation m'épuise. Aide-moi, Asil. »

L'Arabe frôla Cora et Palusinski pour se précipiter vers son maître assis au milieu des statues.

« Laisse-le se lever sans le libérer, Youssef, et surveille-le. »

Le fil tira Halloran vers le haut. Debout, il dut se concentrer pour rester en équilibre. La tête lui tournait encore. Cora fit un pas vers lui, et Palusinski lui saisit le bras pour la ramener en arrière. Elle considéra d'un air abasourdi la main du Polonais, comme si elle se demandait ce qu'elle faisait sur son bras.

Soutenu par Khayed, Kline se leva de l'ombre. Il commença à avancer lentement, du pas traînant d'un vieillard, le serviteur à son côté. Une partie de l'ombre se déplaça avec lui, car il portait une grande robe noire dont l'ourlet balayait le sol. Il quitta les statues, et vint à la lumière.

« Sainte Vierge Marie... », murmura Halloran dans un souffle.

XLIII

LES GRILLES OUVERTES

Sous la pluie qui fouettait le pare-brise, les essuie-glaces avaient peine à remplir leur office. Charles Mather scrutait la route, le corps contracté, la jambe douloureuse.

C'était tout près, il en était sûr. L'entrée de Neath devait être proche. Malheureusement, la pluie raccourcissait terriblement le champ de vision. Quelle nuit épouvantable, pesta-t-il. L'orage qui avait commencé presque une heure auparavant restait toujours aussi violent, et ne donnait aucun signe de régression. Les nuages très noirs étaient déchirés de turbulences internes. Les explosions du tonnerre l'ébranlaient jusqu'aux os.

La foudre éclaira la route, illumina de blanc le paysage. La terre menaça de s'ouvrir sous le fracassant craquement qui l'accompagna.

Il eût été plus sûr — et plus raisonnable — de se ranger sur le bas-côté et d'attendre la fin de l'orage, mais Mather ne voulait pas l'envisager. Il était trop inquiet pour Liam Halloran. Cette affaire était mal enclenchée dès le début. La révélation qu'il avait reçue l'après-midi même du président de Magma avait aggravé ses craintes. Snaith en personne lui avait donné le feu vert pour aller chercher leur agent, bien qu'il n'eût pas le sentiment que ce dernier courût un risque. Le mécontentement du Contrôleur tenait surtout à la conduite non fiable de la Société Magma, car une tromperie pouvait aisément compromettre une opération de ce genre. Le Bouclier d'Achille parlait de « facteur négatif » quand une désinformation délibérée risquait de mettre en péril des plans soigneusement établis. En de telles circonstances, les dispositions pouvaient s'annuler d'office, tous les contrats du Boudier comportant une clause de décharge pour ce cas particulier. L'attitude de Magma qui avait volontairement dissimulé certaines informations essentielles en faisait un client indigne de confiance.

Sur ce chapitre Mather partageait l'avis de son associé, mais ce qu'avait laissé entendre Sir Victor Penlock l'ennuyait davantage.

Felix Kline n'était pas un employé de la Société Magma, loin de là. Il *était* Magma. Des années auparavant, avait appris Mather, il avait pris le contrôle d'une compagnie de recherche et d'exploitation de minéraux et d'énergie déjà existante, et acquis cinquante-deux pour cent de leurs actions par l'intermédiaire de diverses sociétés internationales sans lien avec Magma. Le secret de cette prise de participation avait été gardé pour des raisons de « crédibilité » auprès du si important marché financier de la Cité, car aucun conseiller ne recommanderait d'investir dans une société dont l'actionnaire majoritaire était un soi-disant « mystique ». Le monde de la haute finance n'était pas réputé pour son sens de l'humour.

Si le Bouclier avait eu connaissance du rôle véritable de Kline au sein de l'organisation, il aurait mis en place un plan d'action beaucoup plus complet et une protection renforcée comportant des restrictions plus draconiennes. En l'occurrence, Magma leur avait bandé les yeux.

Mais ce qui inquiétait le plus Mather, c'était la suggestion de Sir Victor que Kline pouvait bien être le responsable de la mort de Quinn-Reece. Le vice-président avait succombé à une crise cardiaque, sans aucun doute. Mais il y avait eu par le passé d'autres cas de personnes en conflit avec le médium qui avaient décédé de soudains, et en deux circonstances d'inexplicables, arrêts du cœur. Trois autres cas, pour être précis. Un seul au sein de la Société, concernant un membre du conseil d'administration qui s'opposait constamment aux plans d'exploitation que Kline proposait de façon détournée ; un deuxième chez une compagnie rivale, dont les investigations obstinées levaient lentement le voile sur la valeur réelle de Kline pour Magma ; quant au troisième, c'était un magnat des communications à l'origine d'une offre de prise de contrôle de la Société. On savait cet homme cardiaque ; mais le matin où on l'avait retrouvé mort dans son lit d'un infarctus massif, son visage était resté figé dans une expression d'horreur absolue. On en avait conclu qu'un cauchemar avait aggravé son état au point de le tuer. Or Sir Victor et Mather avaient vu tous les deux l'expression d'horreur qui déformait les traits de Quinn-Reece dans la mort.

Il s'était produit d'autres incidents au cours des années, et le président avait avoué à Mather que lui-même avait commencé à vivre dans la crainte des étranges pouvoirs de Kline. On ne pouvait rien prouver, bien entendu, mais Sir Victor avait conscience qu'on ne pouvait plus mettre sur le compte du hasard cette accumulation de « mystères ».

Pourquoi Quinn-Reece ? avait demandé Mather. Qu'est-ce que Kline pouvait bien avoir à reprocher à son propre vice-président ?

Sir Victor avait expliqué que depuis quelque temps Kline soupçonnait Quinn-Reece de divulguer à une compagnie concurrente des informations sur d'éventuels sites d'exploitation. Il avait fait part de ces soupçons au président à plusieurs reprises. Ce qui ne l'avait pas empêché d'accuser le jour même sa secrétaire particulière, Cora Redmile. Mais Sir Victor était accoutumé à la fourberie du médium, et la mort de Quinn-Reece venait trop à propos pour qu'il la considère comme une coïncidence. Il n'avait pourtant aucune preuve, rien que des doutes.

Pour Mather, c'était assez. Lui-même avait déjà conçu des doutes à propos de cette mission, dont il sentait instinctivement qu'elle n'était pas claire. Le fait qu'on ait torturé Dieter Stuhr avait ajouté à son inquiétude : à moins qu'il ne s'agisse de perversion, la torture signifiait habituellement qu'on avait cherché à obtenir une information de la victime. Cette information pouvait avoir trait aux dispositions que le Bouclier avait prises pour la sécurité de Kline. C'était évidemment employer les grands moyens, mais quand de telles perspectives de rançon sont en jeu, les ravisseurs n'ont guère de scrupules. Il était également toujours possible que l'enlèvement ne soit pas leur seule motivation. Ils projetaient peut-être d'assassiner Kline — car l'homme ne devait pas manquer d'ennemis.

Après avoir quitté le siège de Magma, Mather s'était rendu droit au domicile de Gerald Snaith avec l'intention de lui demander l'annulation du contrat. Il y avait de cela environ deux heures, mais il avait l'impression de conduire depuis beaucoup plus longtemps.

Il déclencha la ventilation pour dissiper la buée recouvrant le pare-brise, due en partie à sa respiration tant il était courbé sur le volant. Un instant sans visibilité, il ralentit jusqu'à rouler au pas, abaissa sa vitre et sortit la tête pour regarder la route. Sous la pluie qui lui battait le visage, il vit un mur en retrait sur sa gauche, précédé d'épaisses broussailles ; de l'autre côté de la route, c'était la forêt. Il rentra la tête et s'essuya avec un mouchoir.

Une lumière apparut derrière, qui l'éblouit dans le rétroviseur. Peu à peu, elle gagnait du terrain. Les phares d'une voiture.

Un appel de phares, puis un autre. Au troisième, Mather soupira de satisfaction. Il toucha ses freins deux fois pour signaler qu'il avait compris, s'arrêta au bord de la route et attendit que l'un des deux occupants du véhicule vienne à lui.

« On ne vous attendait pas, monsieur ! » s'écria l'agent assez haut, de façon à couvrir l'orage. Il se pencha à la vitre, col relevé contre la pluie. « Quelle surprise de voir votre numéro !

— J'ai essayé de vous joindre par radio, se plaignit Mather.

— L'orage a bousillé les communications. Jamais rien vu de pareil. On a gardé le contact avec l'autre patrouille en s'arrêtant chaque fois qu'on s'est croisés. Qu'est-ce qui vous amène, monsieur ? Il se passe quelque chose ?

— On arrête les frais.

— C'est une blague ?

— J'ai bien peur que non. Rien de préoccupant ce soir ?

— Non, à part ce fichu temps. La visibilité est réduite à vingt mètres.

— Où se trouve l'entrée de la propriété ?

— Les grilles sont un peu plus loin, sur la gauche. Vous y êtes presque.

— Suivez-moi jusque-là, je vous mettrai au courant quand nous aurons quitté la route. »

L'agent eut l'air surpris, mais il acquiesça et revint en courant vers la Granada. Mather démarra. Il avançait lentement, en cherchant les grilles. Un espace nu s'ouvrait sur le côté de la route, il s'y engagea, alla droit vers les hautes grilles. Normalement, il aurait dû trouver... Oui, voilà. Cette masse sombre et trapue devait être la maison du gardien.

Aucune lumière. Il va falloir sortir du lit, mon vieux, si c'est là que vous êtes.

Il fit des appels de phares et actionna l'avertisseur.

La foudre embrasa le ciel, le tonnerre déchira l'air. Le pavillon apparut en pleine lumière, avant que l'image ne vacille. Mather plissa les yeux. Avait-il vu quelque chose bouger devant ?

La Granada vint s'arrêter à côté. Mather prit sa canne et sortit. Les deux hommes le rejoignirent à la grille.

« Il y a quelqu'un là-dedans ? demanda-t-il en pointant sa canne vers le pavillon.

— En principe, il y a en permanence quelqu'un qui actionne les grilles, répondit l'un des deux agents. Mais je n'ai jamais vu le cerbère. »

Mather pesa sur l'un des montants. Il s'ouvrit de quelques centimètres. Les trois hommes échangèrent un regard.

« Il y a quelque chose qui cloche, dit Mather.

— C'est peut-être un oubli ? »

Mather secoua la tête. « Non, je ne crois pas. J'y vais. Je veux que vous trouviez l'autre patrouille et que vous me suiviez.

— Mais nous ne sommes pas autorisés à...

— Peu importe, ne vous occupez pas de ça. Vous me suivez aussi vite que possible, c'est tout. Phil, vous viendrez avec moi.

— Bien, monsieur.

— Pourquoi ne pas attendre l'autre patrouille ? » demanda le second agent, anxieux soudain.

Mather n'avait pas de réponse acceptable à lui fournir, puisque seul le poussait le sentiment de l'urgence. « On y va et c'est tout ! » aboya-t-il. « Ouvrez les grilles, Phil. »

Il claudiqua jusqu'à sa voiture tandis que l'agent poussait les vantaux. L'autre monta dans la Granada et manœuvra en marche arrière pour regagner la route.

Mather s'installa tant bien que mal sur son siège. Il était trempé, et préférait ne pas penser au supplice que lui ferait endurer sa jambe le lendemain. Il franchit la grille, pausa juste un instant, le temps que son agent saute sur le siège voisin.

« Bon Dieu, s'exclama ce dernier, qu'est-ce qu'il y a là, après la maison ? »

Mather regarda dans la direction qu'il désignait. Des formes brouillées se déplaçaient lentement sous la pluie.

« Des chiens, dit l'agent. Sans doute des chiens de garde. C'est curieux, c'est la première fois que je les vois.

— Vous en voyez combien ?

— Difficile à dire, avec cette pluie. J'arrive à en distinguer deux. Ah ! ça alors, il y en a d'autres par terre. »

Mather ne perdit pas davantage de temps. Il écrasa l'accélérateur, et la voiture partit à vive allure sur l'allée. Elle ne tarda pas à pénétrer sous un tunnel d'arbres.

XLIV

UN SACRIFICE

Devant un tel changement, Halloran resta confondu.

C'était un vieillard courbé qui sortait de l'ombre, dont la peau craquelée s'écaillait par plaques qui pendaient en lambeaux. Au fur et à mesure qu'il avançait en traînant les pieds, ces lambeaux impalpables se détachaient pour voleter jusqu'au sol. Le visage du Kline était enduit d'une huile qui masquait un peu la chair à vif des crevasses. Ses cheveux noirs collés à son crâne laissaient voir un lacis de mèches blanchâtres, ses mains dont l'épiderme avait presque entièrement pelé apparaissaient d'un rose trop vif. L'effort de se déplacer rendait sa respiration difficile.

Il vint s'arrêter en chancelant devant Halloran. Même son sourire semblait rongé par la vieillesse.

« Effrayant, hein ? lança-t-il avec son arrogance habituelle. Mais ce n'est pas irréversible. Ce n'est pas trop tard, Halloran, rassurez-vous. C'est pire que ça n'a jamais été, peut-être, mais du moins je comprends pourquoi à présent. »

Il approcha sa face hideuse, aux yeux injectés, aux paupières bordées de rouge. Avec Daoud derrière lui, Halloran ne pouvait pas s'écarter. Kline avait la même odeur de décrépitude que le vieil homme du pavillon.

« Vous avez pris mon substitut, siffla-t-il, vous l'avez tué, vous avez rompu l'équilibre. Normalement, je ne mue qu'une fois par an. Ce sont les termes du marché, c'est le prix que je paie pour l'immortalité. Eh oui, Halloran, je mue comme le serpent. Bel-Marduk m'a rendu semblable au serpent. »

Il haleta soudain sous l'effet de quelque douleur. Sur son

visage méconnaissable, du sang filtra d'une crevasse pour se mêler à la pommade luisante.

« Mais il existe un moyen d'arrêter cette détérioration, vous allez le voir, Halloran. Vous y participerez. »

Il se détourna et avec l'aide de Khayed, clopina entre les flaques d'eau. A petits pas, il passa devant Palusinski qui s'écarta comme s'il avait affaire à un lépreux, et devant Cora qui semblait sous hypnose. Tandis qu'il avançait, la flamme d'un cierge mit un reflet sur un endroit dénudé de son crâne.

Il lui fallut un long moment pour atteindre la dalle de pierre, à l'autre extrémité de la salle. C'est en titubant qu'il fit les derniers pas qui le séparaient d'elle, malgré le soutien de Khayed. Il s'y appuya des deux mains pour la contourner, de façon à se trouver face au public. Puis il lui ordonna d'avancer d'un geste impatient de la main.

Palusinski emmena la jeune fille, et il ne fallut qu'une légère pression du fil pour inciter Halloran à la suivre. Il passa devant les arches sous l'escorte des deux Arabes, les yeux cherchant en tous sens une possibilité, une arme peut-être qui lui permettrait de se libérer de la strangulation. Il ne distingua dans l'ombre que des tables de pierre gravées de symboles semblables à ceux qu'il avait vus un peu partout dans la maison.

Quand il fut devant le corps boursouflé étendu sur la dalle, les petits yeux enfoncés de Monk le fixèrent avec intensité, d'un regard qui n'exprimait pas de douleur, seulement de la haine. Les doigts épais se contractaient dans l'effort de mettre ce corps en mouvement.

Halloran fut surpris que l'homme soit resté conscient. Il jeta un coup d'œil en direction de Cora. Elle fronçait les sourcils, le regard un peu moins absent, semblait-il.

« Tu le vois, Monk? fit la voix de Kline, que ses accents gutturaux rendaient encore plus insidieuse. C'est lui qui t'a mis dans cet état, il t'a réduit à zéro, et tu aimerais tellement le tuer, hein? Mais tu ne peux pas, mon pauvre ami, tu n'en as plus les moyens à présent. Ça ne fait rien, tu me serviras à autre chose. »

Monk braqua sur Kline des yeux où la haine fit place à l'effroi.

« Une autre injection, Asil, ordonna Kline. Je ne veux pas que ce soit la douleur qui le tue, mais le découpage. »

L'Arabe disparut tel un fantôme.

« Il faut trouver le bon dosage, c'est important, expliqua Kline en posant ses mains dépouillées de leur peau sur le corps de Monk. Assez pour qu'il ne sente pas le traumatisme de la lame, mais pas assez pour que les rêves nous l'emportent. Heureusement, Asil est devenu un genre de spécialiste avec les années. »

Halloran sentit une vague de colère l'envahir, mais il la maîtrisa. Son heure viendrait. « Vous avez fait de Cora une droguée, dit-il.

— Oh ! non, pas au sens strict du terme. Pas encore. Elle ne vaudrait rien pour moi si c'était le cas. Je vous l'ai dit, Asil est un expert en la matière. Cora est dépendante de moi, mais pas de la drogue. »

L'Arabe revint aux côtés de Kline. Il tenait en main une seringue pleine. Il fit apparaître un coin de peau sous la toison qui recouvrait le bras de Monk, piqua une veine et injecta la moitié du liquide.

Au bout de quelques instants, le regard du garde du corps devint vitreux, les coins de sa bouche tremblotèrent.

« Qu'allez-vous faire de lui ? » demanda Halloran d'un ton acerbe.

Appuyé à la dalle, Kline prit une longue inspiration râpeuse. Il parvint encore à adresser à Halloran un grand sourire de ses dents toutes gâtées, jaunes contre le rouge vermillon de ses lèvres pelées. « Je vais m'en nourrir », répondit-il en toute simplicité.

Dans cette nuit d'épouvante où les cauchemars prenaient vie, Halloran croyait avoir atteint le comble de l'horreur.

Bien qu'enchanté du malaise que ses paroles avaient manifestement produit chez Halloran, Kline précisa en secouant la tête : « Oh ! pas de sa chair : cela c'est Palusinski qui s'en chargera. Moi, il me faut davantage, Halloran, il me faut cette part de lui-même immatérielle, sans substance, qui se libérera au moment de sa mort. » Ses yeux si noirs flamboyèrent de convoitise. « L'énergie éthérée qui est à la source de notre existence, la psyché, Halloran, l'âme. Vous comprenez ? »

Halloran sentit une nouvelle fois la pression se relâcher autour de sa gorge. La concentration de Daoud faiblissait par moments. « Non, répondit-il. Si je comprenais, cela signifierait que je suis aussi fou que vous. »

Kline se redressa, le regard rivé à l'agent secret. L'homme qui gisait entre eux sur la pierre poussa un gémissement, de plaisir ou d'angoisse, on ne savait trop.

« Vous demeurez un mystère pour moi, prononça enfin Kline. Mes facultés psychiques fonctionnent moins bien quand vous êtes en cause, je ne comprends pas pourquoi. Qui êtes-vous, Halloran, pour me faire cet effet ?

— Je ne suis qu'un garde du corps dont vous avez loué les services, et c'est tout. »

Kline continuait de le fixer intensément. « Mais vous êtes un danger pour moi.

— Au contraire, je suis ici pour vous protéger de tout événement fâcheux », corrigea Halloran. Il commençait à se concentrer en contractant les muscles des bras pour se préparer à frapper. « Kline, si vous m'expliquiez ce que tout ça signifie ?

— Je vous l'ai déjà expliqué.

— J'aimerais en savoir plus. Comment vous est-il possible de... de... » Il ne put trouver de mots, et ressentit le ridicule qu'il y avait à les chercher.

« De puiser l'âme d'un autre ? acheva Kline, d'absorber sa vitalité ? » Il eut un rire étranglé. « Le secret m'en a été transmis. » Avec un sourire d'extase, il ferma ses yeux aux paupières hideusement à vif. « Je le tiens des anciens écrits en caractères cunéiformes du Maître lui-même. Ils étaient cachés avec ses restes, rassemblés autour de lui pour le soutenir dans sa longue attente. Il m'a attiré à eux il y a très longtemps, à une époque où je ne savais rien, où j'étais une coquille vide attendant d'être remplie. J'ai trouvé ses œuvres dans une chambre secrète, un sépulcre creusé sous la nécropole royale d'Ur. Je les ai sorties en fraude pièce par pièce, et je les ai déchiffrées séparément ; j'étais donc le seul à pouvoir saisir l'ensemble du message. C'est alors seulement que j'en ai réuni de nouveau les éléments épars, après avoir compris quel pouvoir recelaient leurs symboles. J'avais découvert l'étendue des pouvoirs de l'esprit, la façon de les développer, de les canaliser... de les amener à *créer* ! »

Il vacilla, les yeux toujours clos. Khayed tendit la main pour le retenir de tomber, tout en paraissant craindre de le toucher.

Kline reprit, la voix plus basse : « Ces écrits m'ont enseigné les délices de la perversité, la supériorité que donne la corruption. J'apprenais, j'apprenais sans relâche, j'étais devenu avide de savoir. Ils m'ont initié aux voies de la terreur, ils m'ont montré comment rechercher le mal chez les autres, et comment l'utiliser à mes propres fins. Ils m'ont révélé de quelle façon échapper au processus de dégénérescence, à l'usure de la chair et des muscles, à l'amenuisement de l'esprit et du corps, de quelle façon faire endosser à d'autres ce déclin. Ils évoquaient le lien secret qui unit l'esprit à l'énergie même de la terre, ils disaient comment nouer ce lien, et comment s'en servir. Et je me suis délecté de ce savoir ! »

Kline ouvrit brusquement les yeux. La noirceur de ses prunelles occupait presque tout l'espace de ses orbites.

« Le prix de la connaissance ne m'a pas paru lourd à payer, poursuivit-il dans un murmure. Partout où c'était possible, répandre la discorde, favoriser l'atrocité, susciter la malveillance. J'ai appris à semer la perturbation un peu partout dans le monde, et à la laisser fermenter. C'est ainsi que le Maître procède, et je suis son disciple ! »

Kline avait élevé à hauteur de poitrine ses mains aux paumes ouvertes, aux doigts recourbés comme des griffes. Il frissonna de telle façon qu'il parut sur le point de s'effondrer, mais il se redressa, la bouche déformée par un rictus inquiet.

« Le marché comportait une autre clause, dit-il en se voûtant jusqu'à être recroquevillé sur lui-même. Un pacte entre nous. Je devais garder Bel-Marduk avec moi pour toujours, nourrir son être physique, le maintenir en vie. »

Halloran frémit. Dans l'être qu'il avait devant lui, il ne retrouvait rien du Kline qu'il connaissait, ni dans l'aspect ni dans la voix. Et lui-même se sentait plus faible.

« Vous verrez, disait le médium, vous allez comprendre de quelle manière nous respirons ensemble. »

Il se détourna, chancelant comme s'il allait tomber. A ses côtés l'Arabe semblait toujours aussi réticent au contact. Kline marcha péniblement jusqu'à une alcôve située derrière l'autel. Les autres l'observaient, frappés d'immobilité.

Il pénétra dans l'ombre de l'alcôve.

Halloran entendit quelque chose s'ouvrir, puis un bruit de pas traînants.

Kline réapparut, chargé d'un objet qu'il serrait contre sa poitrine dans la lueur des cierges...

XLV

MONTÉE DES ENFERS

S'éloigner de ce lac bouillonnant, vite ! Haletants, la gorge sèche, ils couraient en plein désarroi. Deux de leurs compagnons avaient disparu dans les flots en ébullition que foudroyait l'éclair. Ces trois-là n'avaient pas envie de les rejoindre ; si gauche que soit leur fuite précipitée dans l'herbe rendue glissante par la pluie battante, une volonté farouche les faisait avancer, guidés par la panique.

Danny Shay ne put pas résister à la terrible fascination qui le poussait à regarder derrière lui par-dessus son épaule. Ce qu'il vit lui arracha un grand cri de frayeur ; il trébucha et tomba, entraînant dans sa chute celui qui le suivait de près. Les deux hommes roulèrent empêtrés dans l'herbe détrempée, en se débattant.

Shay parvint le premier à s'asseoir. La pluie coulait dans sa bouche grande ouverte. Flynn qui était tombé avec lui martelait la terre de ses poings en paraissant souffrir. McGuire s'aperçut qu'il était seul, s'arrêta et chercha les autres derrière lui.

« Grand Dieu... » gémit-il en voyant le lac.

Shay se redressa tant bien que mal sur les genoux, et Flynn tendit le bras pour s'accrocher à son épaule.

« *Je me suis foulé la cheville, Danny!* cria-t-il. *Aide-moi à me relever!* »

Mais Shay n'esquissa pas un geste. Il avait les yeux fixes sous la pluie. Flynn suivit son regard, et s'abattit de nouveau dans l'herbe.

Sous la surface bouillonnante du lac, une sorte de luminescence d'un vert laiteux s'était diffusée jusqu'aux rives. Il s'en élevait des volutes de brume s'enroulant sur elles-mêmes à la façon de la vapeur qui se condense dans l'air froid. Des geysers se formaient, et leurs jets écumeux créaient d'autres vagues et d'autres turbulences. Mais il y avait autre chose, là, au centre du grand lac... Une masse volumineuse, entravée par son propre poids, qui émergeait lentement, telle une gigantesque épave enfouie que fait remonter à la surface une éruption des fonds sous-marins.

Celle-ci pourtant n'était pas de main d'homme. Était-ce une île disparue depuis longtemps, qui réapparaissait enfin comme les eaux relâchaient leur bien ? Non, car cette masse vivait. Elle s'enflait et se convulsait, palpitante, elle était faite de toutes les créatures nébuleuses qu'ils avaient aperçues tout à l'heure sous la surface tourmentée du lac, agglutinées ensemble, comme figées dans la boue. Et tandis que grandissait la montagne difforme, ruisselante des eaux du lac mêlées à la pluie, des morceaux — *des morceaux vivants* — s'en détachaient et tombaient. Des monstres énormes formaient le cœur de la masse visqueuse, où s'enroulaient des formes plus fluettes qui frétillaient en s'accrochant comme des parasites. Le tout ne restait jamais en repos, et s'élevait dans une effervescence continuelle de trépidations et de ballonnements.

Les trois hommes contemplaient ce spectacle dans l'épouvante quand la foudre frappa le sommet de cette masse. La surface brûlée grésilla comme de la chair, la vapeur fusa alors que l'ensemble se rétractait dans un spasme gigantesque. Ils crurent entendre un vagissement aigu sous le bruit du tonnerre, et l'ascension reprit.

« *Qu'est-ce que c'est ?* » cria Flynn à l'oreille de son chef, dont il meurtrissait l'épaule.

Shay, complètement stupéfié, ne put que secouer la tête en signe d'ignorance.

« *Fichons le camp d'ici, Danny! C'est un endroit barbare, il nous portera malheur!* »

Le chef se hissa sur ses pieds en entraînant Flynn, sans quitter des yeux l'abomination sortie du lac qui grandissait à travers le rideau de pluie. McGuire les rejoignit, terrifié à l'idée de rester seul en arrière. Il saisit l'autre bras de Shay.

« *On ne renonce pas!* glapit le chef. *Le diable qui est là-dessous, on s'en fiche! Il ne nous empêchera pas de faire notre travail!*

— *C'est une sale affaire, Danny!* » protesta McGuire.

Shay le gifla d'un grand revers de la main. « *Tu fais ce qu'on t'a dit! On est tout près de la maison, et il s'y trouve! On ne partira pas avant que ce soit réglé!* »

Il les écarta d'un geste et leur fit tourner le dos au lac. Ce phénomène ne pouvait relever que d'une illusion — une telle vision ne *pouvait* avoir aucune réalité. Et pourtant... N'avait-il pas vu de ses yeux deux de ses hommes se faire entraîner vers ces effroyables profondeurs?

Shay se mit à courir pour couper court à toute pensée de ce genre; ce qui comptait, c'était leur objectif, c'était d'obtenir de McGuire et de Flynn qu'ils le suivent. Ils s'y décidèrent finalement malgré leur épouvante, parce que désobéir leur paraissait inconcevable.

Ils firent de leur mieux pour ne pas entendre les gargouillements et les bruits de succion de l'île onduleuse qui se hissait hors de l'eau; ils résistèrent à la tentation de se retourner et de regarder, même s'ils entendaient dans leur tête des chuchotements qui les exhortaient à le faire. Ils gardèrent les yeux fixés sur le manoir qui n'était plus qu'à une courte distance.

Presque toutes ses fenêtres étaient éclairées, ce qui les réconforta comme un accueil, malgré la besogne qu'ils devaient accomplir. C'était réconfortant comme de trouver un phare après tant de ténèbres.

Le sol devint plus ferme sous leurs pieds. C'était du gravier qu'ils foulaient à présent alors qu'ils s'élançaient en désordre au pas de course, sans précautions particulières. La façade s'ouvrait par un porche, telle une grotte un peu sombre. Flynn s'évertuait à ne pas se laisser distancer, du fait de sa cheville douloureuse qui le handicapait. Il toucha le revolver glissé dans la poche de son anorak, pour se donner du courage, et s'arrêta soudain dans une glissade.

Une voiture venait vers eux!

Elle roulait vite sur la route, phares braqués sur eux. Elle s'arrêta en dérapant à vingt mètres. Des portières s'ouvrirent. Quelqu'un criait des ordres.

XLVI

VERS LA DESTRUCTION

Les flammes des cierges vacillèrent et faiblirent, un peu de fumée s'en éleva. Kline s'approchait, les mains livides contre le tissu noir de sa robe. Ces mains portaient un calice noir coiffé d'un linge.

Tous les regards étaient fixés sur la silhouette qui sortait de l'alcôve à petits pas traînants. Halloran sentit d'instinct que c'était le moment de tenter quelque chose, mais il en fut incapable. Comme les autres, il était littéralement fasciné.

Kline chancela, comme si le poids de son fardeau outrepassait ses forces. Il prit une profonde inspiration, pénible à entendre, et continua néanmoins.

Le tonnerre gronda au loin, il semblait provenir des entrailles mêmes de la terre plutôt que de l'atmosphère.

Enfin Kline, ou la caricature de Kline, atteignit la dalle de pierre. Il essaya de sourire, un sourire de triomphe peut-être, mais ses lèvres ne surent que trembloter en découvrant à demi ses dents tachées. Ses mains qui tremblaient placèrent le calice sur l'autel. Il ôta le linge, le laissa tomber par-terre, plongea ses deux mains dans le vase. Nul ne put voir l'objet qu'il en sortit. Il éleva ce précieux objet au-dessus du ventre velu de son garde du corps paralysé.

Un murmure rauque se fit entendre. « Ses disciples et prêtres fidèles ont conservé son pauvre corps mutilé. Ils ont emporté Bel-Marduk pour l'enfouir en un lieu secret où nul ne le découvrira. Il y demeure caché dans les ténèbres au milieu de ses secrets, en attendant au long des siècles quelqu'un comme moi... »

Il déposa l'objet sur la pierre, à côté du corps inerte de Monk, et tout le monde put le contempler.

L'objet avait une croûte noirâtre, il était presque tombé en décomposition, avec des protubérances, des moignons racornis qui avaient dû être des tubes mais n'avaient plus de fonction.

Alors qu'ils le regardaient, le très vieux cœur momifié battit une fois. Une seule fois...

Mather avait tiré le frein à main et ouvert la portière avant même l'arrêt complet de la voiture.

« *Halte-là! Arrêtez-vous!* » cria-t-il. Mais les trois ombres n'avaient pas dû entendre dans l'orage, à moins qu'elles n'aient pas eu l'intention d'obtempérer.

« Dégainez, Phil, ordonna-t-il. Qui que ce soit, il ne faut pas qu'ils entrent dans la maison. »

Les deux hommes s'abritèrent derrière les portières. Accoudé au cadre dont il avait baissé la vitre, l'agent serrait son Browning à deux mains.

Il avertit : « *Ne bougez plus!* », mais l'un des trois, qui semblait boiter, se retourna en sortant quelque chose de sa poche. Un coup de feu claqua dans la nuit.

La balle toucha le toit de la voiture dans une gerbe d'étincelles. « *Neutralisez-le!* » cria Mather à son agent.

Ce dernier aurait préféré la solution plus radicale qui consistait à mettre l'ennemi hors jeu, mais il se garda bien de désobéir aux ordres. Il visa rapidement l'homme à l'épaule; malheureusement celui-ci changea de position, voulant suivre ses compagnons. A la façon dont il tressauta violemment, puis tomba comme une pierre, l'agent sut que la balle l'avait atteint à la tête ou au cou.

Il marmonna un juron mais ne prit pas le temps de s'excuser auprès de Mather, car les deux autres s'engouffraient sous le porche.

Il s'élança à leur poursuite, contourna les voitures garées devant la maison et vint s'aplatir contre le mur extérieur du porche, préférant rester hors de vue le plus longtemps possible. Il s'aperçut alors que Mather ne l'avait pas suivi, se retourna vers leur voiture. Le Concepteur regardait dans la direction opposée, vers le lac.

Quand ils étaient sortis du bois quelques instants plus tôt pour descendre dans la vallée, ils avaient remarqué l'étrange rayonnement qui provenait de cette zone, mais la pluie trop dense les avait empêchés de voir clairement de quoi il s'agissait. C'était même difficile de près, à cause de la brume qui entourait cette luminosité particulière sur le lac, et formait des volutes de brouillard que la pluie ne dissipait pas. Mather s'arracha à sa contemplation et à demi courbé, rejoignit son compagnon en enfonçant sa canne dans le gravier.

« Qu'est-ce qui se passe là-bas ? demanda l'agent.

— Aucune idée, répondit Mather essoufflé. Ça s'agite sur le lac, c'est tout ce que je peux dire. Occupons-nous de notre problème immédiat.

— Voilà l'autre patrouille qui arrive, dit l'agent en montrant les phares qui descendaient la pente à bonne allure.

— On ne peut pas les attendre. Jetez un coup d'œil. »

Plié en deux, l'agent passa rapidement la tête sous l'ouverture du porche et la retira presque aussi vite.

« Merde, la porte est ouverte. Ils sont dans la maison. »

C'était un rêve. Ce ne pouvait être qu'un mauvais rêve.

Mais Cora savait qu'il n'en était rien. Le cauchemar qu'elle vivait était bien réel. Elle tenta désespérément de rassembler ses idées, pour comprendre enfin ce qui se passait ; pourquoi Monk, cet être épais qu'elle trouvait si repoussant, était allongé tout nu sur la pierre, et pourquoi... pourquoi... D'un seul coup, l'horreur dissipa le brouillard où elle évoluait.

De l'autre côté du corps prostré de Monk se tenait une personne vêtue d'une grande robe noire, tellement difforme que c'en devenait obscène. Elle n'en reconnut que les yeux.

« Felix... ? » Elle s'imaginait avoir dit ce nom tout haut, quand elle n'avait prononcé qu'un murmure. Elle se cacha le visage dans les mains, non pas pour échapper à cette laideur, mais pour mettre de l'ordre dans ses pensées...

Halloran, lui, avait maintenant l'esprit tout à fait clair, et ne se ressentait plus de son étourdissement. Il fixait d'un regard incrédule l'objet noirci posé sur l'autel de pierre.

« C'est impossible, dit-il dans un souffle.

— Pourtant c'est ainsi. Voici la seule partie du corps mutilé de Bel-Marduk qui ait survécu à la mise au tombeau. Son cœur.

— C'est impossible.

— C'est ainsi.

— Kline, assez d'absurdités. Laissez-moi partir avec Cora et... »

Kline poussa à son intention un hurlement de rage qui pouvait aussi bien être d'angoisse. Le collet se resserra brutalement. Tiré en arrière par Daoud, Halloran sentit ses jambes plier ; il tomba à quelques pas de l'autel sur le sol mouillé. L'Arabe penché sur lui maintenait la pression. Cora esquissa un geste vers lui, mais dut revenir s'appuyer à la pierre.

« *Il y a encore beaucoup à faire, Halloran !* lança Kline d'une voix stridente. Maintenant surtout, en cette époque de pouvoir terrifiant où nous avons entre les mains les armes de notre propre génocide. *Vous ne comprenez donc pas que c'est dans cette direction qu'il mène l'humanité, que c'est sur cette voie qu'il nous met ?* Encore quelques décennies, pas plus, et tout sera dit. Un millième de seconde dans la durée de vie de la planète. Encore quelques années de troubles et de dissensions, de famines et d'épidémies, de violence et de guerres. L'apogée du mal, puisque la balance entre le bien et le mal penche irrévocablement dans le sens qui est celui de Bel-Marduk ! Je vous montrerai le lac, Halloran, je vous laisserai voir son contenu. C'est un résidu, comme il en existe beaucoup de par le monde, de nos dépravations, une manifestation vivante de nos turpitudes. *Vous verrez, vous y reconnaîtrez vos fautes, et votre vilenie !* Nous ne sommes pas si différents, vous et moi, Halloran. Vous avez encore un peu de chemin à faire, c'est tout. »

Courbé sur le corps de Monk, Kline respirait difficilement. Il semblait à bout. Sa profession de foi l'avait épuisé. « J'aurais pu vous admettre parmi nous, Halloran, en vous poussant un peu. Mais je n'arrive pas à vous faire confiance, et je suis pris par le temps. » Il parut s'apaiser, peut-être à cause de sa fatigue extrême. « Elle participera à notre communion, à Bel-Marduk et à moi. Cora sera des nôtres, et elle nous aidera. » Il se redressa avec effort, s'écarta du corps. « Asil... »

L'Arabe s'avança. De dessous sa tunique, il sortit une longue lame plus épaisse d'un côté pour faire poids, comme une machette. Le métal étincelait dans la lueur des cierges.

Il éleva la lame sur la poitrine de Monk dont les mains frémirent désespérément. Ses lèvres s'entrouvrirent, il s'en échappa un sanglot.

Khayed abattit la lame d'un geste court et précis, sans y mettre beaucoup de force parce qu'il ne voulait que percer le sternum pour pouvoir démonter les côtes, et mettre le cœur à nu.

Monk frissonna. Ses mains et bientôt ses pieds palpitèrent tandis que la lame bien aiguisée descendait vers son estomac. Un coup de feu assourdi se fit alors entendre au-dessus. Le dépeçage s'interrompit.

XLVII

DANS LA COUR

« Retiens-les, McGuire. Ne laisse personne franchir la porte. »

McGuire considéra son chef avec appréhension. « On peut savoir où tu vas ?

— A la recherche de notre homme. Il ne nous échappera pas.

— Tu es tombé sur la tête, hein ? La seule chose à faire maintenant, c'est d'essayer de nous tirer de là.

— Tu feras ce que je te dis, ou ce ne sera pas seulement à moi que tu rendras des comptes.

— Et s'il n'est pas dans la maison ?

— Oh ! Il est bien là le salaud, j'ai le poil qui se hérisse.

— Je te donne cinq minutes, Danny, pas une de plus. »

Shay décida qu'il était inutile d'argumenter. McGuire avait toujours été le froussard du groupe. Il ne prenait plaisir à tuer que s'il était protégé par la foule ou assuré de pouvoir s'enfuir sans problèmes. De toute façon, cinq minutes lui suffiraient ; ensuite, il abandonnerait McGuire à son destin. Il s'éloigna du portail d'entrée dont un côté restait ouvert, et examina rapidement le vestibule dont il ne remarqua pas la magnificence. C'était une maison sacrément froide, pour ça oui. Et qui n'enfermait rien de bon dans ses vieux murs.

Il traversa en courant la pièce dallée de pierre, s'attendant à tout moment que quelqu'un apparaisse à l'une de ses nombreuses portes, ou dans l'escalier, la galerie... Il était impossible que personne dans la maison n'ait entendu le vacarme qu'ils avaient fait à l'extérieur.

Il emprunta un couloir au pas de course, pistolet pointé

devant lui. Soudain il s'arrêta, écouta. Des coups de feu depuis l'entrée. McGuire tenait en respect ceux qui étaient entrés dans la propriété. Avaient-ils eu Flynn ? Les choses tournaient mal. Shay eut un demi-sourire. Terriblement mal.

Au bout du couloir une porte était ouverte, par où se déversait la pluie. La maison était-elle vraiment aussi étroite ? Il courut y jeter un coup d'œil, et comprit brusquement la configuration des lieux. C'était une cour, qui se remplissait d'eau à vue d'œil. Et là-bas, que se passait-il ?

De la lumière venant d'une autre porte, en face. Quelqu'un qui, comme lui, cherchait à discerner quelque chose.

Shay n'hésita pas. Il franchit la porte comme un bolide et s'élança à travers la cour en direction de l'homme. Quelque chose bouillonnait sur sa droite, auquel il ne prêta pas attention. C'était une fontaine que l'orage faisait déborder.

Il ne ralentit pas sa course. L'autre l'avait repéré et battait en retraite. Cet imbécile avait dû observer la fontaine plutôt que l'ombre qui filait dans la cour. Par chance pour Shay, la foudre n'était pas tombée pendant ces quelques secondes.

Il passa la porte en trombe et parvint à rattraper l'homme qui avait essayé trop tard de fuir. Une main plaquée sur sa bouche, il enfonça le canon de son revolver sous ses lunettes cerclées de métal et appuya sans ménagements son arme contre la paupière close.

XLVIII

RITES DE SANG

L'Arabe avait entonné une incantation à peine audible. Halloran percevait son excitation à travers les vibrations du fil qui lui enserrait la gorge. Daoud dévorait des yeux le groupe réuni autour de l'autel. Agacé de ne pouvoir se joindre à lui, il chantait néanmoins les formules rituelles apprises des écrits cunéiformes, pour participer au moins à la cérémonie.

Un souffle d'air venu du corridor d'en haut tourna dans la cave en couchant la flamme des bougies. La lumière déplacée fit valser et ondoyer des ombres qui semblaient faire partie du rite.

Devant la dalle de pierre qui servait d'autel, Felix Kline dit à Khayed de se hâter. Il sentait ses forces l'abandonner, et sa volonté avec elles. Sa peau se détachait par lambeaux qui tombaient sur sa robe, et sur le corps éventré. De nouvelles lésions se formaient, des ulcérations qui sous son vêtement crevaient l'épiderme dont il suintait de l'eau avec du pus. Une douleur intense irradiait de toutes ses jointures, de son crâne sur lequel se resserrait le cuir chevelu en provoquant des crevasses. Il n'avait jamais subi pareil supplice ; c'était la signification de ce supplice qui inquiétait Kline plus que tout. Les mauvais pressentiments qui l'agitaient, les tourments endurés pendant son sommeil et la panique qui s'ensuivait, tout cela lui était inconnu jusqu'alors, il n'avait jamais rien éprouvé de tel depuis sa découverte de la tombe secrète, si longtemps auparavant. *Pourquoi maintenant, Seigneur ? Ai-je failli envers vous de quelque façon ? M'abandonneriez-vous, Bel-Marduk ?* Il formulait ces questions en esprit sans interrompre ses invocations dont les termes antiques étaient essentiels au rituel, parce que le rythme incantatoire de leurs valeurs tonales mettait le psychisme en rapport avec les domaines spirituels.

De ses mains rouges de sang jusqu'au-delà du poignet, Khayed tira sur les deux parties de la cage thoracique qu'il avait découpées pour offrir aux regards les organes internes de Monk. Les paupières du garde du corps battirent. La vie les quittait pour se réfugier au fond de lui-même, d'où elle pourrait se libérer vers une autre dimension. A partir du sternum dénudé, l'Arabe souleva les côtes, puis refoula vers le ventre les viscères suintants. Il atteignit ainsi le cœur qu'il s'employa à dégager en étirant les artères et en rompant les veines, jusqu'à ce que l'organe qui battait faiblement se trouve entièrement mis à nu, selon un rituel familier, parfaitement au point.

Kline prit l'autre cœur à la croûte racornie qui représentait — qui *était* — la personne vivante de son dieu. Il l'éleva d'une main, et de l'autre saisit le poignet de Cora trop engourdie pour résister, les yeux encore embrumés de qui ne comprend pas.

Mais Kline plongea leurs deux mains dans la plaie béante en tenant entre eux la chose momifiée, et elle poussa un gémissement plaintif. Il enferma dans leurs deux mains le vestige d'organe qu'il installa contre la chair sanglante et palpitante, et elle poussa un cri aigu.

Et voici qu'elle se sentit aspirée tout entière dans la monstrueuse blessure. Sa main disparut dans le cloaque, le sang gicla le long de son bras. C'était l'ancien cœur pétrifié qui l'absorbait ainsi.

Kline était en proie à une frénésie de sensations. Il vivait l'euphorie d'une seconde naissance sans traumatisme, où la vigueur commençait à vibrer en lui. Mais tout cessa au moment où la jeune fille libéra sa main d'un sursaut, en amenant avec elle le cœur parasite.

Cela ne dura qu'un instant : Cora fixa avec répugnance la relique qu'elle serrait dans son poing sanglant, puis, se détournant, la jeta loin d'elle, d'un mouvement brusque et violent que ni Kline ni Khayed ne purent empêcher.

Le fragile vestige roula sur le dallage et vint s'immobiliser dans une flaque d'eau noirâtre.

Ce fut au tour de Kline de pousser un cri perçant que les murs de la salle renvoyèrent en écho.

Halloran choisit ce moment pour tenter sa chance.

Concentré sur l'objet dégouttant de sang qui gisait dans l'eau à quelques mètres, Daoud avait relâché sa prise sur les poignées de bois du garrot. Halloran à demi agenouillé sous lui envoya promptement la pointe de son coude dans le bas-ventre de l'Arabe. Avec un sifflement, l'homme lâcha une poignée pour se tenir le ventre, et le fil libéra la gorge de son adversaire. Halloran lui empoigna la cheville et tira dessus ; l'autre alla s'écraser sur le dos.

La douleur ne l'empêcha pourtant pas d'envoyer force coups de pied à Halloran, qu'il réussit à déséquilibrer alors qu'il tentait de se relever.

Ils se jetèrent l'un sur l'autre, mais l'Arabe avait les yeux brouillés de larmes. Du tranchant de la main, Halloran lui porta un coup violent au larynx, sur le cartilage thyroïde. Si sa position lui avait permis d'y mettre toute sa force, l'Arabe aurait été tué instantanément ; au lieu de quoi, Daoud à moitié asphyxié se recroquevilla sur les genoux en cherchant l'air. Halloran se retourna, prêt à se lancer contre les autres.

Cora s'était affaissée contre l'autel. Le sang qui dégorgeait du corps éventré avait débordé et coulé sur le haut de son peignoir blanc. Kline essayait de contourner la dalle ; il trébuchait en s'y appuyant d'une main, et tendait l'autre, doigts écartés, comme pour atteindre la relique abandonnée plus loin sur le sol mouillé. Le regard de Khayed ne quittait pas son amant qui suffoquait. Il se porta sur Halloran, et flamboya de rage. L'homme leva son impressionnant couteau à découper.

Mais d'autres personnes venaient d'entrer.

Janusz Palusinski, que Kline avait envoyé en reconnaissance après le précédent coup de feu, était revenu. Derrière lui se tenait un homme vêtu d'un anorak ruisselant qui le tenait par le col ; de sa main libre, il pointait un revolver sur la tête du Polonais.

Danny Shay eut un moment de désarroi devant la scène qui s'offrit à lui dans la pénombre de cette cave éclairée aux chandelles — désarroi qui devait vite céder la place à une flambée de colère. En bas de l'escalier se tenaient des gens vêtus de robes ; l'un d'eux brandissait un long couteau taché de sang, un autre en noir portait une sorte de masque absolument hideux. Une fille s'adossait à une dalle de pierre, les jambes découvertes, le vêtement trempé de sang. La pierre ressemblait à un autel, et sur cet autel — ô Dieu du Ciel ! — était étendu un corps mutilé dont le sang coulait à flots, comme d'une source qui serait écarlate. Et des ombres bougeaient au fond d'alcôves noires qui pouvaient cacher d'autres acteurs de cette atrocité. Shay releva le chien de son calibre 38.

C'est alors que son regard se posa sur l'homme qu'il cherchait.

« *Halloran!* » brailla-t-il.

L'agent secret leva les yeux vers l'escalier, comme tous les autres. Khayed suspendit son geste, Kline s'appuya lourdement à la pierre, une lueur sauvage au fond des yeux. Trop désorientée encore, Cora ne réagit qu'à peine.

L'homme au pistolet écarta brutalement Palusinski ; ce dernier descendit quelques marches en titubant avant de se faire tout petit contre le mur, accroupi dans une tentative pitoyable de se rendre invisible. L'arme vint se braquer sur Halloran.

« Tu as donné bien du souci à l'Organisation, mec », dit Shay.

Halloran se redressa à moitié, les muscles tendus. L'homme qui venait de parler avait un fort accent d'Irlande du sud. La vérité commença à se faire jour dans l'esprit de l'agent secret.

« Tu as tué trois hommes de valeur, Halloran. Trois bons éléments pour la Cause, exécutés sans l'ombre d'une chance. Tu aurais dû te douter qu'on te retrouverait. Tu dois savoir que l'IRA ne tolérera jamais une chose pareille ! »

Halloran l'avait écouté avec stupéfaction. Ainsi, c'était *lui* qui était leur cible depuis le début ! Ce salaud avait torturé Dieter Stuhr dans le but de le retrouver, *lui*...

L'homme debout dans l'escalier ressentit une impression de malaise devant l'étrange sourire apparu sur le visage de Halloran. Une frayeur inexplicable, qu'il voulut étouffer en déclarant : « Cette nuit, il y aura au Ciel trois combattants purs et durs qui seront bien contents ! » Et il mit Halloran en joue.

« Il n'y a pas de place au Ciel pour les tueurs, répliqua Halloran d'une voix douce, imprégnée d'intonations irlandaises comme s'il avait quitté le pays la veille.

— C'est ce que tu vas découvrir bientôt, répondit Shay. Dieu sait à quelle diablerie tu es mêlé ici. Demande-lui son pardon, si tu en as envie, mais fais-le tout de suite. »

Le tonnerre gronda. Il crispa le doigt sur la gâchette.

« *Liam!* » hurla Cora.

L'attention du terroriste en fut distraite un quart de seconde. C'était exactement le temps dont Halloran avait besoin pour se saisir de l'Arabe effondré.

Le coup de feu résonna avec un bruit assourdissant jusqu'aux confins de la salle souterraine, mais Halloran avait déjà hissé devant lui l'Arabe, en guise de bouclier. Daoud frissonna à la première balle, qui l'atteignit au front et se logea dans la tête. Dans l'ultime convulsion, Halloran qui le soutenait sous les aisselles eut peine à le maintenir droit. La deuxième balle lui entra dans l'estomac, la troisième lui traversa le flanc. L'agent secret sentit cette dernière lui frôler la hanche, et bien qu'elle ait perdu beaucoup de sa force, le choc suffit à lui faire lâcher le corps qui le protégeait.

La pièce s'emplit d'autres hurlements, ceux de Khayed qui avait assisté au massacre de son amant. Il se précipita vers l'escalier en brandissant haut sa lame, et un cri déchirant montait du plus profond de sa gorge, un cri continu et perçant.

Shay dut se détourner de sa cible pour faire face à cette nouvelle attaque; il remarqua à peine que l'homme qui l'avait mené en cet endroit impie le frôlait pour s'enfuir. Palusinski, affolé, sentait sa vie trop menacée pour s'en prendre au terroriste; il préféra gagner la sécurité du couloir, en haut des escaliers.

Khayed était presque à la première marche quand Shay fit feu sur lui. Sur la poitrine de l'Arabe apparut un trou et aussitôt une tache de sang qui s'agrandit très vite. Il vacilla en arrière, en battant des bras pour garder l'équilibre, puis revint à la position verticale. Il avait le visage contorsionné, non par la douleur, mais par le sentiment de l'offense. Sur la seconde marche, il parut s'apercevoir qu'il n'atteindrait jamais celui qui avait tué son bien-aimé Youssef.

Le long couteau quittait déjà sa main que la balle suivante lui déchirait la gorge.

Shay tomba à la renverse dans l'escalier. Son anorak épais n'avait pas empêché la lame de se planter dans son ventre. Sa vue baissait déjà comme il tourna la tête vers l'autre en bas, sa cible, l'Irlandais devenu traître qu'avec son groupe il avait mission d'assassiner, pour montrer aux autres que l'Organisation vengeait toujours ses hommes. Il leva son Webley 38 d'une main qui oscillait — l'arme était si lourde soudain, presque trop lourde pour qu'il puisse la soulever.

Il remit Halloran en joue.

XLIX

RETOUR À LA BARAQUE DES MORTS

« On a assez perdu de temps avec celui-là, dit Mather.

— On trouve une autre entrée ? suggéra l'agent agenouillé contre le mur du porche.

— Ce ne sera pas nécessaire. » Mather fit signe aux deux autres agents du Bouclier qui arrivaient en courant. Col relevé contre la pluie, il alla à leur rencontre, prenant soin de rester hors de vue du portail d'entrée sous le porche, d'où l'adversaire les tenait en respect.

« En forme pour un exercice de tir, Georgie ? demanda-t-il.

— Toujours, monsieur. Quel est le problème ?

— On nous refuse l'entrée. Vous voyez la Mercedes garée devant le porche ? Du siège arrière vous aurez une bonne vue sur l'entrée, ou en tout cas vous y distinguerez quelque chose dans le noir — puisque, apparemment, notre ami a éteint quelques lampes. La voiture est la nôtre, servez-vous de votre clef si elle est fermée.

— Quels dégâts ?

— Ayez le bonhomme. »

Mather s'éloigna, suivi du deuxième agent qui se courba en se servant de la Mercedes comme d'un écran pour atteindre l'autre côté du porche. Plié en deux lui aussi, le dénommé Georgie alla à la voiture dont il essaya la poignée. Halloran devait l'avoir quittée en toute hâte, se dit-il, car les portières n'étaient pas verrouillées. La clef de contact était sur le tableau de bord. Georgie mit le courant, puis se glissa sur la banquette arrière et pressa le bouton qui abaissait la vitre. Il leva son Browning sans l'exposer aux éclaboussures de la pluie, et attendit.

Il vit l'agent qui accompagnait Mather pénétrer sur le ventre à l'entrée du passage, en restant dans l'ombre du mur. De sa canne tendue à bout de bras, Mather tapa sur le sol pavé. Il espérait attirer l'attention de l'homme.

Il avait vu juste. Un coup de feu partit du portail, et Georgie pressa sa gâchette. Il n'entendit que sa propre détonation, mais supposa que Phil, à l'intérieur du porche, avait tiré au même moment, en visant légèrement à gauche du point de tir. Il se passa quelques secondes puis, à la faveur de la foudre, il vit Mather se ruer à l'intérieur et Phil se lever pour l'imiter. Il sortit prestement de la voiture pour se poster face à son collègue d'un côté du porche, arme braquée vers l'entrée.

Mather ouvrit plus grande la porte, et d'un petit coup de sa canne envoya plus loin l'Armalite que tenait encore l'homme inanimé. Un peu de lumière venait du palier et d'une pièce ouverte ; Mather fut soulagé de constater que l'homme gardait seul l'entrée. Se précipiter ainsi tout de suite après avoir touché l'ennemi comportait un risque calculé, mais qui leur avait fait gagner du temps.

« Examinez-le, ordonna-t-il, la canne pointée vers le corps effondré, et envoyez-moi l'un des deux autres pendant que vous explorerez le premier étage. » Avant même de finir sa phrase, il se dirigea de son pas claudiquant vers la porte éclairée.

Il déboucha dans un couloir au bout duquel une porte battait sous l'effet de la tempête qui soufflait. Une flaque de pluie s'était formée sur le seuil. Il se rua en avant, jetant au passage un coup d'œil dans les pièces ouvertes.

Il crut entendre le bruit d'une lutte devant.

Parvenu dans la cour, Palusinski apprécia la pluie sur sa tête et son visage, même si les grosses gouttes éclaboussant ses verres déformaient sa vision. La foudre fit étinceler tout ce qui l'entourait, et jusqu'aux gouttes d'eau constellant ses lunettes ; ébloui, il les essuya en battant des paupières avant de s'élancer sur les pavés, au moment précis où le tonnerre éclatait. Tant pis, il préférait ne pas passer par les appartements privés de Kline pour gagner le portail d'entrée : par la cour, c'était plus direct, et plus vite il s'échapperait de la folie qui régnait à Neath, mieux ce serait. Son instinct aigu de survie lui disait que l'heure des comptes était proche pour

Kline — *mój Pan*, ô seigneur et maître ! Janusz Palusinski ne tenait pas à se trouver dans les parages pour en supporter les conséquences.

Comme il passait devant la fontaine centrale, un liquide brûlant lui aspergea la face.

Il s'arrêta pour s'essuyer, et sa main rencontra une matière visqueuse qui collait à sa joue. Il posa sur la fontaine son regard de myope, crut voir des formes se contorsionner, s'élever au-dessus de la vasque débordante, frétiller entre les motifs sculptés de l'ouvrage de pierre.

Palusinski poussa un cri effarouché et commença à battre en retraite. *Gowno !* C'était impossible ! Cette fontaine était morte, asséchée, envasée, la source était tarie ! Pourtant, il discernait le flot glougloutant où la lumière tombant des fenêtres posait des reflets. Et du liquide s'écoulait mollement des ajutages sculptés qui dans leur ruine ressemblaient à des gargouilles. Des monstres qui *bougeaient* et se tordaient comme pour se libérer de la pierre, qui sortaient de ses entrailles pour cracher leur bile brûlante dans le bouillonnement foisonnant d'une vie qui n'avait rien de naturel.

Palusinski voulut courir, faire demi-tour ; il glissa, et ses genoux claquèrent sur les pavés d'une manière très déplaisante. Il ne put rattraper ses lunettes, dont l'un des verres, en se brisant sur le sol, prit l'allure d'une fine toile d'araignée.

Le Polonais décampa tant bien que mal à quatre pattes, trop pressé pour chercher ses lunettes, trop effrayé pour se retourner vers la fontaine palpitante. Il sentit un contact sur sa jambe, une caresse enveloppante, sans force ni consistance, et qui pourtant brûlait ; il eut un sanglot, se hissa sur ses pieds sans cesser d'avancer, cherchant à tâtons la porte de l'autre côté de la cour, là d'où venait de la lumière.

Il s'essuya les yeux. Il y avait quelqu'un dans le couloir, qui venait vers lui en boitant. Palusinski réagit promptement, avec l'instinct de conservation qui lui était particulier. Il sortit de son paletot la barre de métal qui ne le quittait jamais et s'apprêta à se jeter sur la personne qui arrivait.

Mather remarqua la lueur démente qu'avait le regard bestial de l'homme, il vit la lumière accrocher l'objet métallique qui allait s'abattre. Il s'arrêta et pointa sa canne sur le chauve.

Quoi ! c'était là son arme ? Palusinski ricana. Il n'avait rien à craindre de ce vieux qui lui cherchait noise, infiniment moins terrifiant que la fontaine dans la cour et la chambre souterraine qu'il venait de quitter. Il saisit le bout de la canne, donna une saccade; il ne lui serait guère difficile de l'arracher à la prise pas très vigoureuse de l'autre. La barre de métal était à son zénith, elle tremblait dans sa main, elle allait plonger sur le crâne de l'homme. C'est à peine si Palusinski entendit le faible déclic.

Mather avait pressé le minuscule bouton sur la poignée de sa canne, dont l'habillage de bois avait libéré une longue lame mince que son agresseur avait dégainée lui-même. Le Concepteur ne laissa rien au hasard, car il lisait le meurtre dans les yeux égarés de l'homme.

Il se fendit brusquement et l'épée s'enfonça dans la poitrine du chauve, pénétra dans son cœur et transperça son dos.

Palusinski le regarda d'un air très surpris. La douleur ne vint qu'ensuite, après que l'épée eut été retirée d'un geste vif.

Il tomba sur le sol presque nonchalamment, comme s'il voulait simplement se reposer un moment. Et là, tandis que son esprit divaguait vers la mort, Janusz Palusinski sentit autour de lui la présence d'autres corps étendus. Il n'était plus dans le couloir de la maison, mais très loin, dans la pénombre de la baraque, il y avait si longtemps...

Les silhouettes squelettiques qui l'entouraient s'asseyaient pour lui souhaiter la bienvenue avec de grands sourires, car elles l'attendaient depuis très longtemps. L'une d'elles se traîna même jusqu'à lui pour toucher de ses doigts décharnés la figure du jeune Janusz incapable de bouger. Il se demanda pourquoi des mains invisibles tiraient sur ses vêtements. Il se demanda aussi pourquoi il n'eut pas mal quand des dents commencèrent à ronger son ventre rebondi.

Non, cela ne faisait pas mal du tout.

Il était arrivé au cœur du cauchemar qui, il le savait, durerait l'éternité...

L

LES IMAGINATIONS DE L'OMBRE

Halloran garda une immobilité parfaite. Ses yeux ne quittaient pas ceux du terroriste qui se mourait.

L'arme oscillait dans sa main qui tentait de la braquer sur sa cible. Mais l'effort était trop grand, et venait trop tard. Danny Shay roula sur le côté pour mobiliser ses dernières forces. Le revolver était bien trop lourd pour un homme qui n'avait plus que quelques instants à vivre. Un moment, son bras se cramponna à l'escalier, mais l'arme lui échappait, ses yeux se fermèrent et il sut qu'il ne les rouvrirait plus jamais.

« Mon Dieu... », commença-t-il, et la prière mourut avec sa voix.

Il culbuta du haut des marches jusqu'au pavé où il atterrit sans raideur, parce qu'il était déjà mort.

Halloran sentit un souffle de vent venu d'en haut lui ébouriffer les cheveux. La flamme des cierges vibra et se coucha, et beaucoup de bougies s'éteignirent. Des ombres alors sortirent des alcôves, sous les yeux impassibles des anciens fidèles. D'autres spectateurs, semblait-il, se tenaient sous les arches noires. Ceux-là n'avaient pas de substance, pas de forme visible à la lumière, puisqu'ils venaient de l'imagination, même s'ils existaient en dehors de l'esprit. Halloran avait la sensation aiguë d'être sous leur surveillance.

Il se tourna vers l'autel où le volumineux cadavre continuait de perdre son sang. Le haut de son peignoir imbibé de ce sang, Cora s'était écartée; elle posait sur Halloran un regard qui l'implorait en silence de l'emmener loin de ce lieu de folie. Mais elle se figea, interdite, à la vue de la froideur qu'il lui manifestait.

Halloran ne voulait pas se laisser dominer par l'émotion. Pas pour le moment en tout cas. Il ne savait plus où il en était de ses sentiments pour Cora. Elle l'avait touché, et rendu de nouveau vulnérable. Et bien sûr, il en avait payé le prix. Il se disait que Cora était une innocente tombée entre les mains de qui ne vivait que pour corrompre. Il se le disait, mais il ne pouvait se défaire de l'idée que sans doute une partie d'elle-même était disposée à cette corruption.

« Je te défends de me juger, Liam, prononça-t-elle posément, mais sur un ton de défi. Pas toi, pas quelqu'un comme toi. »

Et il saisit le sens de ces paroles.

Le tonnerre résonna dans le passage et jusque dans la cave dont il parut ébranler les murs. Du plafond coula de la poussière qui vint épaissir les flaques du sol.

Dans l'une de ces nappes d'eau croupie gisait la chose noire qui était un cœur embaumé.

Des alcôves émergeaient les ombres invisibles et terrifiantes de l'imagination.

Halloran percevait leur mouvement, mais elles devenaient transparentes dès qu'il essayait de les voir. Elles progressaient de manière insidieuse, comme celles du lac, si impatientes de se nouer à lui — créatures nées de lui, simples produits du versant noir de son moi profond, manifestation de sa fragilité, et de sa corruption. Kline ne le lui avait-il pas expliqué ?

Il se sentait faible. Il chancela comme sous un coup, pris soudain de vertige.

De plus en plus nombreuses, les émanations de son subconscient se coulaient entre les statues et zigzaguaient vers lui. Mais son regard leur ôtait toute consistance, les réduisait à une volute de fumée. Il sentait son esprit pris dans un étau, il avait l'impression que d'invisibles tentacules s'insinuaient dans les orifices de son corps, les obstruaient, glissaient en lui pour capturer ses pensées.

Il se prit la tête à deux mains, il la secoua, tenta de se libérer de cette intrusion, de cette possession sournoise qui le faisait plier et se tordre en tous sens. Cora voulut aller à lui, mais quelque chose la retenait, qui s'accrochait à son peignoir, dénudait ses épaules et ses seins poissés de sang. Elle se débattit en poussant des cris qu'il ne pouvait pas entendre.

Oubliant ce qu'il endurait lui-même, Halloran chercha à lui porter secours. Il voulait l'aider, il le voulait désespérément, plus que tout. Mais c'était peine perdue. Il ne savait que trébucher, complètement inhibé par ce qui s'infiltrait en lui à la recherche de ses racines.

Il n'entendait pas les cris de Cora, mais il entendit le rire fêlé de Kline.

C'était un rire de dérision, un rire de tortionnaire. Kline accablait son imagination. Les pensées lourdes de tant d'ignominies qui avaient eu cette salle souterraine pour décor, toute la malfaisance enfermée en ces morts, se trouvaient libérées à l'instigation d'un catalyseur, d'un initié aux antiques secrets de la Cabale, qui savait leur pouvoir. Cette personne, c'était Felix Kline...

Où était-il ? Où était Kline ?

Où ? Mais dans votre esprit ! entendit-il dans sa tête.

« Non, c'est impossible ! » s'écria tout haut Halloran, qui plaqua ses mains sur ses oreilles dans l'espoir de faire taire la voix perfide qui, en effet, résonnait dans sa tête.

Oh ! si, si, c'est possible ! Suivit un gloussement bien connu. *Je peux être partout à la fois, ne vous en ai-je pas fait la démonstration lors de notre première rencontre ?*

« Je vous ferai cesser ! »

Ah, oui ? Essayez donc, mon cher !

Halloran fléchit sur ses jambes et tomba à genoux sous l'application de fers chauffés à blanc derrière ses yeux.

Et voilà ! Ça fait mal, non ? Mais je peux faire mieux. Vous méritez de souffrir davantage !

Halloran releva la tête. Kline était debout à quelques mètres en face de lui, les yeux clos, serrant dans ses mains écarlates sa tête dont toute la peau était tombée pour dévoiler une chair livide. Il oscillait au milieu des convulsions des ombres qui étaient un peu plus que des ombres, bouche ouverte sur une grimace d'agonie.

« C'est trop tard ! réussit à crier Halloran. Vous êtes faible, votre pouvoir n'est plus le même ! » Tandis qu'il parlait, Halloran sentit la pression se relâcher très légèrement, la brûlure s'adoucir un peu. Mais la douleur revint aussitôt.

Vous vous trompez complètement, Halloran, chuchota dans sa tête la voix insidieuse. *La seule question est pour moi de savoir si je vous achève tout de suite ou si je prends mon temps, histoire de m'amuser un peu.*

Il haletait pourtant, Halloran l'entendit en esprit. Kline chancelait, ses mains labourèrent son visage en y laissant de grandes marques rouges.

« *Halloran !* » Le cri strident était sorti des lèvres de Kline. Le médium ouvrit ses yeux remplis d'ombre et fixa Halloran. « Je peux vous faire très mal, grinça-t-il. Je peux vous paralyser le cœur d'horreur devant ce que je vous ferai voir. » Il referma les paupières, et Halloran entendit de nouveau le ricanement dans sa tête.

Les cauchemars prirent forme avec leur cortège de gargouilles, tangibles celles-ci, extérieures à sa pensée. Elles vinrent le toucher de leurs ongles aiguisés comme des lames de rasoir, et il reçut la puanteur de leur haleine de mort, fétide comme le relent d'anciennes grottes marines où se putréfient de monstrueuses créatures des profondeurs échouées par la marée. Elles l'enlaçaient et elles collaient sur son visage leurs lèvres absentes — leurs *ouvertures* plutôt, pour un immonde baiser.

La frayeur commençait à s'insinuer en lui. Il sentit ses bras devenir douloureux, sa poitrine se resserrer. Non ! Ces créatures n'existaient que dans l'esprit de Kline ! Elles ne pouvaient pas l'atteindre !

Hélas ! si. Là où elles le touchaient, elles aspiraient sa vie. Il sentit entrer dans ses veines des êtres qui bloquaient la circulation, puis se dilataient jusqu'à faire éclater les vaisseaux et répandre inutilement dans son corps le fluide de vie. Il fléchit, il dut s'accroupir, et admit que Kline avait raison d'affirmer que par la suggestion il pouvait amener l'esprit de sa victime à tuer son hôte. Les images que créait Kline étaient trop fortes, trop *réelles*, il ne pouvait pas résister ! Il courba le front jusqu'au pavé mouillé.

Le tonnerre qui éclata n'avait cette fois rien à voir avec l'orage.

Le bruit ramena brutalement Halloran à la conscience. Tiré de l'état de confusion et d'émotion extrême où il se trouvait, il revint à lui en poussant un cri. A présent, il avait surtout mal à la hanche, là où la balle l'avait éraflé après avoir transpercé l'Arabe. Sa veste avait une déchirure, et il saignait. Sa gorge endolorie lui procurait plus de soulagement que de malaise : comme l'élancement à son côté, elle lui indiquait qu'il se trouvait en pleine réalité.

Halloran ouvrit les paupières, leva les yeux. Les monstres avaient fui. Les ombres n'étaient plus que des ombres.

Kline était couché sur le sol. Il ne bougeait pas.

Halloran se hissa sur ses pieds et penché en avant les mains sur les jambes, attendit un instant que ses forces reviennent. Où était donc Cora ?

Il la trouva accroupie derrière le cadavre du terroriste, le peignoir déchiré tout débraillé autour de la taille, ouvert sur sa peau blanche marquée de taches de sang. Dans sa main tremblante, elle tenait le revolver dont le canon fumait encore. Elle contemplait fixement Kline, les yeux écarquillés, le visage sans expression.

« Cora... » Halloran la rejoignit d'un pas chancelant, mit un genou au sol et prit le revolver qu'il déposa plus loin. « Je crois que tu as tiré sa dernière balle », dit-il en ramenant doucement sur ses épaules ce qui restait du peignoir. Elle se tourna vers lui et l'appréhension se mêla à sa torpeur. Elle murmura quelque chose qu'il ne saisit pas vraiment, mais cela n'avait pas d'importance. Il la releva et la serra fort dans ses bras, en mettant des baisers dans ses cheveux emmêlés.

« C'est fini, Cora, lui dit-il tout bas, terminé. Je vais t'emmener loin de cet endroit le plus vite possible. »

Elle se laissa aller contre lui, et trempa de larmes son col. Il glissa la main sous ses cheveux, ses doigts lui caressèrent la nuque.

Il la sentit alors se raidir, entendit le frôlement. Il se retourna.

Felix Kline se traînait sur le ventre au milieu des flaques d'eau, en laissant derrière lui un sillage de sang et de peau morte. La chair à vif de son visage et de ses mains se plissait, se craquelait, et une épaisse humeur rougeâtre suintait des lésions. Les muscles de sa face étaient bien visibles, comme les tendons et les veines bleuâtres de ses mains. Sa respiration évoquait la toux d'un animal à bout de forces. Il se traînait vers la chose noircie restée dans l'eau sale au centre de la pièce.

Sa main l'avait presque atteinte, elle se tendait en tremblant vers la relique qui avait été jadis un cœur battant à l'intérieur d'un corps ; bouche grande ouverte, il haletait de plus en plus fort, un filet de bave coulait sur le sol.

Il n'était même plus à un mètre de la flaque où gisait l'ancien cœur.

Encore un effort. Plus près, encore plus près. Un gémissement pitoyable s'exhala de son corps perclus de douleurs qui raclait le pavé. Les larmes vinrent comme la souffrance devenait intolérable.

Encore. Avancer sur les pavés mouillés.

Halloran se leva, ôta doucement de son bras la main de Cora qui tentait de le retenir.

Encore. C'est tout près. Dans les yeux de Kline brilla le désespoir.

Quelques centimètres.

Encore. On y est presque.

Doigts tendus qui rampent dans l'eau souillée, qui vont toucher l'objet...

Une ombre au-dessus, un pied qui se lève...

Halloran écrasa le cœur sur le pavé, et Kline sanglota.

LI

LA FIN DE L'ORAGE

Mather prit le temps d'examiner la cour.

Dieu merci, l'orage se calmait, pensa-t-il. Les éclairs n'étaient plus que des reflets, le tonnerre suivait d'assez loin, de façon atténuée. La pluie tombait plus régulière, avec moins de force. Il ne vit dans la cour que ce qui avait dû être en son temps une fontaine spectaculaire, et dont la structure usée par les siècles s'était déformée. Elle luisait sous la pluie, mais n'avait pas de vie particulière.

Il était naturellement affecté par la mort de l'homme étendu derrière lui dans le couloir. Mather avait compris que celui qu'il venait de tuer était Janusz Palusinski, l'un des gardes du corps de Kline. Il avait rencontré Palusinski un peu plus tôt dans la journée, mais le personnage aux yeux égarés qui s'était jeté sur lui dans le couloir ne lui ressemblait vraiment en rien : trempé comme il l'était, sans ses lunettes à monture métallique caractéristique et à cause de son expression de démence pure, le Polonais était quelqu'un d'entièrement différent.

Et pourquoi diable avait-il voulu l'attaquer ? Il savait certainement qui il était. A moins, naturellement, qu'il n'ait eu partie liée avec les agresseurs, et dans ce cas, Palusinski était un second traître au sein de la société Magma. Quoi qu'il en soit, il ne fallait avoir aucun doute sur ses intentions meurtrières, que Mather avait trop d'expérience du combat pour ne pas avoir reconnues. Enfin, l'affaire serait tirée au clair sans tarder.

La cour s'animait. Une porte s'était ouverte, dont provenait une vague lueur. Des silhouettes semblaient se dessiner. Quelqu'un franchissait le seuil.

Mather serra plus fort sa canne-épée. Il se baissa instinctivement en entendant des pas derrière lui. L'un de ses agents courait le long du couloir. Le Concepteur mit un doigt sur ses lèvres ; l'agent ralentit et s'approcha sans bruit. Il examina l'homme au crâne chauve, dont la poitrine saignait.

Mather revint aux deux personnes qui traversaient la cour, dont l'une apparemment soutenait l'autre.

« Attendez-moi ici », ordonna-t-il à l'agent. Il avait reconnu le couple qui poursuivait son chemin sous la pluie. Il sortit à sa rencontre, assez gêné par l'absence de sa canne, et appela calmement Liam.

« Ô bonté divine », s'écria-t-il en voyant dans quel état ils se trouvaient.

Halloran ne manifesta aucune surprise de trouver Mather à Neath. Dans la lumière tombant de la fenêtre, son visage n'exprima aucune émotion.

« Emmenez-la d'ici, dit-il avec brusquerie, en poussant Cora dans les bras de Mather.

— Que s'est-il passé, Liam ? J'ai été obligé à l'instant de tuer l'un des gardes du corps de Kline, le Polonais. »

Un sourire à peine perceptible passa dans le regard de l'agent secret. « Faites-moi confiance comme jamais encore auparavant, dit-il simplement. Tout est fini, mais je vous demande d'éloigner Cora de la maison. Attendez-moi près des grilles d'entrée.

— Liam, qu'est-ce que...

— Je vous en prie. »

Mather resta silencieux un instant. « Et toi ?

— Il y a quelque chose dont je dois m'occuper. »

Sur ces mots, il quitta Mather et la jeune fille et retraversa la cour sous la pluie douce en direction du seuil dont Cora et lui venaient d'émerger.

LII

LA FIN DU COMBAT

Halloran ferma le double portail de Neath, traversa la pénombre du porche. L'air de la nuit était comme purifié. Les nuages s'étaient dispersés, la lune était souveraine. Si l'humidité persistait, la nuit n'avait plus de violence. Il voyait le lac de l'autre côté de la pelouse. Sa surface calme s'empanachait d'une légère brume.

Il était fatigué. Il monta dans la Mercedes, alluma le moteur et les phares, et se retourna encore une fois vers Neath. Il contempla la maison quelques instants avant de manœuvrer pour s'engager sur la route qui s'enfonçait entre les arbres.

En chemin, il pensa à Kline et s'interrogea sur ses pouvoirs uniques, et terrifiants. Il s'interrogea sur l'histoire qu'il lui avait racontée, celle des Sumériens et de Bel-Marduk, dieu et diable à la fois, l'Antéchrist qui avait *précédé* le Christ. Il s'interrogea sur la véracité de cette histoire. Et il s'interrogea enfin sur lui-même.

Il se dit que peut-être il avait compris.

Ils l'attendaient près des grilles monumentales, les quatre agents perplexes et assez énervés par ce brusque arrêt de l'action, Charles Mather aux côtés de la jeune fille qui portait sur les épaules la veste de l'un des hommes. Elle était pieds nus, elle avait froid, mais Cora avait refusé d'attendre dans une voiture. Ses yeux ne quittaient pas la route menant à la maison. Elle n'avait pas dit un mot depuis qu'il l'avait emmenée, bien qu'il l'ait pressée de questions. Liam lui avait-il enjoint de garder le silence ? Mather se le demandait.

Il la vit soudain retenir sa respiration. La lumière des phares approchait, la voiture émergea au loin du tunnel des arbres, le clair de lune fit briller sa carrosserie gris argent. Elle avançait à une allure tranquille, ce qui indiquait que le danger était réellement passé.

Ils regardèrent la Mercedes arriver dans la lumière de ses phares. Mais contre toute attente, elle s'arrêta. Près du pavillon.

Ils virent Halloran se pencher à sa vitre et lancer quelque chose à terre devant les deux étranges chiens de garde qui rôdaient autour des cadavres de leurs compagnons, complètement désorientés.

L'un des animaux s'avança prudemment et entreprit de dévorer ce que Halloran lui avait offert.

Il regarda le chacal mastiquer la viande écrasée, et attendit qu'il ait dégluti la dernière fibre du cœur si ancien.

Quand ce fut chose faite, Halloran remit son moteur en marche et amena la voiture devant les grilles mêmes.

Il sortit de la Mercedes, et Cora fit un pas hésitant vers lui. Alors il lui tendit les bras, elle courut s'y jeter. Il la serra fort contre lui.

Mather en fut stupéfait. Son agent ne l'avait pas accoutumé, vraiment pas, à de telles démonstrations d'émotion.

« Liam..., commença-t-il.

— Oui Charles, je sais », dit Halloran. Le Concepteur voulait des réponses, mais que lui dire ? Ce fut d'un ton neutre qu'il se décida à expliquer : « Ses gardes du corps se sont retournés contre lui, Monk, Palusinski, les deux Jordaniens. Il les traitait trop mal. Il était complètement fou, vous savez. A la fin, ils en ont eu assez. Rien n'est clair dans cette histoire, mais je pense qu'ils ont passé un marché avec les activistes de l'IRA pour qu'ils l'enlèvent. J'imagine qu'ils ne voulaient pas vivre dans la servitude jusqu'à la fin de leurs jours : le montant de la rançon, ou, à défaut, le prix de leur trahison, le leur aurait permis. Ils sont tous partis, sauf Palusinski et les deux comparses que vous avez abattus, je l'ai vu. Vous pouvez alerter la police et l'amener ici, faire surveiller les ports et les aéroports.

— Une minute. Tu disais que l'IRA...

— Ce sont eux qui ont assassiné Dieter Stuhr. Dans l'idée, je suppose, que personne ne puisse soupçonner que le coup était monté de l'intérieur. Ils l'ont torturé pour avoir des renseignements sur la couverture mise en place par le Bouclier. Je vous signale aussi que le portier de Kline a été attaqué par ces animaux que vous voyez là-bas. Vous trouverez dans le pavillon ce qui reste de lui. »

Halloran lut l'incrédulité dans les yeux de Mather ; il lui rendit néanmoins son regard sans ciller.

« Ils ont emmené Kline, poursuivit-il sur le même ton égal. Mais il était vilainement estropié, je pense qu'il mourra de ses blessures.

— Nous verrons bien s'il y a une demande de rançon. Nous exigerons une preuve qu'il est toujours vivant.

— Je ne sais pas pourquoi, je pense qu'il n'y en aura pas.

— Dois-je avertir la police maintenant, monsieur ? demanda vivement l'un des agents.

— Ma foi... oui, répondit Mather. Oui, je pense que ce serait tout indiqué, c'est ton avis aussi, Liam ? Dieu sait ce qu'ils penseront de cette fusillade, mais enfin... Nous nous sommes déjà trouvés dans des situations aussi fâcheuses. Dans un contexte aussi terrible, tous nos efforts ont échoué. »

Pas une seule fois son regard ne s'était détourné du visage de Halloran.

« Si nous nous installions dans la voiture en attendant l'arrivée de la police ? suggéra-t-il. Miss Redmile frissonne. Et ce sera l'occasion de m'exposer un peu mieux les choses, Liam. Oui, oui, tu peux t'expliquer beaucoup mieux avec moi. »

Le sourire de l'agent secret avait quelque chose de glaçant. Il se retourna pour regarder le pavillon, puis la route qui disparaissait dans l'obscurité oppressante de la forêt, et serpentait jusqu'à la maison. Jusqu'à Neath.

« Je ne suis pas sûr que vous comprendrez », murmura enfin Halloran.

Il prit le bras de Cora et l'aida à monter en voiture.

SERPENT

Toutes ces lumières autour de moi, si douces.

Et des ombres, de jolies ombres toujours en mouvement, occupées à tisser leurs secrets.

Ah! quel bonheur d'être étendu dans la paix de cet autel. Nul endroit ne conviendrait mieux. Et quel bonheur de ne pas avoir mal. Pas encore.

Était-ce ainsi pour vous, Seigneur? Vos prêtres vous ont-ils administré une drogue pour vous éviter de souffrir? Ou bien votre enveloppe charnelle avait-elle péri avant d'être mise au tombeau, là où attendit votre esprit pris au piège, des années et des siècles durant? Votre cœur, lui, ne mourut pas, je le sais.

Je suis si fatigué, à bout de forces. Que vienne le sommeil. Oui, même le sommeil éternel.

Il fait froid dans cette chambre souterraine, froid et humide. Et pourtant je ne peux pas frissonner! Pourquoi ne puis-je pas bouger*?*

Ah! oui, c'est vrai. Je le sais.

Alors il m'a cru, pour finir. Halloran a fini par admettre la vérité. On peut appeler cela un triomphe, n'est-ce pas votre avis?

Mais comment n'ai-je pas compris qu'il était le seul capable de me perdre? Comment, avec les dons de perception qui sont les miens, n'ai-je pas vu que ce qui me menaçait, c'était Halloran? Est-ce là la seule faille du don de voyance, Seigneur, le seul point vulnérable que cette incapacité à prévoir son sort, que cet aveuglement à son propre destin? Si c'est votre réponse, Seigneur, croyez que j'en apprécie tout le sel.

A y réfléchir, la plaisanterie est peut-être encore plus drôle qu'il n'y paraît. Se pourrait-il qu'il fût venu à mon invitation ? Serait-ce possible, une chose pareille ? Non, non, ce serait trop absurde, trop pervers même pour être formulé. Mais nous aimons la perversité, n'est-ce pas ? N'est-ce pas ? Faire constamment le mal peut être lassant, en conviendrez-vous ? J'ai pourtant essayé, Seigneur, j'ai fait de mon mieux pour vous plaire. Mais qu'elles furent longues, toutes ces décennies ! Vous pouvez le comprendre, n'est-ce pas, mieux que personne au monde, Bel-Marduk. Cela ne signifie pas pour autant que j'aie refusé de voir l'imminence de ma propre fin, dites-moi ?

Dites-moi.

DITES-MOI !

Non, car j'étais heureux de la tâche que vous m'aviez confiée. Faire le mal pour le mal. Souiller pour le plaisir de souiller. Répandre la corruption pour votre cause. Rien que pour vous !

Je n'ai pas mal. Je ne souffre pas encore de ce que m'a fait Halloran. C'est la preuve qu'il croit. Il croit en vous. La drogue, c'était peut-être pour l'idée qu'il se fait de la miséricorde, pour démontrer qu'il n'est pas aussi méchant que moi. Il a paru comprendre, pourtant, quand je lui ai dit qu'il n'y a pas d'absolu, que personne — pas même moi — ne peut être totalement mauvais. Ni totalement bon. Oui, il m'a semblé que cela avait du sens pour lui. Est-ce pour cette raison qu'il a endormi la douleur avec la drogue ? Peut-être l'avait-il déjà compris ?

(Est-ce cette imperfection qui m'a perdu, Seigneur ? Ai-je échoué parce que je ne suis pas parfaitement mauvais ? Pourtant je m'y suis appliqué, oh oui, de toutes mes forces.)

Il fallait qu'un jour se présente un homme comme lui, n'est-ce pas. L'autre Seigneur, votre éternel ennemi, devait envoyer quelqu'un comme Halloran. Un homme capable de cruauté, et capable de surmonter l'épreuve. Capable aussi de rechercher une forme de rédemption — ah ! que je déteste ce mot !

Et c'est moi qui lui en ai indiqué le moyen ! Faut-il que je rie, Bel-Marduk ? Vous ai-je déçu, serai-je puni après avoir finalement succombé ? Ou rirons-nous ensemble pour l'éternité ?

Ah! Un pincement de douleur. Mais supportable, très supportable. Je me demande ce qui me tuera en premier, l'hémorragie ou l'atrocité de la souffrance quand la drogue n'aura plus d'effet.

Au moins je ne suis pas seul ici. J'ai mes serviteurs autour de moi, exactement comme vous aviez les vôtres dans le sépulcre secret, qui avaient donné leur vie de grand cœur pour rester toujours à vos côtés. Les miens n'étaient pas aussi empressés. Ils ont renoncé à la vie de mauvaise grâce. Malgré tout, leurs esprits réticents sont maintenant en ma compagnie. Écoutez comme ils se lamentent.

Devrai-je attendre aussi longtemps que vous, Noir Seigneur, avant que mon corps ne soit découvert ? Cet endroit qui est mon sépulcre est si bien caché, comme le fut le vôtre. Et je n'ai pas la force d'y appeler qui que ce soit. Je n'ai plus de force du tout à la vérité, et plus aucun pouvoir. Je suis d'ailleurs certain que Halloran a parfaitement scellé l'entrée, et que personne ne m'entendrait même si je pouvais hurler.

Aaaah! Que j'ai mal!

Il fait plus sombre à présent. Est-ce la lumière des cierges qui baisse ? M'abandonnerez-vous sur cet autel dans l'obscurité totale, privé de vue, incapable du moindre mouvement... ?

Épargnez-moi cette douleur, Seigneur, de grâce. Emportez-moi avant que l'opium ne perde son effet. Pardonnez-moi d'avoir manqué à mes engagements envers vous.

En tournant la tête je vois le couteau dont il s'est servi. Sa lame s'orne de mon sang. Et n'est-ce pas amusant, Seigneur ? Si je pouvais l'atteindre, je pourrais le retourner contre moi-même, et abréger ainsi mon agonie. Et là, voyez, c'est un de mes bras qui gît dans une flaque. L'autre n'est probablement pas loin. Et mes jambes, je me demande où elles sont ? Allons, cela n'a pas d'importance.

Se peut-il qu'il y ait un autre temps pour moi, Seigneur ?

Non, non, bien sûr.

Que mon corps privé de membres vous soit agréable, lui qui enferme à présent mon esprit pour toujours, lui qui est devenu le sépulcre de mon âme. Puissiez-vous me pardonner!

Tout s'assombrit, tout devient trouble. Je vois encore les yeux, ces grands yeux qui ne cillent pas et me veillent dans l'ombre. Ils continueront à me veiller ainsi tout au long de l'éternité, je l'espère.

Même quand l'obscurité sera complète, ils seront toujours là.

A me veiller...

TABLE DES MATIÈRES

Achevé d'imprimer en avril 1995
sur les presses de l'Imprimerie Bussière
à Saint-Amand (Cher)

POCKET - 12, avenue d'Italie - 75627 Paris Cedex 13
Tél. : 44-16-05-00

— N° d'imp. 1122. —
Dépôt légal : mai 1995.

Imprimé en France